KB057001

고구려 무협 역사소설

천부신검
天符神劍

제1권 조의선인의 길

한상륜 저

함께 통일로 가는 길

머 리 말

이 작품의 배경은 시간적으로는 서기 618년부터 서기 668년에 이르는 고구려 말기이고, 공간적으로는 당시 광대한 고구려 제국의 영토였던 만주 및 한반도, 지나 등이다. 이 시기는 지나의 당나라 시절로서 고구려와 지나는 서로 동북아시아 당시 천하의 패권을 놓고 격돌하였던 시기였다.

고구려는 원래부터 만주지역과 한반도에 웅거하면서 따무르자의 국시를 내걸고 옛 조선의 땅을 다 수복하는 것이 국가의 지상 목표였다. 따라서 중원으로 진출하는 것이 꿈이었던 만큼 국가는 강력한 지도력을 필요로 하는 것은 당연하였다. 그러나 4차례의 려수대전을 화려한 승리로 이끌었던 불세출의 명군 영양태왕이 서거하면서 고구려의 명운은 암운을 향해 치닫기 시작한다.

그가 일점혈육도 남기지 않고 붕어하자 그의 이복동생인 건무가 고구려 27대 임금인 영류태왕으로 등극한다. 이미 려수대전에서 내호아가 이끄는 수군 4만을 몰살시킨 위대한 수군대장군이었던 건무는 웬 일인지 왕태제 시절부터 온건함을 보이더니 태왕으로 등극하자 노골적으로 친당노선을 걷기 시작한다. 결국 조야의 강경파들은 영류태왕에 대한 극심한 혐오에 시달리게 되며 고구려 900년의 역사는 당태종 이세민의 침략 야욕 앞에서 풍전등화에 처하게 된다.

이때 우리 겨레의 불세출의 영웅인 연개소문이 등장하여 영류태왕과 온건파들을 말끔히 숙청하고 대당 강경노선으로 돌아서면서 고구려의 역사는 다시 원래의 따무르자 정신으로 돌아가게 된다. 고구려군은 30만 정예군을 몰고 고구려 강토를 침략한 당태종의 군대를 안시전역에서 혁혁하게 물리치며 연개소문과 양만춘 등은 승세를 몰아 정신없이 패주하던 당군을 추격하여 장안성에 당당히 입성하게 되는 것이다. 여기서 연개소문 장군과 고구려군은 당태종으로부터 항복을 받고 지금의 북경을 포함한 만리장성 이북의 땅을 다 할양받고 당당하게 개선한다.

이 소설은 우리 민족의 시조인 환웅천왕이 백두산으로 천강할 때 천부인 3개를 가지고 내려왔다는 사실에 근거를 두고, 그 천부인 3개 중 하나로 추정되는 청동검이 바로 천부신검일 것이라는 사실에서 그 모티브를 따왔다. 천부신검이란 천부 즉 천국의 상징으로서 영적 힘을 가지고 있는 신성한 검이라는 뜻이다. 여기서 작가는 그 천부신검은 배달-조선-북부여-고구려에 이르는 정통 황제만이 그 시위무사를 통하여 그 전설적인 보호를 받을 수 있다고 추정한다. 즉 천부신검을 소유한 자가 우리 겨레의 정통성을 담보하는 천하최강의 무사인 것이고 이 무사가 바로 정통 황제를 보위하며 나라의 모든 무력을 대표하는 무사로서 활동하는 것이다.

이 소설은 당대 최강 국가였던 고구려의 고유한 무도정신을 탐구하고 9파 1방의 중원무협세계에만 빠져있는 우리의 민족적 자긍심을 회복하게 하는 것이 목적이다. 또한 사대 식민 사관으로부터 민족주체 사관으로 복귀시키는 모티브를 제공하고 오늘날 진정한 천부신검의 회복은 강력한 무력의 회복뿐만이 아닌 영성 회복이 필요함을 역설하고 있다.

차   례

제1장 천부신검을 찾아라

때는 고구려 26대 임금 영양태왕[1] 홍무(弘武)[2] 29년(서기 618년) 음력 9월 초순 자시 경[3]. 고구려 옛 수도였던 국내성[4]의 북문 성 밖의 '려상(麗常) 대장간'에서 이 이야기는 시작된다.

이미 밤이 깊어 인적이 끊어진 이곳 대장간 앞에는 칠흑 같이 검은 복면과 복장을 한 26명의 무리들이 모여 있었다. 그들 중 말위에 높이 앉아 있는 자가 대장간의 문을 두드리라고 부하 한 명에게 지시했다. 그러자 그가 문을 힘껏 두드렸다. 하지만 안에서는 아무런 인기척이 없었다.

"려상, 안에 있는 것 다 안다. 빨리 문 열어라! 태왕명이시다!"

그러나 대장간 주인 려상은 안방에 앉아 그들의 외치는 소리를 무시한 채 곤히 잠들어 있는 7살짜리 아들 일우(一尤)에게 줄 서신을 급히 쓰고 있었다. 이윽고 그는 편지를 다 쓰고 나서 아들의 침상 머리맡에 그것을 놓았다. 그리고 그는 안방의 벽장 속에 설치되어 있

---

1) 고구려의 태왕은 중국의 황제에 해당한다. 또한 열제(烈帝)라고도 불렸다.
2) 고구려는 당당한 주권 국가로서 천강민족임을 긍지로 여겼으므로 당연히 나라의 연호를 썼다. '홍무(洪武)'는 영양태왕의 연호이다.
3) 밤11시-1시.
4) 지금의 중국 길림성 집안현(集安縣).

던 줄을 천천히 당겼다. 그러자 아들이 자고 있던 침상 아래의 방구들 부분이 열리며 침상은 그대로 지하실로 서서히 내려갔다.

아들의 침상이 안전하게 지하에 착지했는데 아들은 아직도 잠에 곯아 떨어져 있었다. 그는 다시 그 부분을 원상대로 감쪽같이 구들장으로 회복시켰다. 려상은 잠시 호흡을 가다듬고 가슴에 철갑옷을 입은 후 칼 다섯 자루를 등에 메었다. 그는 대장간 뒤 장독대로 급히 걸어가 주변에 아무도 없는 것을 살펴본 후 전서구(傳書鳩) 한 마리를 백두산 쪽을 향해 날린 후 대문 쪽으로 천천히 걸어가 대문을 열었다.

철대문이 열리는 금속성 소리가 *끼익!* 하고 기분 나쁘게 밤하늘에 울려 퍼졌다. 그는 검은 복장의 무리들 앞에 당당히 서서 큰소리로 말했다.

"무슨 일들인데 이렇게 밤중에 시끄럽게 구는 것이냐? 진정 태왕명이라면 대낮에 더 당당히 집행해야 하는 것 아닌가?"

그가 무리들 앞에 모습을 드러내자 모두들 한 발자국씩 물러나면서 무기들을 그에게 겨누며 곧 공격할 태세를 갖추었다. 말을 타고 있던 키가 7척[5]이나 되는 자가 말위에서 웅혼한 목소리로 말했다.

"핫핫, 려상! 이제는 그만 천부신검을 내놓아라. 이것은 폐하의 어명이시다."

"오항, 네 목소리를 들으니 참 감개무량 하구나. 너와 마지막으로 결투를 하고 천부신검의 주인이 된 지도 어느덧 20년의 세월이

---

5) 1척은 약 30.3cm 따라서 칠척은 약 212cm .

흘렀구나. 하지만 천부신검은 너희들과 같은 매국노들이 차지할 신물(神物)이 아니다. 너희들 같은 당노(唐奴)의 앞잡이들이 소유할 물건은 절대 아니지. 어찌 영명하신 폐하가 천부신검을 회수하러 보내셨단 말이냐? 너는 분명 건무6) 왕태제(王太弟)의 명을 받고 왔을 터, 절대 그런 친당주의자들에게 천부신검을 넘길 수 없다. 나를 죽이고 찾을 수 있으면 가져가거라."

"호, 아직도 네가 세상 돌아가는 것을 모르고 있구나. 폐하는 붕어하실 순간이 다가오고 있고 왕태제께서는 더 이상 당나라와 전쟁이 없는 평화스러운 세상을 만드셔서 우리 고구려를 만세반석위에 세우시려고 하시는 것이다. 그러니 순순히 천부신검을 내놓고 왕태제께 귀순하여 일생을 영화롭게 살란 말이다. 왕태제께서는 황공하옵게도 나에게 너를 그 분 품으로 돌아오게 하라는 밀명을 간절히 내리셨다. 그러니 더 이상 멍청하게 시세를 잘못 읽는 우를 범하여 나라를 어지럽게 만드는 강경파들 편에 서지 말란 말이다."

오항이라는 자는 말 위에서 거만하게 려상을 굽어보며 비웃는 조로 말했다. 하지만 려상은 전혀 두려움 없이 더욱 당당하게 대꾸했다.

"오항, 네 능력을 고구려를 위해 쓰거라. 당노들이 우리를 다시

---

6) 고구려 제27대 영류태왕의 이름. 영양태왕의 이복동생으로서 을지문덕의 살수대첩 시 수나라 내호아가 이끄는 수나라 수군 4만을 해전에서 전멸시킨 영웅이었으나 등극 전후 친당노선을 걷다가 반당 강경파인 연개소문 일파에게 시해된다. 환단고기에는 장안성(평양성)을 달아나 송양에 숨어 정국의 반전을 꾀했으나 누구도 자신의 명을 따르지 않자 자결한 것으로 나온다.

침략하리라는 것은 삼척동자도 안다. 오직 건무 왕태제와 그 일당들만 당노들과 화평 타령을 하는 것이다. 화평이란 내가 힘이 있고 자존심이 있어야 가능한 것이지 처음부터 기세가 꺾인 상태에서 무슨 화평이란 말이냐? 제발 더 이상 어리석은 무리에 가담하지 말고 네 그 비범한 무공이 조국을 빛내는 일에 쓰여지기를 바란다. 그러니 더 이상 천부신검을 내놓으라는 그런 어리석은 말을 하지 말고 그만 돌아가거라. 그리고 건무왕태제에게 나 선우려상(鮮宇麗常)은 죽으면 죽었지 친당세력에는 가담하지 못하겠노라고 말을 전해다오."

"어리석은 놈, 아직도 시세 파악이 안 되는 것이냐? 할 수 없다. 오늘은 네 목숨을 거두고서라도 천부신검을 회수해오라는 폐하의 어명이시다. 애들아, 오행검진(五行劍陣)을 펴라!"

오항의 명령에 따라 검은 복면인들은 려상을 에워싸며 갑자기 둥근 원을 구성해갔다. 오행검진은 우선 정가운데에 생포할 대상을 두고 총 25명이 5명씩 한 조를 이루어 다섯 방향 즉 북, 동, 남, 서, 중앙에 검진을 펼친다. 그리고는 가운데 갇힌 적을 향해 오행의 상극 원리를 최대한 응용하고 자신들끼리는 상생 원리를 이용하는데 자신들은 뭉치면 최대한의 힘을 발휘하고 적을 향해서는 극단적인 상극의 기를 펼치는 것이다.

그들은 려상을 향해서 검무를 하듯 천천히 검을 휘둘렀다. 그러나 그 검에서 나오는 살기는 극히 살벌했다. 그들 다섯 명씩 한 조가 된 다섯 조가 북-동-남-서-중앙의 자리에서 검진을 펼치며 려상을 향해 공격해오자 려상은 순간 몸에서 소름이 끼쳤다.

하지만 려상이 누구인가? 그는 당시 고구려, 백제, 신라, 왜, 수나라, 돌궐7), 토번(吐藩)8), 천축(天竺)9), 토욕혼10) 등 온 천하를 주유하며 최강의 무사들과의 대결을 통해 검선(劍仙)의 지위에 올라 천부신검의 주인이 된 사람이었다. 그가 천부신검을 들고 고구려 태왕의 앞에 서면 곧 천하의 정통을 지키는 사람이었고 그가 천부신검을 들고 고구려 군대의 앞에 서면 곧 고구려의 모든 무인들이 복종하는 사람이었다.

그러나 이미 병들어 붕어를 눈앞에 두고 있는 영양태왕 대신 권력을 장악한 건무 왕태제는 고구려 무인들 대다수가 가장 싫어하는 친당 노선을 걷기 시작했기에 려상은 부득이 초야로 은퇴하여 대장간을 운영하며 고구려를 지킬 수 있는 인물이 출현할 때를 기다릴 수밖에 없었다.

그들 25명이 오행검진으로 그를 공격해오자 려상은 순간 자신의 몸에서 다섯 개의 비수를 잽싸게 꺼내 중앙의 다섯 명을 향해 어마어마한 내공을 실어 그것을 날렸다. 그러자 중앙의 누런 곰(黃熊=中央土)을 상징하는 무사들이 휘둘러대는 당대 최상품의 칼과 려상의 비수가 부딪치는 *까앙!!* 하는 강한 금속성의 소리가 고요한 밤하늘을

---

7) 흉노의 일종으로 지금의 중앙아시아에서 만주지역까지 서기 551년-747년경까지 세력을 떨쳤던 강국인데 6세기는 고구려와 대립하고 7세기는 고구려와 동맹체제였다.
8) 지금의 티벳인데 토번 왕조(吐蕃)는 티벳 고원의 중앙에 성립된 고대 왕국으로, 7세기 송첸캄포에서 9세기 중순 랑다르마에 이르기까지 2백여년간 지속되었다. 명조 때부터 서장(西藏)이라 불렸다.
9) 지금의 인도를 고대 중국에서 부르던 이름.
10) 서기 285년 전연의 시조인 모용외(慕容廆)의 이복형 모용 토욕혼(慕容吐谷渾)이 세운 선비족 계통의 나라. 토욕혼(영어: Tuyuhun, 한자: 吐谷渾)은 4세기경부터 663년 토번의 침공으로 완전히 멸망하기 전까지 존속한 유목 민족이다.

날카롭게 찢는 듯하였다.

다섯 명은 순간 려상의 비수들에서 나오는 너무도 웅혼한 기세에 눌려 한 발 자국씩 뒤로 물러섰다. 하지만 려상의 다섯 개 칼은 갑자기 방향을 바꿔 그들의 심장을 향해 유성처럼 날아갔다.

뒤에서 사태를 관망하던 오항은 순간 움찔하며 '어검술?' 하고 중얼댔다. 어검술은 인간의 마음으로 칼을 조종하는 것인데 검선의 경지에 오르는 사람들만이 활용할 수 있는 검법의 최고 경지였다. 유사 이래 어검술을 완성한 무사들은 손꼽을 정도였다.

그들의 검진이 합쳐지기 전에 각각 려상의 칼을 받아야 했기에 그들은 순간적으로 몸을 날려 려상의 칼을 피해야 했다. 하지만 그 순간 그들은 려상의 무서운 내공의 힘에서 나오는 검기(劍氣)에 큰 중상을 입고 모두들 입에서 검붉은 피를 토하며 그 자리에 쓰러졌다.

그러자 이번에는 동쪽의 푸른 용(靑龍=東靑木)을 상징하는 고구려 최고의 궁수들 다섯 명이 려상을 향해 고구려의 가장 강한 활인 맥궁(貊弓)을 쏘아댔다. 맥궁의 강력함은 이미 온 천하에 소문이 날 대로 난 것이지만 그야말로 철갑옷도 뚫을 정도의 힘이니 인간의 몸 정도는 마치 두부에 화살을 꽂는 수준이었다.

하지만 그들의 그 막강한 화살도 려상이 휘두르는 검기에는 아무런 소용이 없었다. 궁수들은 5명이 순식간에 각각 5발 정도의 화살을 날렸지만 려상의 검기는 그 화살들을 자신의 몸에 채 닿기도 전에 조각을 내서 땅에 마치 검불처럼 우수수 떨어지게 했다. 려상은 다시 궁수들을 노려보며 검으로 3태극을 그렸다. 그러자 그 원 가운데서 나오는 번쩍하는 강렬한 검기가 궁수들의 눈에 닿자 그들은 눈에 심각한 통증을 느끼면서 눈으로 피를 쏟으며 그 자리에 쓰러졌다.

이제 나머지 척살대들은 공포감이 들기 시작했다. 특히 오항은 20년 전에는 자신과 수준이 비슷하다고 생각했던 려상이 이제는 어검술을 구사하는 수준까지 온 것을 보자 온 몸에서 소름이 돋을 정도로 무서웠다. 오늘 밤이 어쩌면 자신의 인생에서 마지막 날이 될지도 모른다는 생각을 하니 그는 갑자기 자신의 앞에 펼쳐질 영화로운 삶이 아무런 소용이 없다는 생각이 들기 시작했다.

하지만 자신의 갈 길은 건무 왕태제가 태왕이 되고 그의 최측근이 되어 고구려 천하의 무사들을 자기 마음대로 조종하는 사람이 되는 길 밖에 없었다. 그러기에 그는 오늘 어떻게 해서든지 려상이 가지고 있는 천부신검을 손에 넣어야 했다. 그것은 또한 자신의 정통성을 확보하려는 건무 왕태제의 숙원이기도 했다. 그는 찢어발기듯이 외쳤다.

"일제히 공격하랏!"

그러자 이미 오행검진이 무너진 상태에서 15명의 무사들이 려상을 향해 일제히 날카롭게 공격을 시도했다. 선봉에 선 5인이 검 끝을 려상의 심장 쪽을 향한 채 몸을 날렸다. 실로 전광석화(電光石火)같은 예리한 공격이었다. 그들이 날아갈 때 검 끝이 파르르 떨리며 나오는 *찌리잉!!* 하는 소리가 음산하게 려상의 귀를 때렸다. 왼편에 있던 5인은 몸을 3장[11])이나 솟구치더니 려상의 정수리를 향해 검을 찔러오고 우편에 선 5인은 전속력으로 날아오르며 려상의 눈을 찔러오고 있었

---

11) 1장은 약 10자(3미터임)

다.

이미 려상은 다시 자신의 비수들을 회수하여 허리춤에 차고서는 손에는 장검만을 들고 그들의 공격을 막아내고 있었다. 비록 오행검진은 깨졌으나 나머지 15명의 척살대들은 당대 일류의 검객들이었고 그들의 합공에서 나오는 검기는 려상의 몸을 으스스하게 만들기에 족했다.

려상은 갑자기 눈을 감았다. 그리고 자신의 장검을 자신의 정수리까지 높이 올렸다. 그리고는 주문을 외우며 검 끝에 자신의 전내공을 실어 검과 자신을 일치시켰다. 그리고는 몸을 공중으로 다섯 장 정도 날려 마치 바람이 날아가듯 몸을 180도 회전시키면서 검기를 강하게 발산시켜 그들의 머리 급소인 백회혈[12]을 일거에 살짝 때렸다. 그러자 그들 15명은 입으로 검붉은 피를 쏟으며 바로 그 자리에 쓰러져 기절하고 말았다.

이제 남은 것은 오항 뿐이었다. 오항은 이미 검선이 된 려상과 일대일로 싸운다는 것은 그 결과가 죽음뿐임을 잘 알고 있었다. 하지만 려상을 극복하지 않으면 자신의 앞길은 암초뿐임을 잘 알고 있는 그였다. 그는 온 몸에 한기를 느끼며 려상과 일대일로 마주 설 수 밖에 없었다. 그는 등에서 검을 천천히 뽑았다. 그리고는 려상과 마주 섰다. 그는 무심의 경지로 조용히 서있는 려상에게서 도무지 공격할 틈을 찾지 못했다.

그러기를 한 식경이 지났을까 두 사람은 단 한 수로 상대를 제

---

12) 일반적으로 머리통의 맨 위 꼭대기 정 가운데 있는 혈자리로서 급소임.

압하기 위해 서로의 빈틈만을 엿보고 있었다. 그러나 먼저 공격한 자는 오항이었다. 그는 하늘로 5장이나 몸을 솟구치더니 낙화무심(洛花無心)의 검법으로 마치 하늘에서 천천히 떨어지는 꽃잎처럼 느릿느릿 려상을 향해 공격해 들어갔다. 그러나 그 검에서 나오는 검기는 극히 독랄하고 살벌하여 려상은 순간 흠칫했다.

려상은 태산처럼 장중히 그 자리에 서서 항룡토화(亢龍吐火)의 검법으로 검을 휘둘러 화산의 불덩이 같은 검기를 발산하였다. 오항은 순간 견디지 못할 만큼 뜨거운 검기를 느끼고 온 몸에 냉기를 발산시키며 수로결빙(水露結氷)의 검법으로 려상의 공격을 막으며 땅에 사뿐히 착지하였다.

두 사람은 상대들이 도저히 만만히 볼 대상이 아님을 느끼며 필살의 다음 수를 준비하고 있었다. 하지만 이 때 두 사람은 큰 대군의 말발굽 소리가 북동방향에서 자신들을 향해 오고 있음을 인지하고 있었다. 오항은 천부신검을 찾기 위한 건무왕태제의 마지막 복안이 실현되고 있음을 느꼈다. 그러자 그는 자신이 려상에게서 항복을 받고 천부신검을 회수하는 것이 급하였다. 그는 려상을 향해 외쳤다.

"려상, 이제 그만 천부신검을 내놓고 빨리 도망가거라. 곧 태왕폐하의 어명이 당도하면 넌 바로 잡혀 가거나 죽게 된다. 차라리 이제라도 내게 천부신검을 내놓고 목숨이라도 구하는 게 어떻겠냐?"

"오항, 나는 어짜피 죽을 목숨인 것을 안다. 하지만 천부신검만은 참된 주인이 차지하여야 한다. 너 같은 친당노선을 걷는 매국노들이 차지할 물건이 절대 아니다. 자, 덤벼라."

"어리석은 놈, 결국 너는 네 명을 재촉하는구나. 할 수 없다. 이

젠 나도 너를 동정할 수 없다. 그래, 잘 가거라."

오항은 자신의 검 끝에 전내공을 집중하였다. 그리고는 비호격안(飛虎擊眼)의 검법으로 려상의 눈을 집중 공격하였다. 그의 칼끝이 려상의 몸 근처에 왔을 때 그 잔인한 검기는 려상의 눈을 순간 멀게 하는 듯하였다. 려상은 유성호접(流星蝴蝶劍)의 검법으로 그의 칼을 튕겨내며 불꽃같은 검기를 오항에게 퍼부어댔다.

오항은 순간 위기를 느끼며 하늘로 5장이나 치솟았다. 그러나 이미 려상의 검기가 그의 전신을 강타하였고 그는 이미 자신이 심각한 내상을 입었음을 깨달았다. 만일 한 수라도 려상이 더 공격한다면 자신은 이제 죽음을 맞이하여야 할 절대절명의 위기였다.

이때였다. 영양태왕의 왕당(王幢)13) 대모달(대장)인 임무전이 약 500명의 철기군을 이끌고 그들 앞에 나타났다.

"멈추시오. 태왕 폐하의 어명이시오. 전 왕당(王幢) 대모달(大模達) 선우려상은 어명을 받으시오."

려상은 큰소리로 외치는 자가 영양태왕의 최측근 시위로서 왕당(王幢)을 총괄하고 있는 임무전(任武戰)임을 알았다. 이제 왕명을 안 받는다는 것은 현 태왕폐하의 칙지를 받고 왔던 지 아니면 건무 왕태제의 조작이던지 아니던지 간에 왕명을 어기는 것이 되기에 바로 척살될 수 밖에 없는 운명이었다. 려상은 그 자리에서 칼을 내려놓고 무릎을 꿇었다. 오항은 전신에 내상을 입고 피를 흘리며 그의 앞에

---

13) 고구려 5부는 각각 자신들의 군대인 당(幢)을 거느렸다. 고구려 왕당(王幢)은 태왕의 친위군으로서 왕궁과 도성의 수비를 담당한 것으로 보인다.

쓰러져 있었다.

려상은 자신의 앞에서 매서운 눈초리로 자신을 응시하고 있는 임무전을 향해 조용히 칙지를 기다렸다. 그러자 임무전이 그에게 왕명이 적힌 황금색 비단으로 만든 두루마리 칙지를 두 손으로 전달했고 려상은 그 칙지를 공손히 받았다. 500여명의 철기군들은 일거에 려상을 척살할 만반의 준비를 한 상태에서 그를 노려보고 있었다.

려상은 조용히 그 두루마리 칙지를 폈다. 낯익은 영양태왕의 글씨가 눈에 들어왔다. 태왕 폐하는 타고난 성군이었지만 문무에 몹시 능통한 사람이었기에 글씨도 어떤 명필 못지않게 잘 쓰는 사람이었다. 그는 대고구려 제국의 태왕답게 용이 날아가듯 장엄하게 글씨를 잘 썼다. 순간 려상은 오, *태왕 폐하!* 하고 눈물이 비 오듯 흐르기 시작했다. 거기에는 다음과 같은 말이 씌어있었다.

勅旨

命
前高句麗王幢大模達鮮于麗常以顯天符神劍爲高句麗王幢大模達又
事建武王太弟
洪武二十九年九月二十五日
高句麗國太王 印
태왕의 명령
전 고구려 왕당 대모달 선우려상은 천부신검을 가지고 나타나
고구려 왕당 대모달이 되어서 건무 왕태제를 섬길 것을 명령한

다.

홍무 29년 9월 25일

고구려국 태왕 인

려상은 그 칙지를 받아 읽으면서 갑자기 온 몸이 으스스 떨리기 시작했다. 순간 그는 그 칙지 두루마리에 맹독이 칠해져 있음을 깨달았다.

건무 왕태제의 농간에 넘어갔구나. 그 충직한 임무전이 마저 건무 편이 되었구나. 아, 이제 고구려는 망하겠구나. 이 일을 어떡한다.

그가 분노에 치를 떨며 임무전을 노려보자 임무전은 순간 허리에 찬 칼을 빼들면서 소리쳤다.

"너는 이제 치명적인 맹독에 중독이 되었다. 그 독은 한 식경 안에 네 온 몸의 내장을 썩게 만들고 네 온 몸의 혈관이 터져 죽게 된다. 단, 해독약을 지금 당장 먹으면 무사하다. 어떠냐? 천부신검을 내게 넘기고 살아서 실위(室韋)14)땅으로 네가 망명을 간다면 살려주마. 하지만 네가 이 자리에서 거부한다면 우리는 나름대로 천부신검을 찾을 수 있을 것이다. 이미 천부신검은 청려선방 무리들이 보관하고 있을 터, 만일 네가 끝까지 거부한다면 너는 당장 이 자리에서 척살되고 네 가족들과 청려선방 무리들은 모두 남김없이 척살될 것이다. 그러니 당장 천부신검의 소재를 밝혀라. 이는 왕명이다."

임무전은 려상에게서 뿜어져 나오는 무서운 증오의 눈초리를 느

---

14) 당나라 때 싱안링산맥 서쪽에 있던 몽올(蒙兀) 실위의 후예가 칭기즈 칸이 나온 몽골 부족이다.

끼며 잔혹하게 말했다. 려상은 이미 청려선방이 천부신검을 보관하고 있을 것이라는 건무 왕태제 측의 추측이고 보면 이제 더 이상 천부신검을 안전하게 지키는 것은 불가능하다는 생각이 잠깐 들었다. 하지만 천부신검은 친당 사대주의자들이 차지할 신물이 아니잖은가?

저 환웅천왕께서 우리 민족의 원래 본향이던 바이칼 호(밝은 호수=天海) 부근에서 3,000 무리들을 이끌고 백두산으로 남하할 때 천부인 세 개를 가져오셨는데 그중 하나였던 천부신검은 무슨 연유에서인지 민족의 정통성을 상징하는 유일한 신물로서 그 안에는 엄청난 우리 민족의 비밀이 숨겨져 있다는 것이다. 그래서 배달-조선-부여-북부여-고구려에 이르는 우리 배달민족의 정통국가의 정통 황제만이 그 천부신검의 보호를 받을 수 있다는 것이다.

그러기에 천부신검을 소유하고 있는 고구려 최고의 무사는 설령 자신의 목숨이 아무리 위중하여도 천부신검의 소재를 밝혀서는 안 되었다. 이제 하필이면 자신의 대에 와서 친당 매국노들이 천부신검을 빼앗기 위해 최후 발악을 하는 것을 보니 고구려의 명운도 위태위태하다는 것을 알았다. 려상은 자신이 죽어도 반드시 청려선방이 자신의 후계자에게 그 검을 넘겨주리라는 확신이 들었다. 순간 그는 청려선인의 얼굴을 떠올리며 자신은 고구려의 정통성을 지키기 위해 죽을 수밖에 없음을 알았다.

내 사랑하는 아들 일우야, 잘 있거라. 스승님, 이 몸은 이제 갑니다. 우리 조령들이 계시는 저 세상에 먼저 가서 기다리겠습니다. 태왕 폐하, 불충한 이 죄인을 용서하십시오. 끝까지 건무일당의 농간을 막지 못하고 불충한 신하는 먼저 갑니다. 부디 만수무강 하십시오.

그는 태왕이 살고 있는 동북쪽의 장안성(=평양성)을 향해 삼고구배(三顧九拜)15)의 큰 절을 올렸다. 그리고 나지막한 목소리로 임무전을 불렀다.

"임 대모달, 가까이 오시게, 천부신검의 소재를 말해드리겠네."

"먼저 네 몸에 있는 모든 칼들과 비수들을 내려놓아라. 그러면 가까이 다가가겠다."

임무전은 려상의 무공을 잘 알고 있었기에 그에게 가까이 다가선다는 것은 자칫하면 생명을 잃을 우려가 있어 이렇게 말한 것이다.

"핫핫, 중독된 내가 그리도 무서운 것이냐? 좋다, 해약을 얻어야 하니 할 수 없지."

려상은 입으로 말할 때 마다 내장이 울렁거리고 몸의 아홉 개 구멍에서 기가 거꾸로 순환되고 있음을 느끼고 있었다. 그는 등에 맨 장검 4개와 허리춤에서 다섯 개의 비수를 임무전쪽으로 던졌다.

그러나 임무전은 아직도 못 미더워서인지 부하들 둘을 시켜 그의 몸을 샅샅이 수색하게 했다. 말에서 내린 그들은 전 상관에 대해 송구하기도 하고 또 동정심도 생겨났지만 어쩔 수 없이 려상의 몸을 샅샅이 수색했다. 하지만 아무런 무기를 찾을 수 없자 그들은 임무전에게 큰 소리로 말했다.

"대모달님, 이 분 몸에는 이제 아무런 무기가 없습니다."

"야, 다른 두 사람이 철저히 수색해봐. 저 자는 원래 위험한 자이다. 그러니 태왕 폐하의 명령도 안 듣지. 빨리 찾아봐."

---

15) 머리를 세 번 숙이고, 아홉 번 절을 하는 가장 큰 인사법으로 신하나 제후국 왕이 황제에게 하는 절이다.

그러자 다음 두 사람이 말에서 내려 려상의 몸을 샅샅이 수색한 후 아무런 무기가 없자 임무전에게 이상 없다고 보고하였다. 그러자 임무전은 천천히 려상에게로 다가섰다. 그는 만반의 경계를 한 상태에서 려상에게 다가섰다. 한 손으로 칼자루에 손을 잡고 있었다. 임무전이 려상의 앞 약 3장 정도 거리에 오자 그는 경계심을 늦추지 않으며 그 자리에서 말하라고 했다.

그러자 려상은 주변에서 듣기에 귓속말로 할 수 밖에 없다고 하였다. 임무전은 하긴 500명의 듣는 자리에서 말할 수는 없겠지 하고 생각하며 려상과 귓속말을 주고받을 수 있는 거리까지 다가섰다. 이미 그는 한 손으로 칼을 빼들고서 만일을 대비하고 있었다. 그가 오른쪽 귀를 려상의 입 가까이에 가져가자 려상은 무어라고 그가 알아들을 수 없는 소리로 중얼거렸다. 그러자 임무전이 화가 나서 벌컥 소리를 지르며 큰소리로 외쳤다.

"지금 나를 가지고 노는 것이냐? 만일 허튼 수작하면 여기 500명의 철기군이 너를 바로 척살할 것이다. 그러니 분명하게 말해라."

"알겠다. 가까이 와라."

칼을 빼든 임무전이 다시 오른쪽 귀를 려상의 입 가까이 갔다 대었다. 그 순간 려상이 왼쪽 손으로 임무전의 목 뒤의 혈도를 강하게 눌렀고 임무전은 칼을 힘없이 휘둘렀으나 헛질이었다. 그는 그 자리에서 바로 려상에게 인질로 잡히고 말았다.

"자, 살고 싶으면 해독약을 내놓아라. 안 내놓으면 네 목숨은 내 것이다. 우리 함께 저승길로 가자."

려상이 강경하게 임무전에게 말했다. 려상의 입에서는 이미 검붉은 피가 흐르기 시작했으며 전신에서는 혈관이 터질 듯한 고통이 계속되고 있었다.

"훗훗, 미련한 놈. 넌 이제 곧 죽는다. 그러니 잔소리 말고 빨리 천부신검의 소재나 밝히고 살 길을 찾아보지 그러냐?"

임무전은 몸을 옴짝 달싹 못하면서도 큰 소리치고 있었다. 이때였다. 갑자기 어디서 쉿 소리가 나더니 날카로운 비수가 날아와 임무전의 심장을 관통하였다. 임무전은 억! 하고 그 자리에서 급사했고 500명의 철기대는 전원이 칼과 창 및 맥궁을 비수가 날아오는 방향으로 겨누었다.

잠시 후 황금 갑옷으로 철저히 무장하고 흰 복면으로 얼굴을 가린 괴한이 하얀 백마를 타고 나타났다. 그의 흰 복면에는 무궁화가 그려져 있었다. 려상은 순간 그가 건무 왕태제임을 알아챘다.

모든 철기군들은 말위에서 미래 태왕에게 몸을 숙여 최대한의 예절을 표하였다. 건무 왕태제는 려상을 향해 마상에서 웅건한 목소리로 말했다.

"선우 대모달, 이렇게 다시 보니 감개가 무량하구나. 네 충절은 가상하나 더 이상 고구려를 전쟁의 도가니 속에 빠뜨릴 수는 없다. 그러니 이제는 우리 1,500여만 고구려 백성들을 평화 속에서 살게 해야 하겠다. 지엄하신 태왕 폐하의 칙서에다 맹독을 칠해 고구려 최고의 무사에게 욕보인 임무전의 죄는 죽어 마땅하다. 해독약은 내가 당장 내려주마. 그러니 부디 천부신검을 들고 나를 도와 대고구려의 만세반석을 위하는 참된 무인의 길을 가기 바란다."

건무 왕태제의 목소리는 자못 진지하였고 진심과 성의가 가득한 듯하였다. 통증으로 시달리던 려상은 순간 건무에게 귀순할까 하는 생각이 들 정도였다. 그러나 려상은 건무에게서 무언가 불길한 느낌이 드는 것을 어찌할 수 없었다. 그가 태왕이 되는 것은 시간 문제였지만 고구려는 그의 손에서 쇠락하고 자칫하면 900년 역사가 그의 대에서 하루아침에 망할 수 있었다. 그만큼 대다수 고구려 무인들은 건무에 대해 탐탁해하지 않았다. 려상은 순간 건무를 향해 마지막 힘을 다해 외쳤다.

"전하, 천하 최강인 대고구려 역사는 하루아침에 이루어진 것이 아닙니다. 이제 겨우 일어난 당나라에게 굽신거린다는 것은 고구려를 정신적으로 이미 망하게 하는 것입니다. 전하의 친당정책으로 인해 자존심이 상한 우리 고구려 백성들과 무사들이 얼마나 많은 지 아십니까? 저는 죽으면 죽었지 전하의 친당노선에 찬성할 수 없으며 더욱이 천부신검은 내놓을 수 없습니다. 그것은 환웅천왕님 이래 우리 겨레의 정통성을 담보하는 신물이기에 전하 같은 사대주의자들에게는 그 검을 통한 하늘의 돌보심이 결코 없을 것입니다."

건무는 치를 떨고 있었다.

일개 무사 주제에 감히 곧 태왕이 될 나에게 거부를 해? 그래, 네 놈이 결코 형님이신 영양태왕을 모시던 그 살신성인의 충성을 포기할 놈이 아니지. 그래, 내가 네 놈의 입에서 그 천부신검의 소재를 못 밝힐 것은 불을 보듯 빤한 일. 너와 네 가족 그리고 네 놈을 배출한 청려선방 모두는 오늘 이후 이 땅에서 사라질 것이다. 하지만 마지막으로 설득해보자.

"선우 대모달, 충고는 고맙다. 내가 태왕으로 등극하면 자네가 말하는 것을 반드시 참고하여 정책에 참고하겠다. 그러니 얼른 해독약을 들고 천부신검을 가지고 궁으로 들어가자."

이렇게 말하며 건무는 해독약 봉지를 말위에서 려상에게 던졌다. 려상은 해독약 봉지를 앞에 놓고 하늘을 우러러 보았다. 자신은 더이상 살 수 없음을 잘 알고 있었다. 그는 이미 영양태왕에게 마지막 작별의 삼고구배를 한 후이기에 이제 죽음의 길로 들어서기만 하면 되었다.

그렇다! 당당하게 죽자. 그것이 고구려 최고의 무사로서 검선의 칭호를 받은 내가 가야할 길이다. 비굴하게 건무 따위의 친당 사대주의자들에게 목숨을 구걸할 수는 없다.

그는 당당하게 말했다.

"아닙니다. 이 선우려상은 건무 왕태제 전하를 따를 수 없소이다. 전 고구려 1,500만 백성들과 함께 나는 고구려의 정통성을 지킬 것이외다. 그러니 나를 이 자리에서 죽이시오."

건무는 이를 부드득 갈았다. 도저히 어찌할 수 없는 놈이라는 생각이 들며 저런 대당 강경파들이 도대체 장래 자신의 국가 운영에 얼마나 걸림돌이 될 것인지 두렵기까지 했다.

그래, 다 깨끗이 척살하자. 그리고 모든 증거를 다 인멸하자. 왕당 군사 500명과 저 놈을 잡기 위해 실패한 오항과 척살대 마저도 다 제거하자. 그래야 나의 태왕으로서의 정통성이 조작될 수 있다.

그는 분노에 찬 목소리로 순간 외쳤다.

"저 자를 척살해라."

그의 명령이 떨어지자마자 500명의 철기군들이 말위에서 강궁을 일제히 쏘아대었다. 화살이 폭풍처럼 날아와 려상을 덮쳤다. 려상은 입으로 검붉은 피를 흘리며 장검을 휘둘러 화살을 막았다. 하지만 이미 내상이 심각한 그는 약한 검기로 인해 어쩔 수 없이 화살 대 여섯 대가 몸에 박히는 상황이 되었다.

그럼에도 그가 저항을 계속하자 이번에는 장창을 든 50명과 장검을 든 50명이 그를 공격하였다. 그래도 그가 초인적인 저항을 계속하자 이번에는 하늘을 덮을 만한 큰 쇠그물이 날아와 공중으로 7장 정도를 젖 먹던 힘까지 다해 공중으로 날아오르는 그를 잡았다. 이윽고 그물 안에 갇힌 그는 500명의 왕당 군사들의 장창과 장검 및 쇠도끼 등에 무참히 참살당하였고 시체는 그야말로 형체를 알아볼 수 없을 만큼 산산이 부서졌다.

잠시 후 건무는 이미 자리를 떠나 왕궁으로 향하였고, 건무의 밀명을 받은 왕당의 대형 두창민은 아직 살아서 신음하고 있는 오항과 큰 부상을 당한 25명의 척살대들을 잔혹하게 몰살하였다.

그러고 나서 왕당 군사들은 죽은 려상의 대장간을 샅샅이 뒤지기 시작했다. 150평이나 되는 대장간 안과 살림을 하던 안채와 장독대등을 철저히 뒤졌으나 도저히 천부신검을 찾을 수는 없었다. 그러자 그들은 려상이 거주하던 안방에 몰려 들어왔다. 그리고 벽장, 천장과 구들장까지 세심하게 살폈다. 마지막으로 그들은 구들장 밑에 혹시 지하실이 있을 까 의심하며 엄청 큰 망치로 구들장을 두들겨 부수기 시작했다. 하지만 아무리 그것을 부수려고 시도해보았지만 어떻게 만든 구들장인지 하도 단단하고 조밀하게 만들어져서 도무지 부수어지지가 않았다.

한편, 구들장 밑의 지하실에서 곤히 잠들어 있던 려상의 아들 일우는 자신의 머리위에서 울려나오는 큰 망치 소리에 부스스 잠이 깨었다. 그는 지금 몹시 기분이 안 좋았다. 꿈에서 갑자기 온 몸이 산산이 부서진 아빠가 나타나 *일우야 일우야* 하면서 자신을 불러 그는 온 몸에 식은땀을 흘리며 잠에서 깨어났기 때문이었다. 순간 그는 어두컴컴한 방에서 몹시도 낯선 분위기를 깨닫고 가슴이 답답했다.

아빠, 아빠, 어디 있는 거야? 여긴 어디야?

그는 방안을 온통 돌아다니며 긁매었지만 도저히 칠흑같이 어두운 공간에서 어찌할 바가 없었다. 그는 눈물이 왈칵 쏟아졌다. 두렵기 시작했다. 그는 참지 못하고 엉엉 울기 시작했다. 다행히 그 지하실은 지상과는 완전히 차단되어 소리가 밖으로 나가지 못하도록 만들어져 있었다. 또한 특별한 기관도를 가지고 있지 않으면 누구도 열 수 없도록 만들어 놓은 려상의 마지막 은신처였다.

왕당 군사들은 도저히 깨어지지 않는 구들장 밑에 무슨 은신처가 있을 법한 의심이 들었지만 이미 100여명의 인원들이 서너 차례 돌아가면서 뒤져도 아무런 단서도 발견하지 못하자 왕당 대형(大兄)인 두창민에게 그대로 보고하였다. 두창민은 려상의 시체는 물론 대장간과 살림집, 창고 및 부속실 등의 모든 건물과 시설에 불을 질러 깨끗이 태워버리라고 지시했고 잠시 뒤 려상대장간은 붉은 화염에 휩싸이기 시작했다.

인시(寅時)16)경이 되어 새벽하늘에 여명이 조금씩 나타나자 그들

---

16) 새벽 3시-5시

은 그곳을 철수하여 왕궁이 있는 장안성(=평양)으로 향하였다. 하지만 그들이 아리수(=압록강)를 건너기 위해 강 한 가운데 왔을 때 매복 중이던 5천여 군사들이 강안(江岸)에서 강궁으로 화살을 빗발처럼 쏘아대는 바람에 단 한 사람도 살아남지 못하고 모두가 강 한 가운데에서 몰살당하였다.

3일 후 희대의 영걸이며 불세출의 성군이었던 고구려 영양태왕이 오랜 지병으로 붕어하였다. 영양태왕은 고구려의 제26대 태왕으로서 휘(諱)[17]는 원(元) 또는 대원(大元)으로 평원태왕의 맏아들이다. 재위기간은 서기 590년~618년이었고 연호는 홍무(洪武), 묘호가 영양이므로 시호는 영양무원호태열제(嬰陽武元好太烈帝)이다.

그는 태어나면서부터 인물이 출중하고 제세안민(濟世安民)의 큰 뜻을 품었다. 또한 문무에 능하고 정치경제 및 군사, 외교 등에 능해 중국 대륙에서 불어오는 광풍 같은 침략을 기민하고 영명한 지혜와 전략 및 용병술로 깨끗이 평정하였다. 수문제와 수양제가 각각 30만 대군과 113만 대군으로 침공해왔을 때 불세출의 명장 강이식 장군과 을지문덕을 각각 보내어 살수(지금의 요동의 요하로 추정)에서 물리치게 한 분이 바로 이 분이시다.

또한 영양태왕은 고구려의 민족적 정통성과 국가의 천년대계를 위하여 정통 역사서적 편찬을 태학박사 이문진(李文眞)에게 명하였다. 그리하여 그로 하여금 배달국부터 고구려 때까지의 전 역사인 유기(留記) 100권을 신집(新集) 5권으로 정리하게 할 만큼 민족주체 사관

---

17) 임금의 본명을 휘(諱)라고 한다.

정립에도 큰 공을 이루었던 분이었다. 그가 붕어하자 모든 백성들이 목을 놓아 통곡했으며 순사(殉死)하는 무리들이 속출하였다고 한다.

영양태왕에게는 일점혈육도 없었는데 이복동생인 건무가 이미 수나라 침략 시 수군 대장군으로서 수나라의 수군 4만 명을 황해 바다에서 몰살시킨 위대한 공로로 인하여 왕태제가 되어 있었기에 자연히 그가 고구려 제국 제27대 태왕으로 등극하였다. 등극 시 신임 왕당 대모달 이철곤(李撤坤)은 어디서 구했는지 천부신검을 높이 받쳐 들고 그를 호위하고 있었다.

제2장   청려선방으로 가는 길

왕당 군사들이 모두 려상대장간에서 철수하였을 때 이미 일우는 울다 지쳐 다시 잠에 빠져 있었다. 그는 해가 중천에 떴을 때에야 잠에서 깨어났는데 지하실에 대낮처럼 환하게 햇빛이 들어오고 있음을 알았다.

일우가 방안을 둘러보니 지하실은 두 평 남짓한 크기로 안방처럼 구들장위에 마루를, 그 위에 두터운 짚과 솜을 깔고 그 위에는 아주 두꺼운 솜이불을 깔아 놓았다. 방의 구조는 벽장과 조그만 부엌 그리고 세면대로 꾸며져 있었다. 환풍 시설은 어떻게 해놓았는지 숨을 쉬는데 아무 문제가 없었고 햇빛이 들어오는 창문은 창호지가 발라져 있었으며 밖에서는 안을 들여다 볼 수 없도록 만들어져 있었다. 그래서 그런지 음력 10월이 다 되어 오는데도 일우는 방안에서 따사로운 온기를 느꼈다.

일우는 자신의 침상 머리맡에서 아빠가 한문으로 쓴 편지를 발견하고 천천히 읽기 시작했다. 이미 려상으로부터 일우는 고구려 역사책을 읽을 만큼 한문공부를 해왔기에 그 편지를 어려움 없이 읽을 수 있었다.

"일우야, 이제 아비는 먼 길을 간다. 지금부터 너는 어떤 일이 있어도 비밀 지하실 밖을 나오거나 밖을 내다보려고 하면 안 된다. 그리고 지하실에는 먹고 자고 입을 것과 네가 호흡을 하는 데 전혀 지장이 없이 한 달 동안을 견딜 수 있게 해 놓았다. 그동안 청려선방 이라는 곳에서 누군가 너를 데리러 올 것이다. 그들이 집 근처에 오면 81마리나 되는 큰 까마귀 떼들이 집밖의 나무위에 날아와 요란하게 울어댈 것이다. 그리고 나서 그들은 이 방의 출입구인 돌문 앞에 서서 천천히 3번, 급하게 5번, 강하게 9번 돌문을 두드릴 것이다. 그러면 너는 암회 하고 문에 대고 말해라. 그러면 그들이 천해수원 천산본향(天海水源 天山本鄕)을 외칠 것이다. 그러면 너는 그 소리가 나는 문 앞에 가서 네 양손으로 깍지를 낀 상태에서 돌문을 좌로 서백금(西白金) 방향으로 3회, 우로 남이화(南離火) 방향으로 5회, 다시 북감수(北坎水) 방향으로 9회 돌리면 문이 열리게 될 것이다. 그러면 그들을 무조건 따라 가서 시키는 대로 하여라. 그리고 그들을 따라가서 청려선인을 만나면 아비가 지난 해 네 생일날 지어준 검은 조의선인복을 그 분에게 벗어드리기만 하면 된다. 부디 몸조심하고 훌륭히 자라서 고구려를 지키는 사람이 되거라.

- 일우를 사랑하는 아빠가 씀-

일우는 눈물이 왈칵 쏟아졌다. 아무래도 아빠가 나쁜 놈들 손에 죽은 것이 분명했다. 일우는 아빠를 애타게 부르면서 한없이 울기 시작했다. 그는 아무 것도 먹지 않고 그렇게 3일 밤낮을 울고 또 울었다. 이윽고 기진맥진해진 그는 혼절하고 말았다.

그가 아빠를 만나러 한없이 먼 길을 계속 가고 있다고 생각했는데 도무지 아빠는 찾을 수가 없었다. 그는 꿈속에서 아빠를 계속 불러대었다.

6년 전 엄마가 일우를 낳다가 모진 산고를 견디지 못하고 죽자 일우는 아빠가 젖동냥을 하거나 유모를 구해 젖을 먹여 길렀는데 젖을 떼자 자신이 손수 미음 등을 끓여 아이를 길렀다. 려상은 엄마보다 더 자상하게 일우를 사랑하면서 그 아이를 매우 행복하게 길렀다. 려상은 손수 일우의 똥오줌 귀저기를 갈아주고 몸을 씻겨주며 맛있는 밥과 반찬을 마련해서 잘 먹여 길렀다. 그는 사랑하는 아이를 엄마 못지않게 부드럽게, 때로는 아빠의 위엄으로서 엄하게 길렀다. 그러다 보니 일우는 엄마가 없는 것이 별로 불편함과 이상함을 느끼지 못할 정도로 아빠에게 길들여져 있었다. 하지만 때로는 일우가 엄마를 보채며 칭얼거릴 때가 있었는데 그럴 때면 려상은 일우를 업고 동네를 한 바퀴 돌면서 아이의 어미 그리운 정을 달래주곤 했다.

7살이 된 지금 일우가 생각해보니 그동안 자신이 아빠와 떨어져 있을 때라고는 거의 없던 것 같았다. 그러던 아빠가 지금 자기 곁에 없다고 생각하니까 일우는 정말로 이 세상을 혼자서 살아갈 수 있을 것 같지 않았다. 지금 일우는 꿈속에서 계속 아빠를 부르며 헛소리를 하고 있었다.

그때였다. 일우의 아버지인 선우려상과 엄마 장소현이 일우에게 다정한 모습으로 나타났다. 두 사람은 몹시도 행복한 모습이었는데 일우를 보더니 일우를 왈칵 껴안고는 한없이 울기 시작했다. 그러더니 잠시 후 그들은 번갈아가며 일우에게 무언가를 먹이기 시작했다. 달콤하고 부드러운 솜사탕 같은 것이었는데 일우는 그저 주는 대로 그것을 마구 씹어 먹었다.

그러다가 일우는 문득 잠에서 깨어났다. 일우는 몹시도 배가 고픔을 느꼈다. 꿈에서 본 아빠와 엄마를 생각하니 갑자기 살고 싶다는 본능이 강하게 용솟음쳤다. 그는 무어 먹을 것이 없나 방안을 둘러보니 아빠가 마련해놓은 건포도와 마른 고기 그리고 생과자와 떡, 그리고 사과, 배 등 과일과 물병 등이 방 한 구석에 차곡차곡 싸여 있었다. 그는 죽을힘을 내어 기어가서 그것을 집어서는 부지런히 먹기 시작했다. 먹으면 먹을수록 맛이 있었다. 일우는 꿈속에서 본 아빠 엄마가 자신을 바라보며 슬며시 미소를 짓고 있는 것을 느꼈다.

한참 식사를 하고 나자 일우는 방안을 서성거리다 혹시라도 밖을 내다볼 수 없을 까 하고 창문 쪽으로 가 보았지만 도저히 밖은 내다보이지 않고 그저 햇빛만이 들어오고 있었다. 한참동안을 망연자실하게 앉아 있던 그는 한쪽 방구석에 쌓여있는 고구려 역사책인 신집(新集)을 가져다가 한 권씩 읽기 시작했다. 매우 재미가 있고 신이 나서 일우는 시간 가는 줄도 모르고 옛 조상들의 역사책 읽기에 빠져들었다. 그렇게 역사책을 한참 읽다 보니 다시 밤이 찾아왔는지 지하실이 서서히 어두워지기 시작했다. 일우는 지하실 한 구석의 세면대에서 졸졸 흐르는 샘물로 갔다. 그리고 그는 아빠가 준비해놓은 세수 대야로 세수를 하고 발을 씻은 후 다시 잠자리에 들었다.

그렇게 일우는 혼자서 지하실에서 20일을 보내고 있었다. 그러던 중 21일째 새벽 인시(寅時)18)경 동녘 하늘에 발그스름한 여명이 짙은 어둠을 터뜨리기 시작하던 시각에 갑자기 요란한 까마귀 울음소리가 일우의 귀를 때렸다. 일우는 아빠가 말한 사람들이 왔음을 눈치 챘다. 그는 옷매무새를 고치고 나서 조용히 앉아 누군가가 지하실로 들어오기를 기다렸다.

잠시 후 지하실 입구를 찾았는지 갑자기 돌문에서 아빠가 편지에 쓴 대로 약하게 3번, 급하게 5번, 강하게 9번을 두드리는 소리가 났다. 일우는 소리가 나는 곳으로 숨을 죽이며 다가갔다. 그리고 *암호!* 하고 나지막하게 외쳤다. 그러자 '*천해수원 천산본향*'이라고 그들이 조용하게 말하는 소리가 났다. 틀림없이 아빠가 말한 사람들이라고 생각한 일우는 아빠가 가르쳐 준 대로 돌문을 열었다.

그러자 푸른 복면을 한 사람들 건장한 사나이들 3명이 일우의 앞에 섰다. 그들은 말없이 무명 조각을 일우에게 내밀었는데 거기에는 아빠가 쓴 천해수원 천산본향(天海水源 天山本鄉)이라는 글씨가 선명했고 아빠의 낙관까지 찍혀있었다. 일우는 그들을 두려움 반 안도감 반의 심정으로 올려다보았는데 푸른 복면속의 눈빛들은 매우 선량하면서도 아주 날카로운 무사들의 눈빛 그것이었다.

그들은 일우에게 갑자기 달려들어 그의 몸에 맞도록 작게 만든 철갑옷을 입히고 머리에는 눈만 드러나고 머리 전체를 보호할 수 있도록 만든 쇠투구를 씌웠다. 일우는 철갑옷으로 인해 몸이 부등하고 머리는 무거워 매우 귀찮았지만 그들이 자신을 보호하기 위한 것임을 본능적으로 눈치 채고 참았다.

---

18) 새벽 3시-5시

그러자 그들 중에서 키가 가장 큰 복면인이 일우를 한 손으로 번쩍 들어 자신의 허리춤에 안았다. 나머지 한 사람이 신집 5권을 챙겨 오동나무 상자에 그것들을 넣은 후 세 사람과 일우는 곧 그 지하실을 나왔다. 그리고는 각자가 말에 올라탔고 일우는 키가 가장 큰 복면인이 자신의 앞에다 태웠다. 그리고 일우의 허리춤에 찬 가죽 허리띠 좌우에 나 있는 쇠고리에 낚시 바늘처럼 생긴 자신의 쇠고리를 엮어 떨어지지 않도록 단단히 조였다.

지하실 밖으로 나온 그들은 전후좌우를 둘러보더니 아무도 없는 것을 확인하고 말에 박차를 가하여 전속력으로 백두산 방향으로 달리기 시작했다. 81마리나 되는 큰 검은 까마귀들도 그들을 따라 같은 방향으로 날아오르기 시작했다. 그들은 도중에 한 마디말도 없이 계속 전속력으로 벌판과 산들 및 냇가와 강들을 달렸는데 말들이 얼마나 빠른지 가히 천리마로 불릴 만한 명마들이었다.

하지만 그들이 백두산으로 가기 위해 반드시 거쳐야할 이도백하 (二道白河)부근에 왔을 때는 이미 밤이 다가왔고 그들은 할 수 없이 근처 야산으로 이동해야 했다. 이미 달빛도 없는 그믐달 밤이라 너무도 어두워 앞이 안 보였고 그들은 그곳 야산에서 일박할 수밖에 없었다. 세 사람은 말 아가리에다 재갈을 물려놓고 약 30장정도 떨어진 큰 상수리나무에다 말들을 각각 묶어놓았다.

그리고는 마른 나무 잎들과 잔가지들 그리고 썩은 나무들을 모아서 화톳불을 만들었다. 그리고 불들을 쬐면서 마른 고기들과 떡들을 씹어 먹기 시작했다.

그때였다. 갑자기 말들이 후다닥 후다닥 뛰는 소리가 났다. 세 사람은 칼을 **빼어들고** 말을 세워놓은 곳으로 급히 갔다. 말들이 무언가를 보고 놀랐는지 발을 하늘로 곧추들고서는 난리를 치고 있었다. 세 사람은 일우를 보호하며 청각과 시각을 집중하여 주변을 살폈다.

멀리 약 150장정도 되는 숲속에서 수풀이 스르르 움직이고 있었다. 그러더니 갑자기 세 사람을 향하여 날카로운 비수들이 수십 개가 한꺼번에 날아왔다. 세 사람은 장검을 휘둘러 그것들을 땅에 떨어뜨렸다. 그러자 이번에는 불화살이 연속으로 그들을 향해 날아왔다. 세 사람은 다시 장검을 휘둘러 화살들을 막았으나 수풀에 떨어진 불화살들은 숲을 태우기 시작했다. 불이 점점 세 사람을 중심으로 활활 타오르자 그들은 일우를 보호하면서 말들이 있는 곳까지 가야 했다. 그러나 삼지사방에서 연속적으로 퍼부어대고 있는 불화살들 때문에 세 사람은 도무지 말들에게 갈 수가 없었다.

이때였다. 갑자기 말들이 그들 쪽으로 힘차게 달려왔고 다른 푸른 복면 여섯 명이 말을 타고 홀연히 나타났다. 그러자 그 세 사람은 일우를 다시 말에다 급히 태우고 새로 출현한 여섯 명의 도움을 받으며 전속력으로 산을 내려가기 시작했다. 뒤에서 수십 명의 검은 복면을 쓴 무리들이 활을 쏘면서 그들을 뒤쫓아 오고 있었다. 그들은 일우를 태운 말을 가운데에 보호하며 장검을 휘둘러 화살을 후려치며 산 아래로 내달렸다.

그들 푸른 복면인 9인이 산 아래로 약 500장 정도를 내려왔을 때 이미 그들이 건널 시냇가 앞에는 약 100명 정도의 검은 복면인들이 말 위에 앉아 그들을 기다리고 있었다. 그들 중에 대장인 듯한 자가 큰 소리로 외쳤다.

"멈춰라! 네 놈들이 누구인지 다 알고 있다. 네 놈들은 청려선방 무리들일 터. 그리고 그 아이 놈은 역적 려상의 아들놈이 틀림없을 터. 너희들은 여기서 단 한 발자국이라도 움직이면 당장 쳐 죽이겠 다. 그러니 당장 말에서 내려 항복하고 그 아이놈을 우리에게 넘겨 라."

아홉 사람은 갑자기 삼각 대형으로 서더니 품에서 무엇인가를 꺼내 그 100명의 무리들에게 던졌다. 그러자 쾅! 하는 소리와 더불어 무슨 입자 같은 것들이 그들을 향해 확 퍼져나갔다. 순간 그들은 너 무나도 고약한 냄새와 정신을 혼미하게 만드는 연기 때문에 거의 질 식할 지경이 되어 콜록거리며 정신을 못 차리고 고통스러워 비명을 지르기 시작했다.

푸른 복면인들이 던진 그 물건은 청려선방에서 비상시에 마지막 수단으로 제작한 혼일산(魂逸霰)이라는 것인데 현대의 최루탄보다도 더욱 독하고 효능이 좋은 것으로서 백두산에서 자생하는 온갖 독초 들과 짐승들의 독극물 그리고 한약 자재들을 종합하여 격구 공 만하 게 만들어낸 것이다.

아홉 사람은 정신을 잃은 채 헤매고 있는 검은 복면인들을 비웃 으면서 여유롭게 그들의 진 곁을 통과하여 시냇물을 건넜다. 그리고 는 다시 전속력으로 백두산을 향해 질주하였다. 그들은 한 밤 중에 전 속력으로 약 2시진을 달린 후 피곤함을 느끼었는데 특히 어린 일 우가 걱정이 되었다. 그들은 백두산으로 가는 마지막 관문인 화평영 자(和平營子) 부근에 있는 해루여각(奚樓旅閣)에 들어가 먼동이 트는 묘시19)까지 약 2시진을 보내기로 하였다.

그 여각은 청려선방에서 운영하고 있는 비밀 기착지였는데 겉으로는 일반 여각과 다를 것이 없었다. 그 여각은 단층 건물로서 객실은 모두 30개쯤 있었는데 허름한 한옥집을 개조한 것이었다. 그 여각은 백두산에 오르는 등산객들이나 고구려의 도성인 장안성으로 들어가기 전 외국 사절들이 이곳에서 묵고 갈 수 있도록 만들어 놓은 영업용 고급 여각이었다.

푸른 복면 9인이 그곳 가까이에 왔을 때 그들은 말에서 내려 말들의 입에 재갈을 물리고 말들을 이끌고 천천히 여각을 향해 나아갔다. 그리고는 여각의 뒷마당 후미진 곳으로 가서 한 사람이 올빼미 울음소리를 냈다. 그러자 막 잠이 들려고 하던 주인 백종겸이 그들 앞에 나타났다.

여각 주인 백종겸은 나이가 50이 넘은 초로의 건장한 사나이로서 주름진 사각턱 얼굴에는 여러 전쟁터를 누빈 왕년의 전사답게 칼자국이 오른 뺨에 초승달처럼 나있었다. 그러나 아직도 그의 눈빛만은 어떤 사람보다 형형하였고 단단한 몸매는 그가 아직도 무공을 연마하고 있음을 말해주고 있었다. 그는 말 위에서 내려서 각자 말들을 이끌고 오는 푸른 복면인들을 보자 좌우를 흘끗흘끗 둘러보았다.

그는 우선 그들의 말을 마방(馬房)으로 끌고 가서 말들에게 먹을 것들과 물 등을 챙겨주고 난 후 그 푸른 복면인들을 밀실인 지하실로 인도했다. 키가 가장 커서 칠척은 될 법한 푸른 복면인이 일우를 왼 손으로 안고 주인을 성큼성큼 따라갔다. 지하실은 열 평은 족히

---

19) 오전 5시-7시

될 듯하고 구들장 시설이 잘 되어 아주 따뜻했고, 깨끗이 잘 정돈되어 있었으며 집 채 같은 이불들이 윗목에 층층이 쌓여있었다.

푸른 복면인들은 주인을 가운데 두고 빙 둘러 앉았다. 일우는 그들 뒤의 방 한 구석에서 쪼그리고 앉아 이미 피곤에 지쳐 졸고 있었다. 그러자 키 큰 푸른 복면인이 다른 복면인들 중 한 사람에게 그 아이의 갑옷과 투구를 벗긴 후 방 윗목에 이불을 깔고 재우라는 지시를 했다.

곧 일우가 이불에 눕혀지고 반듯이 누워 잠을 자게 되었고 푸른 복면인들은 모두 일우의 잠자는 모습을 잠시 물끄러미 바라보았다. 그들은 어린 게 말 못할 고생을 하고 있는 것이 매우 측은하고 불쌍하여 가슴이 저려왔다. 하지만 잠들어 있는 그 아이의 모습에서 그들은 자신들이 매우 존경하는 대사형인 선우려상의 모습을 발견하고 슬며시 미소를 지었다.

이윽고 주인 백종겸은 긴장된 표정으로 그들에게 수인사를 했다.

"선방의 모든 분들은 다 안녕하시지요? 오늘은 무슨 급한 일들이 있나 봅니다."

이렇게 말하며 백종겸은 푸른 복면인들의 눈치를 살폈다. 그러자 푸른 복면인들 중 키가 가장 큰 사나이가 주인의 말을 받았다.

"선방의 모든 분들은 다 편안하십니다. 헌데 오늘 우리가 이곳에 묵으면 여각이 몹시 위험할 지도 모르겠습니다. 지금 왕당 척살대들이 다시 이곳에 몰려올지도 모릅니다. 워낙 말들과 저 아이가 피곤하여 위험한 상태라 한 두 시진 정도 쉬었다 갔으면 좋겠는데 괜찮을 지 모르겠습니다."

"그러나 만일을 대비해 쉬시는 동안 여각 주변에 하인들을 시켜 상황을 감시하도록 하지요."

"그건 안 됩니다. 이 여각의 누구도 우리가 이곳에 있다는 것을 알면 안 됩니다. 잔혹한 왕당 척살대들이 그들에게 어떤 짓을 할 지 모릅니다."

백종겸은 한편은 대단한 일이 벌어질 지도 모른다는 생각에 두려움과 함께 야릇한 흥분이 드는 것을 어찌할 수 없었다. 그들은 잠시 대화 뒤에 왕당 척살대들이 몰려올 것을 대비해 그들은 그 비밀 지하실에서 잠을 자되 여각 입구 부근에서 백종겸과 그들 중 한 사람이 돌아가면서 보초를 서기로 하였다. 그러다가 무슨 일이 발생하면 즉각 달려와서 나머지 사람들을 깨워 달아나기로 하였다. 그리하여 백종겸과 푸른 복면인 중 가장 젊은 사람이 여각 밖에서 보초를 서러 나갔고 다른 사람들은 피곤에 지친 몸을 쉬기 시작하였다.

그러기를 약 반 시진이 지났을 때 두 사람은 여각 주변에 으스스한 살기와 마치 뱀들이 다가오듯 웬 무리들이 소리 없이 여각 주변에 몰려오고 있는 것을 무사의 본능으로서 느꼈다. 두 사람은 즉시 지하실로 달려가 곤히 잠자고 있는 사람들을 황급히 깨웠다.

푸른 복면인들은 다시 일우를 깨웠다. 하지만 일우는 온 몸이 천근만근이 되어 도무지 일어날 줄을 몰랐다. 그러자 푸른 복면 한 사람이 그의 귀 밑의 혈을 살짝 누르자 일우는 번쩍 눈을 떴다. 그는 일우에게 철갑옷을 몸에 입히고 쇠투구를 머리에 씌운 후 그를 등에 업고 지하실을 빠져 나와 마방 쪽으로 달려갔다.

그러나 그들이 거기서 자신들의 말을 막 타려고 하는데 이미 왕당 척살대들이 그 여각 안으로 들어와 샅샅이 방마다 자신들을 수색하고 있으며 밖에서는 왕당 척살대들이 여각 주위를 완전히 포위한 사실을 깨달았다. 그들은 할 수 없이 다시 살금살금 비밀 지하실로 물러나서 상황을 지켜보는 수밖에 없었다. 그들은 여차하면 치고 나갈 생각으로 밖의 상황을 주시하면서 지하실 입구에서 칼을 빼들고 긴장한 상태로 있었다.

해루객잔의 주인 백종겸은 청려선방의 비밀에 대해서 사실 별로 아는 것이 없이 그저 그들이 자금을 대주어 이곳에서 여각을 운영하고 있었다. 하지만 그는 자신이 수나라 문제와 양제가 고구려를 침략했던 네 차례의 려수전쟁(麗隋戰爭) 때 두 번이나 죽을 뻔한 것을 극적으로 살려 준 조의선인들의 은혜를 잊을 수가 없었다.

이후 그들이 이곳에다 여각을 열고 자신들에게 필요한 숙박시설을 제공해줄 것과 출입하는 사람들의 정보를 제공해달라는 부탁에 그는 두 말 없이 동의하였으며 지금껏 충심을 다해 그들과 인연을 맺어왔던 것이다.

그러나 오늘 밤의 상황은 아무래도 심각했다. 왕당 척살대는 여각에 도착하자마자 전광석화같이 그와 그의 아내 그리고 대 여섯 살밖에 안 된 어린 아들과 남녀 하인 10명을 쇠사슬로 묶고 100명이나 되는 검은 복면인들이 모여 있는 여각 앞마당으로 끌고 나왔다.

그리고는 주인인 백종겸 부터 철편으로 후려치면서 고문을 하기 시작하였다. 그의 등판에서 살이 철편에 묻어나왔고 피가 등에 흐르기 시작했다. 고문을 하는 검은 복면인이 그에게 피도 눈물도 없는 잔혹한 저승사자처럼 차갑게 물었다.

"이곳에 푸른 복면을 한 아홉 명이 작은 아이 한 놈을 데리고 나타나지 않았느냐?"

"그런 사람들은 전혀 나타난 적이 없습니다요."

백종겸은 온 몸에 통증과 함께 죽음에 대한 두려움을 느끼면서도 우선은 담대하게 부정하였다.

"호오, 그래? 이놈이 분명 청려선방의 앞잡이임에 틀림없구나. 여봐라, 이놈을 인두불로 지져라."

그러자 한 검은 복면인이 그들 앞에 피어놓은 모닥불에서 이미 뜨겁게 달궈진 인두를 꺼내들더니 그의 등판을 부지직 지져대었다. 그는 으으윽! 하고 짙은 신음을 내뱉었는데 그의 머리는 헝클어지고 눈에는 핏발이 섰으며 피와 눈물이 범벅이 된 얼굴에는 증오의 빛이 역력했다.

그도 한 때는 고구려의 전사였다. 그러기에 건무태왕과 그 일당들의 친당 노선에 대해 그도 강렬한 반감을 가지고 있었다. 그러니 건무의 앞잡이인 이들 왕실척살대들의 비인간적인 고문에 강력한 반발을 안 할 수가 없었다. 그는 설령 자신이 죽어도 자신에게 구명의 은혜를 준 청려선방의 조의선인들에게 터럭만큼도 피해를 줄 생각이 없었다. 차라리 목숨을 걸고 그들을 지켜주는 것이 고구려 전사의 길임을 굳게 믿고 있었다.

"이놈의 이글이글한 그 눈빛 속에는 역심이 역력하구나. 이놈, 빨리 입을 열어라, 그 자들이 지금 어디 은신해 있느냐?"

"그 사람들을 결코 보지 못했소이다. 보지 못한 것을 보지 못했다고 말하는데 왜 생사람을 잡고 난리요?"

백종겸이 거칠게 항의하자 고문하던 자가 그를 철편으로 온 몸을 사정없이 후려 갈겼다. 매가 그의 몸에 닿을 때 마다 살과 피가 엉기어 나왔다. 그러자 그의 30대 초의 젊은 아내와 아들 그리고 남녀 하인들은 모두 두려움에 덜덜 떨면서 울음을 터뜨렸다. 그의 아내는 지금 태중에 새 아이를 가지고 있었는데 두려움으로 인해 거의 혼절할 지경이었다. 그의 여섯 살 난 아들은 두려움에 와들와들 떨면서 바지에 오줌을 지리고 있었다. 하인들 중 비밀 지하실을 청소해온 두 사람은 바들바들 떨면서 여차하면 지하실에 누군가 있을 지도 모른다고 고해바칠 결심을 하고 있었다.

"이노옴, 그자들이 역적인데 역적들을 숨겨주면 너희들뿐만 아니라 구족이 멸문지화를 당할 텐데 그래도 그자들의 은신처를 안 불겠느냐? 여봐라. 이놈이 당장 불지 않으면 이 자리에서 두 눈을 빼고 코를 베어내며 사지를 절단한 후 목을 쳐 죽이고 이놈의 식솔들은 물론 구족을 찾아내어 모두 몰살을 시켜라. 이노옴, 어떠냐, 당장 불겠느냐, 아니면 이 자리에서 역적 놈들 때문에 개죽음을 당하겠느냐?"

고문하는 자는 백종겸과 그 식솔들을 당장이라도 쳐 죽일 듯 협박을 하였다. 뒤에 선 왕당 척살대의 무리들은 당장이라도 백종겸과 식솔들을 순식간에 몰살시킬 만반의 준비가 되어 있었다.

"내가 모르는 일을 어떻게 불란 말이오, 결코 그런 사람들이 이곳에 온 적이 없소이다."

백종겸은 더욱 완강하게 부인하면서 푸른 복면인들이 신속히 이곳을 빠져나가기를 고대하고 있었다.

"안되겠군, 이놈의 두 눈부터 빨리 도려내라. 그래야, 정신을 차리겠다."

척살대 대장인 듯한 자의 호령에 한 검은 복면인이 날카로운 단검을 들고 백종겸의 두 눈을 도려내기 위해 그에게 가까이 다가섰다. 그리고는 흉측스런 미소를 두 눈에 띠우며 그의 오른 쪽 눈에 시퍼런 단검을 막 대려고 하는 찰나였다.

"멈춰라!"

천지가 떠나갈 듯한 호통 소리와 함께 9인의 푸른 복면인들과 함께 약 15명의 또 다른 푸른 복면인들이 말을 탄 채 그들 앞에 나타났다. 그러자 검은 복면인들과 백종겸의 식구들은 모두 깜짝 놀랐다. 사실 그 15명의 푸른 복면인들은 이미 여각에 손님으로 가장하고 있던 청려선방의 조의선인들 중 일부였다. 그들은 여각을 수색하고 있던 검은 복면인들을 모두 살해한 후 일우를 보호해 온 아홉 명의 푸른 복면인들과 함께 마방에서 말을 타고 나타난 것이다.

"호, 이제야 네 놈들이 모습을 드러내었구나. 이제는 쪽수가 많이 늘었구나. 역도놈들이 흠, 한 번 붙어보자는 것이냐, 가소로운 놈들, 우리는 네 놈들과 실랑이하자는 것이 아니라 네 놈들이 보호하고 있는 그 아이놈만 인계해주면 된다. 그러면 네 놈들을 모두 깨끗이 살려주마. 알겠느냐?"

대장인 듯한 자가 이렇게 외치자 키가 가장 큰 푸른 복면인이 껄껄 웃으며 그에게 호통을 쳤다.

"네 이놈, 명색이 고구려 무사라는 자가 아무 죄도 없는 선량한 백성들을 잔혹하게 고문하고 게다가 그 귀한 눈까지 도려내려 하다니. 그러고도 네 놈들이 나라의 녹을 먹는 소위 왕당 척살대라는 말이냐? 가소로운 놈들, 너희들이 지금 숫자만 믿고 까부는 모양인데 얼른 항복하고 돌아가라. 그렇지 않으면 이곳이 너희들 공동묘지가 될 것이다."

"저 저, 괘씸한 놈을 봤나. 감히 왕당 척살대를 우습게 여기고 역도의 아들놈을 숨겨주는 것도 모자라 우리를 모욕해, 얘들아, 저 자들에게 불화살을 날려 모두 태워 죽여라."

그러나 그의 이 말이 떨어지기도 전에 여각 쪽에서 갑자기 *푸시/ 싯!!* 소리가 나면서 약 20여명의 또 다른 푸른 복면의 무리들이 나타나 검은 복면인들을 향해 불화살들을 잽싸게 먼저 날렸다. 그러자 마상에서 지켜보던 검은 복면인들 열 댓 명이 말위에서 불화살에 맞아 쓰러지기 시작했다.

이 때 갑자기 23인의 푸른 복면인들이 마치 긴 장창처럼 생긴 긴 장검을 빼들고 기병의 전투태세로 전환한 후 비호처럼 빠르게 검은 복면인들에게 접근해 순식간에 그들의 말 다리를 모두 장검으로 쳐서 말들을 땅에 쓰러지게 만들었다. 약 4, 50명이 땅에 떨어지고 여각 쪽에서는 계속 불화살이 날아오자 검은 복면인들은 우왕좌왕하기 시작했다.

이후 왕당 척살대 100명은 일우를 보호해오던 9명의 푸른 복면인들과 청려선인의 사전 지시로 손님처럼 가장하고 여각에 이미 잠복해 있던 청려선방의 조의선인들 36명에 의해 한시진도 채 못 되어 대장 이하 단 한 사람도 살아남지 못하고 몰살당하였다. 그날 여각 객실 30개 방에 들었던 모든 손님들은 주인 백종겸도 전혀 눈치 채

지 못하게 이 시간을 대비하고 있던 청려선방의 조의선인 무리들이었다.

그때 일우는 지하실에서 혼자 잠들어있었으나 한 밤 중 소변이 마려워 잠자리에서 일어났다. 그는 지하실을 나와 측간을 찾다가 여각 밖이 너무도 소란스러워 호기심에 여각 밖의 상황을 대문의 문틈 사이로 슬며시 내다보았다. 그런데 밖에서는 큰 화톳불이 활활 타오르는 가운데 검은 복면인들과 푸른 복면인들이 무섭게 싸우고 있지 않은가? 그는 그들의 싸우는 모습을 바라보며 처음에는 무서워 덜덜 떨었으나 시간이 가면 갈수록 초인적으로 잘 싸우는 푸른 복면인들을 보면서 신이 나서 응원을 하기까지 하였다.

푸른 복면인들은 그날 밤 왕당 척살대 무리들 백 구의 시체를 근처 야산으로 끌고 가서 모두 소각시켰는데 시체 타는 냄새가 사방 십리에 진동하였다.

이후 일우를 데리러 왔던 3인을 제외하고 나머지 푸른 복면인들은 각자의 임무대로 자신들의 갈 길을 갔다. 그리고 왕당 척살대의 추격을 피하기 위해 여각은 당분간 문을 닫기로 하였다. 여각 주인 백종겸과 식구들 그리고 하인들은 모두 고향인 연해주로 가서 당분간 생업인 건어물상을 하기로 하였다. 또한 상황이 안정되면 여각은 새로운 사람이 맡아서 다시 운영하기로 하였다.

그날 오후 처음에 일우를 데리러 왔던 3인의 푸른 복면인들만 일우를 데리고 다시 백두산의 청려선방으로 향하였다. 당분간은 왕당 척살대의 추격이 없을 것이기에 조금 편안한 길이 될 것 같았다.

그들이 말로 약 2시진 정도를 달려 백두산 밑에 왔을 때앞이 전혀 안 보일 정도로 **빽빽**한 밀림은 온통 단풍이 들어 그야말로 천하 제일의 장관을 이루고 있었다. 백두산의 밀림에는 울창한 삼림과 온갖 종류의 기화요초(琪花瑤草)들 그리고 동물들이 자생하고 있었다.

그들이 백두산 천지를 향해 약 1시진 정도 산위를 올랐을 때 그들의 앞에 거대한 폭포가 나타났다. 그 폭포는 높이가 약 100장 정도이고 떨어지는 거대한 물살은 요란한 굉음을 내며 엄청난 크기의 시내를 이루어 산 밑으로 흘러내리고 있었다. 음력 10월인데도 폭포는 온천물이 흘러나오는지 전혀 얼지 않고 있었으며 주위는 뜨거운 기운으로 가득 차 있었다.

일행이 그 폭포를 돌아서 산 위로 올라갔을 때 그 앞에 말 한 마리가 지날 수 있을 정도 크기의 동굴이 나타났다. 그들은 말에서 내려 말을 이끌고 그 동굴 안으로 들어섰다. 약 500장 정도를 지났을 때 동굴 안이 거대한 화강암 바위로 앞이 콱 막혀 있어 한발자국도 전진할 수 없었다. 키가 큰 푸른 복면인이 그 거대한 바위 돌문 앞에 서서 부싯돌로 불을 밝히자 그 바위 문 앞 천장에는 이상한 모양의 방위도가 보였다.

그것은 큰 원을 그리고 그 원안에 다시 꽉 찬 사각형을 그렸는데 그 사각형 안에는 다시 3각형이 그려져 있었다. 그 원안에는 3태극의 문양이 있었고 그 안에는 24숙의 별자리가 그려져 있었다.

그 키 큰 복면인이 북두칠성의 별자리를 각각 손으로 힘껏 누른 후 왼쪽으로 23.5도 정도를 틀었다. 그리고 다시 삼태성을 각각 누른 후 오른쪽으로 37.5도를 틀었다. 그런 후 북극성을 다시 힘껏 누른 후 가운데로 정확하게 29도를 틀었다. 그러자 갑자기 요란한 소리가 나며 문이 스르르 열리었다.

일행이 그 돌문을 지나자 앞에는 탁 트인 평원이 나타났는데 그 평원을 약 3,500장 정도 다시 지나자 웬 마을이 나타났다. 마을은 약 1,000호 정도의 작은 규모였는데 집들은 초가삼간이었지만 집집마다 자급자족할 수 있도록 전답과 약초 재배지 그리고 자그만 부경(桴京=창고)을 갖추고 있었다. 그들이 마을의 한 가운데 길을 지나 천천히 산 위로 올라가자 다시 성문이 나타났다. 전형적인 고구려 산성의 양식을 본떠서 만든 것이고 산 위에 있는 청려선방을 보호할 수 있는 마지막 관문이었다.

그들이 성문 앞에 섰을 때 그들은 푸른 복면을 비로소 벗고 일우의 몸에서는 철갑옷과 쇠투구를 벗기고 문을 지키고 있는 2명의 젊은 문지기들에게 인사를 했다.

"경후 사질, 장오 사질, 잘들 계셨는가? 스승님께서는 편안하신가?"

"용명 사숙, 정고 사숙, 칠휴 사숙, 잘 다녀오셨습니까? 이 아이가 바로 선우 대사숙의 아들인가요?"

"그렇다네. 이 아이를 여기까지 데려오느라 엄청 고생했다네."

그러자 일우는 문지기인 경후와 장오를 향해 꾸벅 머리를 숙였다. 그러자 두 사람은 일우의 머리를 손으로 쓰다듬어 주었다. 일우는 여기까지 오는 과정의 모든 것이 다 신기했는데 이곳에서 자신을 알아보는 사람들을 만나자 조금은 마음이 편안해졌다. 하지만 아직도 그의 마음은 불안과 슬픔의 한 가운데서 방황하고 있었다.

일우와 용명, 정고, 칠휴 세 사람은 성문을 지나 청려선방으로 들어섰다. 선방은 성문 안의 모든 시설들과 사람들을 일컫는 것인데 성문 안에는 약 1만 명은 수용할 만한 큰 운동장 같은 연무장이 있었다. 그 연무장을 중심으로 푸른 기와지붕에 천연목재로 지은 단층 누각들이 약 50여개가 있었는데 이것은 조의선인들이 거주하는 일종의 학교와 기숙사 시설 같은 곳이었다. 그리고 산꼭대기에는 환웅천왕과 조상들을 제사하는 큰 사당과 청려선인이 거처하는 누각 및 그가 수련하는 동굴이 있었다.

그들은 말을 연무장의 마방에다 갔다 맡기고 말을 돌보는 조의선인 후배에게 말들을 잘 돌보아줄 것을 부탁했다. 그리고는 걸어서 약 100장 정도 되는 청려선인의 누각으로 향했다. 잠시 후 그들이 도착했을 때 백발이 성성하고 두 눈썹이 백설 같으며 키는 6척이 조금 넘는 청려선인이 이미 문 앞에 나와 그들과 일우를 기다리고 있었다.

그는 그들을 만나자 눈물을 글썽거렸는데 일우를 얼싸안으며 얼른 자신의 누각 안으로 데리고 들어갔다. 그가 거실에 좌정하자 세 사람과 일우는 그에게 큰 절을 했다. 한 30평 정도는 될 듯한 거실에는 마루가 깔려 있었는데 한 구석에는 거문고와 긴 칼 한 자루 만이 덜렁 놓여 있었다. 그리고 또 한 구석에는 국강상광개토경평안호태왕(國罡上廣開土境平安好太王)[20] 비문을 조그맣게 만들어놓은 모조품이 놓여있었다.

"스승님, 잘 다녀왔습니다. 그간 평안하셨는지요."

"수고들 했네. 이 아이가 이렇게 무사히 이곳에 온 것은 삼신하

---

[20] 일반적으로 '광개토대왕'이라고 하는데 그 분의 공식 호칭은 이렇게 불러야 맞다.

느님의 가호일세. 그래, 얼마나 고생들 했나. 자네들의 그 공은 고구려 역사에 길이 빛날 걸세."

청려선인은 세 사람을 진심으로 치하했다. 그는 일우를 마치 할아버지가 손자를 내려다보듯이 그렇게 사랑스러운 표정으로 바라보았다. 그는 갑자기 일우에게 자상한 목소리로 물었다.

"일우야, 너는 내가 누구인지 아느냐?"

"네, 청려선인 할아버지이십니다."

일우는 그에게서 한없는 사랑을 느끼며 씩씩하게 말했다.

"그래, 네 아빠는 바로 내 제자였지. 우리 청려선방이 배출한 가장 훌륭한 고구려 무사였는데……"

이렇게 말하는 청려선인의 눈에는 눈물이 한 방울 맺혔다. 50대에 접어든 세 사람은 천하에서 가장 무공이 강하고 이미 신선의 경지에 들어서 생사를 마음대로 하는 자신들의 스승 청려선인의 이렇게 비감한 모습을 보니 그가 얼마나 선우려상을 사랑하였는지 잘 알 것 같았다.

"자네들은 오늘은 푹 쉬고 내일부터 9일간 고구려 아니 천하제일의 무사였던 선우려상의 장례식을 성대히 치를 준비를 하게. 그는 참으로 우리 고구려 무사들의 혼이었고 우리 고구려의 정통성을 수호한 천하의 영웅이었네. 그러니 국장에 준하는 정도로 우리 청려선방 이래 최고의 장례식을 치르도록 하세. 그래야 그의 억울하게 죽은 영혼이 구천을 떠돌지 않을 것 아닌가? 또한 자신의 일점혈육이 제주가 되어 치르는 장례식에 그 영혼이라도 나타나 아들의 장래를 축복하지 않겠나. 한 가지 명심할 것은 왕실에서 다시 군대를 파견하여 왕당 척살대 실종 사건을 조사할 줄 모르니 장례식이 무사히 끝날 때까지 경계를 더욱 강화하시게. 그러들 알고 준비하시고 오늘은 이만 물러가 푹 쉬도록 하시게."

그러자 세 사람은 스승에게 최대의 예를 표하고 자리를 물러나 각자 자신들의 거처가 있는 누각으로 갔다. 이제 일우와 청려선인만이 덩그렇게 넓은 거실에 남자 일우는 계면쩍어서 광개토경호태왕비문을 물끄러미 바라보고 있었다.

"일우야, 아빠가 다른 말씀은 없으셨느냐?"

청려선인은 일우에게 부드럽게 물었다. 그때서야 일우는 아빠가 편지에서 자신의 조의선인복을 청려선인에게 벗어드리라는 말이 생각났다. 일우는 즉각 자신이 입고 있던 검은 조의선인복을 벗어 청려선인에게 두 손으로 공손히 드렸다. 그러자 청려선인은 일우에게 새로운 검은 조의선인복을 주면서 일우의 옷을 받았다. 그는 일우에게 부드러운 음성으로 말했다.

"오늘은 이 할배 옆에서 자고 내일부터는 네 거처에서 자도록 해라. 그리고 지금 몹시 피곤할 테니 따뜻한 물에 목욕을 하고 일찍 자도록 해라."

"네, 큰 스승님."

일우가 이렇게 대답하자 청려선인은 흐뭇한 미소를 띠며 그를 물끄러미 바라보더니 그의 시중을 들고 있는 10대 후반의 조의선녀인 아리를 불렀다. 그러자 곧 키가 훌쩍 커서 선머슴 같지만 얼굴은 예쁘장한 아리가 그들 앞에 나타났다.

아리는 큰 스승님 앞에 있는 일우를 보고 귀여워 죽겠다는 표정을 지은 후 일우를 욕실로 데리고 갔다. 아리는 이미 준비한 뜨거운 물을 큰 나무 욕통에 넣은 후 일우의 온 몸을 씻겼다. 일우는 창피해서 고추를 내내 가리었는데 아리는 그런 일우가 얼마나 귀여운지 아이를 씻기며 머리를 쥐어박는 등 한참 장난을 하였다.

아리는 일우를 목욕시킨 후 정성스레 밥상을 차렸다. 그리고 청려선인 및 일우와 함께 세 사람이 정겹게 밥을 먹었다. 청려선인은 일우에게 백두산에서 나는 온갖 진귀하고 맛있는 고비, 참나물, 무수해, 청취, 산파, 산마 등 영양가가 높고 맛있는 나물들과 식물들 그리고 조의선인들이 사냥을 해서 잡아온 멧돼지와 사슴 등 온갖 맛있는 고기를 손수 일우의 입에다 넣어주었다. 아리는 큰 스승님이 일우를 이렇게 귀여워하는 것을 보자 은근히 샘이 날 정도였다.

식사 후 아리는 일우를 자신의 거처에 데리고 가서 놀았고 거실에 혼자 남은 청려선인은 일우의 검은 조의선인복을 이리 저리 살펴보았다. 분명히 려상이 그곳에다 천부신검의 소재를 밝히는 지도를 그려놨을 것이라고 짐작하면서 그는 한참이나 조의선인복을 살펴보았다. 하지만 쉽사리 지도는 발견되지 않았다.

그러자 청려선인은 집히는 것이 있어 혹시나 하고 그 옷을 가지고 이미 칠흑같이 어두운 환웅천왕의 사당으로 들어갔다. 그는 호롱불을 켠 후 환웅천왕의 좌상 앞에 삼고구배를 하였다. 그리고 백두산 천지에서 떠온 물이 담긴 큰 나무 통 속에다 일우의 옷을 넣었다. 그러자 갑자기 옷의 검은 색이 사라지기 시작하더니 하얗게 변하는 것이 아닌가? 그러더니 그곳에 선명한 삼색 지도가 나타났다.

청려선인은 그 지도를 머릿속에 외웠다. 아무리 100살이 넘은 선인이었지만 그의 몸은 이미 대주천을 넘어 우화등선(羽化登仙)의 경지에 이르렀고 그의 총기(聰氣)는 10대 청년들 못지않았다. 그는 그 지도가 주는 의미를 잘 알고 있었다.

선우려상은 천부신검을 소유한 지 35년 동안 그 검에 나타난 옛 녹도문(鹿圖文)21)을 해석하기 위해 온갖 노력을 기울였다. 결국 그의 문무겸전하고 박문강기한 실력으로 말미암아 왕당 대모달에서 물러나기 직전 천부신검에 그려진 녹도문의 그 비밀을 마침내 풀고 말았다. 그것은 배달겨레의 또 다른 중요한 성업 즉 환웅천왕의 백두산 천강 때 겨레가 대이동을 처음 시작한 그곳 즉 우리 겨레의 원래 본향인 지상천국으로 들어가는 길을 찾는 것이었다.

고려 충렬왕 때 국사 일연이 쓴 삼국유사에는 그것을 〈옛날에 환국(桓國)이 있었다. 그런데 자식들의 마을에 사는 환웅이 홍익인간의 이념으로 항상 세상을 다스리기를 희망하였다. 아버지께서 아들의 마음을 알고 천부인 세 개를 주어 세상에 내려가 다스리게 하시었다. 환웅은 3천의 무리를 거느리고 마침내 태백산 산정에 내려와 풍백, 우사, 운사와 함께 인간 360여사를 다스리셨다 운운〉으로 표현해놓았다.

그렇다면 그 환국이 바로 우리 겨레가 시작한 본향이며 그곳은 모든 인간들이 신선처럼 완전히 자아실현을 이룩하고 끝없는 평화와 조화 속에서 살아가는 지상천국이었던 것이다. 따라서 천부신검을 처

---

21) 사슴 모양의 글자로 환웅 천왕이 백두산에 내려오시던 시절에 쓰이던 글씨로 평양의 법수문과 경남 김해 낭하리 비문등에서 발견되는 고대 환국의 글자로 여겨진다.

음 받을 때 환인 천제인 안파견(安巴堅)께서는 환웅천왕에게 언젠가 우리 겨레가 다시 그곳으로 돌아올 수 있도록 그 천부신검에 당시 쓰던 녹도문으로 그 비밀을 보존하여 아들에게 물려주었던 것이다.

청려선인은 드디어 고구려 900년의 역사가 끝에 이르러 우리 겨레가 가야할 길을 잃어버리고 정통성을 잃어버리는 대혼란의 시대가 열릴 것을 대비하여 지금부터 우리 겨레가 돌아가야 할 길을 준비해야 한다는 생각에 온 몸이 전율하기 시작하였다. 그는 그 일을 위해 자신이 일우를 제대로 길러야 한다는 사명감에 더욱 불타올랐다. 그는 일우의 하얗게 변한 조의선인복을 부싯돌에 불을 붙이어 태워버렸다. 그리고 그날 밤 첫날이자 마지막으로 자신의 수제자의 유일한 아들 일우와 함께 잠자리에 들었다.

제3장　선우려상의 장례식

"태왕 폐하! 신(臣) 왕당 대모달 이철곤이 보고드릴 일이 있어 급히 배알하옵니다."

장안성 안학궁 태왕의 내실에서 이철곤은 머리를 조아리며 건무 태왕과 독대를 하고 있었다. 건무는 요즘 들려오는 민심의 동향마다 자신에 대해 매우 부정적이라 도무지 기분이 좋지 않았다. 지금 당나라와는 려수대전 때의 포로 수만 명을 교환하고, 또한 서로 황제 등극 축하 사절 등을 보내는 등 하여 마치 형제지국처럼 좋은 사이가 되었다. 따라서 당나라 황제인 고조 이연으로부터 상주국(上柱國) 요동군공(遼東郡公) 고구려왕으로 책봉을 받아 고구려 태왕으로서의 자신의 정통성을 인정받았다.

그런데 어디서 소문이 났는지 즉위식 때 사용했던 천부신검은 가짜이고 현 태왕은 머지않아 자리에서 쫓겨날 것이라는 뜬금없는 소문이 고구려 제국 내에 퍼져가고 있다는 것이 아닌가?

건무는 선우려상만 생각하면 이가 부드득 갈리었다. 자신의 형님이었던 고 영양태왕에게는 자신의 간이라도 빼서 바칠 만큼 충성을 하였던 인간이 자신을 태왕으로 인정하지 않아 천부신검을 어디다 감추고서는 목숨을 내놓은 그 독한 성품을 생각하면 새삼 끔찍한 인간이라는 생각이 들었다.

게다가 그의 아들놈을 붙잡지 못하고 있는데 아직도 청려선방인지 개뼈다귀 같은 조의선인놈들은 어디선가 숨어서 힘을 기르며 자신을 비웃고 욕을 하고 있다는 생각을 하면 가슴속에서 천불이 났다. 그런데 이철곤이 독대를 요청해오자 그는 그가 무슨 좋은 복안을 가져올까 하는 기대에 즉석에서 그의 독대 요청을 수락하였던 것이다. 건무는 얼굴에 가장 부드러운 미소를 머금으며 그를 맞이하였다.

"오, 이 대모달, 얼마나 수고가 많은가? 현재 진행 중인 왕당 척살대 실종 사건 조사들은 잘 해결되어 가고 있는가?"

건무는 자신의 본심을 숨기고 상냥한 미소를 띠며 이철곤을 바라보았다. 몸집이 날씬해서 그가 입고 있는 갑옷이 더욱 무거워 보이는 이철곤이었다. 헬쑥한 얼굴과 날카로워 보이는 눈매는 그가 선천적으로 신경질적인 성격의 소유자임을 드러내고 있었다. 특히나 약간은 여성적인 그의 목소리는 그가 매우 소심하며 섬세한 사람임을 보여주고 있었다.

"폐하, 신이 무능하여 아직도 상황을 잘 파악하지 못하고 있습니다. 그들은 분명 이도백하 부근에서 청려선방의 무리들과 만났던 것 같은데 그 이후 행적이 묘연합니다. 이도백하 부근에서 그들을 야밤에 보았다는 사람들을 찾았는데 그들은 동북방향으로 이동하는 것 같았다고 합니다. 그런데 그들의 그 이후 종적이 끊어졌다 합니다. 아무래도 신이 직접 군대를 이끌고 가서 청려선방의 본거지가 있는 백두산 일대를 샅샅이 수색하여야 할 것 같습니다. 왕당은 부대모달에게 맡기고 신이 정규군을 약 20,000명 정도 이끌고 가서 백두산의 청려선방 무리들을 소탕하는 것이 어떠하올지요. 폐하의 영명하신 판단을 바라옵니다."

건무는 잠시 말없이 이철곤을 뚫어지게 바라보았다. 그는 이철곤의 엄청난 무공과 때로는 뱀처럼 간교한 지혜와 꿀송이같은 아첨을 몹시 사랑했는데 이번 일을 처리하는 것을 보니 매우 답답했다.

청려선방의 무리들이란 모두 죽은 선우려상과 같을 것이다. 20,000명이 아니라 20만 대군을 이끌고 가도 그들이 백두산 곳곳에 쳐놓은 천연적인 요새와 함정들로 인해 소탕하기가 불가능할 것이다. 그런데 20,000명의 정규군을 가지고 그들을 소탕해?

건무는 이철곤을 속으로 비웃으며 겉으로는 가장 자상한 군주마냥 그의 말을 열심히 듣는 척 했다. 이윽고 건무는 점잖게 말을 시작했다.

"이 대모달의 생각이 무척 훌륭하군. 하지만 지금으로서는 100명의 척살대마저 그렇게 허무하게 몰살당한 것을 보니 결코 만만히 여길 대상이 아니야. 내 생각으로는 근본적으로 그들을 잡을 덫을 놓는 것이 어떨까 하네만."

"덫이라 하심은?"

이철곤은 도무지 건무의 생각을 따라 잡을 수가 없었다.

"지금 천하가 안정되고 국부민안(國富民安)한데 군대를 자꾸 움직이면 왕실의 평판만 나빠지지 않겠나? 그러니 차라리 다른 방법을 구사해보게."

건무는 속으로 이 머리 나쁜 인간이 왕당 총수이니 만일 청려선방 무리들이 자객들이라도 풀어 나를 죽이려고 하면 과연 이 인간이 나를 보호할 수 있을까 하는 우려가 드는 것을 어찌할 수 없었다.

"하오시면 첩자들을 청려선방에 들여보내라는 말씀이신가요?"

"그래, 바로 그거야. 분명히 청려선방 무리들이 백두산을 내려와 물건들을 교역하기 위해 정기적으로 시장에 나오지 않겠나. 그러니 이도백하와 화평영자 부근 여각과 국내성 및 장안성 시장들에 첩자들을 풀어 수상한 자들을 비밀히 미행하게. 또한 려상의 아들놈을 백두산의 청려선방에서 지금 안전하게 데려다가 보호 중이라면 인지상정상 분명이 죽은 선우려상의 장례식을 성대히 치루는 것이 마땅하지 않겠나. 그렇다면 분명히 천하제일의 무사였던 그 자를 배출한 선방의 입장에서 그 선방과 깊은 관계가 있던 자들 특히 이 조정내의 중신들과 각부 대인들 그리고 장군들을 비밀리에 초청하지 않겠나. 특히 동부대인 연태조 전 대대로는 청려선방에서 배출한 인물이니 그 자의 일거수일투족을 은밀히 감시하게. 게다가 분명히 옥저 욕살 양만춘이도 그 청려선방 출신이니 그 자의 동태도 감시하게. 그 밖에 지금 조정에 출사하고 있는, 청려선방과 유야무야로 관계가 있는 대형급 이상의 고관들과 각 부에서 군권을 장악하고 있는 장군들의 동태를 철저히 감시하게. 분명히 근일 중 선우려상의 장례식이 있을 것이고 분명히 비밀스레 그 장례식에 초대받아 가는 인간들이 있을 것이야. 그들은 아직 왕실과 선우려상과의 얽힌 관계를 전혀 눈치 채지 못하고 있을 것이고 또 그들의 얽힌 의리로 보아 결코 선우려상의 장례식에 참석해달라는 청려선방의 요구를 절대 거절할 수 없을 것이야. 그들을 조심스레 살펴 미행하게. 그리고 장례식에 쓸 귀중품들을 구하러 장안성 까지 나오는 선방의 무리들이 있을지 모르니 각 도성의 상단에 연통하여 그런 자들을 사전에 파악하여 미행하도록 하게. 그런 후 그들이 어디로 이동하는 지 파악한 뒤에 조정이나 백성들이 아무도 모르게 자객을 보내어 청려선인이 보호하고 있는 선우려상의 아들놈을 붙잡아 올 수 있을 것이야. 그러면 그들이 그 아이를 찾기 위해 움직이지 않겠나. 그때 대군을 풀어 청려선방 무리들을 일거에 소탕하는 대대적인 작전을 펼치게. 알겠나?"

건무가 왕년의 수군대장군답게 전략적으로 이 문제를 접근하자 이철곤은 비로소 그의 말뜻을 알아들었다. 정공법으로는 도저히 그들을 잡을 수 없으니 첩보전으로 가자는 말이었다. 이철곤은 여기에서 건무에게 아부성 발언을 하여야 할 필요를 느끼고 가장 감탄한 듯이 말을 하였다.

"과연 태왕 폐하의 신산모계(神算謀計)는 제갈량보다도 더 뛰어나시고 을지문덕 장군보다 더 훌륭하십니다."

"허허, 내가 제갈량보다 낫다면 모를까 어찌 을지문덕 장군보다 낫겠나. 그야 불세출의 영웅이고 나야 그저 타고난 태왕일 뿐이지 음음."

건무는 이 세상에서 제일 듣기 좋은 소리가 자신이 을지문덕 장군보다 더 낫다는 아부를 들을 때였다. 2차 려수대전 때 세운 공이야 자신과 을지문덕 장군이 비슷한데 웬일인지 백성들은 모두 을지문덕만 칭찬하고 자신은 그저 잊어버린 것 같았다. 건무는 초록은 동색이라고 무지렁이 백성들은 역시 평민 출신인 을지문덕을 열광적으로 좋아하는 것이라고 그를 폄하하였다. 하지만 건무의 마음속에서는 을

지문덕에 대한 열등감이 항상 자리하고 있었다. 그는 누가 을지문덕에 대한 칭송을 하는 것을 들으면 그 자리에서 당장이라도 그 자를 쳐 죽이고 싶을 만큼 을지문덕에 대한 질투심이 부글부글 끓어올랐다.

건무와 독대를 마치고 나온 이철곤은 왕당 휘하의 첩보조직인 '갈까마귀'를 소집했다. 그는 그들에게 백두산 부근의 마을과 장안성과 국내성의 모든 상단들을 철저히 감시하고 각 상단들에게 수상한 자들은 무조건 보고하게 한 후에 갈까마귀들이 직접 그들을 미행하라고 지시했다. 또한 전 대대로 동부대인 연태조와 식솔들의 일거수일투족을 모조리 감시하여 보고할 것과 옥저욕살 양만춘과 조정과 각 부내에 청려선방과 관계가 있다고 의심되는 인사들에 대한 대대적인 감시 작업을 진행할 것을 지시하였다. 갈가마귀들은 전 고구려 제국뿐만 아닌 당나라와 백제, 신라, 왜까지 광범위한 첩보조직을 갖추고 있는 무서운 정보조직으로서 그들의 촉수를 벗어날 조직이나 사람들은 거의 없다고 해도 과언이 아니었다.

그들이 그렇게 두 눈을 부릅뜨고 있는 것을 아는지 모르는지 청려선방은 일우가 도착한 다음 날부터 대대적으로 선우려상의 9일장을 치루기 시작했다. 그의 시체는 이미 왕당 군사들에 의해 산산이 부서졌기 때문에 그의 목상이 제작되었고 최고급 오동나무 관에 그의 거짓 시체가 안치되어 환웅사당 내에 보관되고 있었다.

청려선인의 지시로 고구려내 유력인사들 중 청려선방 출신들과 또한 선우려상과 떼려야 뗄 수 없는 인연을 가진 사람들 중 기밀 누설에 문제가 없다고 판단되는 1,000여명에게 비밀리에 인편으로 장례식 초청장이 발송되었다. 그들 대부분이 장례식 참석에 두 말 없이 응했다. 그것은 그들이 아직도 왕실과 선우려상 그리고 청려선방과 얽힌 역학 관계를 제대로 파악하지 못한 관계일 수 있었지만 그들은 검선 선우려상의 돌연한 부고에 너무도 놀랐으며 자신들과 그와의 얽힌 너무도 깊은 인연 때문에 기꺼이 장례식에 참석하기로 약속하였던 것이다.

그러나 건무 측에서는 그들의 동태를 샅샅이 파악하고 있었는데 초청받은 인사들 중 대당 온건파이거나 온건파로 돌아설 가능성이 있는 수 명의 고관들과 욕살들 및 장군들을 포섭하기 위하여 온갖 노력을 기울였다. 그때서야 초청장을 받은 대다수의 인사들이 매우 우려스러운 분위기를 눈치 챘다. 어찌되었거나 현재 집권 세력이 대당 온건파인 건무태왕을 중심으로 완전히 재편되었으니 그들로서는 그들과 무조건 부딪치는 것이 장래 아무런 도움이 될 수 없다고 생각했다. 그리하여 수백 명의 상당수 인사들이 초청을 포기하는 사태가 일어났다.

그러자 이철곤은 그들 중 매수할 수 있다고 판단되는 남부대인 진효명을 집중 설득하였다. 그에게는 태왕이 친히 황금 500관과 최고급 당나라 비단 300필 그리고 무엇보다도 태왕이 가장 아끼는 천하 절색인 당나라의 월 지방 미인을 하사하였다.

그러자 진효명은 너무도 태왕의 성은에 감동하여 그의 마음이 완전히 태왕 편으로 기울었다. 그는 이철곤이 지시하는 대로 백두산에서 있을 선우려상의 장례식에 참석하여 청려선방으로 가는 길과 그곳의 실정을 속속들이 파악하여 알려주겠다고 약속했다.

그해 음력 10월 27일 백두산 청려선방에서는 고구려제국 전국에서 초청된 최고위 유력인사 550여명(450여명은 포기함)과 전국 조의선인 조직의 대표자 3,000명 그리고 청려선방의 조의선인들 15,000명 그리고 선우려상의 유일한 혈족인 선우일우와 청려선인이 참석하는 대대적인 장례식이 청려선방 연무장에서 열렸다.

장례식은 환웅천왕 사당에 안치된 선우려상의 시체에 대해 장례식이 열림을 청려선인이 삼신하느님과 조상님들에게 고하는 것으로부터 시작되었다. 그 다음 순서로 장례참석자들 중 대표자들 99명만 분향 및 헌화를 하였다. 이후 용명, 정고, 칠휴, 구선, 밀하, 오미, 선항, 파한 등 청려선방의 9대 제자들이 선우려상의 오동나무 관을 어깨에 메고 사당 밖에서 대기 중인 상여에 그 관을 실었다.

그리고 청려선방 조의선인들이 고구려제국 전국에서 도착한 온갖 만장과 깃발들을 앞세우고 상여 앞에서 길을 인도했다. 유족 대표인 선우일우가 맨 앞에 서고 청려선인이 그 옆을 따랐으며 만일의 사태를 대비해 조의선인들이 일우의 곁을 그림자처럼 지키며 상여를 따라갔다. 장례식 참석자들은 모두 굵은 삼베옷과 굴건 등을 쓰고 있었다.

상여가 연무장에 도착했을 때 전국에서 온 최고위층 인사들과 조의선인들까지 거의 20,000여명이 연무장을 꽉 채워 발을 들여놓을 자리가 없었다. 장례식은 고인에 대한 묵념으로 시작되었다. 참석자들은 당대 천하제일의 무사이자 검선이었던 선우려상의 갑작스러운 죽음에 너무나도 애통했다. 고구려의 장래에 불안한 그림자가 드리우고 있다는 막연한 불안감이 그들에게 엄습했다.

고인에 대한 묵념이 끝나고 고인에 대한 약력보고가 있었다. 청려선방을 대표하여 용명이 선우려상의 약력을 보고했다.

그 내용을 요약하자면 선우려상은 국내성 출신으로 위두대형(位頭大兄)이었던 장군 선우휘준의 외아들로 태어나 약관 15세에 청려선방에 입문했다. 그는 18세에 고구려 전국 무술대회에 나가 우승하였다. 이후 천부신검을 소지하는 자격을 얻기 위하여 10년 동안을 백제, 신라, 왜, 수나라, 돌궐, 토번(서장), 토욕혼, 천축 등을 주유하며 당대 최고의 무사들과의 대결을 통해 73전 73승을 이룩하였다. 마침내 검법이 검선의 경지에 올라 어검술을 구사하게 되었는데 내공은 대주천을 이루어 자신의 기를 마음대로 운영하는 경지에 올랐다. 그러자 고구려의 당시 태왕인 영양태왕의 부르심을 받아 고구려 5만 왕당의 총대장인 대모달이 되었다. 이후 태왕을 보호하여 13번의 암살 음모를 분쇄하였으며 려수대전을 비롯한 모든 전쟁에서 태왕을 보호하면서 태왕과 군부 사이를 잘 조정하여 려수 대전을 대승리로 장식하게 했다. 고인은 문무겸전하고 박문강기하여 고대사와 의술, 음률 및 제자백가에 능통하였던 그야말로 당대 천하제일의 무사였고 검선이었다. 고인은 7년 전 천부신검을 깊이 감추고 향리에 은거하여 고구려를 지킬 성군이 나오기를 기대하면서 려상대장간을 운영하며 살았다. 그러나 지난 9월 25일 밤 불의의 습격을 받아 유명을 달리하였으며 그의 유족으로는 7세 된 선우일우가 유일하다 운운 하는 내용이었다.

약력보고가 끝나자 참석자들 사이에 웅성거리는 소리가 심하게 나기 시작했다. 도대체 누가 그를 죽였는지에 대해 참석자들이 의분을 표하는 것 같았다. 그러자 청려선인이 그들 앞에 나타나 고인에 대한 예의로 자중해달라고 요청하였다. 그러자 모두들 입을 다물고 침묵을 지켰다.

다음에는 조사가 있을 차례였다. 조사는 동부대인 연태조가 하기로 내정이 되어 있었다. 그런데 예정된 연태조는 보이지 않고 그 대신에 키가 7척이 넘는 기골이 장대하고 위풍이 몹시 당당한 웬 20대 초의 젊은이가 천천히 연단으로 올라갔다. 사람들은 처음 보는 인물이라 몹시 그의 정체가 궁금해지기 시작했다. 그는 모든 사람들을 굽어보면서 천천히 말을 하기 시작했다. 그의 목소리가 어찌나 큰지 마치 용트림을 하는 것 같았다.

"저는 동부대인 연자 태자 조자 아버님의 큰 아들되는 연개소문이라 합니다. 저는 지금 몹시도 위중한 병중에 계시는 아버님을 대신하여 조사를 하러 이 자리에 나왔습니다. 사실 저는 천하를 주유하며 무공을 연마하고 있었는데 갑자기 아버님으로부터 급한 전갈이 와서 오늘 이렇게 갑작스럽게 이 자리에 와서 조사를 하게 되었으니 널리 해서해주시기 바랍니다."

그가 이렇게 말하며 전 참석자에게 양해를 구하자 청려선인이 그를 향해 고개를 끄덕였다. 조사를 해도 좋다는 승낙이었다. 그러자 연개소문이 품에서 두루마리를 하나 꺼내더니 그것을 읽기 시작했다.

"홍무 29년 상달 스무 이레 날 오늘은 우리 전 고구려 땅의 모든 생령들과 산천초목까지 그리고 하늘과 땅의 모든 신령들까지 가장 슬픔에 잠기게 된 날입니다. 천하제일의 영웅이며 무사이고 검선이신 선우려상 대모달님을 이 땅에서 영원히 보내는 날이기 때문입니다. 환웅천왕님이 백두산에 천강하신 이래 배달-조선-대부여-북부여-고구려가 계속된 것은 삼신하느님이 우리를 보우하시고 하늘과 땅과 산하의 모든 조령들이 우리를 감싸고 지켜주셨기 때문입니다. 환웅천왕님께서 우리에게 물려주신 천부신검은 바로 그 분들이 우리를 지키시고 보호하시는 정통성의 상징이며 우리나라를 우리답게 하는 나라의 혼과 같은 것입니다. 역사 없는 겨레가 어찌 서며 정통성 없는 나라가 어찌 서겠습니까? 이 천부신검을 선우 대모달님은 앞세우고 저 수나라의 오랑캐들과 백제와 신라 및 왜나라 숙적들을 물리치는 힘의 원천이었으며 우리 모든 1,500만 고구려 제국의 신민들이 단결하게 만든 상징이셨습니다. 그런데 일평생 올곧게 고구려의 혼을 간직하고 보호하며 고구려를 위하여 평생을 헌신해 오신 대모달님이 불의의 학살을 당하셨습니다. 하늘도 울고 땅도 울고 고구려 1,500만 백성들도 모두 슬퍼 통곡하는 오늘입니다. 대모달님을 학살한 원흉은 반드시 삼신하느님과 조령들에 의하여 응징 받을 것이며 살아남은 우리 고구려인들이 반드시 대모달님의 복수를 해드릴 것입니다. 이제 우리들은 대모달님의 유지를 받들어 이 땅을 더욱 살기 좋은 지상낙원으로 만들어 홍익인간의 위대한 우리 겨레의 이상을 실천하도록 하겠습니다. 선우대모달님께서 지금 구천에서 이 땅을 굽어보고 계신다면 부디 우리 살아남은 고구려인들을 보호하시고 조상님들이 계시는 영계에 올라가시어 부디 복된 생활을 누리십시오. 하옵고 세세손손 이어질 우리 대고구려를 지키는 수호령이 되시어 후손들을 지켜주옵소서. 연소하고 부족한 이 몸이 동부대인 연자 태자 조자 공을 대신하고 전국 조의선인을 대표하여 조사를 올리오니 선우 대모달님 그 억울한 원한을 우리 후세들에게 맡기시고 부디 극락왕생하소서.

홍무 29년 10월 27일 동부대인 연태조 대독 연개소문."

그의 조사를 들으면서 여기저기에서 울음을 터뜨리는 소리가 나기 시작했다. 특히 젊은 조의선인들은 너무도 통탄한 나머지 그 자리에서 혼절하는 사람까지 있었다. 청려선인이 다시 연단에 등단하여 위무하지 않았다면 장례식이고 무어고 당장 장안성으로 쳐들어가자는 말이 나올 지경이었다.

다음으로는 고인을 마지막으로 보내는 열병식 순서였다. 도열한 12,000명의 청려선방 조의선인들이 장검을 빼들고 려상의 관을 향해 경례를 하면서 지날 때 그들의 눈에는 눈물이 글썽거리고 있었다. 또한 기병들인 조의선인들 3,000명이 그의 관을 3번 돌고 나서 하늘을 향해 일제히 칼을 빼들고 그에게 엄숙히 경례를 하였다. 이때 조의선녀들 50명과 조의선인들 50명으로 이루어진 악대가 거문고와 축, 쟁, 아쟁 등 고구려의 전통악기로 장엄한 장송곡을 연주하자 참석자들이 모두 숙연하게 고인에 대한 묵념을 하였다.

장례식의 마지막은 청려선인의 차례였다. 그는 참석자들 모두에게 큰 사례를 하였으며 그 자리에서 선우려상이 보관해온 천부신검을 꺼내 만좌에 그것을 보여주었다. 그러자 참석자들은 몹시도 웅성거리기 시작했는데 우선 그 신물(神物)을 처음 본 사람들이 많은 탓에 호기심에서 탄성을 질렀기 때문이었다. 둘째로는 그들은 분명히 건무황제의 즉위식 때 본 천부신검이 가짜라는 것을 비로소 알았기 때문이었다.

청려선인은 고인의 유지를 따라 천부신검은 선우려상의 후계자

가 나타날 때까지 청려선방에서 보관할 것을 선언했다. 또한 매 4년
마다 있는 고구려 전국 무술대회에서 우승한 자가 향후 온 천하의
무사들과 대결하여 승리함으로써 그 자격이 입증될 때까지는 결코
천부신검을 외부에 유출하지 않을 것임을 선언했다. 그는 따라서 현
정권은 천부신검의 보호를 받지 못할 것임과 선우려상을 무참하게
학살한 대가를 반드시 치르게 될 것이라고 엄숙하게 선언했다.

참석자들은 비로소 선우려상과 현 태왕 건무간에 얽힌 비밀을
알게 되었으며 현 정권이 아무 정통성 없는 엉터리 정권이었음을 확
신하게 되었다. 장례식 이후 선우려상의 가시신(假屍身)은 백두산 청
려선방의 공동묘지 양지바른 곳에 묻혔고 그 묘비에는 天下第一武士
劍仙鮮宇麗常之墓(천하제일무사검선선우려상지묘) 라고 쓰였다.

장례식 후에 청려선인의 방에서 고위층 인사들과 연개소문 그리
고 청려선인의 회담이 있었다. 그들 중에는 태왕편의 첩자인 남부대
인 진효명과 수명의 태왕편의 인물들도 있었는데 그들은 모두 한 결
같이 현 왕실의 선우려상에 대한 악랄한 학살을 비난했다.

그들은 또한 왕당 군사 500명과 왕당 척살대 200여명의 실종 사
건이 현 태왕을 비롯한 집권 세력의 음모라는 세간에 떠도는 소문에
대해서도 대화를 나누었다.

한편 일우가 조의선녀인 아리의 손에 이끌려 나와 그들 모두에
게 인사를 하였다. 연개소문은 그를 보자 매우 귀여운 지 아이의 머
리와 등을 쓰다듬어 주면서 어린 동생을 대하는 것처럼 한없는 사랑
을 보여주었다. 덩치가 엄청 큰 연개소문이 일우를 두 팔로 안아 들
어 올리자 일우는 마치 코끼리에 안긴 토끼 같아 보였다. 그는 자신

이 가장 소중히 여기고 있는 단검인 용연검(龍淵劍)을 일우에게 정표로 선물하였다.

그 칼은 동부 가문의 전래된 보검으로서 자신을 수호하는 마지막 호신용 무기인데 세상에 어떤 쇠도 자를 수 있도록 특별히 제작된 것이다. 고구려 최고의 칼 장인인 공린이 그 검을 만들고 나서 세 명의 신선들에게 당대 최상의 칼이라는 인증을 받았다고 한다.

연개소문은 일우에게 반드시 선친의 뒤를 이어 검선이 되어 천부신검을 지켜달라는 덕담을 하였다. 청려선인이 그날 연개소문을 가까이서 대하면서 그의 인물과 인간됨 그리고 비범한 재능을 눈여겨 보았다. 그는 연개소문이 장래 고구려를 지킬 위인이 될 지도 모른다고 생각하게 되었다. 그래서 그는 연개소문에게 사주를 물어본 후 그의 관상과 사주를 종합해 그의 운명을 점쳐보았다.

청려선인은 그가 태왕이 될 운명이 아니면서도 태왕보다도 더 큰 그릇을 타고 났기에 천하에 큰 피바람을 불러일으킬 운명을 타고 난 사실을 알았다. 그는 그 점에 대해 씁쓸한 마음이 드는 것을 어찌할 수 없었다. 하지만 그는 일우와 연개소문이 장래 고구려를 지키는 마지막 큰 별이 되리라는 예감을 하게 되었다.

제4장   거세어지는 왕실의 음모

선우려상의 장례식이 끝난 지 이틀 후 남부대인 진효명과 수 명의 다른 참석자들로부터 이철곤은 선우려상의 장례식에 대한 자세한 소식을 들었다. 그들로부터 청려선방의 위치와 통로, 그리고 선방의 구조와 무력의 크기 그리고 그들 사이에 팽배해 있는 왕실에 대한 무서운 적개심 등에 대한 자세한 정보를 얻은 이철곤은 즉시 태왕 건무에게 이 사실들을 보고하였다.

건무는 그의 보고를 받고 내심 너무 놀랐다. 그는 청려선방의 엄청난 무력과 담대함에 우선 놀랐다. 그러나 그가 더욱 놀란 것은 청려선인이 직접 천부신검을 만좌에 보여주면서 선우려상을 학살한 죄를 현 집권 세력에게 묻고 반드시 피의 복수를 하겠다고 선언했다는 사실이었다. 그 말은 결국 대당 강경파가 대부분인 전국 3,000여 군데의 조의선인들 집합체인 각 선방과 경당 그리고 각 부 대인 관할 하에 있지만 조의선인 출신들인 장군들이 장악하고 있는 무력들이 어쩌면 일시에 합력하여 자신을 공격할지 모른다는 사실 때문이었다.

게다가 그는 자신의 숙적인 동부대인 연태조의 큰 아들인 연개소문이 공공연하게 그 장례식에 참석하여 아비대신 조사를 하였는데 피의 복수 운운하였다는 사실에 경악하였다. 건무는 가뜩이나 연개소문에 대한 출생 시부터의 흉흉한 소문 때문에 골치가 아팠었다. 그 소문은 연개소문이 출생할 때 하늘에서 혜성이 나타났는데 그런 자는 반드시 나라의 군주를 시해하거나 나라에 변란을 일으킨다는 전설을 말한다. 그런데 그가 이제 천하 주유를 끝내고 중환으로 고생하고 있는 연태조 대신 사실상 고구려 정계에 등장하였다고 생각하니 모골이 송연하였다.

그들이 현 왕실을 전혀 두려워하지 않고 있다는 사실에 건무는 몹시도 기분이 언짢았다. 이 기회에 대당 강경파들의 기를 꺾어놓지 않으면 이제 가뜩이나 천부신검마저 자신에게 없는 것을 알고 모든 백성들이 자신을 정통성 없는 태왕으로 여기고 우습게 볼 것이 틀림없었다.

그는 이철곤의 보고를 받고나서 그날 모든 공식 일정을 취소한 후 하루 종일 자신의 내실에서 청려선방의 토벌 문제를 깊이 생각하였다. 하지만 하루 종일 곰곰이 생각해보아도 그들은 쉽사리 토벌될 대상이 아니었다. 그들의 병력이 15,000여명이라는 것은 정규군 1,500,000명과 비슷하다고 보아야 한다고 그는 생각했다. 조의선인 한 명은 정규군 100명 보다 더욱 우수한 무공과 전투 기술은 물론 정신 무장까지 철저히 되어 있어 고구려가 대소 전투에서 거의 백전백승하게 된 배경에는 그들 조직의 무서운 힘이 있었기 때문임을 건무는 잘 알고 있었다.

고추모 성제22)의 중창 이래 고구려인들은 거의 평생을 전쟁으로 살아야 했다. 그래서 그들은 아주 어린 시절부터 단전호흡을 연마하여 초인적인 내공을 기르고 수박(권법)과 택견(족법)을 익히며 검도를 비롯한 창술과 궁술 그리고 마상무술을 연마하여 최강의 전사가 되어야 했다.

그러나 고구려인들은 무공만 익히는 것이 아니라 고대로부터 전해오는 민족비전의 경전인 천부경, 삼일신고, 참전계경 등을 기본으로 하여 참전(參佺)의 계율을 철저히 익혔다. 참전의 계율이란

1. 삼신을 조종(祖宗)으로 하고 조상신들을 숭배한다.

2. 나라와 백성을 지키는 지도자로서 집단 수련에 헌신적으로 참여한다.

3. 모든 전쟁에서 나라와 백성을 위해 자신을 아낌없이 바친다.

4. 실제 삶에 있어서 참전의 정신을 실천한다.

이러한 내용을 삼신과 조상신들 그리고 공동체 앞에서 서원한 후 전쟁과 실생활에서도 그대로 실천하는 일종의 공동체의 규약 같은 것이었다.

그들은 또한 유교와 불교 및 도교에 이르기까지 제자백가서들을 두루 섭렵하였다. 또한 민족비전의 병법서인 치우병서(蚩尤兵書)들과 중국의 손오병법을 비롯한 육도삼략 등을 두루 공부하였다. 그리하여 전쟁에만 능한 민족이 아니라 머리가 깨인 천손민족(天孫民族)으로서

---

22) 일반적으로 동명성왕 고주몽을 말한다. 그러나 동명성왕은 북부여의 동명왕 고두막한을 말하고 고주몽은 광개토경평안호태왕비문에 나와 있는 대로 고추모 성제로 써야 맞다. 그는 북부여의 마지막 단군인 고무서의 딸인 소서노와 결혼하여 그의 사위가 된 뒤 그의 대통을 이어 북부여의 단군이 되었다. 그 후 나라 이름을 고구려라 바꾸었다. 이 사실은 광개토경평안호태왕 비문에 엄연히 나와 있다.

지상의 모든 족속들을 지도하는 임무를 부여받은 것으로 확신하며 점잖고 의젓하게 살았다. 그리하여 그들의 기상은 어떤 민족보다도 웅건하여 고구려인들을 이길 민족은 당대 지상에는 없었던 것이다.

그들은 다섯 살 때부터 전국 방방곡곡에 설치된 경당에서 군사 훈련과 더불어 문화 훈련을 받았다. 또한 백두산을 중심으로 한 전국의 명산을 거점으로 조의선인 조직이 크게 발달되어 있었다. 모든 전쟁에는 반드시 이 조의선인들이 선봉과 척후 임무를 맡아 전쟁을 승리로 이끌었다.

그러나 이런 민간 조직 말고도 왕실에서 움직이는 왕당 과 정보 조직 및 척살대(암살단)의 활동은 가히 천하를 제패한 국가답게 왕성하였다.

그런데 누대로 천부신검을 이어받으며 고구려의 패권을 지켜낸 백두산의 선인 조직인 청려선방(淸麗仙房)의 진정한 실체에 대해서는 이제껏 아무도 정확하게 아는 자가 없었다.

건무는 도저히 조의선인 집단들의 전국적인 저항을 극복한 방안이 서지를 않았다. 섣불리 청려선방의 토벌을 기도했다가는 전국 조의선인들과 대당 강경파들이 들고 일어날 것이고 그 경우 자신의 정권은 하루아침에 끝이라는 생각이 들었다. 그는 하루 종일 깊이 생각한 뒤에 결론을 내렸다.

즉 청려선방에 대한 전면적인 공격은 자살 행위이기 때문에 현재 청려선방의 핵인 선우려상의 아들인 선우일우만 해치우면 된다. 그러면 그들의 구심점이 사라지고 천부신검을 놓고 자기들끼리 자중지란이 일어날 것이다. 청려선인은 비록 우화등선한 신선이지만 이미

100살이 넘어 언제 송장이 될지 모르니 큰 문제가 없었다. 따라서 청려선방에 대한 공격은 선우일우 하나만 제거하면 끝이었다. 따라서 자신의 심복이 된 남부대인 진효명을 통해 청려선인과 접촉하게 하면서 기회를 엿보고 있다가 그 수하들이 그곳에 잠입하여 선우일우를 납치하여 천부신검과 바꾸거나 정 안되면 쥐도 새도 모르게 살해하기로 하였다.

둘째는 장래 큰 우환이 될 연개소문은 그의 아비 연태조가 죽어서 아들이 그 자리를 물려받으려고 할 때 각 부 대인들을 통해 절대불가의 입장을 고수하여 그가 동부대인직을 세습하지 못하게 하여 그의 힘을 원천적으로 봉쇄한다.

셋째는 각 부 대인들과 조의선인 출신들인 조정의 고관과 장군들을 절대적으로 내 사람으로 만든다. 그러기 위해서는 막대한 재물과 지위, 미녀, 권력 등을 그들에게 보장하고 수시로 그들과 호사스러운 연회를 열어 그들과 인간적으로 친하게 되어 자신을 지지하도록 만든다.

넷째는 태왕 취임을 기념하여 고구려 제국 전국 무술대회를 2년 앞당겨 실시한다. 그리하여 우승자를 자기편으로 만들어 천부신검을 소유하기 위한 비무를 위해 천하 주유를 시작하게 만든다.

다섯째, 당나라, 백제, 신라, 왜, 돌궐, 토번(서장), 토욕혼, 천축 등 모든 나라에 친선 사절을 보내어 그들로 하여금 더 이상 고구려가 그들과 전쟁을 원치 않는다는 사실을 주지시켜 국내 강경파들이 설 자리를 잃도록 만든다 등등.

이런 통치 전략이 세워지자 건무는 비로소 마음이 후련하기 시작했다. 그는 자신의 전략을 철저히 실천하기 전에 다시 한 번 모든 가능성과 불가능성을 점검하고 다음날부터 발 빠르게 움직이기로 했다. 그러기 위해서는 자신의 수족으로 부릴 남부대인 진효명을 먼저 집중적으로 관리하는 것이 필요했다. 그런 생각을 하자마자 그는 자신의 가장 충직한 내시 조의충을 불렀다. 그리고 진효명을 그날 밤 왕궁으로 불러 함께 술자리를 할 수 있도록 하라고 지시했다.

그날 신시(申時)23)가 끝날 때 쯤 진효명은 태왕으로부터 주연에 참석해달라는 초대를 내시 조의충으로부터 받고 몹시 놀랐다. 그는 그때 태왕에게서 하사받은 당나라의 월(越) 지역 출신 미인 공연향과 집의 구석진 별당인 그녀의 침실에서 한참 깨가 쏟아지는 재미를 보고 있었다. 그는 그녀와 해롱거리고 있다가 태왕의 초대를 받자 기분이 조금 이상했다. 하지만 그는 이미 태왕에게 충성을 다짐한 상황이라 곧 초대에 응했다. 그는 조의충이 가지고 온 태왕의 백마를 타고서 몹시도 기분이 으쓱해졌다. 천하에 자신이 태왕에게 가장 존중받는 인물이고 만인이 다 자신의 발 아래로 여겨졌다.

그가 장안성 내 남쪽 대동강 아래 자신의 저택을 지나 안학궁 쪽으로 가기 위해 다리를 건너는데 웬 삿갓을 쓴 키가 작달막하고 깡마른 중이 그의 길을 막았다. 그는 마상에 앉아 몹시 기분이 안 좋았다. 그는 자신의 말구종들에게 눈짓을 했다. 그러자 그들이 무조건 큰 소리로 내질렀다.

"웬 놈이 감히 대인 어른의 행차를 막느냐?"

---

23) 오후3-5시

"허허, 길이 아니면 가지 말라고 했거늘, 쯧쯧........."

중은 바랑을 긴 지팡이에다 올려놓은 채 진효명을 향해 무엇이 못 마땅한 지 혀를 끌끌 찼다. 그러자 마상에서 진효명은 그 중이 무언가 범상치 않음을 느꼈다. 그는 그 중에게 큰 소리로 말했다.

"멈춰라. 네가 감히 나를 비방하려 하느냐? 지금 내가 어디로 가는지 알기나 하고 하는 소리냐?"

"지금 왕궁으로 태왕을 만나러 가는 길이 아닌가?"

괴승은 단 번에 이렇게 말했다. 그러자 진효명은 몹시 놀라 그에게 더듬거리며 물었다.

"무엇을 보고 네가 그 사실을 알았단 말이냐?"

"허허, 그것뿐만 아니라 당신과 태왕이 나눌 대화까지 다 알고 있지."

괴승이 이렇게 말하며 등을 돌려 자리를 뜨려고 하자 진효명은 도저히 그를 그냥 보낼 수가 없었다. 그는 말에서 얼른 내려 그 중의 팔을 붙잡았다. 그러자 괴승은 그의 팔을 뿌리치고 빠른 걸음으로 법수교 쪽으로 갔다. 그는 그를 계속 쫓아갔다. 그러자 그가 다리 밑에 멈추더니 그 자리에 철석 주저앉아 가까이 오는 그를 기다렸다. 효명은 그에게 허리를 굽혀 인사를 하면서 그에게 물었다.

"큰 스님이 소생을 도와주시려고 하시는 것 같은데 그 은혜 잊지 않겠습니다. 그러니 오늘 태왕께서 무어라고 말씀하실 것이며 소생이 어떻게 대답해야할 지 가르쳐 주시면 너무도 감사하겠습니다."

40대 중반의 계효명이 30대 중반으로 보이는 괴승에게 이렇게 깍듯하게 대하자 중은 껄껄 웃더니 천천히 말을 하기 시작했다.

"오늘 당신은 태왕의 낚시밥이 되어야 하는 운명이오. 즉 당신을 미끼삼아 청려선방을 낚으려고 하시는 거지. 그러니 무조건 예예 하면 당신은 곧 그의 희생물이 되는 것이지. 지금 민심이 몹시 좋지 않으니 무조건 태왕편에 섰다가는 당신만 호되게 당하는 꼴이란 말이요. 그러니 태왕이 제시하는 것들을 무조건 덥석덥석 받지 말고 희생을 여러 사람들과 공유하는 길을 택하란 말이요. 즉 여러 대인들과 조정의 고관들 그리고 여러 지방의 욕살들과 함께 태왕의 명을 받겠노라고 말하란 말이요. 그러면 태왕은 기꺼이 당신의 말을 수용할 것이란 말이요. 내 말이 맞나 안 맞나는 내가 수일 후 당신의 집을 찾아가서 들을 테니 그리 알고 빨리 왕궁으로 가시오. 다만, 내 이야기는 태왕을 비롯하여 그 누구에게도 말하면 안 되오. 알겠소?"

말을 마친 후 괴승은 자리에서 일어나 다리 쪽으로 갔다. 효명은 등 뒤에서 그에게 존함과 어느 절에 계시는지를 알 수 없냐고 물었다. 그러자 괴승은 자신의 이름은 '신성'이라고 말하고 절은 알 것 없다고 하고 난 후 곧 다리위에서 빠른 걸음으로 다리 건너 쪽으로 사라졌다.

효명은 다시 왕궁으로 들어가면서 자신이 태왕이 주는 귀한 선물을 넓적넓적 받은 것은 큰 실수라는 생각이 들었다. 그는 이제부터는 그 괴승의 충고처럼 자신 혼자서 태왕의 낚시 미끼가 될 것이 아니라 여러 사람들을 끌어들여 어려움을 공유하여야 하겠다고 생각했다.

그가 도착했다는 전갈을 내시 조의충으로부터 받자 태왕은 버선발로 뛰어나와 그를 반갑게 맞이하였다. 어찌나 살갑게 그를 맞이하는지 진효명은 눈물이 날 지경이었다. 하지만 곧 괴승의 말이 생각나서 효명은 자신이 태왕에게 더 이상 일방적으로 이용당하지 않겠다고 새삼 다짐하고 있었다.

진효명이 태왕의 내실에 들어갔을 때 거기에는 그야말로 상다리가 부러질 정도로 온갖 희귀한 진수성찬이 준비되어 있었다. 생전 듣도 보도 못한 음식들이 잔뜩 차려져 있는 것을 보고 진효명은 입에 군침이 돌았다. 요즘 새로 얻은 애첩과 낮이나 밤이나 색을 즐기다보니 사실 그는 몸이 많이 허해져 가고 있음을 느끼고 있었다. 그는 식욕도 많이 줄었는데 오늘 태왕과 단 둘이 하는 풍성한 식탁을 대하자 새삼 삶의 의욕을 느끼게 되었다.

"진 대인, 내가 오늘 부른 것은 지난 번 백두산행으로 심신이 많이 힘들어진 것을 위로하고 군신간에 도타운 정을 쌓기 위함이니 아무 부담도 느끼지 마시오. 그저 오늘 밤은 마음껏 마시고 세상의 온갖 산해진미를 즐기며 즐겁게 이야기나 하면서 여흥을 즐깁시다. 자, 진대인 내 잔을 한 잔 받으시오."

효명은 태왕이 자신에게 반말을 하지 않고 하오체를 써서 공대하는 것에 새삼 감격했다. 이렇게도 겸손하신 군주가 있나 생각하니 참으로 그 은혜에 몸 둘 바를 몰랐다. 하지만 태왕이 친근함을 보이면 보일수록 괴승의 말이 생각나는 이유를 그는 잘 알 수 없었다.

"폐하, 소신은 그저 일개 평범한 신하에 불과한데 경어체는 가당치 않사옵고 또 지나치신 환대에 몸 둘 바를 모르겠사옵니다. 편하게 반말을 쓰시고 소신을 그저 일개 신하로 여겨주시옵소서. 그게 소신에게는 더 편할 듯 하옵니다."

진효명이 이렇게 겸양을 떨고 나오자 태왕은 손사래를 저으며 대인은 태왕이 더욱 존숭하여야 하는 나라의 원로이고 또 진 대인은 짐에게는 수족 같은 형제이니 너무 겸양하지 말라고 부드럽게 말하였다. 효명은 태왕이 주는 술잔을 받아 고개를 뒤로 돌리고 그것을 마신 후 잔을 공손히 자신의 자리 앞에 놓았다. 그는 잠시 잔을 태왕에게 다시 돌려야 하나 마나 매우 고민을 하고 있었다. 그러자 태왕이 그것을 금방 눈치 채고 자신에게도 술잔을 돌리라고 눈웃음을 치며 말하였다. 그러자 효명은 몹시 황송해하면서 태왕의 술잔에 술을 조심조심 따랐다.

방금 마신 술의 향기가 쏴하고 위 안에 퍼져 나가자 효명은 정신이 매우 쇠락해지는 것을 느꼈다. 그는 태왕에게 이것이 무슨 술인지 물어도 되겠냐고 하자 태왕은 이 술은 당나라의 황제인 이연이 지난 번 태왕 등극을 축하하며 보내온 '용향초주'라는 것인데 중국 곤륜산에만 산다는 용향초(龍香草)라는 천년 묵은 약초로 만든 최고의 술로서 당 황제만 마실 수 있는 그야말로 희귀한 술이라는 것이다. 이 말에 진효명은 감격하여 코 끝이 찡했다.

"폐하, 이런 희귀한 술을 소신과 같은 보잘 것 없는 자에게 주심은 지나치시옵니다. 폐하만 드시고 소신에게는 그저 평범한 술을 주시옵소서."

"허허, 진 대인, 무어 술 하나 가지고 그러시오. 내가 진대인에게 아낄 것이 무엇이오. 걱정 말고 마음껏 드시고 오늘 신나게 즐겨봅시다. 자, 이제 우리 악단을 데려다가 함께 즐겨봅시다."

태왕은 만면에 너그러운 미소를 지으며 효명에게 속삭이듯 말했고 효명은 그저 태왕의 뜻대로 하시라고 말했다. 그러자 태왕이 밖을 향해 소리를 질렀다.

"여봐라, 풍악을 대령하라."

태왕이 이렇게 소리치자 흰 비단옷에 선녀비천도가 그려진 아름다운 복장을 한 궁중여악사들 5명과 무희 5명이 나타났다. 무희의 몸매들이 마치 버드나무처럼 하늘하늘하여 효명은 그 아름다움에 넋을 금방 빼앗겼다. 집에 있는 자신의 새 애첩보다 결코 못하지 않은 그야말로 최고 수준의 미녀들이었다. 태왕은 효명의 이런 모습을 바라보며 속으로 쾌재를 부르고 있었다.

질탕한 당나라 풍의 음악 속에서 선녀 같은 무희들이 나풀나풀하게 농염한 춤을 추자 두 사람은 금방 음심이 동하는 것을 느꼈다. 그들은 그렇게 산해진미를 즐기며 술이 대여섯 순이나 돌자 꿈같은 열락 속에서 군신지간이라는 것도 잊고 인간의 가장 본능적인 동물적 본성을 드러내었다. 두 사람은 무희들을 상대로 질탕하게 희롱을 하면서 추잡하게 놀고 있었다.

그날 밤 주연은 자시가 넘도록 계속되었는데 태왕은 그때서야 술자리를 물리고 갑자기 엄숙한 표정이 되어 진효명을 물끄러미 바라봤다. 효명은 몹시도 송구스러워져서 어찌할 바를 모르고 눈을 내리깔고 있었다. 태왕이 천천히 말을 시작했다.

"진 대인, 이런 꿈같은 환락도 자칫하면 곧 날아갈 것 같으니 어찌하면 좋겠소?"

"태왕 폐하, 그 무슨 당치 않은 말씀이시옵니까? 무슨 연유가 있으시어 그리도 번민하시는지 소신에게 말씀해주시옵소서. 견마지로를 다하겠나이다."

효명은 속으로 드디어 괴승이 말한 대로 태왕이 자신을 부른 본심이 나오는구나 하고 생각하며 긴장해서 다음 말을 기다렸다.

"청려선방을 비롯한 조의선인 집단들이 곧 짐에 대해 공격을 시작할 것 같으니 큰일이구려. 그들의 그 막강한 무력이 우리 고구려가 이렇게 평화를 구가하려고 하는 이 때 그리도 큰 위협이 될 줄은 몰랐소. 무슨 좋은 방도가 없겠소?"

태왕이 가장 진심어린 표정으로 이렇게 말하자 효명은 여기서 잘 대답해야지 큰 일 나겠다는 생각을 하였다. 그는 매우 충성스러운 표정을 지으며 급히 말을 시작했다.

"폐하, 고구려가 어찌 조의선인 집단들이 좌지우지할 나라란 말이옵니까? 해모수 천제의 창업과 고추모 성제의 중창 이래 어언 900년의 역사가 다 되어오는 고구려입니다. 지금 천하는 폐하의 영명하신 성덕으로 말미암아 태평성대를 구사하고 있사옵니다. 당나라를 비롯한 주변 국가들도 이제는 더 이상 전쟁이 없는 평화스러운 세상을 갈망하고 있는 이때 감히 청려선방을 비롯한 조의선인 집단들이 폐하와 고구려 왕실의 심기를 어지럽히고 있으니 이는 반드시 응징 받아 마땅하옵니다. 게다가 역적 선우려상이 간수하고 있던 천부신검은 하루 빨리 폐하를 보호하는 무사에 의해 회수되어야 하옵니다. 통촉하시옵소서."

진효명이 이렇게 주워섬기자 태왕은 속으로 때가 되었구나 생각하면서 은근한 목소리로 물었다.

"진 대인에게 무슨 좋은 방책이 있겠소?"

효명은 이 부분에서 잔뜩 긴장하면서 눈을 들어 태왕을 바라보며 단호하게 말했다.

"폐하, 제가회의(諸加會議)[24]를 열어서 이 문제를 논의하시는 것이 가한 줄로 아옵니다. 그 회의에서 청려선방에 대한 처벌과 장래 조의선인 집단들의 움직임에 대해 논의하고 후속 대책을 마련하심이 옳은 줄로 아옵니다."

제가회의를 열자고?

건무는 이 부분에서 효명의 능구렁이 같은 마음을 읽었다. 자신이 견마지로를 다한다고 입으로는 말하면서도 책임을 여러 대인들이 나눠지자는 것이 아닌가? 하지만 이 부분에서 태왕은 여러 대인들을 자신의 편으로 만들려는 계획을 실천하기 위해서는 진효명을 통해 그들을 먼저 설득하는 작업이 필요했다. 지금 5부족 중에 자신의 출신 부족인 중부에서도 전폭적으로 자신을 지지한다는 보장이 없었다. 그래서 건무는 일단 효명의 제안을 받아주는 척하면서 그를 자신의 수족으로 부릴 필요가 있다고 판단했다.

"오, 그것 참 좋은 생각이오. 대인은 참으로 형안을 갖추신 분이오. 그러나 시국이 시국이니 마치 짐을 대신해서 대인이 먼저 각 부의 대인들을 만나 그들의 입장을 들어보시오. 중부야 짐이 직접 만나보고 동부는 원래 청려선방 출신으로서 역심이 가득하니 어쩔 수 없

---

24) 고구려의 5품인 위두대형(조의두대형) 이상의 귀족들이 모여서 국가의 중대 사항을 결정하는 일종의 귀족회의이다. 의장은 대대로가 맡는데 왕위 계승 문제, 대외 전쟁이나 정복 활동, 국가의 안위와 관련된 국사범들에 대한 평의(評議), 기타 국가의 중대사에 관한 심의·의결 등을 하였다.

다 치고, 남부는 대인이 계시니 이제 서부와 북부 대인만 만나보면 그들이 선우려상 사건과 천부신검 문제에 대해 어떻게 생각하는지 알 수 있겠구료. 그 연후에 제가회의를 열도록 합시다. 진 대인께서 짐을 좀 도와주시겠소?"

"폐하, 소신이 고구려와 폐하를 위해 무슨 일을 하지 못하겠사옵니까? 당연히 소신이 그 양부의 대인들을 만나서 의중을 들은 후 폐하에게 보고하겠사옵니다. 심려마시옵소서."

"오, 충성스러운 진 대인의 마음과 뜻이 열성조들이 창업하고 경영해 오신 이 고구려를 더욱 반석위에 올려놓을 것이오. 이후로 더욱 짐과 형제처럼 다정히 지내며 부귀영화를 함께 누리도록 합시다. 오늘은 너무나 즐거웠고 이후라도 필요한 것이 있거나 짐의 도움이 필요하면 언제든지 말씀하시오. 짐이 백사를 불문하고 진 대인의 청을 들어드리리다."

"태왕 폐하, 성은이 망극하옵니다. 소신 목숨을 다 바쳐 폐하에게 충성하겠나이다."

이렇게 말하면서도 진효명은 아까 오는 길에 만났던 괴승의 말이 떠올랐다. 무서운 인간이로다. 어떻게 오늘 이곳 은밀한 왕궁에서 있을 일을 그 인간은 손바닥 들여다보듯이 알 수 있나하고 생각하니까 모골이 송연했다. 만일 그를 안 만났더라면 오늘 분명히 자신은 태왕의 일방적인 힘에 밀려 그의 낚시밥이 될 뻔 했다고 생각하니까 몹시도 두려웠다.

그는 태왕에게 삼고구배를 한 뒤에 내시 조의충의 호위를 받으며 자신의 말구종들에게 태왕의 백마를 견마 잡히어 황궁을 나와 자신의 저택으로 무사히 돌아갔다. 집에 돌아오니까 아까 자신과 춤을 추며 놀았던 무희들 중 하나인 나련이 또 다른 별당 내실에서 자신을 기다리고 있음을 알았다. 그는 자신에 대한 태왕의 사랑과 성의가 엄청남을 깨닫고 그에게 붙어 일평생 부귀영화를 누리겠다고 다짐하면서 그녀와 그 밤을 뜨겁게 불살랐다.

다음날 그는 일찍 조반을 먹고 우선 장안성 북쪽 안악골에 있는 북부대인의 저택을 하인들 2명에게 말잡이를 시키어 찾아갔다. 마침 북부대인 사영건은 집에서 병서를 읽고 있는 중이었다. 그들이 대문 밖에 서자 하인들이 *이리 오너라!* 하고 사영건의 집안을 향해 외쳤다. 그러자 100칸도 넘는 거대한 대저택의 대문이 열리며 얼굴에 마마자 국이 가득한 20대 초의 그 집 하인이 문을 열었다.

"누구시오?"

"이 분은 남부대인 진자 효자 명자 어른이시다. 빨리 네 주인에게 고하여 손님을 맞이하라고 전해라."

진효명의 하인들이 잔뜩 위엄을 차려 사영건의 하인에게 으름장을 놓을 듯이 말하자 그 하인은 얼굴에 불쾌한 빛을 역력히 띠우더니 문을 쾅 닫고 안으로 들어가 버렸다.

잠시 후 기골이 장대하고 얼굴이 대추 빛처럼 붉으며 이목구비가 모두 다 굵직하고 시원하게 생긴 40대 중반의 북부대인 사영건이 직접 대문을 열고 얼굴을 드러냈다.

"아이고, 이게 누구시오? 남부대인 진효명 대인 아니시오? 어찌 이 누추한 집에 이리 급작스럽게 왕림하시었소? 참으로 영광이외다."

얼굴에 활짝 웃음을 띠며 사영건이 진효명에게 읍하자 효명은 마음이 편안해졌다. 자신의 오늘 임무가 쉽사리 풀릴 것 같은 예감이 들었기 때문이었다. 진효명은 사영건의 안내를 받아 그의 사랑채로 들어갔다. 방에는 장검과 도를 비롯한 온갖 무기들이 진열되어 있었고 서가에는 수천 권의 서책들이 가득했는데 특히 병서에 관한 책이 많았다. 한때 사영건이 고구려군의 주력부대인 개마부대를 지휘하였던 장군출신으로서 제2차 려수대전 때 혁혁한 공을 세운 것을 기억하고 진효명은 새삼 그가 아직도 높은 무공을 갖춘 무장이라는 생각을 했다.

두 사람이 보료에 앉자 사영건이 화롯불에서 끓이고 있던 차단지에서 차를 진효명에게 따라주었다. 조르르 흐르는 산삼차를 바라보며 효명은 이 사람은 참 단출히 사는 사람이라 자신과는 달리 세상의 부귀영화에는 별로 뜻이 없는 사람 같아 보였다.

"진 대인, 오늘 무슨 일로 이리 급작스럽게 왕림하셨소이까?"

"하하, 그저 오랫동안 못 뵙던 벗을 찾아서 차나 마시면서 세상 돌아가는 이야기나 하자고 왔소이다."

효명은 이렇게 말하며 차를 입에다 조금 흘려 넣었다. 백두산 산삼의 향기가 정신을 *쏴아!* 하고 맑히는 것 같았다.

"혹시 태왕께서 보내셨소이까?"

갑자기 사영건은 눈을 가늘게 뜨고 날카로운 목소리로 효명에게 물었다. 효명은 순간 차의 뜨거운 기운이 혀를 데운 느낌이었다. 순간 그는 당황해서 할 말을 잊었다. 하지만 즉시 부정해야 한다고 생각했다. 이 자도 역시 대당 강경파 출신 무장이 아닌가?

"아, 아니외다. 내가 무슨 태왕의 부탁을 받고 왔겠소이까? 지금 우리 고구려가 한참 태평성대를 구가하려고 하는 이때 아직도 불순한 무리들이 설쳐대고 있는 것이 참 걱정이외다."

효명은 영건을 직접 찔러보아야 하겠다고 생각하고 이렇게 말했다. 그러자 영건의 안색이 싹 변하는 것이 아닌가?

"진 대인, 지금이 태평성대라 하셨소이까? 아니 우리 고구려 역사에서 지금처럼 위중한 때가 어디 있다고 그런 편안한 말씀을 하시오이까? 지금은 태풍이 몰려오기 전에 그야말로 잠시 조용한 그런 상황이 아니오이까? 그리고 불순한 무리들은 누구를 지칭하심이오이까?"

영건이 이렇게 싸울 듯이 덤비자 효명은 속으로는 몹시 당황했다. 하지만 그는 태왕이라는 든든한 배경이 있지 않은가? 하고 생각하고서는 당당하게 말을 하기로 했다.

"사 대인, 손바닥도 마주쳐야 소리가 나는 법. 우리 고구려가 이제는 다른 나라를 침략하거나 공격하지 않고 평화롭게 살겠다는 데 당나라를 비롯한 다른 나라들이 왜 싫어하겠소이까? 평화를 갈망하는 고구려 전체 백성들이 더 이상 전쟁이 없는 나라를 원하는 것이 아니오이까? 그리고 지금 청려선방은 이미 주인도 없는데 왜 신물인 천부신검을 저희들 멋대로 보관한다고 하면서 현 태왕의 정통성을 부정한단 말입니까? 어찌되었건 현 태왕은 려수대전에서 을지문덕 장군 못지않은 대공을 세운 영웅이고 전 태왕이신 영양태왕의 당당한 계씨(季氏)로서 왜 고구려 역사의 정통성이 없는 태왕이란 말입니까? 이는 실로 모반에 해당하는 범죄올시다."

진효명이 현 태왕을 강력하게 두둔하는 말을 내뱉자 사영건은 갑자기 자리에서 일어났다. 그는 서가 앞에 진열된 긴 장검을 빼어들고는 하늘을 향해 갑자기 한 번 휘두르고 나서는 큰 소리로 울부짖으며 외치기 시작했다.

"흐흑, 조령들이시여! 그리고 숱한 전란에서 희생되신 전몰장병들이시여! 오늘 고구려가 이런 황당한 지경에 이르렀습니다. 나라의 태왕이라는 자부터 시작하여 나라의 최고 원로라는 각 부 대인들마저 이렇게 썩어빠지고 나약해 빠져서 고구려의 위대한 역사의 정통성을 부정하고 나라의 명운을 방해하고 있습니다. 천지신명이시여! 더 이상 이런 비참한 상황이 발생하지 않도록 우리 고구려를 보호하소서."

그는 칼을 든 채 갑자기 방문을 열고 휙 나가버렸다. 그리고는 한식경이 되도록 돌아오지 않았다. 방 안에 혼자 남은 진효명은 그의 무례함에 몹시 불쾌했지만 조금 더 그를 기다렸다가 만나서 설득을 해보기로 했다. 하지만 다시 한 식경이 지났는데도 그는 돌아오지 않았다. 효명은 성의를 가지고 계속 말없이 영건을 기다렸지만 한 시진이 더 지나도 그는 다시 돌아오지 않았다. 그리고는 하인 하나가 나타나 사대인께서는 더 이상 진 대인을 만나고 싶지 않으니 이만 돌아가시라는 전갈을 하였다.

효명은 매우 불쾌하다 못해 영건에 대한 적개심을 가지고 그 집을 나왔다. 그리고는 곧 바로 왕궁으로 들어가 태왕을 독대한 후 사영건에 대해 잘근잘근 씹어대었다. 건무는 효명의 말을 들으면서 물 같이 조용하게 있었는데 아무런 감정 표현을 보이지 않았다. 그리고는 효명에게 매우 노고가 많았다고 치하를 하더니 상으로 자신이 입고 다니는 내의 밖에 입는 얇기가 망사 같은 황금 갑옷을 그에게 하사했다. 효명은 두세 번 그것을 사양했지만 누구를 만나더라도 오늘 같이 칼을 휘둘러대는 상황을 대비하여 반드시 입고 다니라는 엄명에 부득이 그것을 받았으며 성은에 깊이 감사하고 그 자리를 물러나왔다.

수일 후 태왕은 진효명과 함께 미복 차림으로 사영건의 집을 급작스레 방문했다. 사영건은 마침 그날 고뿔로 온 몸에 신열이 나고 몸살이 극심해서 종일 자리를 보전하고 있었다. 하지만 태왕의 급작스런 방문에 놀란 사영건은 한 때 자신의 전우이기도 했던 그를 무조건 홀대할 수 없었다.

그는 이를 악물고 자리에서 일어나 태왕을 맞이했다. 그리고는 아내를 시켜 주안상을 성대하게 차려오라고 시켰다. 술자리가 열리자 태왕은 사영관의 과거 공을 치하하면서 말을 시작했다.

"사 대인, 나는 참 불운한 태왕이요. 내가 아무리 전쟁에 공이 있었어도 왕통을 이을 사람이라 당연한 것으로 알고 아무도 내 공을 기억하지 않는단 말이요. 게다가 내가 무조건 당나라와 화친하자는 것으로 알고 있는데 내가 누구요. 나는 사 대인도 알다시피 수나라를 멸망시킨 큰 전쟁을 이끈 수군대장군이었소. 내가 당나라가 이뻐서 화친하자는 줄 아시오. 아니요. 지금 고구려는 이제 그간의 지독한 수차례의 려수대전에서 입은 막심한 피해에서 회복될 시간이 필요한 것이오. 나는 내대에 완벽한 고구려가 다시 회복되어 중원을 다시 회복할 힘을 얻기를 바라오. 나는 우리 선조들이 잃어버린 중원을 다시 회복하여 따무르자(多勿)[25]의 깃발이 그 땅에 휘날리기를 바란단 말이요. 그런데 어찌 지금이 전쟁을 다시 할 때란 말이요? 지금 당나라가 다시 이 강토를 침략한다면 우리에게 막을 힘이 있소? 지금 집집마다 다녀 보시오. 가족들마다 몇 명씩 죽지 않은 집이 없고 팔다리가 절단되고 심지어는 하반신이 없는 그런 불쌍한 상이용사들이 집집마다 고을마다 넘쳐나고 있소이다. 지금 우리 국고는 텅텅 비어 장병들을 먹여 살릴 힘도 없소이다. 그런데 그 광신적인 조의선인 집단들은 무조건 대당 강경책만을 지지하고 또 지금 군부 일각에서 나를 반대하는 세력들이 창궐하여 머지않아 고구려가 쪼개질 지도 모르는 상황인데 명색이 나의 전우였던 사 대인마저 이리 나를 반대하고 계시니 내가 무슨 태왕이란 말이요. 내가 무슨 힘이 있어 고구려를 통치할 수 있겠소?"

열변을 토하는 건무의 태도는 매우 진지하였고 대제국의 태왕으로서가 아니라 옛 전우에게 자신의 어려움을 절절히 호소하는 인간적인 면을 보여주었다. 사영건은 태왕의 말속에서 그가 무조건적인 친당 사대주의자가 아니라 나라를 회복시킬 때까지 힘을 기르기 위해서는 지금으로서는 화친밖에는 없다고 믿고 주위의 온갖 비난과 반대 속에서도 자신의 길을 꿋꿋이 걷는 현실주의적인 군주라는 생각이 들었다.

그렇다. 전쟁을 선포하기는 쉽다. 하지만 그 결과는 모두에게 참

---

25) 원래 우리말로 '다 무르자'의 의미를 가진 '따무르자'라는 고구려 말인데 한문으로는 다물(多勿)로 쓴다. 고추모성제가 북부여를 이어 나라를 재창건 하셨을 때 국시의 하나였다.

혹한 것이다. 그래서 손자는 자신의 병법서 첫 장에서 모든 전쟁은 하지 않는 것이 최상이고 또 일단 시작했다하더라도 싸우지 않고 이기는 것이 최상이라고 하지 않았던가? 고구려에 장차 수십 년만 전쟁이 사라진다면 제국의 영원한 반석이 세워질지도 모른다. 지금으로서는 현 태왕의 노선이 옳을 지도 모른다.

영건은 그런 생각이 들자 우선 태왕을 달래야 하겠다는 생각을 했다.

"폐하, 소신의 술을 한 잔 받으시옵소서. 그리고 소신에게도 한 잔을 주시옵소서."

이렇게 말하며 영건이 건무에게 가장 공손한 자세로 무릎을 꿇고 술잔을 바치자 건무는 영건의 두 눈에서 귀순의 뜻을 읽었다. 그는 영건의 술을 받아 쭉 들이 킨 후 두 무릎을 꿇고 있는 영건에게 부드럽게 말했다.

"사 대인, 편안히 앉으시오. 나를 오늘 이 나라 태왕이 아닌 옛 전우로 생각하고 허물없이 대하시오. 그리고 진 대인 또한 짐에게는 형제 같은 사람이니 오늘 우리 셋이서 간담을 털어놓고 장래 이 나라를 위해 우리가 가야할 길을 그저 편안히 이야기 해봅시다."

이렇게 말한 후 태왕이 영건과 효명에게 술잔을 각각 따라주자 두 사람은 무릎 꿇은 상태에서 편안한 자세로 바꾼 후 그 술잔을 죽 들이켰다. 이후 세 사람은 서로 흉금을 터놓고 마치 친구처럼 그렇게 대작을 하였다. 그들은 헤어질 무렵에 평생 서로 배신하지 않고 형제로서 지내겠다는 취지로 단도로 자신들의 약지를 베어 술잔에 함께 섞은 후 그것을 마셨다.

다음 날 효명과 영건이 함께 서부대인인 해유필의 집을 방문하였다. 그들은 흉금을 터놓고 해유필에게 현 태왕의 의중을 전하였다. 그러자 그는 그렇잖아도 자신의 대에 와서 군사력과 경제력 모든 면에서 서부를 유지하기가 힘이 들었는데 태왕의 연합 제의에 잘 되었다 싶어 적극적으로 태왕과 연합하기로 하였다. 다만, 서부의 유지를 위한 징병과 훈련에 필요한 막대한 자금 및 물자를 태왕 측에서 무조건 지원하는 조건이었다.

다음날 태왕은 앞으로 한 달 내로 제가회의를 열겠다고 각 부 대인들과 귀족들에게 통보하였다. 그리고 정확하게 한 달 후 병환으로 누워있는 동부대인 연태조를 제외한 4부의 귀족들이 거의 모인 자리에서 사영건을 고구려의 육군 및 수군의 전군을 통솔하는 삼군 대장군으로, 진효명을 대대로(=지금의 국무총리)로, 그리고 해유필을 발고추가(拔古鄒加)26)로 삼는 문제를 토의하였다.

만장일치로 그 의제가 통과되자 이번에는 청려선방과 조의선인 집단들의 징계문제에 대해 토의하였다. 그들은 현재로서는 그들을 적으로 돌리면 군부 전체가 반란을 일으킬 지도 모르니 청려선방 출신 세력들에 대한 대대적인 축출 작업을 내리기로 했다. 그리고 청려선방은 향후 열릴 전국 무술 대회에서 우승한 자가 천하주유를 하며 비무를 통해 천하제일 무사라는 인증이 있을 시 반드시 천부신검을 그에게 양도하여야 한다는 태왕의 칙명을 내리기로 했다.

그날 제가회의 이후 고구려 조야는 동부를 제외한 모든 4부의

---

26) 지금의 외무장관 격이다. 당시 고구려는 5부 연맹 체제였지만 국가의 전반적인 외교문제는 발고추가가 전담하였다.

세력이 태왕의 휘하에 장악된 것을 알게 되었다. 청려선방과 동부를 비롯한 강경파들은 태왕에게 대항할 힘이 없음을 깨닫고 당분간 은 인자중하는 길 밖에 없다는 결론을 내렸다.

제5장 조의선인의 입문 과정

한편, 선우려상의 장례식 이후 그의 일점혈육인 선우일우에 대한 교육문제가 청려선방의 최대 과제로 떠올랐다. 우선 그들은 그의 정신력, 인내력 및 근골 구조를 철저하게 심사하였다. 그런 후 청려선방의 최고위급 조의선인 50인 회의는 그가 향후 부친인 선우려상의 대를 이어 천부신검을 소유할 수 있는 가능성을 가진 인물이라는 결론을 내렸다.

그리하여 청려선방의 9대 제자인 용명, 정고, 칠휴, 구선, 밀하, 오미, 선항, 파한 등이 그의 사부가 되어 그에게 교육을 시키기로 하였다. 용명, 정고, 칠휴는 이미 40대 중반이었고, 구선, 밀하, 오미는 50대 초, 그리고 선항, 파한 등은 40대 초반이었는데 수십 년을 백두산에서 청려선인에게 교육을 받은 그들은 거의가 체력과 무공이 30대 수준이었다.

그런데 그가 조의선인이 되기 위해서는 만 15세가 되어야 했으므로 우선은 그 기초 교육을 받아야 했다. 그것은 먼저 아이의 인성 교육부터 시작하는 것을 뜻했다.

그들은 아이들의 인성 교육은 삼신하느님과 조상신들에 대한 사랑을 먼저 배워서 영성(靈性)을 길러야 한다고 생각했다. 신을 부정하는 것은 곧 동물로 떨어지는 일이므로 이 세상은 보이지 않는 절대자의 섭리 속에 있다는 사실을 깨닫고 겸허해져야 함을 배워야 한다고 믿었다. 그렇기에 나를 낳아주고 길러주시는 삼신하느님과 조상님들 그리고 부모님과 스승님을 사랑하고 공경하는 것이 첫 번째 중요한 교육 내용이라고 생각했다. 그러나 이를 위해서는 부모와 스승의 절대적인 사랑이 필요하다고 생각하였다.

그리고 또래 집단들과의 놀이와 우정 속에서 대자연의 웅장함과 신비함을 제대로 보고 듣고 만지고 느끼는 오감의 교육이 중요하다고 생각하였다. 이런 가운데서 신체를 강건히 하고 적으로부터 자신을 보호하고 자신의 강건함 속에서 약한 자를 도울 수 있는 능력을 갖추는 것이 필요했다.

또한 나라는 무엇이고 겨레는 무엇인지, 왜 인류는 전쟁을 피할 수 없으며 항상 대립과 갈등 속에서 살아야 하는지, 그리고 나라와 겨레를 위해 지도자들은 어떻게 배우고 살아야하는지를 철저히 배워야 한다고 생각했다. 그래서 조상들이 살아온 내력인 역사를 제대로 배우고 이웃 나라들에 대한 지식을 익히며 인간과 사회와 자연을 제대로 배워야 했다.

일우는 일단 그들이 세운 교육안이 완성되자 자신의 또래들과는 많이 다른 특별 영재 교육을 받기 시작했다. 물론 매일 묘시의 시작과 더불어 일어나서 환웅천왕 사당에 가서 삼고구배를 한 후 천부경과 삼일신고를 읊조리고 난 후 참전계경의 360여사 중 일일 일사(一日 一事)를 읽어야 했다.

그리고는 매일 아침마다 백두산 천지까지 걸어갔다 와야 했다. 청려선방이 백두산 중턱위에 있었으므로 그 거리는 약 1,500장(4.5 km) 정도 되었는데 그것은 비가 오나 눈이 오나 똑같이 반복되어야 했다. 어느 날은 눈보라가 치고 어느 날은 폭풍우가 몰아쳐도 반드시 천지에 올라가는 것이 조의선인 집단들이 해야 할 일이었다.

그들이 천지를 매일 한 번씩 다녀오는 것은 일종의 산악 훈련이었고 육체 훈련이었기에 아무리 어려운 상황 하에서도 그것을 극복해야 했다. 게다가 새벽마다 천지에 서서 웅장한 백두산의 정기를 마시고 천지에 떠오르는 해를 바라보면서 가장 웅건한 고구려인들의 기상을 배울 수 있었다.

일우가 청려선방에 도착한 때부터 백두산에 눈이 내리기 시작하는 계절이라 그가 온 지 며칠이 지나자 온 산이 온통 하얗게 변했다. 자기 몸의 반이나 쌓인 눈 속을 뚫고 천지에 올라가는 것은 장정들에게도 참으로 죽을 맛이었다. 하물며 이제 겨우 일곱 살이 지나 곧 여덟 살이 되는 일우에게는 엄청난 고통이었다.

비록 9명의 사부 및 여러 선배들과 동년배들이 함께 오르는 산행이었지만 눈으로 온통 뒤덮인 백두산의 천지까지 매일 오르내리는 것은 거의 초인적인 노력이 필요했다. 그로 인해 일우의 온 몸은 멍들고 터지고 근육통으로 힘들어 죽을 지경이었다. 그러나 일우는 사부들의 독려와 돌봄 속에서, 그리고 그가 먹고 마시는 백두산의 최고 음식과 영약에 의해 점점 더 강건해져갔다.

그가 백두산 천지에서 내려오면 보통 묘시가 끝날 때 쯤이었다. 그때부터 일우는 사부중 하나인 내공제일 구선에게 단전호흡의 지도를 받았다. 일우는 처음 단전호흡을 지도받을 때 양반 다리를 하고 앉아 겨우 3초 정도 숨을 코로, 마치 머리털 하나가 흔들릴까 말까 할 정도로, 천천히 미세하게 들이마셨다가 내뱉는 것을 배웠다. 그렇게 약 한 달을 지나자 이제는 약 5초 정도 들이마시고 3초 정도 내뱉는 것을 배웠다.

첫 달 동안은 약 한 시진 정도 단전호흡을 한 후 조반을 먹었다. 조반을 먹을 때는 사부들 및 여러 아이들과 함께 했다. 조반은 주로 검은 현미와 7곡을 섞은 밥이었고 반찬은 백두산에서 자생하는 온갖 나물들과 사냥해서 잡은 산토끼, 노루, 사슴, 멧돼지 등의 고기였다. 때로는 산성밖 마을에서 잡은 집돼지와 소의 싱싱한 고기들도 그들의 반찬이었다. 모든 아이들이 산삼과 더덕 등으로 만든 차를 마셨는데 백두산에서는 그들에게 필요한 모든 것들이 다 산출된다고 해도 과언이 아니었다.

반 시진의 식사가 끝나면 선방에 있는 아이들을 위한 경당에서 고구려 역사에 대해 공부하였다. 일우는 이미 신집을 한 권 읽어서 환국과 배달나라의 역사까지는 알고 있었지만 스승들이 설명해주는 우리 역사는 참으로 더욱 대단했고 흥미가 샘솟았다.

역사 공부를 한 시진 쯤 한 뒤에는 잠깐 쉬었다가 참전계경을 한 시진 쯤 공부하였다. 산상태왕때 국상 을파소 선생이 천마산에서 수도 중 하늘로부터 받았다는 이 책은 하루 최소한 한 절씩 한문과 더불어 공부를 하였는데 매우 어렵지만 사람 사는 길을 가르쳐 주어 매우 재미있었다.

그 뒤에는 치우병서에 대한 공부가 한 시진쯤 있었다. 치우천왕은 배달나라 14대 환웅으로서 중원에 청구(靑邱)[27]를 개척하신 고구려 겨레의 군신(軍神)으로 추앙받고 있었다. 그 분께서 남기신 이 병법서는 전쟁뿐만 아니라 일상적인 삶에 있어서 우리가 살아가야 할 길을 제시하는 불후의 책으로서 너무나 흥미가 진진했다.

그리고는 천문지리에 대해 공부를 했다. 일우는 특히 천문 공부가 좋았는데 그것은 밤에 하늘을 바라보면 언제나 죽은 아빠와 엄마가 자신을 어느 별에선가 지켜보며 흐뭇하게 미소짓고 있는 것을 느낄 수 있었기 때문이었다. 또한 그는 언젠가 자신도 아빠처럼 고구려를 비롯하여 천하를 주유하며 천하제일의 무사가 될 생각을 하니 지리 공부를 철저히 할 필요가 있었다.

오전 공부가 끝나면 바로 중식 시간이었는데 이때는 약 1시진 정도 식사를 마치고 바로 무술 훈련으로 들어갔다. 아이들은 우선 수박(=태권)의 기본형을 수만 번 이상 반복해서 연습하는데 나중에는 무의식적으로 그 기본형이 응용되어 실전에서 활용될 수 있었다. 수박의 기본형이 완성되면 택견(=주로 발을 사용하지만 고난도의 수박형으로 변함)의 기초인 발쓰는 법을 제대로 익혔다. 그 기본동작도 무려 수만 번 이상을 훈련해야 했는데 거의 무의식 수준에서 기본동작이 나올 수 있을 때까지 연습해야 했다.

아이들은 검술을 배우기 위해 우선 박달나무로 만든 목검을 들고 검술 훈련을 시작했다. 우선 검술의 기본은 그들의 키에 맞게 높이 세운 허수아비를 향해 내려치는 훈련만 최소한 한 달을 해야 했

---

27) 지금 중국의 회대(淮代) 지방을 말한다.

다. 다음에는 목검으로 허수아비의 좌우 옆구리를 치는 연습을 또 한 달간 해야 했다.

다음에는 활쏘기를 익혀야 했다. 활쏘기는 우선 과녁을 집중해서 주목하여 과녁이 큰 쟁반처럼 보일 때까지 눈과 마음의 훈련을 해야 했다. 그 다음에는 말을 타는 마상술을 훈련해야 했는데 우선은 말과 친해지기 위해서 말을 사랑하는 법을 배워야 했다. 그리고 말과 의사 소통을 위해서 말에게 여물을 먹이고 말똥을 치워주고 마구간을 청소하는 등의 과정을 3개월 이상 해야 했다. 그 후는 기마자세를 익히기 위해 한 석 달간을 적어도 하루 반 시진씩 기마자세로 그 자리에 서서 버텨야 했다.

이런 모든 훈련이 끝날 때는 거의 신시(申時)28)가 시작될 무렵인데 그때부터 저녁 식사 전까지는 아이들끼리 신나게 노는 시간이었다. 그리고 신시가 끝날 때 쯤 그들은 다시 환웅천왕 사당에 들어와 오늘 한 공부에 대해 삼신하느님과 조상신들에게 보고하고 잠시 기도를 하였다. 그리고 식당으로 가서 저녁을 먹은 후 각 자 자신의 처소로 돌아가서 휴식을 취하였다. 그리고 잠들기 한 시진 전쯤인 진시가 끝날 때 다시 단전호흡을 한 시진쯤 연마한 후 잠자리에 들었다.

이런 훈련을 시작한지 3달이 지나자 드디어 일우는 단전호흡이 한 숨을 들이마시는데 12초, 내쉬는데 8초 정도의 수준이 되었다. 그의 호흡 능력은 대단했는데 앉은 자리에서 한 시진 이상을 꾸준히 잘 견뎌냈다. 수박(=권법), 택견(=족법), 궁도, 검도들도 이제 한 단계

---

28) 오후 3-5시

발전하여 기본형을 넘어서 초급 수준의 훈련을 받게 되었다.

일우를 가르치는 사부들은 수박은 파한과 밀하가, 택견은오미가, 궁도는 선항, 칠휴가 검도는 정고, 구선이 맡아서 철저히 가르쳤다. 특히 정고가 호흡과 검도를 맡은 것은 기와 검이 일치되는 고구려 검도의 진수를 가르치는 청려선방의 방침에 따른 것이었다.

그리고 3개월이 되자 청려선인이 직접 일우를 일대일로 만나 단전의 자리가 제대로 잡혀가는 가를 심사하였다. 그리고 이상이 없다는 판정이 내려지자 그에게 등 뒤의 명문혈을 통하여 자신의 진기를 조금씩 넣어주기 시작했다. 일우는 청려선인이 자신의 등 뒤에 손을 대고 진기를 넣기 시작하자 엄청나게 뜨거운 기운이 자신의 온 몸에 쏟아져 들어오는 것을 느꼈다. 그는 온 몸이 불덩이같이 변하는 것을 느꼈다.

일우의 학문은 나날이 발전하여 자신 또래의 아이들과는 거의 수준을 함께 할 수 없을 정도로 진도가 빨랐는데 이미 3개월이 되어 천부경, 삼일신고는 거의 다 외었고, 참전계경 또한 한 차례 이상을 다 읽었다. 그리고 치우병서는 배우는 것 마다 달달 암기하고 철저히 이해하며 진도를 나갔다. 국사는 이제 조선(고조선)의 역사까지 다 배웠다. 천문지리를 비롯한 나머지 주어진 과제들도 모두 성실히 해나가는 가운데 그는 청려선인을 비롯한 모든 스승들에게 점점 사랑받는 아이가 되어갔다.

제6장   사라진 일우

그해 홍무 29년(서기 618년)이 지나 새해가 왔을 때도 영류태왕은 고구려의 연호를 새로이 반포하지 않고 당나라 고조인 이연의 연호인 무덕(武德)를 사용하기 시작하였다. 그러자 뜻이 있는 고구려인들은 태왕의 사대주의적인 정책에 대해 노골적으로 반감을 드러내기 시작했다.

한편 조정은 태왕의 친당노선을 좇는 무리들에 의해 완전히 장악되어 대당 강경주의자들은 한 사람 한 사람씩 요직에서 밀려나 변방의 국경 지방이나 한직으로 내쫓겼다. 그리하여 고구려에는 전조까지 일관되게 내려왔던 따무르자의 숭고한 정신은 사라지고 당나라풍의 천박하고 사치스러운 기풍이 고구려 주류 사회를 휩쓸기 시작하였다.

하지만 전국의 조의선인들은 여전히 조정과는 다르게 서로 긴밀히 연통하면서 앞날을 대비하여 기수련과 무술 및 교양 증진에 힘써 나가고 있었다.

일우가 이제 조의선인이 되기 위한 입문 과정에 들어온 지 2년이 다 되어오는 날 선우려상의 2주기 추도식이 선우려상의 고향인 국내성(=지금의 집안현)에서 열렸다. 그때 청려선인을 비롯한 청려선방 9대 제자 모두와 일우 그리고 동부대인 연태조와 연개소문 그리고 전국 조의선인 대표들 50명 그리고 옥저욕살 양만춘과 북부대인 사영관의 대사인 모라신 등이 비밀리에 그 추도식에 참석하였다.

일행들은 그때 지금은 이미 건무에 의해 불살라져 폐허가 되어 버린 북문 밖 려상의 집터를 찾아 고인을 회고하며 유덕을 기리었다. 그들은 그 집터에 다시 생가를 복원하여 선우려상 기념각을 짓고 그곳에 기념비를 세우자고 합의하였다. 글은 동부대인 연태조가 짓고, 글씨는 당대 최고 명필 중 하나인 한장효가 쓰기로 하였다.

그리고 추도식 후 그들 모두가 근처에 있는 광개토경평안호태왕 비문과 광개토경평안호태왕릉과 장수홍제호태왕릉을 찾아 참배하였다. 그들은 그곳에서 현재 고구려의 상황에 대해 비탄하며 준비해온 제수를 진열해놓고 제사를 드리었다. 음력 9월 말의 싸늘한 바람이 옷깃을 여미게 했지만 고구려의 성군이셨던 두 태왕의 왕릉 앞에서 그들은 현재의 고구려를 돌아보며 눈물을 짓지 않을 수가 없었다.

이후 그들은 그날 밤 늦게 화평영자(和平營子)에 있는 해루여각에 도착하였다. 그곳은 이미 새로운 주인인 창도수가 운영하고 있었다. 창도수는 선비형으로 작달막한 키에 어진 인상을 가지고 있는 50대 초로의 사람으로서 무공과는 전혀 관계가 없는 인물로 보였다.

하지만 그는 청려선방의 속가제자로서 30대 제자들 수준의 고수였는데 특히 자그만 비수를 잘 썼고 택견의 달인으로서 그의 발차기 한 대에 웬 만한 장정은 그 자리에서 즉사할 정도로 엄청난 파괴력을 소유하고 있는 사람이었다.

그는 어려서 너무 병이 심해 항상 누워 지낼 정도로 약골이었고 심한 탈장과 간병으로 병역이 면제되었다. 그간 한 번도 직접 전쟁터에는 나가보지 못하다가 25세의 늦은 나이에 청려선방에 입문하였다. 그곳에서 5년간의 호된 수련과 치료 끝에 특히 청려선인의 침술 덕택에 그의 탈장과 간병이 치유되었다.

이후 그는 조의선인으로서 2차례의 려수대전에 참전하여 많은 공을 세웠는데 특히 척후 임무에 큰 공을 세웠다. 이후 청려선인에게 배운 의학 지식을 활용하여 이도백하에서 의원을 열었는데 전국 방방곡곡에서 환자들이 몰려들었다.

그의 철칙은 가난하고 불쌍한 백성들에게는 전혀 돈을 받지 않고 그저 그들을 돌보는 것이었다. 하지만 그는 돈이 많은 부자들에 대해서는 상당한 거금을 받기 전에는 절대 치료를 안 해 주어서 그들에게 많은 원성도 받았다. 그러나 그의 손에서 치유되지 않은 중증 환자가 없을 정도였기에 결국에는 그들도 거의 모두가 그의 충실한 고객이 되고 말았다.

2년 전 왕당 척살대의 몰살 사건으로 인해 화평영자(和平營子)의 해루여각이 위기에 몰리자 그 여각은 한때 휴업을 하였었다. 그러나 수개월 후 청려선인은 여각을 더욱 확장하고 창도수가 운영하고 있는 의원을 그곳에다 합칠 것을 창도수에게 권유하였다. 결국 그는 스승의 제안을 받아들여 해루여각과 백하의원을 함께 운영하게 되었다.

그에게는 동갑인 아내 손정형과 스물 한 살인 어여쁜 딸 창미나가 있었는데 그녀도 아버지를 닮아 어려서 몹시 병약하여 항상 부모들의 속을 썩였다. 그러나 그녀도 결국 부모의 끔찍한 사랑과 치료

그리고 청려선인의 기치료로 인하여 많이 몸이 좋아져서 아버지의 일을 돕고 있었다.

그런데 그의 밑에서 의원 일을 돕고 있는 공남곤은 그의 밑에서 일을 시작하는 순간부터 그 집 딸 미나를 마음에 두고 그녀를 연모하기 시작했다. 그는 수시로 미나에게 자신의 마음을 호소해왔으나 그녀는 전혀 그의 구애에 미동도 하지 않았다. 그녀는 그가 그저 아버지의 제자로서 의업을 돕고 있는 사람일 뿐 그에 대해 아무런 이성의 감정도 느끼지 못했다. 그렇다고 해서 그에 대해 아버지에게 고자질하거나 나쁘게 말하지는 않고 있었다.

그리고 그 의원에는 약초 캐고 약을 만드는 일을 하는 사람 중 우두머리인 호야길 및 두 사람과 입원한 환자들을 돌보는 사람들 5명 등 약 10여명이 있었다. 또한 여각에는 오늘날의 집사격인 천조염이라는 30대 중반의 사나이와 하인들이 7명이 있었다.

일행이 여각에 도착해 있을 때는 이미 자시가 다 되었는데 그들은 청려선방의 제자들은 전국 조의선인 대표들과 함께 여각의 빈 방에서 자고 청려선인과 일우 그리고 연태조와 연개소문은 일우의 안전을 고려하여 부득이 비밀 지하실에서 잠을 자게 되었다.

네 사람이 지하실에 들어가자 어린 일우는 피곤하여 잠에 곯아떨어졌고 청려선인과 연태조 그리고 연개소문은 잠이 든 일우를 측은하게 바라보았다. 연개소문이 아랫목에 이불을 깔고 일우를 눕혔다. 그리고 그들은 이내 대화를 시작하였다.

먼저 말문을 연 것은 연태조였다.

"태왕의 태도로 보아 아무래도 올해 고구려 전국 무술대회가 열릴 것 같은데 우리 선방에서는 누가 대표로 참석할 것인지요?"

"글쎄, 현재로서는 마땅한 참석자가 없어서 고민이오. 공께서 무슨 좋은 안이 있소?"

연태조는 비록 청려선방 출신이지만 청려선인의 직계제자로서 청려선인이 유일하게 자신과 대등하게 대우하는 유일한 사람이었다. 그것은 연태조의 출신, 학문, 무공, 그리고 지위 등 모든 것이 고구려 전체를 대표하는 인물이었기 때문이다. 또한 나이도 이제 거의 칠십 세를 넘고 있기에 그를 존중하는 의미도 있었다.

"제 생각으로는 이번 대회에는 제 자식인 갓쉰동[29]이를 청려선방 제자로서 삼아 출전시키심이 어떨까 합니다만 스승님께서는 어떻게 생각하시는지요?"

연개소문은 늙은 아버지가 자신을 무조건 신뢰하고 청려선방의 대표로서 출전을 시키려고 하는 것에 매우 기쁨을 느꼈다. 그동안 천하를 주유하며 무공과 병법 그리고 천문지리를 나름대로 열심히 공부했는데 그렇다고 자신이 천부신검을 차지하고 싶어 천하제일의 무사가 될 생각은 없었다. 자신은 그저 고구려가 더욱 강대해지면 옛 조상들의 땅이었던 중원 대륙을 회복하는데 일생을 바칠 생각뿐이었다.

하지만 지금 태왕측에서는 분명히 자신의 정통성을 확보하고 전

---

29) 연태조가 연개소문을 나이 50을 넘어서 낳았기에 순 우리말로 '갓쉰동'이라도 불렀다. 그러나 한문으로 이름을 옮겨 적을 때는 성이 연씨이고 이름이 갓쉰동이기 때문에 이두문으로 그 음을 차용해서 한문으로 적은 것이 연개소문이 되었다. 이는 단재 신채호 선생의 설에 따른 것이다.

국 조의선인들의 지지를 얻기 위해 자파 내에서 가장 출중한 자를 대회에 출전시키려고 할 것이다. 그러다가 그가 만약이라도 천하를 제패하면 천부신검은 그들 손에 떨어지고 만다. 연개소문은 마음속으로 청려선인이 자신을 청려선방 제자로서 인정한다면 꼭 대회에 나갈 생각을 굳히고 있었다.

"연 공의 생각이 좋소만 갓쉰동이는 결코 천부신검을 차지해서는 안 될 것이오. 그 이유는 첫째 갓쉰동이는 천하를 좌지우지할 인물이 될 것이 뻔한데 어찌 일개 무사로서 일생을 마칠 수 있겠소 둘째로는 앞으로 천하를 주유하며 비무하려면 10년은 더 걸릴 지도 모르는데 지금 고구려의 정치적 상황이 몹시 위기로 가고 있어서 갓쉰동이가 연공을 항상 보필하지 않으면 안 되는 상황이오. 그래서 갓쉰동이가 청려선방의 대표로서 나가는 문제는 좀 어려울 것이오."

연태조는 청려선인의 말을 듣고 보니 참으로 탁견이라 할 만 했다.

하지만 연개소문은 그들과 좀 다른 생각을 내놓았다. 차라리 자신이 이 기회에 각 선방과 연합해서 이번 무술 대회에 공동 대표로 나간다. 그리고 모두를 이김으로써 일우가 성장하여 천하제일의 무사가 될 때까지 자신이 천하를 주유하며 비무한다고 소문을 내놓고 시간을 끄는 것이 유리할 것이라는 생각을 내놓았다. 그들은 이 문제에 대해서 더 깊게 숙고해보자고 결론을 내렸다.

다음으로 그들은 조정 내 조의선인 출신들이 자꾸 한직으로 밀려나는 것에 대해 향후 대책을 논의했지만 뚜렷한 대안이 없었다. 각 부 대인들 휘하에 있는 대사자와 대형급의 군권을 지닌 사람들도 자꾸 밀려나서 거의 힘을 잃고 있었다. 그들은 이번 무술대회에서 조의 선인들이 두각을 나타내도 반드시 미관말직에나 기용될 것이 분명하다는데 의견이 일치했다.

하지만 연개소문은 조의선인들이 미관말직이라도 얻게 된다면 그들과 더욱 연결 고리를 확고하게 해놓아야 장래 큰일을 도모할 수 있으리라는 생각을 밝혔다. 청려선인과 연태조는 그의 이런 생각이 좋다고 결론을 내리고 그 일을 연개소문이 직접 나설 것을 지시했고 그는 기꺼이 동의했다.

연태조는 청려선인에게 자신의 남은 운명을 좀 보아달라고 했다. 그러자 한사코 거부하던 청려선인은 그에게 '천리 밖 변경에서 큰 나무가 쓰러져도 무슨 걱정이 있으리요(巨木落於千里塞外何慮焉之)'라는 말을 주고는 말을 아꼈다.

연개소문은 청려선인에게 자신의 앞날도 봐달라고 간청을 하자 그는 단 번에 다음과 같은 글을 주었다. '사나이 마음은 눈을 들어 만리를 보더라도 먼저 집안을 돌아보소 (雄心擧眼萬里先顧家也)'

연개소문은 청려선인이 자신을 잘 알고 있다는 생각이 들었지만 장부가 무슨 집 걱정을 하나 하고 별로 대수롭지 않게 이 말을 받아들였다. 그들은 잠시 각자가 운기조식을 한 후 잠자리에 들었다.

하지만 문제는 그 날 밤 모두가 깊이 잠들어 있을 때 일우에게 일어났다. 일우는 그날 밤 인시가 시작할 때쯤 소변이 몹시 마려워 지하실 밖을 나와 여각 앞마당으로 나왔다. 그리고 화단 쪽으로 고추를 내놓고 오줌을 시원하게 누고 있었다. 그때였다. 뒤에서 갑자기 검은 복면을 한 괴한이 일우의 입을 수건으로 막았다. 그러자 일우는 정신을 잃고 쓰러졌고 그는 그 검은 복면인에 의해 감쪽같이 납치되어 그날 밤으로 왕궁이 있는 장안성 쪽으로 마차에 실려 끌려가고 있었다.

제7장 밝혀진 일우의 납치범

다음날 아침 모두가 곤한 잠자리에서 깨어 길을 떠날 차비를 하고 있을 때 일행 중 일우의 기(氣) 및 검도 수련 사부인 정고가 일우가 안 보이는 것을 발견했다. 그는 즉시 청려선인에게 보고하자 청려선인은 몹시 놀라 모두에게 주변에서 일우를 찾아보라고 지시했다. 그러나 한 식경이 지나도 일우의 모습은 도무지 주변에서 보이지를 않았다.

그러자 모두는 조반이고 뭐고 다 포기한 상태에서 여각과 백하의원의 주인인 창도수를 비롯한 모든 식솔들과 하인들을 모두 집합시켰다. 그리고는 한 사람 한 사람을 심문해보았지만 도저히 단서를 잡을 수 없었다. 정말 기가 막힌 일이었다. 그간 2년간 아무 일이 없어서 이제는 괜찮겠지 하고 방심을 하다 보니 이런 큰 사달이 난 것이었다.

그들은 여각 식당에 모여서 이 문제를 심각하게 논의하기 시작했다. 먼저 수심이 가득한 표정으로 청려선인이 그들에게 말을 시작했다.

"이게 대체 어찌된 일이오. 일우가 사라지다니. 하필이면 그 아버지의 기일에 이런 일이 일어나다니. 이 일을 어떻게 할 지 모두들 좋은 의견을 내놓은 후 빨리 결정하고 그 아이를 찾아보기로 합시다."

모두들 꿀 먹은 벙어리처럼 아무도 말을 하지 못했다. 그러자 이 윽고 연개소문이 말을 시작했다.

"제 생각으로는 아무래도 어젯밤 우리가 이곳에 오는 것을 미리 알고 선우 사숙을 죽인 세력이 여각 내 누군가를 미리 매수하여 일우가 한 밤 중 용변을 보러 나갔을 때 아이를 납치한 것으로 생각이 듭니다. 아이가 무술 실력이 보통이 아니라 만일 서로 싸웠다면 분명이 시끄러운 소리에 우리들이 깨었을 것인데 그렇지 않은 것으로 봐서 아이를 누군가 약물로 마취시키고 붙잡아 간 것이 틀림없습니다. 분명 그 아이는 이 근처 어디에 갇혀 있거나 아니면 장안성 쪽으로 잡혀가고 있을 것입니다."

연개소문이 마치 아이가 납치된 상황을 눈으로 본 듯이 의견을 말하자 모두는 그의 의견에 동의했다. 따라서 다시 모두가 이제 연개소문의 입을 주목하는 상황이 되었다.

"제 생각은 이곳 의원 식구들 중에 그래도 마취제를 만들 수 있거나 구할 수 있는 사람이 범인들과 내통한 간자(間者=간첩, 첩자)일 테니 큰 스승님과 아버님 그리고 연로하신 분들과 호위하실 조의선 인님들만 이곳에서 간자를 잡으십시오. 저와 사숙들 및 북부대사자님 그리고 젊은 조의선인님들은 곧 바로 장안성 왕궁 쪽으로 가서 일우를 잡다 어디에다 가두어놓았는지를 수색해보는 것이 좋을 것 같습니다."

그가 이렇게 말하자 용명이 얼굴에 수심이 가득한 채 나지막한 소리로 소문에게 물었다.

"연 사질의 말은 일우가 그들의 최종 목표라는 말인가 아니면 천부신검이 그들의 목표란 말인가?"

"제 소견으로는 아마 그들은 우선 천부신검과 일우를 바꾸자고 제안해올 것입니다. 그러나 우리가 그 조건을 안 받아들이면 부득이 아이를 죽여 청려선방의 미래 구심점을 제거하고 와해시키려는 수작 같습니다."

그러자 가만히 듣고 있던 청려선인이 고개를 끄떡이더니 천천히 입을 열었다.

"만일 우리가 일우를 한시 빨리 찾아서 청려선방으로 데리고 가지 못한다면 우리는 이후 현 태왕과 친당파들에게 얕잡혀 보일 것이오. 게다가 천부신검을 그 자들에게 넘겨주어야 할지도 모르겠소. 그렇게 되면 고구려의 운명은 더욱 더 악화되어 패망의 길로 더욱 빨리 가게 될 것이오. 지금으로서는 그 아이를 납치한 자들이 태왕 일당이라는 증거는 없지만 갓쉰동의 의견이 일리가 있으니 그대로 시행합시다. 갓쉰동과 북부대사자 모라신 일행들은 전속력으로 장안성으로 들어가 일우의 행방을 찾으시오. 내 생각으로는 아직 사영건이 태왕에게 완전히 귀순했다고는 보기 어려우니 이번 일을 알면 선우려상과의 과거 정리상 몹시 격분할 가능성이 있소. 그는 정의감이 불타는 사람이니 이번 처사가 태왕의 모략에 의한 것이라면 몹시 실망할 것이오. 그러니 북부대사자가 사영관에게 이번 일을 먼저 말하고 일우의 행방을 수소문해서 갓쉰동에게 통보하시오. 그리고 갓쉰동은

궁내에서 왕당 중에 지인이 많이 있을 터이니 나름대로 일우의 행방을 찾아보시오. 그리고 만일 오늘부터 칠일 이내로 아무런 단서를 찾지 못하면 나는 부득이 전국 조의선인 선방들에게 연통하여 이 사실을 통보하고 그들 모두를 도성으로 들어오게 할 것이오. 그리고 그간 조사한 사실들을 토대로 선우려상 학살 사건과 일우의 실종 사건에 대해 모든 책임이 있는 현 태왕에게 강력히 항의할 것이오. 그러니 내가 별도의 기별을 할 때까지 도성에 머무르며 상황을 관장하고 가급적 우리가 지혜와 능력을 최대한 발휘하여 태왕의 간담을 서늘하게 하여야 그가 장차 더욱 악랄한 모략을 생각지 못할 것이오. 제군들은 내 말 뜻을 잘 알아듣겠소?"

일행은 모두 그의 말에 *예!* 하고 대답한 후 즉각 행동을 개시했다. 연개소문과 모라신 일행은 오늘 밤 안에 장안성으로 들어갈 요량으로 말에게 충분히 먹을 것과 마실 것을 먹인 후 자신들도 마상에서 먹을 마른 고기와 만두 및 명태 등을 전대에 담았다. 그리고 청려선인과 연태조 및 다른 일행들에게 인사를 한 후 장안성을 향해 나르듯이 말을 몰아 달리기 시작했다.

한편 창도수는 이번 사건에 너무도 큰 충격을 받았다. 그는 도무지 누가 이런 짓을 했는지 짐작을 할 수가 없었다. 공남곤과 호야길은 그동안의 행적으로 보아 절대 그럴 사람들이 아니었다. 왜냐하면 너무도 성실하고 인품이 착하여 그들이 그런 짓을 저지를 아무 이유가 없었다. 그는 나머지 하인들에 대해 생각해보았으나 그들 또한 사람들이 무던하고 성실하여 도무지 문제를 일으킬 사람들이 아니었다. 그러나 이번 사건은 분명히 여각이나 의원내의 누군가가 잠복 중이던 왕실 측 사람들에게 연통을 하지 않았다면 일어날 수 없는 노릇이었다. 한참을 고민하고 있던 그에게 청려선인과 연태조가 좀 보자는 전갈이 있어서 그들이 머물고 있는 지하실로 갔다.

그러자 연태조가 창도수에게 백하의원에서 우선 근일 중 들어오고 나간 약재 목록 중 마취용으로 쓰이는 약재들이 있었는지 확인해 보라고 말하였다. 다음에는 그것들을 취급하는 사람이 누구인지 그리고 그것을 가져간 사람이 누구인지를 확인한 후 혐의가 있는 자를 이리로 잡아오라고 말하였다.

순간 창도수는 약재를 들여오고 내보내는 담당자가 공남곤이라는 사실을 생각했다. 그는 의술을 아니 충분히 그럴 수 있다는 생각을 했다. 그는 여각 옆에 새로 지은 백하의원으로 급히 가서 공남곤을 불렀다. 잠시 후 그가 모습을 드러냈다.

"의원님, 부르셨습니까?"

그는 무언가 긴장되고 어색한 표정으로 눈을 내리 깔고 창도수에게 말했다. 창도수는 속에서 일어나는 분노를 전혀 내색하지 않고 부드러운 목소리로 그에게 말했다.

"자네 가서 약재 취급 장부를 가져오게. 그리고 이곳에서 일하는 사람들은 한 사람도 빠지지 말고 이곳으로 오라고 하게."

잠시 뒤 공남곤이 약재 취급 장부를 가져다가 창도수의 앞에 공손히 놓았다. 그러자 호야길을 비롯하여 백하의원에서 일하는 사람들이 모두 창도수의 방에 나타났다. 그들은 모두 불안한 표정으로 창도수의 얼굴 표정을 살피고 있었다.

창도수가 약재 취급 장부를 천천히 읽다가 이상한 점을 발견했다. 분명히 마취용으로 쓰이는 약재들이 모두 15근 들어 온 것이 분명한 데 그것이 나갔다는 것을 표시하는 란에는 아무런 표시도 없었다. 모두가 재고로 있다는 표시였다. 창도수는 갑자기 자리에서 일어나서 모두에게 이 자리에서 꼼짝 말고 머물러 있으라고 지시한 후 약재 창고로 가 보았다.

그가 약재 창고에 가서 마취제로 쓰이는 약재들을 보관하고 있는 상자들을 일일이 조사해보자 그것들이 모두 사라진 것을 알았다. 그는 분명히 약재를 최종적으로 수납하는 공남곤의 짓이 틀림없다고 짐작하면서 분노에 치가 떨렸다. 자신과 선우려상의 과거 정리를 생각하면 도무지 이번 일은 용서할 수가 없는 최악의 짓이었다.

그러나 그는 의원이었다. 분노해서는 안 되는 직업이었다. 그는 숨을 깊게 들이마시고 마음을 진정시켰다. 그가 범인이라는 확실한 증거는 아직 없다. 다만, 그가 약재들을 출납하는 최종 책임자이니 이번 일은 그와 어쨌거나 관계가 있는 일임은 틀림없었다.

창도수는 잠시 후 자신의 방에 나타났다. 그리고 공남곤에게 잠시 나와 어디를 좀 갔다 오자고 말하였다. 나머지 사람들은 아직 꼼짝 말고 이곳에 남아 있으라는 명령을 하였다.

공남곤은 아무런 저항 없이 그를 따라 여각의 비밀 지하실로 내려갔다. 그는 그곳에서 이상한 사람들을 만나자 마음이 철렁하였다. 왠지 부드러움 속에 무서운 기운이 그곳에 가득 차 있다고 생각하였다. 먼저 입을 연 것은 청려선인이었다.

"창 의원, 이 사람이 약재 출납 담당이오?"

"네, 스승님. 분명히 며칠 전 들어온 마취 약재 15근이 모두 장부에는 그대로 있는데 창고에는 하나도 없습니다."

창도수가 참담한 심정으로 무겁게 대답했다. 그러자 연태조가 그에게 위엄있게 물었다.

"자네가 그 약재들을 다 사용한 것이 맞나?"

"……………"

공남곤은 감히 아무도 쳐다보지 못하고 고개를 땅에 떨어뜨리고 있었다.

"왜 말을 안 하나? 자네가 모두 가져다 썼나?"

창도수가 떨리는 목소리로 그에게 다시 물었다. 그러자 공남곤이 모기 소리 만하게 대답했다.

"예."

창도수는 분노에 당장 공남곤의 머리통을 수도(手刀)로 후려쳐서 죽이고 싶었다. 하지만 의원의 본분 상 참아야한다고 어금니를 악물고 다시 그에게 물었다.

"무슨 용도로 그 약재들을 사용했나?"

"…………"

그가 아무런 대답이 없이 고개를 숙이고 있자 모두들 분노에 가득차서 일거에 그를 패죽이고 싶은 마음들이었다. 하지만 청려선인은 눈을 감고 그들의 대화를 듣고 있었다.

"대답을 해 대답을. 무슨 용도로 그 약재들을 사용했나?"

"……………"

그래도 공남곤은 고개만 숙이고 아무 말도 하지 않고 있었다. 이때였다. 연태조가 갑자기 천둥 벼락이 치듯 엄청나게 무시무시한 목소리로 그에게 소리를 질렀다.

"네 이 노오옴, 단 매에 맞아죽으려고 하느냐? 왜 대답을 않는 것이냐? 네 놈이 왕실 측 간자가 틀림없으렸다? 빨리 자백하면 목숨만은 살려주겠다. 그러니 모두 모인 자리에서 시원하게 자백하거라."

그러자 공남곤은 얼굴을 들고 힐끗 청려선인을 바라보았다. 두 사람의 눈길이 마주치는 순간 청려선인은 그의 속마음을 읽었다.

"예, 제가 그 약재들을 모두 가져다가 썼습니다요."

"무슨 용도로 썼느냐? 네가 마취제를 만들어 왕실 측 간자에게 넘겨주었음이 틀림없으렸다?"

"예, 다 제가 저지른 일입니다요. 흐흑"

순간 창도수는 온 몸에 분노가 팽배한 채 오른 손에 기를 모두 모아 수도(手刀)로 공남곤의 머리를 후려쳤다. 그의 수도가 막 그의 머리에 닿으려고 하는 순간 *잠깐!* 하는 소리와 함께 엄청난 기운이 밀려와서 그의 머리를 보호하였다. 창도수는 스승의 목소리를 듣자마자 그야말로 간발의 차이로 그에 대한 공격을 중단했다.

"그 젊은이는 범인이 아니오."

청려선인이 일갈하자 모두들 경악하였다.

"아니 그가 범인이 아니라니요? 그가 입으로 자백했는데 범인이 아니라시면.............."

연태조가 이렇게 청려선인에게 물었다. 창도수는 눈을 크게 뜬 채 너무 놀라 스승을 정면으로 바라보았다. 그러자 청려선인이 천천히 입을 열어 자신의 생각을 피력하기 시작했다.

"우선 이 젊은이는 전혀 범죄를 저지를 상이 아니오. 둘째, 죄를 저지른 사람치고는 너무도 태연자약하고 두려움이 없소. 셋째, 이 젊은이는 분명 진상을 알고 있는데 자신을 희생하면서까지 그 대상을 보호하고 있는 것 같소. 만일 이 젊은이의 자백을 믿고 그를 죽이거나 처벌하면 진짜 범인을 못 잡을 것이오. 그리고 이 젊은이는 설령 죽어도 그 대상을 보호할 것이 틀림없을 터 차라리 지금 그를 살려두고 진짜 범인을 잡을 수 있는 길을 찾아봅시다. 젊은이의 마음이 갸륵하군. 하지만 이 문제는 젊은이가 희생한다고 될 문제가 아니야. 잘 생각하고 진실을 밝히기를 바라네. 창 의원, 이 젊은이를 일단 창고에 가두시게. 그리고 진상을 파악하기로 합시다."

청려선인이 이렇게 말하자 모두들 경악하면서 공남곤이 왜 진실을 감추고 자신을 희생하려고 하는지 궁금해 했다. 창도수는 즉시 공남곤의 사지를 포승줄로 묶고 창고에 가두었다. 그리고 자신의 방으로 돌아가 대기 중인 사람들을 한 사람씩 불러 공남곤의 행적에 대해 꼬치꼬치 캐물었다. 결국 그는 호야길의 입을 통해 그가 자신의 딸 창미나를 목숨보다 더 사랑하고 있다는 사실을 알았다.

그날 밤 창도수는 내실에서 아내인 손정형에게 공남곤에 대한 말을 하였다. 그가 목숨을 내놓고 보호하는 대상이 금지옥엽 무남독녀인 창미나임이 틀림없다면 미나에게 분명 무슨 일이 있음이 틀림없다고 그들은 의견이 일치했다. 그러나 만일 미나가 이번 일우의 납치 사건에 유야무야로 관계가 있다면 자신들은 향후 어떻게 청려선방 사람들 및 고구려 조의선인 사회에서 얼굴을 들고 살 것인지 너무도 걱정이 되었다.

그날 밤 그들은 도무지 잠을 이루지 못하고 고민하다가 할 수 없이 곤히 잠든 딸 창미나를 깨우러 그녀의 방으로 갔다. 하지만 그녀는 방에 없었다. 두 사람은 짚히는 데가 있어 창고 쪽으로 살금살금 다가갔다. 그리고 창고 밖에서 숨을 죽인 채 안에 귀를 기울였다. 그러자 안에서 딸 미나의 흐느끼듯 말하는 소리가 들리고 있었다.

"남곤, 매우 미안하구나. 하지만 너도 오늘 청려선방 사람들의 태도를 보아 짐작이 갈 줄 안다. 지금 네가 입을 다문다고 해결될 문제가 아니잖아. 그러니 지금 네가 도망치는 길 밖에 없어. 나를 위해 그래줄 수 있겠지? 나 네가 나를 얼마나 사랑하는지 잘 알아. 하지만 내가 이 내가 네 마음을 못 받아주는 입장을 이해하기 바래. 그러니 이 돈 받고 멀리 멀리 도망가서 좋은 색시를 만나 행복한 가정을 이루고 잘 살아. 부탁해. 남곤. 응?"

두 사람은 와들와들 떨면서 그 자리에 얼어붙어 버렸다. 그러자 평소 심장이 나쁜 손정형이 그 자리에서 혼절하고 말았다. 창도수는 그녀의 입에 급히 우황청심환을 먹였다. 그리고 그녀를 업고 방으로 급히 내달렸다. 지금 딸이 문제가 아니었다. 그는 방에 들어오자 그녀를 편안히 이불에 눕히고 그녀의 몸에 침을 놓았다. 그러자 잠시 뒤 그녀가 의식을 되찾아 신음하며 깨어났다.

"여보, 이제 이 일을 어떡하면 좋아요. 일우가 납치된 사건에 미나가 어쨌거나 개입된 모양인데 이제 우리 어떻게 낯을 들고 살지요."

정형이 깊은 한숨을 내쉬며 간신히 말을 잇자 창도수는 그녀를 다독거리며 아무 걱정 말라고 말하였다. 미나가 무슨 사정이 있는 모양인데 아무리 그래도 그 애가 나쁜 짓을 했겠느냐고 말하며 우리 딸을 믿어보자고 하였다.

잠시 뒤 창도수는 혼자서 여각지하실로 찾아가 청려선인을 만났다. 두 사람은 여각을 나와 한동안 걸어서 여각 근처에 있는 냇가로 갔다. 벌써 추워져서 그런지 냇가의 물은 거의 밑바닥을 드러내고 있었다.

"스승님, 이 불초 제자의 못난 딸이 이번 사건과 유야무야로 관련이 있는 듯 하니 이를 어찌하면 좋겠습니까?"

창도수는 스승에게 이실직고하고 대책을 상의하는 것이 좋겠다고 생각하여 사실대로 말했다.

"으음, 아까 그 젊은이가 보호하던 대상이 바로 미나였구만. 그렇다면 미나가 누군가에게 그 마취약을 만들 약재를 주었다는 이야기인데 분명히 그 아이가 누군가에게 속아서 그랬을 가능성이 크구만. 하지만 그 정도의 사이라면 보통 사이가 아닐 텐데. 그리고 그 자가 왕실의 사주를 받고 잠입한 여각내 간자라는 말인데. 어찌 미나는 그런 자에게 마음을 빼앗겼을꼬. 허허, 참으로 큰 문제로다."

"스승님, 면목없습니다. 제가 딸아이를 잘못 가르쳤습니다. 이 죄를 어떻게 씻어야 할지 모르겠습니다."

창도수는 지금 자결이라도 하여 속죄하고 싶은 마음이었다. 하지만 우선 이 사건을 해결해야 할 것 아닌가?

"간자는 여각에 잠입한 하인 중 하나일세. 그가 아마 약을 지을 줄 아는 자인데 미나에게 이런 저런 호감을 사서 약재를 몰래 받아다가 마취제를 만들었겠지. 그리고 여각에서 우리가 오는 것을 기다렸다가 일우가 야밤에 혼자 소변보러 나간 사이에 그 아이를 마취시키고 납치했겠지. 그렇다면 그 자는 왕당 척살대 요원이었을 것이네. 당장 여각의 하인들을 모두 소환하여 조사하게. 그리고 미나의 일은 누구에게도 발설하지 말게. 그리고 미나를 설득해서 공남곤과 짝을 지어주도록 하게. 그런 사랑은 하늘이 낸 사랑일세. 내 말 알아듣겠나? 누구에게도 미나가 이번 일에 연루된 것을 말하지 말게. 그리고 자식은 죽을죄를 졌어도 버릴 수 없듯이 제자 또한 마찬가지일세."

청려선인의 너그러운 이 말에 창도수는 코 끗이 쩡해졌다.

"스승님, 감사합니다. 이리 너그러이 용서하시니 몸 둘 바를 모르겠습니다. 미나 문제는 하명하신 대로 공남곤과 짝을 지어주도록 하겠습니다."

"그래, 하늘이 정한 배필은 따로 있는 법. 젊을 때 누가 한 번 실수로 잘못된 연애를 안 해본 사람이 있겠나? 그 젊은이에게 이제 의업뿐만 아니라 무공과 기치료도 함께 가르치게."

"예, 스승님."

두 사람이 말을 마치고 여각에 돌아왔을 때 모두가 웅성거리고 난리가 나 있었다. 창미나가 음독을 하여 중태라는 전갈이 와서 모두들 의원으로 몰려가서 응급조치를 하는 중이라는 것이었다. 두 사람도 급히 의원으로 달려갔다. 이미 미나는 연태조에게 응급치료를 받아서 마셨던 독을 다 토해내고 자리에 누워있었다. 그녀의 얼굴은 하얗기가 백지장 같아 도저히 이 세상 사람의 얼굴이 아니었다.

"어떻게 되었나?"

청려선인이 방으로 들어오자마자 급히 모여 있는 제자들에게 물었다.

"급한 위기는 넘겼는데 당분간 거동을 못할 만큼 중태입니다."

연태조가 근심어린 표정으로 이렇게 말하자 청려선인은 미나의 곁으로 와서 왼손의 맥을 짚어보았다. 모든 맥박이 미약하고 특히 하초에 심한 중상을 입어 다시 살아난다 해도 정상적인 여성으로서 살아갈지 의문이었다.

청려선인은 창도수에게 그녀의 상반신을 들고 앉히라고 명하였다. 다 죽어가는 상태의 미나가 창도수의 부축으로 상반신을 들고 앉자 청려선인은 미나의 등 뒤 명문혈로 진기를 흘려보냈다. 그러자 잠시 뒤 미나의 머리위로 뜨거운 김이 모락모락 나기 시작했다. 청려선인은 다시 미나를 자리에 눕히라고 말하였다. 창도수가 그녀를 눕히자 청려선인은 이번에는 그녀의 단전으로 엄청난 양의 진기를 넣어주었다. 잠시 뒤 미나는 온 몸을 들썩거리며 덜덜 떨고 있었다. 온 몸에 돌아다니는 양의 진기가 지금 그녀의 하초를 꽉 막은 음의 독기를 빼내고 있는 중이었다. 약 한 식경을 그렇게 청려선인이 진기를 하나의 몸에 시전하자 그녀는 곧 평안한 모습으로 잠에 빠져 들었다.

"아무래도 미나가 빙혈음독산(氷血陰毒酸)을 마신 것 같은데 적어도 1년간은 한 달에 한 번씩 선방으로 올라와서 내게 치료를 받도록 하고 어떤 일이 있어도 남자를 만나서는 아니 되니 명심시키시게."

창도수와 손정형은 청려선인을 향해 무릎을 꿇고 큰 절을 몇 번이나 하면서 사례를 했다. 자칫하면 무남독녀 외딸이 영원히 여자로서 불구의 몸이 될 번 하였는데 스승의 도움으로 그런 불행을 막게 되었으니 그들은 얼마나 스승에게 감사한지 몰랐다. 모두들 청려선인의 제자 사랑에 감읍하고 있었는데 그때 갑자기 청려선인이 큰 소리로 말했다.

"빨리 여각으로 가서 간자를 잡게. 분명히 이곳의 약재를 훔쳐간 자가 간자일 것이야."

모두들 급히 여각으로 가서 모든 하인들을 집합시켰다. 그러나 그들 중 동한수라는 자가 보이지 않았다. 그는 20대 후반의 잘 생기고 몸매도 탄탄하며 키가 훌쩍 큰 호남형의 사나이였다. 창도수가 여각을 인수받아 다시 열었을 때 하인으로 뽑았는데 그간 어찌나 성실하게 일을 잘 하는지 모두들 칭찬이 자자하였다. 그러던 그가 갑자기 사라졌으니 분명히 그가 왕실의 간자로서 창미나를 유혹하여 약재를 얻어간 장본인이 틀림없었다.

그는 그날 밤 일우를 납치하여 대기 중이던 왕실척살대에게 넘겨주고 아무 일 없었다는 듯이 그냥 여각에서 일을 하며 동태를 살폈는데 그날 미나가 음독을 하는 사태가 일어나자 더 이상 자신의 정체를 숨길 수 없다는 생각이 들었다. 그는 여각을 빠져 나와 말을 타고 장안성을 향해 전속력으로 달아나고 있었다.

청려선인은 창도수에게 동한수의 자세한 인상착의를 물어본 후 용명을 비롯한 9대 제자들에게 빨리 그 자를 뒤쫓아 잡아오라고 명령을 내렸다. 이미 그가 달아난 지 한 시진이 지났다 하여도 지금이라도 출발하면 중간에서라도 잡을 수 있는 상황이었다. 그러자 아홉 사람은 전속력으로 말을 몰아 장안성으로 가는 직선 길로 동한수를 잡으러 갔다.

그가 장안성으로 가려면 반드시 아리수(=지금의 압록강)를 건너야 한다. 그런데 그 강을 건너기 위해서는 분명히 말을 타고 건널 수 있을 상류 쪽으로 가야할 테니 그들은 먼저 그 상류 곳곳에서 그가 건널만한 곳을 찾아 한 사람씩 그를 기다려야 할 것이다.

아홉 사람은 이런 생각을 하고 아리수로 가기 위한 지름길을 택했다. 약 두 시진 동안 전속력으로 말을 몰아 그들은 아리수 상류에 도착했다. 그리고 아홉 사람이 각각 상류 일대에 퍼져 동한수가 나타나기를 기다렸다.

이윽고 그들이 숨어있던 아리수의 맨 위쪽 상류 즉 그저 말들이 걸어서 건널 수 있는 곳으로 동한수로 보이는 자가 나타났다. 이미 밤이 어두워져 그가 건너는 것은 육안으로 보기는 불가능했고 강을 건너는 말의 첨벙거리는 소리만으로 식별해야 했다. 동한수는 강을 건널 때 이목을 집중하여 전후좌우를 둘러보며 빠른 걸음으로 강을 건너고 있었다.

이때였다. 갑자기 *쉬잇* 소리가 나더니 말이 다리를 꺾고 강물 속으로 쓰러졌다. 동한수는 강물에 어쩔 수 없이 몸을 적시게 되었는데 갑옷을 입은 몸이지만 차가운 강물이 너무도 시렸다. 그는 드디어 청려선방의 무리들이 나타났구나 생각하면서 품안에서 폭죽을 꺼내 하늘로 높이 쏘아 올렸다.

그러자 순간 장안성 쪽 강안에서 수십 명의 검은 복면인들이 나타났고 그들은 말을 몰아 강을 건너는 동한수 쪽으로 다가갔다. 그리고 한 복면인이 그를 부축하여 말에 태운 후 강쪽으로 건너갔고 나머지 검은 복면인들은 강을 건너 동한수 쪽으로 달려오는 용명 일행과 맞닥뜨렸다.

강물 속에서 그들은 처절한 혈투를 벌이기 시작했다. 그들은 용명 일행과 용감하게 맞서 싸웠으나 시간이 흐를수록 아홉 명의 무공이 너무도 고강하여 자신들의 적수가 아님을 알아챘다. 약 25명의 검은 복면인들이 강물 속에서 무참하게 죽어 자빠지자 그들은 이번에도 다시 구원을 요청하는 폭죽을 터뜨렸고 잠시 뒤 약 100명의 왕당 척살대들이 다시 아홉 명을 공격하는 사태가 일어났다.

용명과 정고 등 아홉 명은 마상에서 그들을 베고 또 베었으나 그들은 새까맣게 강물 속으로 몰려 들어오고 있었다. 강안에서는 그들을 향해 화살이 계속 빗발치듯 날아오고 있었다. 그들은 아홉 명이 더 이상 장안성 쪽으로 접근하지 못하도록 특명을 받은 것처럼 악착같이 그들을 공격하고 있었다.

두 시진 이상을 싸웠지만 그들은 더 이상 강을 넘어 강안으로 다가설 수 없었다. 계속 강물 속에서 처참하게 싸웠지만 아홉 명을 향해 파리 떼처럼 몰려드는 검은 복면인들의 공격을 더 이상 감당할 수 없었다.

그들은 용명의 *후퇴하라!* 는 명령이 떨어지자 강을 건너 화평영 자 쪽으로 철수하기 시작했다. 뒤에서는 그들을 향해 화살이 빗발치듯 날아왔지만 검은 복면인들은 더 이상 용명 일행을 추격하지 않았다.

그들이 동한수를 잡지 못하고 그냥 돌아와서 결과를 보고하자 청려선인 일행들은 왕실측이 자신들을 더 이상 장안성쪽으로 들어오지 못하도록 강안에서 잠복중인 것을 알고 몹시들 기분이 언짢았다.

부득이 그들은 강 중류를 통해서 들어가거나 백두산 줄기를 타고 천
지(天池) 쪽으로 가서 눈 덮인 백두산을 건너 장안성으로 들어가는
최악의 산악 길을 택해야 했다. 강 중류는 너무 깊고 물살이 빨라 건
너기가 너무 힘들었다. 산행을 택할 경우 그쪽에도 왕당 측 군대들이
막고 있지 않다는 보장이 없었다.

그들은 여각에서 일어난 일우의 납치 문제가 왕당 척살대에 의
해 오랫동안 준비되어 온 것으로서 동한수라는 간자에 의해 저질러
진 것이라고 결론을 내렸다. 창미나는 단순히 환자를 돕는 측면에서
평소 호감을 가졌던 동한수를 도왔던 것이라고 결론을 내렸다.

그들은 왕당의 집요한 추적과 음모에 치를 떨면서 반드시 이번
에는 가만히 있지 않겠다는 결의를 하였다. 그들은 청려선방으로 일
단은 후퇴한 후 날을 잡아 백두산을 타고 장안성으로 들어가기로 했
다.

제8장　일우를 구출하라

　한편 이미 장안성으로 들어간 연개소문과 북부대사자 모라신등은 자신들이 가진 모든 인맥과 정보망 등을 통해 납치된 일우의 행방을 수소문하기 시작했다. 특히 모라신은 자신을 절대 신임하는 북부대인 사영건을 만나 일우의 납치 문제를 직접 거론했다. 사영건은 요즘 그렇잖아도 태왕과 일당들의 전횡과 독재 그리고 부정부패 및 군부에 만연해 있는 나태함으로 인해 속을 부글부글 끓이고 있는 중이었다.

　"대인, 태왕 측에서 선우려상의 유일한 혈육인 선우일우를 또다시 납치한 것은 정말 우리 고구려 무사들로서는 받아들이기 어려운 처사입니다. 사태가 점점 심각해지고 있습니다. 청려선방과 동부대인 연태조의 세력들 그리고 전국 조의선인들이 들고 일어나면 고구려는 내란에 휩싸일 가능성이 농후합니다. 선우려상을 학살한 태왕이 다시 그 아들을 납치하여 천부신검을 빼앗으려는 음모인 것 같은데 청려선방에서 가만히 있겠습니까? 그러니 대인께서 빨리 태왕을 만나 선우일우를 돌려보내고 청려선방 측에 공식적으로 사과하라고 말씀하십시오. 그렇지 않으면 군부와 백성들 사이에서 무슨 일이 터질지 모룹니다."

가만히 모라신의 말을 듣고 있던 사영건은 참으로 기가 막혔다. 일국의 영웅을 학살한 것도 모자라 이제는 그 아들마저 인질로 잡고 천부신검을 빼앗으려고 하다니. 그는 자신이 태왕의 언변에 속아 혈맹까지 한 것에 대해 참 어이가 없었다. 그러나 이미 삼군대장군이 되어 고구려의 군권을 잡은 이상 태왕이 잘못되게 놔둘 수도 없었다. 그는 모라신에게 다시 한 번 확인을 해야 하겠다고 생각하고 그를 향해 냉정하게 물었다.

"대사자의 말에 일리는 있소. 하지만 선우려상 학살과 그 아들 일우의 납치가 태왕의 소행이라는 직접 증거가 없잖소? 내가 혐의만을 가지고 태왕에게 종주먹을 대었다가 낭패를 당하면 어떡하겠소? 태왕이 꼼짝 못할 무슨 증거가 있어야 일우를 석방하라고 주장하던지 말든지 하지 참……."

그러자 모라신은 더욱 강하게 주장하기 시작했다.

"대인, 만일 이 사태를 태왕이 묵살하면 반드시 큰 일이 발생할 것이고 또 그러면 정규 군대의 총수인 사대인과 청려선방이 부딪힐 것은 불을 보듯 뻔한 일입니다. 그러면 대인은 이제 전국 조의선인들을 모두 적으로 돌리는 경우가 되는 겁니다. 그들이 빠진 고구려군은 그야말로 고갱이가 빠진 군대가 아닙니까? 태왕이 천부신검에 집착하여 이런 일들이 일어났다는 것은 삼척동자도 다 아는 사실 아닙니까? 빨리 대인이 손을 쓰셔야 합니다. 가만히 계시다가는 큰일을 당하시게 될 겁니다."

"대사자의 말은 잘 알겠소. 내가 오늘 밤 진 대대로를 만나 상의 한 후 내일 태왕을 배알하도록 하겠소. 그리고 청려선인께서는 아직도 나를 그리 나쁘게 보지는 않고 계시더란 말이지요?"

"예, 청려선인께서 말씀하시기를 대인께서는 정의감이 불타는 사람이고 마지못해 태왕 편에 섰지만 그래도 고구려를 지킬 수 있는 분이라고 말씀하셨습니다. 아직 매우 대인을 신뢰하고 계시는 듯 하더이다."

"음, 그 분은 참 신선이시라 우리 인간들의 외면만 보시지는 않는 것 같구료."

"그렇습니다. 아직도 당신의 제자들에 대한 사랑이 어찌나 지극한지 모릅니다."

사영건은 고개를 끄떡였다. 그는 모라신에게 몹시 수고했다고 치하하고는 가서 푹 쉬라고 말하였다. 모라신이 공손히 읍하고 물러가자 그는 조용히 생각하기 시작했다. 그러자 그는 아무래도 한시 빨리 진효명 대대로를 만나 사태를 논의하여야 하겠다는 생각이 들었다.

잠시 뒤 그는 평상복 차림으로 말을 타고 남부대인 진효명을 찾아 나섰다. 비록 신시이지만 어두운 밤에 하인 하나만 데리고 자신의 집을 방문하자 진효명은 무슨 큰 일이 있다는 것을 짐작했다.

마침 그는 그때 중 신성과 현하 정국에 대해 이런 저런 이야기를 하고 있었다. 그는 하인이 사영건이 왔다고 말하자 신성에게 잠깐 자리를 비워달라고 말하였다. 그러자 신성은 사영건과 말을 나누다가 잠시 뒤 자신을 불러달라고 말하였다. 분명히 자신이 두 사람에게 할 말이 있을 것이라고 그는 웃으면서 말하였다.

신성이 방을 나가는데 사영건이 들어오다 그와 시선이 마주쳤다.

그는 신성에게서 요사스러운 기운을 느끼고 기분이 섬뜩했다. 하지만 스님이니 자신과 무슨 상관이 있으랴 하고 마음을 가라앉히고 효명과 마주 앉았다.

"대대로, 그간 평안하셨소이까? 항상 정무에 바쁘시니 얼굴도 뵙기 힘드오이다."

"하하, 삼군대장군이 되신 뒤 군무에 너무 바빠 이렇게 개인적으로 만나 뵙기가 얼마나 힘든지 모릅니다. 오셨으니 우리 술이나 한 잔 대작하면서 이런 저런 이야기나 해봅시다. 여봐라, 주안상을 성대하게 차려오너라."

효명이 밖에다 대고 크게 말했다. 그는 대대로가 된 뒤 얼굴에 더욱 빛이 나고 위엄이 넘쳤다. 하지만 그 가느다란 눈 뒤에 숨긴 교활함과 간사함은 어쩔 수 없이 그의 얼굴에 나타나 있었다.

"참, 지금 나가던 스님은 누구시요?"

영건이 이렇게 묻자 효명은 빙긋 웃더니 툭 내던지듯 말했다.

"한 마디로 괴승이외다. 천하가 그 스님 손바닥 안에 있소이다."

"그게 무슨 말씀이오이까? 천하가 그 자의 손바닥 안에 있다니?"

영건은 기분이 나쁜 표정으로 효명에게 따지듯이 물었다.

"그 스님은 현재, 과거, 미래는 물론 인생과 우주 그리고 역사, 천문 지리, 병법과 정치에 이르기까지 무불통달한 당대 최고의 천재일게요."

효명은 의기양양해하며 이렇게 말했다.

"그리도 천재라는 말씀이시오? 그런데 왜 좀 그 자의 인상이 안 좋아 보이는구려."

영건은 진심으로 걱정스레 말을 하였다.

"핫핫, 내가 대대로가 될 것을 미리 알고 나를 돕기로 했다니 이 어찌 하늘의 은총이 아니겠소? 그건 그렇고 오늘 밤 이리 갑자기 오신 것은 무슨 큰 일이 있나 본데 무슨 일이오이까?"

효명이 영건의 걱정을 대수롭지 않게 여기며 오늘 온 이유를 묻자 그는 좀 기분이 좋지 않았다. 효명이 대대로라는 권세를 믿고 술하게 부정부패를 저지르며 온갖 계집질과 탐학스러운 행동으로 이미 인심이 모두 손가락질하고 있었지만 태왕은 모른 체하고 있었다.

"죽은 선우려상의 학살 사건은 대대로께서 잘 알고 계시니 오늘 온 요점만 말씀드리지요. 수일 전 국내성에서 청려선방 무리들과 동부대인 연태조 그리고 전국 조의선인 대표들이 모여 선우려상의 2주기 추도식을 가졌다고 하더이다. 그런데 그날 밤 그의 유일한 혈육인 선우일우가 누군가에 의해 납치되었다고 하더이다. 지금 청려선방과 전국 조의선인들 그리고 동부가 연합하여 태왕에게 그 책임을 묻겠다고 공공연히 설쳐댄다고 하더이다. 만일 그들과 왕실이 부딪히면 정규군이 직접 나서야 할 터. 그러면 바로 내란이 아니겠소이까? 대대로께서는 고구려의 정치를 모두 총괄하시니 이 문제를 대체 어찌 푸실 요량이시오이까?"

사영건은 이렇게 말하며 마침 도착한 술을 한 잔 쭉 들이켰다. 속으로는 네가 어찌 나오나 보자 하는 심정이었다. 그러자 효명도 술을 한 잔 따라 먹더니 안주로 제비집 요리를 입에 넣고는 우물거리며 씹어대었다. 그러더니 혀를 끌끌 차며 말을 내뱉듯이 하였다.

"그런 버러지 같은 놈들은 그저 모두 소탕하여야지 고구려가 안정이 될 것이오. 일우인지 소인지 하는 녀석이 무어가 그리 중요하다고 나라에 내전 운운 하시오이까? 그 녀석을 미끼삼아 천부신검을 빼앗아 태왕에게 드리는 것이 대장군이 해야 할 일 같소이다. 그리고 조의선인들이 설쳐대어 보았자 우리 정규군 100만에 비하면 조족지혈이 아니겠소? 그냥 태왕의 처사에 맡깁시다. 우리는 그저 태왕이 천부신검의 보호를 받도록 도와야할 것이외다."

그는 여전히 안주를 씹어 삼키면서 별로 놀라는 기색도 없이 주워 삼키고 있었다. 영건은 기가 막혀 술만 연거푸 들이마셨다. *이런 한심한 자가 일국의 대대로라니.* 도대체 태왕은 무슨 생각으로 이런 소인배를 국정의 최고 자리에 앉히고 나라꼴을 엉망으로 만들어 가고 있는지 모를 일이었다. 영건은 다시 한 번 강경하게 군부의 입장을 전해야 하겠다고 생각했다.

"이보시오, 대대로 나리. 고구려 정규군 100만이 조의선인들이 없이 무슨 힘을 쓸 수 있단 말입니까? 아마 더 이상 그들을 자극했다가는 내란이 일어날 지도 모른다니까 그 말을 이해하지 못하시겠소? 대대로께서 직접 태왕 폐하를 만나 이 문제를 풀라고 하셔야 합니다. 만일 더 이상 사태가 악화되면 수습할 길이 없다는 말이외다. 내 말뜻을 알아들으시겠소?"

영건은 좀 핏대를 내어 강경한 말투로 효명에게 말하자 효명은 몹시 기분이 나빠졌다.

무식한 군인 놈들이 무슨 정치를 안다고? 내가 임마 그 말을 태

왕에게 하는 순간 내 자리는 물론 네 자리도 위험할 거다. 태왕이 얼마나 무섭고 독한 인간인지 네가 아직 모르니까 그러는 모양인데 이 인간을 어떻게 해야 알아듣게 설득하나?

이때였다.

"대대로 나리, 신성이외다. 들어가도 되겠소?"

아이고 잘 되었다. 저 중놈이 아주 적절한 때 들어오는구만.

"오, 큰스님, 어서 들어오시지요."

신성은 방에 들어오자 효명의 바로 옆 자리에 앉았다. 그리고는 사영건을 향해 눈길도 한 번 주지 않고 술잔에 술을 따라 마시더니 안주로 닭다리를 하나 쭉 찢어 입에 넣고서는 맛있게 먹기 시작했다. 영건은 순간 속으로 울화가 치밀었다.

중놈이 술에다 고기까지 쳐 먹다니 저 꼬락서니 하고는......

그는 마음속으로 매우 불쾌하여 자리를 박차고 일어났다. 그러자 신성이 영건을 향해 한 마디를 툭 내던졌다.

"삼군대장군은 일우를 구하라는 청려선인 늙은이의 부탁을 받고 오늘 이 자리에 오신 것이 아니오?"

영건은 기가 막혔다.

"내 이 중놈을 그냥 단 칼에......."

이렇게 과격하게 말하면서 영건은 바로 품에서 단검을 꺼내 신성의 목을 겨누었다.

"네 이 요망한 중놈아! 네가 무엇을 안다고 이리 요망한 입을 함부로 놀리는 것이냐? 네가 오늘 내 손에 죽고 싶으렷다."

그러자 신성은 깔깔 대고 박장대소하며 술 한 사발을 벌컥 벌컥 단숨에 들이마시는 것이 아닌가?

"나는 사 대장군이 천하 영웅인 줄 알았더니 이제 보니 일개 졸 장부였구만. 그리도 성질이 급해서야 무슨 천하의 큰일을 한다고 쯧쯧. 고구려의 군사 대권을 맡은 자가 저 정도 수준이라니, 쯧쯧. 사 대장군! 당신이 진정으로 고구려를 생각한다면 그만 화를 풀고 앉아서 고구려에 일어나고 있는 이 내란 사태를 풀 길을 찾아봅시다. 그리고 대대로도 사 대장군의 말을 심각하게 들으시오. 아마 머지않아 도성에 큰 일이 날 것이외다. 그러면 대대로는 그 책임을 지고 실각하게 될 것이 틀림없소이다. 내 말 명심하시오."

신성이 이렇게 말하자 사영건은 그가 요사스럽지만 대단한 인물인 것을 알아챘다. 그는 칼을 거두고 자리에 앉았다. 그리고 사과의 뜻으로 신성에게 술을 한 잔 주었다. 그러자 진효명은 흐뭇한 표정이 되어 두 사람을 바라보더니 천천히 말을 시작했다.

"문제는 누가 고양이 목에 방울을 다느냐 하는 것이오. 만일 내가 그 말을 하면 태왕은 나를 치려고 할 것이고 대장군이 이야기하면 대장군 또한 살아남기 힘들 것이오. 항간에 떠도는 왕당 척살대 및 왕당 군사들 실종 사건에 대한 소문을 종합해보면 분명히 태왕과 관계가 있을 터. 지금 이런 상황 하에서 현 태왕의 가장 큰 약점인 정통성 문제가 걸린 천부신검을 포기하라는 말을 한다면 과연 그가 웃으며 우리 이야기를 들어주겠소. 대장군이나 나나 목숨은 하나요. 우리가 아무리 고구려를 사랑한다 해도 우리가 먼저 살고 난 뒤에 고구려가 있는 것이지 우리가 죽고 난 뒤에 고구려가 무슨 소용이 있겠소. 그러니 내가 대장군에게 섣불리 대답을 하지 못하는 것이오.

이해하시기 바라오."

효명이 이렇게 말하자 그때서야 영건은 왜 그가 태왕에게 일우 납치 사건을 이야기할 수 없는 지를 깨달았다. 그도 역시 인간인지라 현 태왕에 대해 두려움이 드는 것은 어찌할 수가 없었다. 그때 신성이 두 사람에게 한 가지 묘책을 말해주었다.

그 묘책은 현 태왕과 청려선방을 비롯한 조의선인들이 절대 부딪치지 않고 또 아무도 피해를 보지 않는 선에서 이 문제를 해결하는 것이다. 즉, 납치된 일우를 그 누구도 모르게 원래 상태로 되돌려 놓는 것이다. 그것은 마치 고양이 목에 방울을 다는 것과 같은 일이지만 두 사람은 이 일을 모르는 척하고 그저 청려선방의 젊은 혈기가 넘치는 조의선인 중 하나에게 일우의 행방을 가르쳐 주는 것이다. 그러면 그들이 오죽이나 잘 알아서 그 아이를 탈출시키겠느냐. 그리고 이후에 벌어질 일은 태왕과 그들 사이의 문제이니 군부나 조정에서는 전혀 모르는 일로 하면 감쪽같이 끝나는 것이다 운운.

두 사람은 신성의 계교에 혀를 내두르며 감탄하였다. 그리고 그에게 그날 밤 크게 사례한 후 셋이서 함께 질탕하게 술을 마셨다. 다음날 신성의 계교에 따라 한참 일우의 행방을 쫓고 있던 연개소문에게 일우의 소재에 대한 정보가 웬 낯선 중에 의해서 제공되었다.

그는 왕궁의 북쪽에 진영이 있는 왕당 본부 감옥에 감금되어 있었는데 온 몸이 포승줄로 꽁꽁 묶인 상태에서 군사 5명에 의해 감시되고 있었다. 감옥은 단층에 약 방이 50 개가량 있었는데 주로 국사범들이나 정치범들 및 태왕의 지목을 받은 죄수들이 임시적으로 갇히는 곳이었다.

그 감옥은 튼튼하고 단단한 검은 벽돌로 지어져 있었고 한 평 정도의 작은 방 마다 약 2장 정도의 높이였다. 창문은 천장 바로 밑 부분에 사방 1자 정도의 배기구였고 쇠창살로 이루어져 있어 그곳을 통해서는 도저히 탈출할 수는 없었다. 또한 감옥의 튼튼하고 육중한 쇠문은 너무도 크고 무거워서 장정 10인이 온 힘을 다해 들어 올린 다 해도 단 한 치도 움직일 수는 없었다. 방바닥은 그저 짚들을 깔고 그 위에서 잠을 잤는데 겨울의 차가운 한기가 온 몸을 파고들었다.

그를 감시하는 왕당 군사들은 교대로 반 시진마다 한번씩 나타 나 쇠문 가운데 격자 모양의 쇠창살 틈으로 그를 들여다보았다. 가끔 그들은 어린 일우를 바라보며 장난을 치고 싶은 듯 히죽히죽 웃었는 데 일우는 그들을 바라보며 그저 소 닭 보듯이 하고 있었다.

그에게는 먹을 음식이 하루 두 번 쇠문 오른 쪽 하단에 있는, 겨우 식기 하나가 들락날락할 수 있는 크기의 배식구를 통해 제공되고 있었다. 식사는 매우 조잡하여 먹기가 너무도 힘들었다. 온통 조와 귀리 그리고 옥수수를 질이 안 좋은 쌀에 섞어 만든 밥은 혀에 닿을 때 마다 몹시 깔깔했다. 물마저 아주 짜고 써서 견디기가 힘들었다.

첫날은 얼굴을 알 수 없는 자들이 그를 보러 와서는 쑥떡들 대 었다. 그러더니 잠시 후 요란한 행차가 나타나더니 왕당 대모달이라 는 자가 나타났다. 그는 일우를 이리 저리 훑어보더니 잘 감시하라고 말을 하고는 사라졌다.

이후 일우는 계속 되는 감시 속에서 혼자 내공을 연마하였다. 아 홉 살이 된 그였지만 이미 내공이 10년 쯤 연성한 사람들의 수준이 라 대단한 경지까지 와 있었다. 일우는 처음 납치되어 한 평짜리 감옥에 갇혔을 때 참으로 억울하여 죽고만 싶었다. 하지만 시간이 흐를 수록 그리워지는 부모님들과 청려선인을 비롯한 스승님들 그리고 친구들의 모습이 그의 뇌리에 아른거렸다. 특히나 자신을 친동생처럼 잘 돌봐주었던 아리를 생각하니 삶에 대한 욕망이 더욱 커져갔다. 그는 자신이 반드시 살아서 아버지의 유지를 이어야 한다고 생각하고 죽지만 않으면 모든 역경을 극복해야 한다고 모질게 결심했다.

그가 잡혀 온 지 오 일 째 되는 날 밤 해시[30]쯤 되었을 때는 달도 뜨지 않고 폭설이 내리고 있었다. 앞을 분간할 수 없을 정도로 눈발이 휘날리는 상황이었다. 일우를 지키는 감옥의 당번 군사들의 특별 밤참이 도착했다. 그들은 매우 시장하고 무료하던 터라 허겁지겁 식사를 시작했다. 오늘 따라 어찌나 식사가 풍성한 지 닭 한 마리씩을 고아 삶은 닭도리탕과 총각김치 그리고 하얀 밥에 절편 및 사과 등이 있었다.

그들은 한참 청년시절이기에 식욕이 왕성하여 매우 게걸스럽게 그 음식들을 다 먹어치웠다. 그리고는 잠시 뒤 모두 잠에 곯아 떨어졌다.

그러자 검은 복면을 한 연개소문과 젊은 조의선인들 네 명이 일우가 갇혀있는 옥에 나타났다. 그들은 이미 옥사장을 때려눕히고 열쇠 뭉치를 빼앗아 온 터였다. 그리고 일우의 옥문을 열려고 모든 열쇠들을 다 옥의 자물쇠 구멍에다 맞추어보았다. 약 50개의 열쇠가 하나도 맞지 않아 그들은 도무지 옥문을 열 방법이 없었다.

---

30) 밤 7시-9시

그때 연개소문이 품에서 가보인 단검 용연검을 꺼내어 그것으로 커다란 자물쇠를 후려치자 불꽃이 일어나며 그 자물쇠가 반으로 잘라졌다. 마침내 옥문이 열리자 놀란 표정의 일우가 보였다. 그들은 그로부터 포승줄을 풀은 후 연개소문이 그를 등에 업었다.

그리고 그들은 모두가 경공법을 써서 궁궐 담 밖으로 넘어가려고 몸을 휙 날리었다. 이때 큰 징소리가 나며 *잡아라!* 하는 요란한 호통소리와 함께 그들을 향해 화살이 빗발치듯이 날아왔다. 이때 그들 중 한 조의선인이 등짝에 화살을 한 대 맞았다. 붉은 피가 하얀 눈 속에 매화를 그리듯 그렇게 번져나갔다.

그러자 그들은 왕궁 밖에 이미 대기 중이던 말들 위에 몸을 싣고 전속력으로 남서쪽을 향해 달렸다. 뒤에서는 수십 명의 왕당 군사들이 말을 타고 그들의 뒤를 쫓아오고 있었다. 그들이 장안성 남문까지 왔을 때 이미 화살을 맞은 조의선인은 말위에서 죽어있었다. 그들이 막 남문을 지나가려고 하는데 문이 갑자기 닫혔다. 그들은 앞뒤에서 포위된 상황이 되었다. 뒤에서 요란한 호통소리가 들렸다.

"너희들은 완전히 포위되었다. 빨리 무기를 버리고 항복하라. 즉각 투항하지 않으면 모두 이 자리에서 강궁에 벌집이 될 것이다. 그러니 빨리 항복하라."

이때였다. 연개소문이 *휘이익!* 하면서 하늘을 향해 큰 소리로 휘파람을 불자 갑자기 하늘에서 엄청나게 큰 까마귀 떼들이 나타났다. 그 새들은 청려선방에서 기르고 있던 전투용 까마귀들인데 연개소문의 일우 구출 계획에 맞춰 청려선인이 그들을 보호하러 이미 궁궐 침입 때부터 보낸 것이었다.

그 새들은 왕당 군사들의 머리 위를 온통 새까맣게 뒤덮고 그들의 눈을 집중적으로 공격하기 시작했다. 까마귀들은 보통 까마귀들보다 크기가 훨씬 컸는데 그 새들이 날카로운 부리로 군사들의 눈을 집중적으로 공격하자 그들은 자신들을 뒤덮은 까마귀 떼들과 싸우느라 연개소문 일행을 붙잡을 엄두를 내지 못했다.

연개소문은 말 위에서 화살을 연발로 쏘아 성문 위의 망루위에 있던 군사들 대 여섯 명을 쓰러뜨렸다. 그는 즉각 세 명의 조의선인들과 함께 닫힌 문을 엄청난 힘으로 열어 젖혔다. 그리고는 전속력으로 말을 몰아 남문을 나섰다.

그들은 이윽고 대동강변의 을밀대 근처에 도착했다. 그곳에는 조의선인 한 사람이 이미 와서 빠른 배를 대기시켜 놓고 있었다. 그들은 그 빠른 배를 타고 대동강을 타고 서해안 쪽으로 흘러갔다.

하늘에서 내리는 폭설과 몰아치는 바람으로 인해 강물이 노호하듯 풍랑이 크게 일어 대단히 위험한 상황이었지만 겁을 내는 사람들은 아무도 없었다. 다섯 사람과 한 구의 시체를 태운 배는 그렇게 대동강 하구 쪽으로 급히 밀려가고 있었다.

그들이 대동강 하구 대치도 근처에 왔을 때 수영(水營)을 통과하지 않으면 안 되었다. 이곳은 서해안과 안학궁의 동서남북 방향을 통과하는 모든 선박들을 검문하고 조사하는 곳이었다. 휘몰아치는 눈보라 속에서 앞이 안 보일 정도였음에도 수군들 30여명이 횃불을 높이 쳐들고 눈을 부릅뜬 채 파수를 보고 있었다.

강의 양쪽은 모든 배들이 허가 없이 지나갈 수 없도록 높이 15장(45m) 정도의 거대한 쇠사슬로 막아놓았다. 그리고 모든 배들은 강의 정 가운데 설치되어 있는 갑문 형태의 검문 수채를 통과하여야만 했다.

연개소문 일행들은 약 300장(900m) 정도 앞에서 수군 진영과 수군들을 발견하자마자 모두들 강물로 뛰어들어 배 밑으로 숨었다. 한 조의선인이 죽은 동료의 시체를 업고 물속으로 뛰어내렸다. 연개소문은 일우를 등에 업고 마치 상어처럼 그렇게 수영 밑을 헤엄쳐 나갔다. 모두는 온 몸에서 온기를 발산하여 살을 에는 듯한 추위를 참으며 강물 속을 헤엄쳐나갔다.

일우는 이미 청려선방에서 물속에서 호흡하는 방법과 싸우는 방법을 배웠기 때문에 물속에서 숨을 오랫동안 참을 수는 있었다. 하지만 아직 호흡을 통해 몸에서 냉온기를 발산하는 방법을 몰랐기 때문에 처음에는 연개소문의 등에서 몹시 추웠다. 하지만 연개소문의 몸에서 나오는 화산 같은 뜨거운 기운에 의해 점점 온 몸이 따뜻해져 갔다.

배들이 수영에 도착하자 수군들이 그 배를 발견하고 *멈춰라!* 하고 소리쳤다. 그러나 배는 쏜살같이 강위를 흘러가고 있었다. 그러자 수군들은 배 위를 향하여 화살을 빗발처럼 쏘아댔다. 그리고 네 척의 중형 배들이 그 배의 진행을 가로 막았다. 연개소문 일행은 배 밑에서 숨을 죽이고 가만히 있었다. 그러자 수군 3명이 그 배위로 올라와서 횃불을 들고 창으로 여기저기를 찔러대며 이상한 듯이 고개를 갸우뚱거렸다. 그 중 한 명이 창으로, 배 옆으로 이는 푸른 물살을 찔러보며 중얼거렸다.

"이 놈의 배는 주인 모르게 도망 나온 배인가?"

"이런 주인 없는 배는 무조건 강변으로 끌어다 매놓아야 하는 것 아닌가?"

수군 한 명이 보초 수칙대로 말하자 나머지 한 수군이 귀찮은 듯이 말했다.

"아따, 그냥 흘려보내. 쥔 없는 배를 무에다 쓸려고 그래."

연개소문 일행은 배 밑에서 숨을 죽이고 여차하면 그들 모두를 쳐 죽이려고 단검을 빼어들고 있었다. 이 때였다. 멀리서 수군 당주 (지금의 소대장) 한 사람이 그들에게 큰 소리로 외쳤다.

"이봐, 배 밑에다 화살을 수십 발 쏴봐. 그래도 아무 일 없으면 그냥 흘려보내."

"예, 알겠습니다."

수군 보초 세 사람은 화살을 장전하여 배의 앞뒤 그리고 좌우에서 화살을 다섯 발씩 쏘아대었다. 연개소문 일행은 화살이 연속으로 날아오자 물속에서 날아오는 화살들을 손으로 모두 잡아챘다. 그리하여 한 발도 그들을 명중시킨 화살이 없었다. 그러자 세 사람은 큰 소리로 아까 수군 당주에게 외쳤다.

"아무 이상 없는 데요."

"야, 너희들 물속으로 들어가서 살펴봐. 분명히 무슨 사고가 난 배일 거야."

수군 당주가 그렇게 말하자 세 사람은 어이가 없었다.

아니 저 인간이 미쳤나? 이 추위에, 이 눈보라 속에 개뿔 무슨 일이 있다고 물속으로 들어가라니. 야, 임마, 네가 들어가 봐라.

세 사람이 혼자 말하듯 각자가 중얼거리며 물속에 들어가는 것을 망설거리자 그 수군 당주가 직접 배를 몰고 그 배로 다가왔다. 그는 그 세 사람에게 호통을 쳤다.

"야, 너희들 물에 들어가서 조사해보라니까 뭐하는 거야. 너희들 명령 불복종하자는 거야 엉!"

그러자 그 세 사람은 속으로 *지미 씨부럴 놈 맑은 하늘에 벼락이나 맞아 뒤져라* 하고 그를 저주하면서 칼을 빼들고 물속으로 뛰어들었다. 그들은 물속으로 들어가는 순간 곧 무엇인가에 의해 강하게 머리를 얻어맞았다. 그들은 곧 기절하였다.

한참 시간이 지났는데도 부하들이 물속에서 안 나오자 그 수군 당주는 이제 무슨 일이 일어났음을 직감했다. 그는 바로 징을 쳐댔다. *쾡! 쾡! 쾡!* 하는 소리가 수영에 크게 울려 퍼져나갔다. 그때 갑자기 물속에서 무슨 시커먼 물귀신 같은 것이 갑자기 배위로 나타나 그 수군 당주를 물속으로 잡아끌고 들어갔다. 그는 *악!* 소리도 지르지 못하고 바로 물속에서 정신을 잃고 말았다. 잠시 뒤 수십 명의 수군들이 중형 쾌속선을 타고 그 배를 향하여 급히 다가오고 있었다.

연개소문 일행은 바로 배위에 뛰어 올랐다. 그리고는 전속력을 향하여 그 배를 몰고 북쪽으로 향했다. 그들은 압록강 중류를 통하여 백두산으로 달아날 계획이었다. 그러나 그들을 뒤쫓는 배들은 너무나 빨랐다. 얼마 지나지 않아서 연개소문 일행들은 약 10척의 배에 완전히 포위되었다. 그러자 그 배에서 그 수영의 책임자인 듯한 자가 부하들에게 큰 횃불을 들게 한 채 큰 소리로 외쳤다.

"너희는 완전히 포위되었다. 빨리 항복하라. 항복 안하면 바로 불화살의 세례를 받아 재가 될 것이다. 무조건 항복하라."

그러나 그 배는 열 척의 배 사이를 뚫고 북쪽으로 계속 도망갔다. 그러자 그 배를 향하여 불화살이 빗발치듯 날아왔고 연개소문 일행은 도무지 견디지 못하고 물속으로 뛰어들었다. 그리고는 물속을 약 1,500장 (4.5km) 정도를 엄청나게 빠른 속도로 헤엄쳐서 부지런히 뭍으로 향해갔다. 그들은 잠시 뒤 수영을 멀리 지난 것을 확인하고 잠시 뒤 육지로 나왔다.

그들은 계획을 바꿔 대성산성 방향으로 길을 잡고 빠른 걸음으로 걸어가기 시작했다. 이미 이런 악천후 속에서도 지독한 훈련 과정을 해온 그들이기에 산을 오르는 데는 별로 힘이 들지 않았다. 그러나 뒤에서는 자신들을 뒤쫓는 군사들이 계속 늘어나고 있었다. 그날 대성산 일대는 왕당 군사 5만 명이 새까맣게 깔려 마치 천라지망(天羅地網)을 편 것 같았다.

그날 그들은 연개소문이 평상시 익히 알고 있던 대성산 중턱의 한 동굴을 향해 나아갔다. 그들이 산 입구로 갔을 때부터 산은 이미 완전히 눈으로 뒤덮혀서 도무지 동굴로 가는 길을 찾기가 불가능했다. 게다가 한 발짝 걸을 때마다 멀리서 왕당 군사들의 모습이 보였다. 연개소문 일행은 그들을 피해 눈 속이나 지형지물을 이용해 은신해 있다가 다시 걷기 시작했다.

추워서 벌벌 떠는 일우를 연개소문이 자기 품에 안고 걷고 있었는데 일우는 이를 악물고 참으며 함께 길을 갔다. 대성산에 도착해서 약 한 시진이 지났을 때 그들은 은신할 동굴을 간신히 찾았다.

눈보라는 더욱 강하여져서 앞이 안 보일 정도라 이런 날 밤 수색을 하는 것은 거의 불가능하였다. 하지만 왕당 군사들은 더욱 악착

같이 한발 짝 한발 짝 걸으며 연개소문 일행들을 추적해 나갔다.

네 사람은 동굴 속에 들어가자마자 우선 추위에 벌벌 떨고 있는 일우에게서 옷을 벗기고 그의 몸을 내공으로 따뜻하게 만들어갔다. 한 시진 쯤 지나자 일우의 온 몸에서 김이 모락모락 피어올랐다. 일우는 몸에서 한기가 가시고 따뜻한 기운이 운행하자 슬며시 잠이 들었다. 연개소문은 그의 몸을 짚들과 나뭇잎들로 만든 임시 침상에 뉘었다. 그날 밤 네 사람은 돌아가면서 보초를 서며 교대로 잠을 잤다.

그리고는 5일간을 더 그 동굴 속에 은신해 있다가 왕당 군사들이 수색에 지쳐 완전히 철수한 것을 확인하고 동굴을 나왔다. 그들은 험준한 오늘날의 묘향산맥-낭림산맥-함경산맥-마천령산맥의 깊은 산중을 따라 백두산 까지 걸어가기로 하였다.

그 길은 참으로 고되고 힘든 길이었다. 눈이 5자 정도 쌓여 푹푹 빠지는 것도 문제였지만 가끔 휘날리는 눈발로 인해 어디로 인해 가야할 지 도무지 몰랐기 때문이었다. 하지만 이미 고구려의 모든 산하의 지맥과 수맥에 능통한 연개소문이었다. 그들은 대성산을 출발한지 이십칠일 째 되는 날 인간이 겪을 수 있는 모든 악전고투를 다 겪은 후 백두산 청려선방에 무사히 도착했다.

이미 큰 까마귀 떼들 편에 자신들의 탈출과 청려선방 행을 알리는 전서를 보내었기 때문에 산성 밖까지 청려선인과 연태조 그리고 용명과 9대 제자들 및 모든 조의선인 대표들이 나와서 그들을 몹시도 반갑게 맞이하였다. 옥저 욕살 양만춘은 이미 임지로 떠나고 없었다.

청려선인은 연개소문 일행의 놀라운 용기와 지혜 그리고 무공

등을 크게 치하하였다. 그는 돌아온 일우를 얼싸안고 반기었다. 그의 눈에는 눈물이 다 글썽하였다. 모두가 살아 돌아온 일우가 대견하였고 연개소문과 일행들의 그 헌신적인 희생에 깊이 감사하였다. 하지만 일우를 탈출시키다가 화살에 맞아죽은 묘향선방의 조의선인 현랑의 시체를 보고 그들은 모두 슬픔에 잠겼다. 그를 위하여 삼일장을 치러 그의 넋을 위로하기로 하고 그들은 그날 큰 잔치를 열어 일우의 무사 귀환을 축하하며 마음껏 즐겼다.

제9장　왕궁으로 초청되다

태왕 건무는 안학궁 태왕의 정전에서 지금 왕당 대모달 이철곤의 보고를 받으며 이를 부드득 갈고 있었다. 수 명의 검은 복면을 쓴 괴한들이 일우가 갇혀있던 왕궁 북문 밖의 왕당 영내에 침입해서 감쪽같이 아이를 빼돌려 달아났다는 보고였다. 그는 자기 손에 거의 들어왔던 천부신검을 놓친 상황이라 몹시도 화가 치밀었다. 그의 보고를 받으면서 건무는 범인 중 하나가 연개소문처럼 기골이 장대하고 무공이 엄청난 인물이라는 말에 더욱 이가 갈렸다.

생각 같아서는 이철곤 이하 왕궁 수비 책임자들과 그날 감옥 당번들을 모두다 요절을 내고 싶었다. 그리고 백두산으로 향하는 모든 길에 비상령을 내려 그들을 샅샅이 수색하여 잡아들이고 그래도 안되면 군대를 휘몰아쳐 청려선방을 모조리 쑥밭을 만들고 싶었다.

이것들이 간땡이가 부었지 이제는 왕궁까지 잠입해서 자신을 능욕하다니.

그는 생각만 해도 부아가 치밀었다. 하지만 그는 물같이 조용히 이철곤의 보고를 듣고 있었다. 사실 이철곤은 태왕이 격노하여 자신을 해칠 지도 모르는 상황이라고 우려하면서 마지못해 보고를 올리고 있었다. 하지만 태왕은 아무런 감정도 얼굴에 나타내지를 않고 그냥 듣고만 있었다. 이철곤은 태왕에 의해 자신이 사지가 절단되는 끔찍한 연상을 마음속으로 떠올리며 태왕의 눈치를 살폈다. 그리고는 아주 확신에 찬 듯한 목소리로 말했다.

"폐하, 이번 사건은 청려선방 무리들이 왕궁에 난입하여 저지른 대역무도한 죄이오니 그들을 이번 기회에 적극적으로 토벌하시어 왕실의 위엄을 천하에 드러내시옵소서."

"............"

건무는 주절거리는 이철곤의 입을 아무 말 없이 바라보고 있었다.

그간 2년간 노심초사하며 온갖 공을 들여 일우를 간신히 붙잡았는데 그를 다시 놓치다니. 이제 청려선방 무리들은 더욱 나를 원수같이 여길 터이고 전국 조의선인들을 비롯하여 군부에서도 분명히 이번 일우 납치 사건이 내가 뒤에서 지시한 것을 알아차렸을 것 아닌가? 이 자는 정말이지 머리가 돌대가리임이 틀림없다. 지금 내가 일우를 납치한 범인이다 하고 온 천하에 공개하라는 말인가? 아이고, 내가 어쩌다가 저런 한심한 놈을 왕당 대모달을 시키다니. 그렇다고 이 일로 저 놈을 자르면 다시 내가 범인이라는 것을 온 천하에 드러내는 꼴이고 도대체 이 일을 어쩌한다. 옳지, 그렇게 하면 되겠군.

"대모달, 지금 일우를 납치해 온 자는 어디 있소?"

갑작스러운 태왕의 질문에 이철곤은 당황했다. 하지만 그에게 아직 상을 안 내렸으니 무슨 상을 내리려고 하시는가? 하고 그는 생각했다.

"지금 그 자는 왕당 척살대에서 잘 근무하고 있습니다만......."

"당장 그 자를 체포하여 일우 대신 왕당 본부 감옥에 감금시키시오. 그리고 그 자가 달아나지 못하도록 엄히 감시하도록 하시오. 그리고 그 자를 철저히 문초해서 일우의 납치사건을 누가 지시했는지 알아내도록 하시오. 이번에도 만일 불상사가 일어나면 대모달이 모든 책임을 지도록 하시오."

태왕이 이렇게 엄숙하게 지시하자 이철곤은 태왕의 교활함에 기가 질렸다.

자신은 모든 책임을 벗어나서 아무런 비난도 받지 않으려는 수작 아닌가? 즉 사건을 일우를 납치한 동한수라는 척살대 무사와 그 상부 선에서 적절히 조작하라는 것 아닌가? 그러나 무슨 이유로 태왕이 이런 지시를 하는 것일까?

"알겠사옵니다. 당장 선우일우를 납치한 장본인인 척살대 요원 동한수와 그를 사주한 자를 체포하여 감금시키고 철저히 조사하겠나이다. 폐하께옵서는 심려를 놓으시고 옥체를 보중하시옵소서."

이철곤은 속으로 태왕에 대해 오만가지 정이 다 떨어졌다. 달면 삼키고 쓰면 뱉는 전형적인 간악한 인간임에 틀림없었다. 하기는 자신이라고 뭐 나을 것이 있겠는가? 그저 명령에 충실하여 왕당이나 마음대로 통솔하면서 부귀영화를 마음껏 누리면 되지 남이야 어떻게 되든 말든 무슨 상관이랴 하고 그는 생각했다.

태왕의 내실에서 나오자마자 그는 급히 수하인 말객[31] 조헌성을

---

31) 1,000명의 지휘자를 이르는 중앙의 군사 조직의 관직명이다. 그 위가 대모달이고 그 아래가 당주로서 100명을 지휘한다.

불렀다. 그가 자신의 집무실로 출두하자 그는 빨리 왕당 휘하 척살대로 가서 동한수와 그의 직속상관을 출두시키라고 지시했다. 그날 척살대 요원들은 일우의 납치 성공으로 인해 오랜만에 휴가를 얻어 요원들끼리 자기들 진영에서 음주가무를 즐기고 있었다.

동한수와 그의 직속상관인 어철인은 드디어 그동안 미루던 포상을 받게 되나 보다 하고 마음속에 큰 기쁨을 느끼며 무기도 없이 왕당 본부 진영으로 왔다. 그런데 그 안에 들어서자마자 그들은 왕당 군사 수십 명에게 둘러싸였다. 그들은 기다렸다는 듯 두 사람을 긴급 체포했다. 그리고는 그들을 포승줄로 꽁꽁 묶어 일우가 있던 감옥으로 보내 한 사람씩 독방에 감금시켰다. 두 사람은 어이가 없어 한참이나 망연자실하고 있었는데 그날 밤은 아무 일없이 그냥 그렇게 지나갔다.

다음 날 날이 밝자 인상이 몹시 험악한 30대 초의 왕당 장교 두 사람이 압슬, 인두, 철편, 형틀 등 무시무시한 고문 기구들을 준비한 채 감옥 앞마당으로 그들을 끌어냈다. 두 사람은 온 몸이 꽁꽁 두꺼운 포승줄로 묶여 있었고 손에는 두께가 다섯 치는 될 듯한 널빤지를 끼고 양발에는 쇠사슬 줄에 달린 아이 머리통만한 쇠공을 차고 있었다.

두 심문관들은 피도 눈물도 없는 저승사자처럼 그렇게 무서운 눈초리로 동한수와 어철인을 노려봤다. 왼편에 있는 심문관은 그들의 신상이 적힌 두루마기를 읽고 있었고 오른편 심문관은 철편을 오른손에 들고 슬슬 휘두르고 있었다. 마치 먹이를 노리고 있는 늑대와 같다고 두 사람은 생각했다. 왼쪽 심문관이 그들에게 묻기 시작했다.

"동한수! 왕당 소속 군졸, 어철인! 왕당 현위32) 맞나?"

"예, 맞습니다."

두 사람은 씩씩하게 대답했다. 자신들이야 선우일우를 납치한 일 등공신들이니 분명히 엄청난 포상이 있을 것으로 짐작하고 그들은 더욱 신나게 외쳐댔다. 감옥에 가둔 것은 아마 청려선방이나 어디 다른 세력들이 자신들에게 위해를 가하려는 정보가 있어서 아마 자신들을 보호하기 위한 조치일거야 라고 생각하며 그들은 곧 포상의 기쁜 소식이 있기만을 학수고대했다.

"수일 전 너희 양인이 작당하여 화평영자에 있는 해루여각으로부터 선우일우를 납치해 온 사실이 있나?"

두 사람은 순간 불길한 생각이 들었지만 대답을 안 할 수는 없었다.

"네, 맞습니다."

두 사람이 동시에 이렇게 대답하였다.

"소아 납치가 사형에 해당하는 중범죄인 지를 두 사람은 아는가 모르는가?"

중범죄? 살인을 밥 먹듯이 하는 척살대에 웬 중범죄?

두 사람은 서로 얼굴을 마주보았다. 어이가 없는 표정이었다.

그러자 갑자기 오른쪽 심문관이 두 사람에게 철편을 마구 휘둘러 대었고 두 사람은 금방 그것에 머리통을 맞아 머리가 터졌다. 피가 줄줄 흐르기 시작했다.

---

32) 지금의 하사관에 해당하는데 약 10인의 병을 통솔한다. 이 이름은 작가의 상상이다.

뭔가 이야기가 잘못 진행되고 있네.

두 사람은 똑같이 이렇게 생각하고 있었는데 왼편 심문관이 다시 그들에게 똑같이 묻기 시작했다.

"소아 납치가 사형에 해당하는 중범죄인 지를 두 사람은 아는가 모르는가?"

두 사람은 다시 대답을 안 했다가는 그 무서운 철편이 마구 날아올게 뻔하니까 대답을 하는 것이 좋겠다고 순간적으로 판단했다.

"네, 알고 있습니다."

"그런데 왜 그 아이를 납치했지?"

"................."

두 사람은 이 부분에서 뭐라고 말해야 할지 몰랐다. 두 사람은 위에서 시킨 일이라고 대답하면 누가 시켰느냐고 캐묻다가 목숨까지 잃어버릴 무시무시한 고문을 더욱 가할 것이고, 자신들이 알아서 윗사람의 비위를 맞추느라 한 일이라고 하면 모든 죄를 자신들이 뒤집어쓸게 뻔하여 어떻게 대답할지를 몰랐다.

"너희 두 사람이 이 일을 공모하여 선우일우를 납치하여 왕실에 바치고 큰 포상을 받으려고 한 수작이었나?"

두 사람은 순간 자신들이 위기에 몰린 것을 알았다. 여기에서 자칫 잘못 대답하면 반신불수가 되거나 목숨을 잃을 정도로 무서운 고문을 받고 결국은 자백할 수밖에 없게 된다. 그렇다고 자신들이 척살대를 원망하거나 그 비밀을 부는 순간 자신들은 바로 목이 달아날 것이고 고향의 가족들은 역적으로 몰려 풍비박산이 날 것이다. 차라리 여기서 다 시키는 대로 시인하고 개죽음이나 모면할 길을 찾아보

자. 두 사람은 서로 얼굴을 마주보고 고개를 끄떡였다.

"네, 그 사건은 우리 둘이서 혹시라도 왕실에서 큰 포상을 줄까 봐 공모하여 저지른 일이었습니다."

그들은 똥을 씹는 기분이 되어 이렇게 주워섬겼다.

죽도록 나라에 충성한 대가가 결국은 이렇게 끝나는구나. 차라리 가난하여도 조의선인이 되었으면 오늘날 이렇게 비참한 상황을 맞지는 않았을 텐데.

두 사람은 그동안 너무도 많은 살인을 저질러온 자신들의 과거가 이제 와서 무서운 형벌로 끝난다고 생각하니 몹시도 마음이 착잡했다. 하지만 몸이라도 성하게 있다 죽는 것이 낫다고 그들은 마음을 가다듬었다.

"왜 왕실에서 그 아이를 납치해오면 큰 포상을 줄 것이라고 생각했나?"

왼편 심문관이 다소 누그러뜨린 표정을 지으며 그들에게 말했다.

"그 아이가 천부신검의 소재를 밝힐 수 있는 단서를 가지고 있다고 생각했습니다."

어철인이 이렇게 대답하자 오른편 심문관이 갑자기 자리에서 일어났다. 그러더니 그를 향해 무시무시한 목소리로 호통을 쳤다.

"네 이 놈, 천부신검은 왕당 대모달님께서 가지고 계시는데 무슨 엉뚱한 소리냐? 네 놈이 무언가를 잘못 알고 있는 것이 틀림없으렷다."

어철인은 등짝에 식은땀이 주르륵 흘렀다. 당장 단 매에 때려죽일 것 같은 그들의 낯짝을 보니 저승사자가 따로 없다는 생각이 들었다.

"네, 소생이 그저 소문을 잘못 듣고 나름대로 그리 판단했습니다요. 죽을죄를 졌습니다요. 목숨만 살려주십시오."

어철인이 비겁하게 이렇게 말하자 동한수는 한편 속으로 열불이 났다. 갑자기 해루여각에서 만난 창미나가 떠올랐다. 그녀의 그 아름다운 사랑과 마음을 배반하고 일우를 납치해왔는데 결국은 이렇게 한 많게 인생이 끝날 줄을 몰랐다. 동한수는 다시 살 수만 있다면 미나를 데리고 멀리 당나라로 떠나 가정을 이루고 오순도순 살고 싶었다. 그가 본 3년간의 척살대 생활은 그야말로 인간지옥이었다. 나라를 위한답시고 살인을 밥 먹듯이 저질러대는 생활 속에서 그는 때때로 잔인한 소백정이 더 나을 것이라고 생각하기도 했다.

결국 두 사람은 그날 왕실로부터 상당한 포상을 받을 것을 기대하고 자신들이 선우일우를 납치하여 왕당 본부 감옥에다 감금시켰다고 자백했다. 그리고 모든 것은 자신들이 저지른 잘못으로서 자신들은 사형에 해당하는 중죄를 지었으니 죽여 달라는 내용에 자필로 서명을 하였다. 그리고 그들은 그렇게 왕궁 북문 밖 왕당 진영 본부 감옥에 갇혀 죽을 날 만을 기다리는 신세가 되고 말았다.

한편, 다음날 태왕 건무는 진효명과 사영건을 비롯한 5부 대인들 모두를 왕궁으로 초청하여 다과를 베풀었다. 이미 백두산 청려선방에서 연태조와 연개소문은 귀환하였기에 연태조는 그 모임에 참석할 수 있었다.

그 자리에서 건무는 최근에 일어난 선우일우의 납치 사건이 동한수라는 왕당 소속 병사와 그의 직속상관인 어철인 현위가 천부신검의 소재를 밝히기를 원하는 왕실로부터 막대한 포상을 노리고 오랫동안 공모하여 결행한 소아 납치 사건이라고 공식적으로 발표하였다.

이번 일로 인하여 청려선방의 청려선인을 비롯한 전국 조의선인들에게 심려를 끼친 것을 대단히 송구하게 생각한다고 사실상의 사과를 하였다. 앞으로 태왕으로서 고구려의 영웅이었던 선우려상을 크게 포상하고 그를 기념하는 기념각을 국내성 북문 밖의 그의 고택 자리에 지을 것이라고 선언했다.

그리고 그의 유자인 선우일우를 국가적으로 평생 보호할 것이며 그가 장성하면 태학에 입학시켜 공부시키고 아버지의 유지를 잇게 하겠다고 선언하였다. 그리고 조만간 청려선인과 선우일우를 비롯하여 연개소문과 전국 조의선인 대표들 30여인을 왕궁에서 접견하고 그들을 격려할 것이라고 말하였다.

태왕의 이런 돌변한 태도에 대당 온건파나 강경파나 모두들 졸도할 듯이 놀랐다. 그것은 이제는 사실상 선우려상과 그 유자에 대한 박해를 중단한다는 선언이면서 동시에 천부신검을 포기하겠다는 뜻이기도 했기 때문이었다. 그보다도 더욱 중요한 것은 그가 이제는 조의선인들을 더욱 우대하여 기존의 집권세력과 조화로운 힘의 균형을 이룩하겠다는 사실상 탕평책을 발표한 것이기 때문이었다.

가장 놀란 것은 물론 대대로로 있는 진효명이었다. 그는 만일 태왕이 청려선인을 왕궁으로 초청하여 그를 만난 후 조의선인 출신들의 강경파가 조정에 자꾸 들어오면 자신은 아무런 힘을 쓸 수 없다는 것을 알고 있었다. 그는 그날 태왕의 심려원모에 대하여 전혀 감을 잡지 못하고 긴장하여 자신의 내실에서 월지방 미인 공연향과 그저 농탕질로 소일하였다.

사영건은 드디어 태왕이 옛날의 그 영명함을 회복하여 고구려의 힘을 기르는 길로 나아가는구나 하고 생각하면서 새삼 괴승 신성의 형안에 놀라고 있었다.

한편, 연태조와 연개소문은 그들의 대저택 사랑채에서 동부의 30여명이나 되는 모든 귀족들을 모아놓고 구수회의를 하고 있었다. 도대체 돌변한 태왕의 진심은 무엇이고, 청려선인과 일우 그리고 연개소문을 비롯한 전국 조의선인 대표들을 왕궁으로 초청하겠다는 그의 제안을 받아들여야 말아야 하느냐, 그리고 그의 제안에 무슨 흉계가 없겠는가가 검토의 의제였다.

동부의 대사자로 있는 천승기는 태왕이 사실상 항복 선언을 한 것이라고 해석하였다. 따라서 지금으로서는 태왕의 초청을 받아들이고 조의선인들이 적극적으로 조정에 진출하여야 한다고 주장하였다. 그러자 대형 소거야는 태왕의 복심이 딴 데 있는 것 같다고 의견을 내놓았다. 즉 태왕은 이번 사건을 계기로 조의선인 세력들을 자신의 영향 아래 놓고 강온 양측을 적절히 조절하면서 자신의 힘을 기르려는 심려원모라고 주장했다. 따라서 지금 태왕의 초청을 받아들인 후 상황에 따라 대처하자고 주장했다.

그러나 연태조의 둘째 아들 연정토를 대표로 하는 소장측 귀족들은 모두 태왕의 주장을 묵살하고 더욱 군사들을 모아 힘을 길러 온건파들을 물리쳐야 한다고 주장하고 있었다. 이윽고 묵묵히 그들의 토론을 듣고 있던 연태조가 아들인 연개소문에게 물었다.

"갓쉰동이 너는 어떻게 생각하느냐?"

"지금 태왕의 초청을 안 받아들이면 우리 모두는 천하에 졸장부로 웃음거리가 될 것입니다. 하지만 만일 태왕이 우리를 치고자 한다면 이번 기회가 그에게는 절호의 기회가 될 것입니다. 그는 일우의 귀환으로 인해 몹시도 격노하고 있을 줄 알았는데 이렇게 갑자기 화평책으로 나오는 이유를 모르겠습니다."

천재로 평판이 자자한 연개소문이 신중한 자세로 말을 하자 모두들 갑자기 꿀 먹은 벙어리가 되어 연태조만 바라보았다.

"글쎄, 나의 인생 80년에서 이런 경우는 처음이라 어떻게 해야 할지 모르겠구나. 선왕이신 영양태왕께서는 참으로 인품이 중후하시고 솔직담백하시며 탁월한 형안이 있으시어 만기를 친람하실 때 대대로인 내가 참 일을 하기 수월하였지. 하지만 현 태왕은 도무지 종잡을 수가 없이 변화가 무쌍한 사람이야. 그리고 생각이 간특하고 음험하여 목적을 위해서는 수단과 방법을 가리지 않는, 한 마디로 간흉계독(奸凶計毒)을 다 갖춘 난세의 효웅이라고나 할까. 이 분의 마음은 너무도 깊고 어두워 도무지 감을 잡지 못하겠어. 갓쉰동이 말처럼 태왕의 초청에 참석을 안 하면 천하의 비웃음거리가 될 것이고, 참석했다가 만일 도륙이라도 된다면 또한 천하의 비웃음거리가 될 것은 뻔한 일. 왕궁에 초청받는다 해도 전혀 비무장으로 가야 하는데 만일 그가 사특한 생각을 품는다면 우리 모두는 살아남을 수가 없지. 그러니 태왕을 믿어야 할 지 어떨지 그것이 문제야."

모두들 참으로 어려운 문제를 앞에 놓고 고민만 하는 형국이었다. 이때 말석에 있던 소형 검두선이 불쑥 말을 내던졌다.

"청려선인께서 오죽이나 잘 알아서 결정하시겠습니까? 차라리 그 분 의견에 맡기시지요."

그러자 모두들 고개를 끄덕거렸다. 연태조도 거기에 생각이 미치자 한숨을 돌렸다. 청려선인께서는 지혜가 만인보다 나으시고 생각은 이미 신선이시니 무슨 걱정이 필요할까 하고 그들은 생각하였다.

칠일 후 동부대인 연태조와 연개소문 그리고 청려선인과 선우일우를 왕궁에 정식으로 초청한다는 태왕의 초청장이 연태조의 집으로 배달되었다. 또한 북으로는 실위, 거란과 흑수말갈, 부이르33) 그리고 서로는 하북, 산서, 동으로는 동부여, 옥저, 동예, 남으로는 아리수 이남의 여러 성 등 총176성에 사는 원로급 선인들 30여명에게 태왕의 초청장이 발송되었다.

초청장을 받아 그것을 열어 본 참석대상자들은 모두들 기절할 듯이 놀랐다. 거기에는 다음과 같은 글이 씌어있었기 때문이었다. 다음 글은 태왕의 한문을 한글로 번역한 것이다.

초청장

나 고구려 태왕은 전국 176성에 거주하는 조의선인방 대표들 중 원로들을 무덕 2년 9월 25일 공식적으로 왕궁에 초청하노니 모두는 기꺼이 참석하여 대고구려의 검선이었던 고 선우려상의 유지를 이어받

---

33) 지금의 시베리아 지방에 사는 우리의 동족으로서 그들의 나라 이름이 비리국이었고 고구려의 제후국이었으며 현재도 그 후손들이 시베리아에 살고 있다.

기 바라노라.

고구려 태왕 인

이 초청장을 받은 모든 조의선인방 대표들은 도무지 참석할지 않아야 할지를 결정할 수 없었다. 태왕이 어떤 복안으로 지금 이런 초청을 하는지 알 수가 없었다. 그렇다고 태왕의 초청에 참석을 하지 않으면 불충은 고사하고 자신의 조의선인방이 천하에 웃음거리가 될 것은 뻔한 일이라 모두가 초청장을 받은 뒤 전전긍긍하였다.

한편 동부대인 연태조는 너무도 중차대한 일이라 자신이 가야하겠지만 도저히 정국이 정국인지라 도성을 비울 수가 없어 자신의 아들인 연개소문과 동부대형인 소거야를 백두산 청려선방으로 급히 보냈다.

그들이 약 하루가 걸려 백두산 청려선방에 도착했을 때 청려선인은 마침 폐관하고 동굴 속에서 수련 중이었다. 두 사람은 빨리 청려선인을 뵙고 도성으로 되돌아가야 하는데 청려선인은 수일이나 지나야 동굴 밖으로 나온다는 소식을 조의선녀인 아리로부터 들었다.

연개소문과 소거야는 할 수 없이 객실 누각에서 무료하게 시간을 보내야 했다. 한편, 연개소문이 선방에 도착했다는 소식이 용명 등 9대 제자 일행에게 전달되자 그들은 일우를 데리고 연개소문이 머물고 있는 객실 누각으로 급히 그를 찾아갔다. 그들은 그를 찾아가면서 무슨 화급한 소식이 있음에 틀림없다고 생각하고 있었다.

"사숙들 안녕들 하셨습니까? 자주 뵙게 됩니다."

연개소문은 자신을 보고 방글방글 웃고 있는 일우를 번쩍 안아 널찍한 가슴팍에 껴안고는 아이의 머리와 등을 어루만지면서 그들에게 인사를 했다. 일우는 큰 형님 같은 연개소문이 너무나 좋았다. 그의 모든 것이 참으로 신기할 만큼 멋이 있어 보였다.

"사질이 오늘 급히 온 것은 무슨 일이 있나 본데 대체 무슨 일인가?"

용명이 이렇게 묻자 연개소문은 말없이 품에서 태왕의 초청장을 꺼내 그들에게 주었다. 그러자 그것을 읽고 난 그들은 어이가 없어 그의 얼굴을 빤히 쳐다보았다. 일우는 그런 스승들의 얼굴이 재미있는지 연개소문의 품에서 그들을 빤히 올려다보고 있었다.

"대체 이 자가 또 무슨 수작을 하려는 겐가? 연 사형은 무어라 하시던가?"

성질이 급하기로는 삼국지의 장비보다 더 심하다는 칠휴가 이렇게 묻자 연개소문은 무어라 대답할 말이 없었다. 그러자 9명이 각자 자기 생각들을 말하면서 토론을 하기 시작했는데 이윽고는 수십 명의 조의선인들이 몰려와서 그들과 함께 큰소리로 토론을 시작하였다. 한창 체력이 왕성한 조의선인들이 시끄럽게 격론을 벌이자 그 소리가 온통 선방에 다 들리는 것 같았다. 그래서 그런지 잠시 뒤 청려선인이 그들 앞에 나타났다.

"아 큰 스승님, 폐관중이시라는 말을 들었는데 어떻게 나오셨습니까?"

연개소문이 이렇게 묻자 모두들 입을 다물고 청려선인을 주목하였다.

"자네가 도착한 것을 동굴 속에서 보고 알았네. 급한 일이 있는

가 본데 대체 무슨 일인가?"

그가 이렇게 연개소문에게 묻자 그의 옆에 있던 구선이 가지고 있던 초청장을 그에게 내놓았다. 청려선인은 그것을 읽더니 큰소리로 껄껄 웃었다. 그러자 모두들 긴장하여 그의 소년같이 붉은 동안을 바라보았다.

"내 살아생전 왕궁에 들어가 태왕을 가르치게 생겼구나. 하지만 가르쳐서 될 사람이 있고 안 될 사람들이 있지. 자네들 생각은 어떤가? 내가 가야 하는 가 말아야 하는 가 의견들을 말해보게."

그러자 다시 요란들 하게 자기주장을 펴기 시작했다. 칠휴를 비롯한 성질 급한 측은 이 기회에 가서 아주 태왕을 혼쭐을 내서 다시는 나쁜 짓을 하지 못하게 하자고 주장했다. 그러나 용명을 비롯한 신중파들은 분명히 태왕의 무서운 농간에 넘어갈 수 있으므로 신중해야 한다고 주장했다. 그들은 서로 자기주장을 강하게 하면서 두 편으로 나뉘어 심하게 대립했다.

가만히 듣고 있던 청려선인은 연개소문에게 의견을 물었는데 동시에 동부측은 어떤 결론을 내렸는가 물었다. 그러자 그가 말하기를 결론은 큰 스승님이 결정하시는 대로 따르기로 했다고 말했다. 그러자 청려선인이 모두에게 조용하지만 단호하게 말하기 시작했다.

"지금은 태왕 건무와 대립할 때가 아니라 조용히 힘을 길러야 할 때일세. 지금 우리 측에서는 태왕에 대항할 힘이 없어. 그들 또한 정규군 100만을 장악하고 있다. 하지만 우리 측과 싸우면 우리를 이길 승산이 없지. 하지만 만일 우리가 그들과 사생결단을 한다면 곧 고구려는 내란이 일어나는 것이야. 태왕은 그것을 이미 계산한 것일

세. 그는 자신의 정통성 문제는 당장 천부신검에서 찾기 보다는 아마 조의선인들을 자신의 세력으로 끌어들인 후 서서히 천부신검을 차지하려고 음모를 꾸밀 것이야. 나나 일우 그리고 갓쉰동이와 원로 조의선인 대표들을 왕궁에 초청하는 것은 화해의 표시이면서 자신은 선우려상을 학살하지도 또 일우도 납치하지 않았다는 것을 천하에 드러내는 것이야. 다른 말로 하면 이제 우리들에게 자기는 천부신검을 포기했으니 자기를 좀 지지해 달라 이 말이지. 하지만 그가 진심으로 우리와 손을 잡으려는 것은 절대 아니야. 그러므로 그는 자신의 수중에 들어온 우리들을 하시라도 도륙할 유혹을 느낄 것이야. 그것은 선우려상이 자신의 편에 서지 않자 무참하게 학살한 것과 같은 위험성이 내재하고 있는 것이지. 하지만 아무런 걱정할 것이 없어. 우리들에게는 30만이나 되는 전국의 조의선인들이 있지 않은가? 초청받은 날 그들 중 최고수 1만 명만 도성에 들어와서 왕궁 밖에 대기하고 있으면 태왕은 그 소식을 듣고 우리를 도륙하려는 음모를 포기할 것이야. 즉 우리가 죽으면 그 일만 명의 조의선인들이 들고 일어날 것이고 그날은 바로 현 정권이 무너지는 날이 될 것이기 때문이지. 그러니 아무 걱정들 말게. 내가 지금부터 서신을 써서 전국 조의선방 대표들에게 보낼 것이야. 그러니 갓쉰동과 거야는 빨리 도성으로 돌아가서 상황을 총지휘하게. 그리고 용명과 칠휴는 남아서 이곳을 지키게. 나와 일우는 곧 도성으로 들어갈 터이니 자네들은 모두 전국으로 퍼져 조의선인 대표 원로들이 한 사람도 빠지지 말고 태왕의 초청에 응하도록 하게. 그리고 최강의 조의선인들을 선발하여 곧 열릴 대고구려무술대회에 참석할 준비들을 시키라고 하게. 그리고 각 선방에서 최소한 4명 정도씩 반드시 초청받은 날 왕궁밖에 도착하여 갓쉰동과 거야의 지휘 하에 만일의 사태를 대비시키게. 그리고 갓쉰동이 왕궁에 입궁하면 즉시 거야는 일만 명의 선인들로 하여금 왕궁 주변을 은밀히 포위하도록 하게. 그리고 각 부의 수상한 동정이나 군부의 움직임은 북부대인 사영건의 휘하 대사자인 모라신을 통해 정보를 입수하게. 지금부터 대고구려 무술 대회가 열려 우리 측 대표가 우승하여 천부신검을 차지하기 위해 천하에 주유를 하면서 비무를 한다고 선언하기 전까지는 안심하면 안 되네. 그렇게들 알고 지금부터 철저한 준비와 시행을 하도록. 그리고 나에게 오는 모든 소식은 천왕까마귀 편에 전하도록. 그럼 오늘은 이만하고 해산들 하게."

청려선인의 이 말에 모두들 안심을 하고 각자 처소로 돌아갔다. 그날 밤 청려선인은 연개소문과 소거야 및 일우 그리고 용명을 자기 누각으로 불러 저녁을 함께 먹으며 향후의 구체적인 일정을 논의했다. 결국 이번 도성행은 대고구려 무술대회를 참가하기 위한 것이고 태왕과 잠정적인 휴전을 맺는 것이라는 점에 동의하였다.

청려선인은 청려선방 대표로서 연개소문이 나가는 것이 어떻겠냐고 하였다. 하지만 용명은 일단 청려선방에서 먼저 무술시합을 열어 그의 실력을 확인하는 게 다른 제자들의 반발을 막는 길이라고 말하였다. 용명은 한 사람 더 나갈 수 있는 자리는 30대 제자 중에서 가장 어리고 무공이 뛰어난 두건규를 추천하였다.

다음날 청려선방에서는 이번 고구려 전국 무술 대회에 나갈 희망자들에게 비무를 신청하라고 방을 붙였다. 그 방의 내용은 현재 추천 받은 2명의 대표인 연개소문과 두건규와 각각 대결해서 승산이 있는 자만 비무를 신청하라는 내용이었다. 비무는 검술, 마상술, 궁술, 창술, 투도술(비수 던지기), 수박(태권), 택견(족법), 단전호흡(내공), 특장 무술 등 10개 종목에 걸쳐서 각각 10점씩을 따서 더 많은 점수를 따는 자가 이기는 것으로 하였다.

그러자 그날로 바로 나이가 20대인 제자들 중에서 하오강이라는 제자와 파현풍이라는 대단히 우수한 고수들이 각각 연개소문과 두건규에게 비무를 신청하였다. 그래서 다음날 오전 청려선방 연무장에서 업무 차 출행해 있는 약 5,800여명의 불참자들만 제외해놓고 청려선인을 비롯한 거의 모든 조의선인들이 연무장에 모였다.

선방을 대표해서 용명이 비무 개시 선언을 했고 우선 연개소문과 하오강이, 다음에는 두건규와 파현풍이 비무를 하기로 결정되었다.

먼저 연개소문과 하오강의 검술 시합은 진검으로 하였는데 두 사람의 검술 실력이 막상막하라 모두들 손에 땀을 쥐었다. 양인이 상대를 향하여 휘둘러댈 때는 거의 생사를 건 대결처럼 느껴졌다. 연개소문이 구사하는 검법은 온 천하를 주유하며 갈고 닦은 일월검(日月劍)인데 그 정수는 음양의 기가 완전히 일치되는 검법의 구사였다.

하지만 청려선방의 검술 제1인자인 용명에게서 용호검(龍虎劍)의 정통 검법을 전수받은 하오강의 검법은 물과 불의 기운이 몸을 타고 검과 완전히 하나가 되는 검법의 구사였다. 수십 합을 겨뤄도 승부가 나지 않자 두 사람은 드디어 자신들이 가진 마지막 비장의 수를 썼다. 즉 일월검은 최상수인 일충월함(日沖月숨)을 구사했고, 용호검은 용비승호(龍飛昇虎)를 구사했다.

두 사람의 진검이 날카롭게 부딪치자 서로의 기가 어찌나 충일하고 강한 지 두 사람은 한 발자국씩 물러섰다. 하지만 결국은 일월검의 마지막까지 퍼부어대는 뜨거운 기운이 물같이 차가운 용호검을 꺾고 말았다. 다행히 청려선인이 뒤에서 기를 받혀주어서 하오강을 구하지 않았다면 그는 큰 중상을 입을 뻔 했다. 결국 검술에서는 연개소문이 10점, 하오강이 9점을 받았다.

다음 마상술에서는 두 사람 다 달리는 말을 타는 데 있어서 정상위(말 등위에서 정상적으로 말을 모는 기술), 측와위(말의 좌우 옆에서 말을 타는 기술), 복와위(말의 배에 붙어 말을 타는 기술), 마상립위(말위에서 서서 타는 기술), 마상역립위(말위에서 거꾸로 서서 등에 손을 대고 타는 기술) 등 모든 면에서 막상막하였지만 마지막 대미라고 할 수 있는 말의 꼬리를 잡고 탈 수 있는 부문에서는 연개소문이 한 수 위였다. 따라서 마상술에서는 연개소문이 10점, 하오강이 9점이었다.

마상 궁술은 달리는 말위에서 화살을 약 100보 가량 있는 움직이는 목표물을 쏘는 경기인데 그야말로 거의 말을 자유자재로 탈 수 있고 궁술에 통달해야 마음먹은 대로 활을 쏠 수 있는 최고수준의 기술이었다. 그런데 두 사람 다 달리는 말 위에서 화살을 10발씩 쏘아 10발을 다 움직이는 과녁에 맞추어서 둘 다 10점씩을 얻었다.

궁술은 서서 1000보 밖에 있는 과녁을 10발의 화살로 맞추는 것인데 두 사람 다 과녁에 적중시키어 10점씩을 얻었다.

수박과 택견은 맨 손으로 상대를 제압하는 것인데 절대 사타구니 이하나 위로 눈 위 그리고 상대의 급소를 가격하면 실격이었다.

다만 상대를 제압하기만 하여야지 살상을 할 정도로 해서는 안 되었다. 두 사람의 실력은 엇비슷했는데 용과 호랑이가 싸우듯 현란한 권법과 족법의 구사가 보는 사람들이 손에 진땀을 흘릴 만큼 아슬아슬했다. 결국 연개소문이 승리해서 10점을 얻고 하강오는 9점을 얻었다.

창술, 투도술(비수 던지기), 특장무술 등 모두에서 연개소문이 이겼다. 그리고 단전호흡(내공) 부문에서 연개소문은 이미 대주천을 이룬 것이 입증되었고 하강오는 대주천의 바로 전 단계임이 밝혀졌다. 결국 두 사람의 대결은 연개소문이 일방적으로 승리했다.

두건규와 파현풍의 대결은 두건규의 일방적인 승리로 싱겁게 끝났다. 두건규는 특히 검술과 투도술(비수던지기) 그리고 단전호흡 부문에 있어서 연개소문과 대등한 수준이었다. 하지만 그는 마상술 및 궁술 및 창술은 연개소문보다 한참 아래 수준이었다.

결국 그날 비무는 연개소문이 얼마나 탁월한 무사인지를 청려선방에 과시하는 행사가 되고 말았다. 청려선인은 그의 그 비범한 무공이 당대의 천하제일의 수준으로서 고 선우려상보다 결코 못하지 않은 수준임을 알았다. 참석한 용명을 비롯한 30대 제자들은 자신들의 직계 제자는 아니지만 연태조의 아들로서 그의 제자인 연개소문이 당대 최고의 무사임을 인정하지 않을 수 없었다.

나머지 참석자들은 그의 그 너무나도 엄청난 무공에 경악을 금하지 못하였다. 일우는 이런 연개소문을 바라보며 너무도 그가 존경스럽고 자랑스러웠다. 그는 자신도 부지런히 무공과 학문을 연마하여 연개소문처럼 훌륭한 무사가 되리라고 내심으로 결심하고 있었다.

다음날 청려선인은 연개소문 및 일우 그리고 두건규와 함께 하산하여 장안성을 향해 출발했고 100대 제자들 중 용명과 칠휴를 제외한 제자들은 스승 청려선인의 서찰을 가슴속에다 간수한 채 전국 조의선인방을 향하여 먼 길을 떠났다.

제10장 　왕궁에서 선인들의 진면목을 보이다

태왕에게 초청된 청려선인을 비롯한 전국 조의선인 원로 대표들과 연태조 및 연개소문 그리고 일우 등은 초청일에 정확하게 장안성 안학궁에 도착했다. 궁 입구에서 문지기 병사들에게 모두 무장 해제를 당한 뒤에 그들은 아무런 무기도 없이 태왕의 정전으로 안내되었다.

정문에서 정전까지 이르는 길에는 아라비아산 카펫34)이 깔려있었으며 꽃같이 아름다운 궁녀들이 정문 앞에 늘어서 있다 들어오는 모든 사람들에게 허리를 숙이며 환영의 인사를 했다. 그들의 맨 앞에는 청려선인이 연태조와 나란히 함께 걸었다. 뒷줄에는 원로 선인들이 두 사람씩 줄을 지어 걸었고 맨 뒤에는 연개소문과 일우가 손을 잡고 걷고 있었다.

그들이 정전 앞마당까지 걸어 들어오자 조정의 문무백관들이 죽 도열해있었다. 그 앞에는 태왕이 태왕후 진희란과 함께 그들을 기다리고 있었다. 일행은 태왕까지 자신들을 맞이하러 나와 있자 상당히

---

34) 당시 고구려의 활동 영역은 서쪽으로는 토번(지금의 티벳)을 넘어 중앙아시아를 넘어섰기 때문에 지금의 아라비아 지역과도 상당한 교역을 한 것으로 추정된다.

예외적이라는 생각이 들었다. 청려선인과 연태조 등은 태왕이 얼마나 능수능란한 인간인지를 깨달으며 속으로 혀를 내두르고 있었다.

"원로선인님들께서 원로에 오시느라고 얼마나 노고가 많으셨습니까? 이렇게 왕궁까지 몸소 방문해주시니 크나큰 광영입니다. 어서 들 오십시오."

태왕이 만면에 그득 웃음을 띠우며 이렇게 말하자 모두들 허리를 깊게 숙이고 태왕에 대한 예를 표시하였다. 이윽고 원로 선인 일행이 모두 정전에 들어와서 미리 준비된 널찍한 탁자와 편안한 의자에 앉았다. 태왕과 태왕후는 정 가운데 높은 단 위에 있는 용상에 앉았고, 대대로 진효명 그리고 사영건 삼군대장군을 비롯한 문무백관들은 원로 선인들의 좌우와 뒤편에 마련된 의자에 앉았다. 정전은 약 3,000평은 넘었고 높이는 약 5장 정도였으며 채광이 잘 되어 정전 안이 부드럽고 은은하였다.

정전에는 왕실 어악대가 대기중이었는데 그들이 모두 착석하자 고구려의 국가인 '어아 대조신' 이라는 악곡이 장엄하게 연주되었다. 그것은 배달겨레의 최초 건국자인 환웅천왕을 기리는 노래였는데 듣다 보면 홍익인간의 개천이념이 잘 드러나는 곡이었다. 일행은 매우 흐뭇한 심정으로 어악대의 음악을 감상했다.

곡이 끝나자 태왕이 옥좌에서 일어났다. 그리고는 모두를 향해 인사말씀을 드리겠다고 하였다. 일행은 태왕의 말에 주목하면서 그를 바라다보았다.

"해모수 천제께서 창업하시고 고추모 성제께서 중창하신 우리 고구려 역사가 어느덧 900년이 다 되어 오고 있는 이때 오늘은 우리 왕실이 가장 기쁜 날입니다. 우리 고구려를 천하제일 나라로 우뚝 서게 한 데에는 삼신과 천지신명의 돌보심 그리고 열성조들과 숱한 순국 영령들이 계셨기 때문입니다. 그러나 무엇보다도 우리 고구려가 천하에 가장 강력하게 된 데는 바로 전국에서 지금 이 시간에도 불철주야 자신을 갈고 닦으면서 참전계를 실천하고 있는 조의선인들이 있었기 때문입니다. 그러나 그 조의선인들을 그동안 묵묵히 지도해오신 여기 오늘 모이신 원로 선인들이야말로 이 나라의 기둥이며 이 겨레를 이끄시는 빛과 같으신 존재들이십니다. 부족한 저는 이 나라 태왕으로서 원로 선인들에게 오늘 큰 절을 올리면서 깊은 감사의 마음을 표시하고자 하며 오늘 하루 마음껏 좋은 시간을 보내시면서 우리 고구려를 만세 반석위에 다질 수 있는 훌륭한 고견들을 들려주시기를 바랍니다. 우선 제 큰 절부터 받으십시오"

태왕은 이렇게 말하더니 자리에서 금방 일어난 태왕후와 함께 바닥에 엎드려 원로 선인들 일행을 향해 큰 절을 올리는 것이 아닌가?

순간 청려선인을 비롯하여 연태조와 원로 선인 모두는 기절할 듯이 놀랐다. 그리고 모두들 자리에서 일어나 태왕을 향해 바닥에 엎드려 맞절을 하였다. 고구려 역사상 태왕이 일반 백성에게 큰 절을 한 예는 일찍이 없었기 때문이었다. 모두는 한편 그의 진심에 감동이 되었다.

하지만 청려선인과 연태조는 그의 그 상황에 걸맞는 굴신(屈身)을 보며 참으로 무서운 인물이라고 생각하였다. 연개소문도 처음으로 태왕을 보았지만 오늘 비로소 그가 얼마나 대단한 인물인지를 깨달았다. 일우는 처음 보는 왕궁의 으리으리함과 태왕의 복장의 찬란함과 만조백관의 그 으리으리한 성장에 놀라 연개소문이 하는 대로 그저 따라 하고 있었다.

태왕은 만면에 미소를 머금고 있었는데 모두가 일견 보기에는 부처님 가운데 토막같이 너무나 착해보였다. 태왕은 식사를 하시기전 잠시 한 가지 더 보여드릴게 있다고 말하였다. 그는 자기 옆에 부복해 있는 왕당 대모달 이철곤에게 눈짓을 하였다. 그러자 잠시 뒤 온몸에 포승줄로 꽁꽁 묶인 동한수와 어철인이 그들 앞으로 끌려나왔다.

"이 자들이 선우일우를 납치하였던 그 자들이 맞으렷다."

태왕은 갑자기 무서운 얼굴로 변하였다. 그리고는 두 사람을 향해 천둥벼락을 치듯이 외쳤다. 두 사람은 수백 명 앞에 꿇어앉자 온몸에 힘이 주르륵 빠져나갔다. 드디어 오늘이 죽는 날이구나 하고 자포자기의 심정이었다. 선인 일행은 두 사람을 바라보며 분노에 가득 찬 얼굴들이 되었다. 특히 일우는 납치되던 때의 악몽이 생각나서 몸을 부르르 떨며 연개소문의 품에 기대었다.

"너희들이 무슨 연유로 고 선우려상 검선의 유자인 선우일우를 납치하려고 했느냐?"

"죽을죄를 지었습니다요. 저희는 그저 이 아이를 납치하면 천부신검의 소재를 파악할 수 있게 되고 그러면 나라에서 주는 막대한 포상과 특진을 받으리라고 믿었습니다."

어철인이 이렇게 대답했을 때 동한수는 힐끗 이철곤을 바라보았다. 사실은 저 인간이 척살대에게 내린 명령이라고 불어버리고 싶었다. 그러나 그 이후 가족들은 몰살당한다는 생각을 하자 끔찍했다. 그저 시키는 대로 하다 자신만 죽는 것으로 일을 끝내자고 생각했다.

"누가 너희들에게 납치를 지시했느냐?"

태왕이 위엄있게 두 사람에게 물었다.

"저희들이 공모해서 저지른 일이고 누구도 우리에게 지시한 적이 없습니다요. 죽여주십시오."

동한수와 어철인이 이구동성으로 이렇게 대답하자 태왕은 더욱 분노한 표정이 되었다. 그러더니 단호하게 말했다.

"왕당 대모달은 당장 이 자들을 끌어다가 참형에 처하라!"

"예, 폐하!"

이철곤이 두 사람을 끌고 온 왕당 도부수들에게 눈짓을 하였다. 도부수들은 저승사자 같은 표정을 짓더니 두 사람을 끌고 밖으로 나가려고 하였다. 이때였다.

"잠깐, 태왕에게 소청을 드리고자 합니다. 잠시 형 집행을 멈추어주시기 바랍니다."

청려선인이 갑자기 자리에서 일어나 이렇게 말하자 건무는 내심 깜짝 놀랐다.

저 늙은이가 또 무슨 수작을 부리려고 하는가?

하지만 건무는 만면에 미소를 띠우며 대답하였다.

"예, 말씀하시지요. 여봐라. 두 사람의 형 집행을 잠시 멈추도록 하라."

"예로부터 군자는 미물의 생명도 소중히 여기어 발밑의 벌레도 차마 밟아 죽이지 않았습니다. 하물며 만물의 영장인 사람의 목숨은 얼마나 소중하겠습니까? 태왕은 만민의 어버이시고 어버이는 자식 사랑을 위하여 자기 목숨도 버리는 법. 저 젊은이들이 무슨 연유로 선우일우를 납치했는지는 지금 명확하지 않으나 전국의 원로 선인들이 태왕의 초청을 받아 이렇게 기쁘게 회동하는 날 전도가 창창한 젊은이들을 참형하는 것은 태왕의 성인과 같으신 덕을 더럽히는 일입니다. 그러니 부디 저희들의 낯을 보아 사면해주신다면 모든 백성들이 태왕의 어지심을 기릴 것입니다. 통촉해주시기 바랍니다."

그러자 모든 원로 선인들이 일어나 태왕에게 읍하며 *통촉하여주시기 바랍니다!* 하고 같이 외쳐대었다. 결국 태왕은 손님들의 요청을 거절할 수 없어 두 사람을 방면하라는 명령을 내렸다. 두 사람은 태왕에게 수차례 머리를 조아리며 구명을 사례했다.

태왕은 내심 찜찜했지만 그래도 자신의 덕을 내외에 과시한 것이 무척이나 흐뭇하기도 했다. 방면된 두 사람은 그날로 군무에서 면직되어 낙향하게 되었다.

자신의 너그러움을 과시한 태왕은 내심 원로 선인들을 시험하고 싶어졌다. 이 늙은이들이 얼마나 재주가 있는지 알아봐야 하겠다는 생각이 들었다. 그래서 그는 자리에 앉은 채 청려선인을 향하여 입을 열었다.

"선인께서는 이미 100세가 넘으신 것으로 들었는데 아직도 50-60대 같습니다. 혹시 그동안 갈고 닦으신 비술 같은 것을 여기 있는 무식한 저와 백관들에게 좀 보여주실 수 있으신지요."

원로선인들은 자신들의 대표인 청려선인을 태왕이 시험하고 있다는 생각을 하자 기분이 좀 상했다. 하지만 태왕과 백관들의 콧대를 좀 납작하게 해줄 필요가 있었다.

그러자 웅심산에 소재한 부여선방의 원로선인인 하무선인(何武仙人)이 자리에서 일어났다. 그는 원로선인들 중에서 가장 어린데 이제 겨우 70세를 넘어선 선인이었다.

"태왕께서 선인들의 재주를 보시고 싶은 모양입니다그려 헛헛, 가장 어린 제가 좀 묘기를 보여드리고 청려선인께서는 맨 나중에 가장 뛰어난 묘기를 보여드릴 것입니다. 지금 태왕께서 가장 원하시는 것이 무엇입니까? 당장 대령해드리지요."

하무선인이 이렇게 말하자 건무는 더욱 호기심이 불같이 일었다. 그는 내친 김에 가장 어려운 것을 주문하자는 심정이 되었다.

"임금이 입은 옷을 용포라고 하고 앉는 의자를 용상이라고 하며 임금을 용의 비유로 삼는데 사실 용을 본 사람은 아무도 없잖습니까? 우리 조상들이 자랑하는 현무도에는 주로 용과 결부된 것들이 많습니다. 혹시 선인께서 지금 이 자리에서 용을 보여주실 수 있으십니까?"

"허허, 별로 어렵잖은 주문이시군요. 다만 태왕께서 진짜 용을 보시면 매우 무섭습니다. 놀라지 않을 자신이 있으신지요? 잘못되면 본좌는 역적이 될 것입니다."

하무선인이 이렇게 말하자 건무는 속으로 비웃었다.

이 자가 날 가지고 노는 군.

이렇게 생각한 건무는 몸을 앞으로 내밀며 당당하게 말했다.

"내 명색이 저 수나라 113만 대군을 물리친 려수대전의 수군대장군이었습니다. 선인께서는 걱정 마시고 용, 그것도 큰 검은 용을 한 마리 보여주시기 바랍니다."

그러자 하무선인은 두 눈을 감고 손을 합장한 채 무슨 주문을 중얼거리기 시작했다. 잠시 뒤 갑자기 해가 쨍쨍하던 하늘이 어두워지기 시작하더니 시커먼 구름이 몰려오며 폭우가 퍼붓기 시작했다. 정전 안이 캄캄해졌다. 그러자 갑자기 천둥 벼락이 왕궁 정전 앞마당을 후려쳤다.

그러더니 우르룽거리는 천둥 속에서 엄청 큰 검은 용 한 마리가 정전 천장 위에 나타났다. 용은 길이가 약 50장 (150m) 정도였고 굵기는 6장 (18m) 정도였다. 용의 입에는 길고 날카로운 수염이 있었고 부리부리한 두 눈은 불꽃처럼 빛났다. 그 용은 입으로는 시뻘건 불을 내뿜고 앞발에는 격구공 만한 여의주를 안고 있었다.

용이 입에서 화광(火光)을 태왕 쪽으로 내뿜자 태왕과 태왕후는 *아이쿠 죽었구나* 하고 생각하면서 그것을 피해 바닥에 납작 엎드렸다. 용이 자꾸 으르렁거리며 태왕과 태왕후의 머리 위를 날더니 만조백관들 머리 위를 계속 서너 번이나 날아다니면서 입으로는 무시무시한 화광을 퍼부어대고 있었다.

만조백관들은 기절할 듯이 놀라 의자에서 일어나 탁자 밑에 고개를 쳐 박은 채 혼비백산하고 있었다.

"태왕, 더 할 까요?"

하무선인이 이렇게 묻자 태왕은 두 팔을 휘저으며 제발 그만 용을 물리쳐 달라고 사정하였다. 모든 선인들과 연태조 및 연개소문은 이런 태왕 일행을 보며 미소 짓고 있었다. 물론 어린 일우도 무서워서 연개소문 품에서 바들바들 떨고 있었다.

잠시 뒤 다시 하무선인이 손을 합장한 채 무어라고 주문을 외우자 용은 정전을 나와 하늘로 사라지고 하늘에는 갑자기 쨍쨍한 해가 원래대로 나타났다. 태왕과 백관들은 그때서야 한숨을 후 내 쉬며 *어헙!* 하고 점잔을 빼면서 자기 자리에 앉았다.

"선인, 그 용이 진짜 용이었습니까? 두려워 죽는 줄 알았습니다."

태왕이 이렇게 솔직하게 묻자 하무선인은 껄껄 웃으며 *다 환술입니다* 라고 대답하였다. 태왕 일행은 고개를 갸우뚱거렸다. 태왕은 더욱 어려운 문제를 내보자 하는 짓궂은 아이 같은 심정이 되었다.

"삼국 시대 촉한의 재상인 제갈량의 아내 황씨 부인은 천하에 유명한 추녀였지만 재주는 남편인 제갈량을 가르쳤다고 하더군요. 집안이 워낙 가난한데도 남편이 툭하면 손님들을 이끌고 와서 부인이 도술을 부려 상다리가 휘어지도록 대접을 했다고 하는데 혹시 선인들께서도 그런 도술을 하실 수 있으신지요?"

그러자 이번에는 지금의 섬서성 태백산에 소재를 둔 태백선방의 태백선인(太白仙人)이 나섰다. 그는 나이가 85세로 아직 머리와 눈썹이 검고 이는 하나도 안 빠진 채 가지런히 나 있는데 마치 40대 젊은이 같았다.

"핫핫, 태왕께서는 참 호기심이 많으십니다. 황 씨 부인의 도술 수준은 우리 선계에서 볼 때는 겨우 걸음마 수준이올시다. 그런 세속적인 음식 말고 천계의 천도복숭아를 따다 드릴까요? 이 복숭아를 드시면 만수무강하실 것입니다. 다만, 항상 착한 마음을 가지셔야지 나쁜 마음을 가지시면 이 복숭아는 독이 됩니다. 한 번 들어 보시겠습니까?"

태백선인이 이렇게 말하자 태왕은 더욱 호기심이 일었다.

천도복숭아를 따오겠다니 이 무슨 말도 안 되는 수작이란 말인가?

태왕은 이 자가 허튼 수작을 하지 못하도록 다짐을 받아야 하겠다고 생각했다.

"천도복숭아는 천계에 있다는 것인데 어떻게 따오실 수 있단 말입니까? 혹시 무식한 저를 골리시는 것은 아닙니까? 태왕을 속이시면 기군망상의 큰 죄이니 장담하실 수 있으십니까?"

"핫핫, 태왕은 많이도 속아본 모양이올시다. 어찌 선인이 이 나라 태왕에게 실언을 하겠소이까? 천도복숭아를 당장 따다 드리리다."

이렇게 말하더니 태백선인은 눈을 감고 주문을 외우기 시작했다. 그는 모두들 눈을 감아야지 눈을 뜬 사람은 하늘의 천도복숭아밭을 지키는 동자에게 눈을 파일 수가 있다고 경고하였다.

그가 주문을 외우기 시작하자 갑자기 분위기가 묘하게 달라지기 시작했다. 그리고는 무엇인가가 눈앞에서 오르락내리락 하는 것을 느꼈다. 무관 중 하나가 호기심을 견디지 못하고 눈을 막 뜨는 순간 무언가 시커먼 것이 그의 두 눈을 후비어 팠다.

그는 *아약!* 비명을 질렀다. 모두가 놀라 눈을 떴을 때 태왕을 비롯한 모든 사람들의 자리에는 정말 먹음직하며 윤기가 반짝거리는 천도복숭아들이 서너 개 씩 놓여있었다.

"방금 천계에서 따온 천도복숭아이니 한 번 맛들 보시지요."

그가 이렇게 말하며 천도복숭아를 하나 입에 넣고 베어 물자 모두들 따라 했다. 순간 그들은 그 기가 막힌 맛과 그리고 몸과 마음을 황홀하게 만드는 향기에 정신이 몽롱해졌다. 세상에 흔한 복숭아와는 전혀 맛과 질이 달랐다. 태왕은 참으로 선인들은 무서운 존재라는 것을 느끼기 시작했다. 하지만 저 청려선인 늙은이의 수준은 어느 정도일까 생각하자 그는 도무지 가만히 있을 수가 없었다.

"이제 마지막으로 우리 모두의 스승이신 청려선인께서 한 수 보여주시기 바랍니다."

"헛헛, 이 늙은이가 무슨 재주가 있다고... 지금 태왕께서는 선인들의 최고 무공의 경지를 보시고 싶은 심정이구려. 본좌가 한 수를 보여드리리다. 우선 지금 모두가 더우신 것 같은데 이 정전을 매우 춥게 하여 고드름이 열리게 하리다. 몹시 추우니 고뿔이 들었다고 나에게 원망들은 마시오."

청려선인이 두 손을 모아 합장한 채 서북방을 향해 주문을 외우자 갑자기 정전에 으스스한 한기가 들며 추워지기 시작했다. 조금 더 시간이 흐르자 온 정전 안이 북극처럼 얼음장으로 변하며 모든 사람들의 머리털과 수염에 온통 고드름이 열리고 있었다. 모든 사람은 무서운 추위에 와들와들 떨며 제발 따뜻하게 해달라고 청려선인에게 애걸복걸하였다.

그러자 이번에는 청려선인이 방향을 바꾸어 동남방을 향해 주문을 외우자 따뜻한 훈풍이 살살 불더니 고드름을 녹이기 시작했다. 그러더니 잠시 뒤에는 오뉴월의 뙤약볕처럼 작열하는 열기가 정전 안에 차고 넘쳤다. 모두는 너무 덥고 뜨거워서 체면이고 뭐고 겉옷들을 벗기 시작했다.

"태왕께서는 더 진행하기를 바라십니까?"

청려선인이 이렇게 묻자 태왕은 이미 그의 내공에 질린 터라 그만 되었으니 정상으로 돌려달라고 사정을 하였다. 잠시 뒤 청려선인은 아까 처음의 상태로 돌려놓았다.

태왕은 마지막으로 그들의 무술 수준이 어떤 상태인지 보고 싶었다. 그는 특별히 연개소문과 일우를 지목하더니 두 사람이 진검을 가지고 한 번 승부를 해보라고 말하였다. 그러더니 왕당 대모달 이철곤에게 태왕의 진검을 두 자루 가져 오라고 말하였다.

잠시 후 두 사람은 태왕이 하사한 진검을 가지고 현란한 검술 시합을 하였다. 17세 청년과 9세 소년이 벌이는 무술 시합의 승부는 뻔하였다. 하지만 태왕은 일우의 현재 상태를 점검하려는 속셈이었다. 일우가 연개소문과 약 25합을 겨룰 정도로 탁월한 검술 실력을 보이자 태왕은 속으로 몹시 놀랐다. 자신의 태자인 고환권 (高桓權)과는 전혀 비교가 안 될 정도의 실력이었기 때문이었다. 태왕은 청려선방의 무공이 어느 정도인지를 짐작했다.

건무는 속으로 찔끔하면서 조의선인들과 대적하다가는 자신이 끝장이라는 생각이 더욱 강해져갔다. 그는 분위기를 바꾸기 위해 준비된 식사를 대령하라고 지시했고 잠시 뒤 그야말로 온갖 산해진미가 그들 앞에 차려졌다. 술은 고구려 최고의 술인 여명주가 독채로 나왔는데 원로선인들은 어찌나 술을 잘 마시는지 그날 왕궁에 보관 중이던 큰 독의 여명주 200여독이 텅텅 비게 되었다.

태왕이하 백관들이 몹시 취해가기 시작했을 때 청려선인이 자리에서 일어났다. 그는 태왕에게 근일 중 고구려 전국 무술 대회를 개최하여 천부신검을 소유할 후보자를 뽑아야 하지 않겠느냐고 제안하였다. 태왕은 그렇잖아도 자신도 오늘 발표할 예정이었다고 말하면서 시기는 언제가 좋겠느냐고 선인들에게 물었다.

선인들은 당장이라도 대회를 열 수 있으나 왕궁 측에서 준비를 해야 하니 늦어도 7일 이내에 열자고 제안하였다. 태왕은 어떻게 그렇게 빠른 시일 안에 전국에 연락할 수 있느냐고 물었다. 청려선인은 이미 전국의 조의선인 최고수 10,000명이 왕궁 밖에서 대기 중이라고 말하였다.

그러자 태왕은 선인들이 위험에 처하면 자신들을 보호할 무력들을 사전에 준비한 것을 눈치를 채고 그들을 여차하면 도륙하려는 유혹을 재점검해야 했다.

그날은 저녁 늦게까지 왕궁에서 열린 연회에 참석하느라고 태왕과 선인들 사이에 무술 대회 개최 이외에는 아무 것도 합의하지 못했다. 그날 선인 일행 모두는 왕궁의 별실에서 잠을 자게 되었는데 별실에 들어서자마자 모두는 별실에서 이상한 살기를 눈치 챘다. 건무가 또 장난질을 시작하는구나 하면서 그들은 별일 없다는 듯이 침상에 누워 모두 잠을 청했다.

그들이 모두 한 밤 중 곤하게 자고 있는데 갑자기 별실에 수십 명의 검은 복면인들이 나타났다. 그들은 선인 일행이 모두 곤하게 자고 있다는 것을 확인한 후 시퍼런 장검을 빼어들고 선인 일행과 연태조 및 연개소문과 일우 등의 목을 일제히 찔렀다. *아악!* 하는 비명 소리와 더불어 그들의 몸에서 시뻘건 피가 줄줄 흘러내렸다. 자객들은 다시 한 번 확인 살육을 하기 위하여 날카로운 장검으로 선인 일행들의 심장을 콱 찔렀다.

그날 밤 자객들은 선인 일행이 완전히 살육되었다는 것을 확인한 후 왕당 대모달 이철곤에게 그대로 보고하였다. 이철곤은 태왕에게 이 사실을 득달같이 보고하였다. 건무는 드디어 자신의 골치를 무던히도 썩이는 존재들이 모두 다 제거되었다고 생각하니 너무나도 기분이 좋았다.

하지만 그는 과연 그들 일행이 모두 죽었는지를 자신의 눈으로 확인하고 싶었다. 그는 이철곤을 앞세우고 선인 일행들이 살육된 별실로 들어갔다.

피 비린 내가 코를 진동시키고 있었다. 그는 내시를 시켜 호롱불을 들게 하고 자신의 코를 막은 채 각 침상 사이들을 누비면서 일행들이 과연 죽었는지를 확인하러 다녔다. 그가 본 바로는 분명히 선인 일행들과 연태조, 연개소문, 그리고 일우 등은 모두 처참하게 죽어있었다.

건무는 이철곤에게 시체들을 모두 그날 밤으로 내다 야산으로 끌고 가서 기름을 붓고 깨끗이 소각시키라고 명령하였다. 이철곤은 부하들을 시켜 선인 일행들의 시체를 야산에 끌고 가서 완전히 소각시키라고 지시하였고 부하들은 충실하게 그의 지시를 따랐다. 그리고 선인 일행의 시체를 그야말로 완전히 재로 만들고 그 뼈다귀들은 땅에 파묻었다. 그런 후 그들은 왕궁으로 돌아와 이철곤에게 이 사실을 보고하였고 이철곤은 태왕에게 모든 임무가 완벽히 끝났음을 자랑스럽게 보고하였다.

그 다음 날 태왕은 동부대인 연태조가 결석한 가운데 제가회의
를 열었다. 그리고 앞으로 보름 이내에 고구려 전국 무술 대회를 개
최하는 게 어떻겠냐고 그들에게 제안하였다. 이미 선인 일행들이 모
두 제거되었다는 소문이 장안성에 파다하게 퍼진지라 나머지 귀족들
은 태왕의 눈치를 살피며 그저 폐하의 뜻대로 하소서 하고 그의 제
안을 추인하였다.

제11장 고구려 제국 무술대회가 열리다

고구려 전국 방방곡곡에 전국 무술 대회를 개최한다는 방이 붙기 시작하자 백성들과 무사들 및 조의선인들은 술렁거리기 시작했다. 그러나 그들 사이에는 왕실에서 청려선인을 비롯한 모든 원로선인들과 동부대인 연태조와 그의 아들 그리고 검선 선우려상의 자식이 현태왕의 계략에 속아서 모두 깨끗이 살육되었다는 흉흉한 소문이 나돌기 시작했다. 발 없는 소문이 천리를 간다고 그 소문은 날이 가면 갈수록 더욱 크게 확대되어 고구려 제국 전체에 퍼져나갔다. 백성들은 선인들이 보여준 그 엄청난 기적 같은 도술과 무공 및 검술 등에 살을 자꾸 붙이어 더욱 큰 소문을 만들어 퍼뜨리고 있었다.

한편 북부대인 사영건은 태왕의 잔악함에 몸서리를 쳤다. 어떻게 그렇게 부드러운 미소를 만면에 띠우며 선인 일행들에게 큰 절까지 하면서 환영하더니 그들을 완전히 취하게 하고 나서 그렇게 살육을 감행할 수 있는지 도무지 이해를 할 수가 없었다. 그는 그날 밤 이후 모든 군무를 손에서 놓은 채 두문불출하며 고구려 제국의 장래를 몹시 걱정하고 있었다. 하지만 이제 태왕의 모든 적이 깨끗이 섬멸되었다고 생각하니 그가 두려워 자신은 어떻게 처신을 해야 할 지 도무지 갈피를 잡지 못했다.

하지만 그날 오후 늦게 대대로 진효명이 찾아와서 이제는 고구려가 전쟁이 없이 평화로운 세상이 도래할 것이라고 장담하자 과연 그의 생각이 옳을 수도 있겠다는 생각을 하면서 그와 밤늦게까지 대작을 하였다. 이미 고구려의 모든 권력은 태왕 1인의 손에 떨어졌다는 진효명의 분석을 듣자 사영건은 자신도 할 수 없이 죽은 듯 태왕에게 복종하는 수밖에 없다는 결론에 도달했다.

한편 청려선인 일행을 비롯한 원로 선인들 30명과 연태조, 연개소문 등은 그날 밤 청려선인의 사전 지시에 따라 환영분신술(幻影分身術)을 써서 거짓 몸을 침상에 눕혀놓고 있었다. 다만, 일우는 청려선인이 그의 몸과 똑같은 거짓 몸을 만들어주었다. 그들은 자신들의 분신들이 자객들의 환각 작용에 의해 살육되는 것처럼 보이게 하였다. 그러나 그들의 진짜 몸은 투명환신법(透明幻神法)을 써서 자객들에게 전혀 보이지 않게 하였다.

그들은 이 상태에서 자객들의 살육 장면을 처음부터 끝까지 목격했다. 또한 이철곤과 자객들의 대화 및 이철곤과 태왕의 대화를 모두 엿들었다. 일행은 태왕의 간악함에 치를 떨었고 반드시 태왕은 제거되어야 할 고구려의 암적 존재라는 사실을 더욱 확실하게 깨달았다.

그들은 그 길로 왕궁을 빠져 나와 왕궁밖에 대기 중인 전국 조의선인 대표들을 북부대사자 모라신을 통하여 연태조의 집 근처 연무장으로 급히 소환하였다.

태왕의 음모를 전해들은 젊은 조의선인들은 몹시 격노하였다. 그들은 당장 왕궁으로 쳐들어가서 태왕과 간악한 일당들을 모두 도륙하자고 강경하게 주장하였다. 하지만 청려선인은 지금은 때가 아니라는 것과 이번 고구려 무술 대회를 통하여 태왕의 간담을 서늘하게 할 것이며 때가 올 때까지 은인자중하며 기다리자고 말하였다. 그리고 반드시 근일 중 무술 대회는 반드시 열릴 테니 도성에서 아무 소란 없이 기다리라고 간곡히 설득하였다.

그들은 그의 말을 듣고서야 간신히 분을 참고 근일 중 열릴 무술대회 때까지 조용히 기다리기로 했다. 그날 청려선인 일행은 연태조의 대저택 거실에 모여 향후 대책을 숙의하였다. 그들의 결론은 현태왕과는 더 이상 연합할 수가 없으니 조의선인 측에서 이번 고구려 무술 대회에 전국 연합대표로 연개소문이 나가고 각 선방에서는 가급적 대표를 내세우지 않기로 하였다.

또한 그들이 아무도 죽지 않고 살아있다는 것을 알면 태왕은 간담이 서늘해질 터인즉 무술대회 때까지 몸을 숨기고 있다가 연개소문이 우승하면 당당하게 모두들 모습을 드러내기로 했다. 또한 이번 대회에서 연개소문이 우승하면 천부신검을 소유하기 위해 천하에 비무를 한다고 선언만 하고 실제로는 진정한 선우려상의 후계자가 나타날 때까지 마냥 시간을 보내기로 했다. 즉 천부신검의 진정한 소유자가 나타날 때에야 고구려를 지킬 수 있는 참된 지도자가 출현하리라고 모두가 의견을 모았다.

그해 상달(음력 10월) 보름일 왕궁 밖 왕당 대연무장에서 신태왕의 즉위를 축하하는 고구려 전국 무술 대회가 열렸다. 참가자는 모두 약 7,500명이었는데 조의선인 대표로는 유일하게 진중광이라는 이름의 사나이가 참가하였다. 태왕 측에서는 이십년 이상을 은밀하게 양성해온 최고 수준의 실력자 양밀각이라는 자가 참가하고 있었다. 그리고는 대부분이 조의선인들이 아닌 조정에 출세를 노리는 일반 무사들이었다.

그러나 이미 전국 원로 선인들이 다 학살되었다고 생각하고 있는 백성들은 큰 흥미를 느끼지 못하고 있었다. 그로 인해 분위기가 냉랭해진 무술대회는 태왕파의 독무대임을 예상하고 있었다. 하지만 그래도 오랜만에 열리는 전국 무술 대회이기 때문인지 구경꾼들은 제법 많이 참석하여 총인원 50,000여명이 대연무장을 가득 메우고 있었다.

무술 대회는 예선을 거쳐 약 1,000명만이 선발된다. 예선전에서는 주로 수박과 택견, 궁술, 창술, 검술, 투도술, 마상술 등을 점검하는데 약 25명이 한 조를 이루어 7명의 심사관 앞에서 자기 기량을 선보여야 한다. 7명 중 4명 이상이 통과를 결정해야 본선에 나갈 수 있다.

본선에서는 1,000명을 100개조로 나누어 열 명씩 대련을 시키는데 예선과 똑같은 종목의 무술을 겨룬다. 결국 최종 후보자는 100명만 남는 것이고 그 100명이 태왕과 만조백관들 및 일반 백성이 보는 가운데서 자신이 그간 갈고 닦아온 기량을 최대한 뽐내는 것이다.

그리하여 마지막까지 남은 100명 중 최대한 10명을 선발하는데 그 선발 방식이 특이하다. 즉 대성산 왕실사냥터로 태왕 이하 만조백관들과 태왕을 호위하는 왕당 군사들 및 무술 대회 준결승에 뽑힌 그 100명이 함께 가서 정해진 시간인 오시-미시(오전 11시-오후 3시)

동안 자기 능력껏 최대한 크고 많은 사냥감을 잡아온 자들의 순서로 서 10위까지가 마지막 결승전에 나가게 된다. 이들 10명은 모두 말 객[35] 이상의 군사적 간부가 되어 조정에 출사하게 되는 것이다.

그러나 이들 10명이 비무하여 최종적으로 우승하는 자는 왕당의 대형이상의 간부가 되어 태왕을 직접 호위하게 된다. 또한 천부신검 을 소유하기 위하여 현재 천부신검 소유자에게 도전할 수 있는 자격 이 주어진다. 그러나 천부신검 소유자가 현재처럼 유고일 때는 3인의 인증자들 즉 왕실측 인증자 1인, 우승자 소속부가 지명하는 인증자 1 인, 그리고 군부측(주로 왕당) 인증자 1인등 3인과 함께 천하를 주유 하면서 당대 최고위급 무사들과 비무를 하여 최종 승자가 되어야 천 부신검의 소유자가 될 수 있다. 한마디로 고구려 무술 대회의 최종 우승자는 무인으로서는 가장 영광스러운 자리이면서 동시에 나라를 지탱하는 대들보의 역할을 해야 하는 것이다.

대연무장은 현대의 대형 운동장과는 많이 다른 구조였지만 본질 적으로는 같았다. 즉 가운데 둥근 원형의 비무장은 거의 10만 명을 수용할 정도의 크기였고 그 둥근 원 가운데는 삼각형 모양의 집중 연무 시설이 150개가 설치되어 있었다. 즉 150군데에서 동시에 비무 를 할 수가 있었다. 그 둥근 원을 둘러쌓고 있는 사각형의 관중석은 또한 약 10만 명을 수용할 정도의 크기였다. 관중석은 1층서부터 약 10층까지 층층 계단형으로 이루어진 공간에 길고 편안한 장방형의 나무 의자가 길게 놓여있었다. 태왕 내외와 백관들이 앉는 이른바 귀

---

35) 군사 1,000명 이상을 지휘하는 중앙 군사 조직의 고위 계급이다. 현재 군대의 연대장 수준이라고 보면 된다.

빈석은 남쪽 관중석 정 가운데 놓여 있었는데 약 300명을 수용할 수 있는 정도의 큰 천막 같은 차양과 일산(日傘)으로 이루어져 있었다.

마침내 신태왕의 즉위를 기념하여 처음 열리는 대고구려제국 무술 대회가 589명이나 되는 대취악대의 연주와 함께 시작되었다. 취악대가 고구려 전통 악기들을 장엄하게 연주하자 참석자들은 긴장되어 모두 자리에서 일어났다. 그러자 태왕이 자리에서 일어나 개회선언을 했다.

"무덕 2년, 고구려 27대 태왕인 짐의 즉위를 기념하고 제국 내 모든 신민들의 평안하고 복된 생활을 보장하기 위하여, 또한 억조창생과 함께 이 나라를 더욱 반석위에 세우기 위하여, 또한 나라의 동량지재들을 선발하고 천부신검의 소유자 후보를 뽑기 위하여, 오늘 대고구려 무술 대회를 개최함을 선언하는 바 이노라."

태왕의 우렁찬 목소리가 쩌렁쩌렁하게 대연무장을 울리자 모든 참석자가 우레와 같은 박수갈채로서 화답하였다. 다음에는 고구려 국가인 '어아 대조신'의 노래가 모두에게 봉창되었고 이윽고 예선전의 개막을 알리는 대적(大笛)소리가 우렁차게 울려 퍼지면서 드디어 무술 대회가 시작되었다.

첫날 예선전은 별 탈 없이 본선에 나갈 총 1,000명의 인원이 오후 늦게 되어서야 선발되었다. 태왕은 개막 선언과 함께 자리에서 일어나 왕궁으로 돌아갔고 무술대회는 왕당 대모달 이철곤이 총책임자로서 지휘를 하였다.

다음날 본선에서는 몹시도 볼만한 비무가 여러 건 있었다. 특히 진중광이라는 사나이의 기량이 매우 특출하여 태왕 이하 모든 사람들의 이목을 집중시켰다. 그의 장대한 기골과 엄청난 힘 및 화려한 무술 실력은 누가 보아도 대단하였다. 하지만 그의 얼굴이 매우 얽은 곰보처럼 보여 다소 그의 특출한 실력이 빛을 잃고 있었다.

그날도 태왕은 진중광과 몇 사람의 비무 만을 보고서는 왕궁으로 돌아가 버렸다. 그날 본선은 매우 치열하여 심사관들도 선발자 100명을 뽑느라고 매우 애를 먹었다. 마침내 그날 저녁 어두워지기 시작할 때서야 간신히 100명의 선발이 끝났다.

무술 대회 3일째부터는 모든 백성들이 열광할 정도의 대단한 무사들이 두각을 나타내기 시작했다. 그날 오시에 대성산 왕실 사냥터에서 최종 선발자 100명은 태왕 및 호위 왕당 군사들 그리고 문무백관들과 함께 사냥을 마음껏 하기 시작했다.

그 산에는 고구려 왕실이 국책으로 숱한 사냥감들 특히 토끼, 꿩, 노루, 사슴, 늑대, 그리고 멧돼지와 표범 및 호랑이등을 방목하고 있었다. 그 짐승들은 수백 만평의 울창한 삼림 속에서 자기네들끼리 사냥감들을 거의 마음껏 포식하며 배부르게 살았다. 하지만 평균 4년에 한 차례씩 무술 대회가 열릴 때는 짐승들에게는 가혹한 고난의 시간이었다.

약 300명의 사냥꾼들이 말을 달리며 산속에서 마음껏 사냥하는 것은 보기에는 매우 즐거워보였다. 그러나 그것은 대회와는 아무 관계가 없는 태왕과 문무백관들의 이야기였다. 우선 태왕을 보호하고 있는 왕당 군사들은 언제 어디서 태왕을 노리는 자객들이 출현할지 몰라 두 눈을 항상 부릅뜨고 태왕과 행동거지를 함께 해야 했기에 매우 힘이 들었다. 게다가 무술 대회 참석자들이 돌변하여 자객이 될 가능성도 항상 염두에 두어야 했다.

무술 대회 참석자들은 전속력으로 사냥감을 찾아야 했는데 우선 크고 무서운 짐승을 잡아야 큰 점수가 주어지는 관계로 호랑이 등을 만나기를 학수고대했다. 그러나 호랑이는 특성상 겨우 한 가족 정도가 한 산에 살기 때문에 참으로 그런 큰 사냥감을 만나기가 어려웠다. 또한 자칫 잘못 화살을 쏘면 바로 호랑이에게 잡혀 먹힐 수가 있기 때문에 매우 위험한 일이었다. 그렇다고 해서 나타나는 토끼 등의 사냥감을 그냥 지나칠 수는 없었다. 닥치는 대로 사냥감을 잡아야 했기에 무사들은 2시진 동안을 그야말로 정신없이 온 산을 헤매며 사냥을 해야 했다.

결국 그날 사냥에서 역시 1등을 한 사람은 진중광이었는데 그는 큰 호랑이 한 마리를 사로잡았으며, 표범 한 마리와 사슴 및 노루 3마리, 토끼 10 마리, 멧돼지 2마리, 꿩 10마리 등을 잡았다. 태왕을 비롯한 모든 사람들은 그의 사냥 결과에 너무 놀라 하품을 하였다. 나머지 9명도 상당한 사냥을 했는데 진중광의 반도 못되는 수준들이었다.

입상자들은 다음과 같았다. 우선 제1조의 진중광(부여선방)을 필두로 하여 제2조 강대찬(동부여부), 제3조 양밀각(동예부), 제4조 사마함(강소부), 제5조 고필가(중부), 제6조 치차랄(거란부), 제7조 테무차(말갈부), 제8조 칭한미르(부이르부), 제9조 저선가(옥저부), 제10조 곽연취(하북부) 등이 각 조에서 최종 선발된 무사들이었다. 특이한 것은 조의선인들이 거의 빠진 이번 대회에서 고구려를 이루고 있는 동서남북 중부까지의 모든 부족들이 골고루 선발되었다는 것이다.

그날 태왕 이하 모든 무술 대회 참가자들과 구경꾼들인 백성들은 그날 사냥대회에서 잡은 사냥감들을 요리하여 점심으로 맛있게 먹었다. 그리고는 오늘의 마지막 볼거리인 10명의 무술 시합을 숨을 죽이며 바라보고 있었다. 심사관들의 대진표 조정에 따라 다음과 같이 결정되었다.

제1조 진중광(부여선방) 대 제10조 곽연추(하북부)

제2조 강대찬(동부여부) 대 제9조 저선가(옥저부)

제3조 양밀각(동예부) 대 제8조 칭한미르(부이르부)

제4조 사마합(강소부) 대 제7조 테무차(말갈부)

제5조 고필가(중부) 대 제6조 치차랄(거란부)

마지막 결승전에서는 자신이 가장 잘 쓰는 무기를 가지고 비무를 하는데 한 쪽이 항복을 하거나, 시합을 포기하거나 심사관들이 위험하다고 판단하여 시합을 중지시킬 때 까지 계속 싸워야 했다. 사실상 사생결단의 진짜 승부였기 때문에 보는 사람들은 그야말로 일생일대에 보기 힘든 명승부를 보게 되는 것이다.

순서에 따라서 제1조의 진중광(부여선방)과 제10조 곽연추(하북부)의 비무가 먼저 시작되었다. 두 사람 다 장검 한 자루씩을 가지고 실력을 겨루었다. 먼저 곽연추가 검을 진중광에게 겨누더니 숨 돌릴 틈도 없이 공격해 들어갔다. 그의 검법은 지역적 특성상 당나라의 본토와 가까워서 그 검법의 영향을 받아 너무 현란할 정도로 검의 놀림이 빨랐다. 하지만 진중광은 아무 미동도 않고 요란한 그의 공격을 단 일격에 무너뜨렸다. 즉 곽연추의 칼이 두 동강 나버린 것이다. 첫 시합은 진중광이 싱겁게 승리했다. 참석자들 모두가 아쉬운 한숨을 내쉬었다.

제2조 강대찬(동부여부) 대 제9조 저선가(옥저부)의 시합은 장창과 쇠도끼의 대결이었다. 강대찬이 장창으로 저선가의 하복부를 집중 공격하자 저선가는 3장 정도를 공중으로 날랐다. 그러더니 쇠도끼로 그의 머리를 공격하였다. 대단히 위험한 순간이었다. 그러자 강대찬은 잽싸게 몸을 회전하면서 장창을 머리 위로 찔러 땅에 착지하는 저선가의 머리를 후려쳤다. 이후 두 사람은 약 50합 동안 불꽃을 튀기며 겨루어서 간신히 강대찬이 승리했다.

제3조 양밀각(동예부) 대 제8조 칭한미르(부이르부)의 비무가 시작되자 태왕을 비롯한 왕당 군사들과 백관들이 양밀각을 향해 박수를 치고 환호성을 지르며 난리도 아니었다. 양밀각의 나이는 20대 중반 같았는데 머리는 박박 깎아서 마치 소림사 중 같은 모습이었다. 몸매는 여자처럼 호리호리하고 얼굴은 갸름하여 대단한 미남형의 인물이었다. 눈매는 약간 찢겨 올라갔는데 안광이 매우 번쩍였다. 칭한미르는 우등퉁하여 마치 곰처럼 보였는데 머리는 봉두난발을 하고 있었다. 양밀각의 무기는 장검이었고 칭한미르는 쌍칼을 쓰고 있었다.

칭한미르가 쌍칼을 무섭게 휘두르며 공격을 개시했다. 쌍 칼에서 울려나오는 무시무시한 소리가 양밀각의 귓전에 윙윙거렸다. 양밀각은 그의 공격을 막으며 갑자기 오른 발을 땅에 대고 한 바퀴 빙 돌았다. 그러더니 왼 발로 칭한미르의 정강이를 힘껏 걸어찼다. 뚱뚱한 칭한미르는 그대로 앞으로 꼬꾸라졌고 양밀각은 바로 칭한미르의 등에 장검을 들이대었다. 그것으로 상황은 끝이었다. 양밀각이 싱겁게 승리한 것이다.

제4조 사마함(강소부) 대 제7조 테무차(말갈부)의 싸움은 현란한 마상에서의 장창 대결이었는데 역시 말을 잘 타는 데는 말갈부 사람만한 부족이 천하에는 없다는 말이 입증되었다. 약 35합을 겨루고 난 후 테무차가 말에서 사라져 사마함이 당황해하는 사이에 그가 사마함의 말 위에 뛰어 올랐다. 그가 사마함의 명치를 갑자기 가격하는 바람에 사마함은 그 자리에서 졸도하고 말았다. 태왕을 비롯한 모든 참석자들은 깜짝 놀라 모두 자리에서 일어났고 곧 의원들이 사마함에게 응급조치를 하여 겨우 소생을 시켰다.

제5조 고필가(중부) 대 제6조 치차랄(거란부)의 대결은 마상 궁술의 결투였는데 화살은 실전용을 그대로 쓰고 있었다. 그들은 머리에 투구를 쓰고 몸에는 화살이 그저 겉에 박힐 정도의 갑옷을 입고 있었다. 두 사람의 마상술은 테무차 못지않았는데 말 위에서 활을 다루는 솜씨가 비상하였다. 두 사람은 약 100장 정도(300m) 떨어진 거리에서 서로를 행해 달려오며 화살을 날렸다. 그러나 화살이 몸에 닿는 순간 말 위에 엎드려 화살을 어찌나 잘 피하는지 구경꾼들은 화살이 나를 때마다 *아!* 하며 환호성을 질러댔다. 결국 여섯 번 활을 서로 쏜 끝에 중부의 고필가가 치차랄의 가슴의 심장 부분을 명중시켜 승부가 끝났다.

이제 마지막으로 남은 다섯 명 끼리의 대결이 모든 참석자들의 관심거리가 되었다. 그러자 그 다섯 명에 대한 무술시합의 방법을 놓고 심사관들과 왕당 대모달 이철곤 사이에 의견 조정이 있었다. 원래는 5명이 서로 싸워서 최종 승자를 정해야 했지만 그들은 시합방식을 바꾸라는 태왕의 특명을 받았다.

즉 진중광을 상대로 나머지 다섯 무사들이 자기들의 장기를 가지고 승부를 펼치라는 것이다. 만일 진중광을 이기는 자가 그들 중 한 명이라도 나오면 그 자를 우승자로 정하라는 것이다. 이것은 대단히 불공정한 비무방식이었지만 양밀각을 우승시키려는 태왕의 흑심으로 인해 부득이 시합방식을 바꿀 수밖에 없었다.

그래서 심사관 중 우두머리인 고연지가 나와 우승자를 가리는 시합 방식을 설명했다.

"예전 시합 방식은 최종 선발자 5명이 서로 결투를 하는 방식이었습니다. 즉 총 10번의 경기가 필요했지만 오늘 사냥대회에서 우승한 진중광의 성적이 2위에 비해 두 배 이상 출중했으므로 진중광 1인에 대해 나머지 4인이 자기가 가장 강한 무기로 비무를 하기로 합니다. 즉 진중광을 이기는 자가 우승자가 되는 것입니다. 이것은 진중광의 현재 성적이 압도적인 우승 후보이기 때문에 만일 나머지 4인 중 하나라도 진중광을 이긴다면 그가 사실상 최강자가 되는 것입니다. 태왕 폐하께서 승인하셨으므로 참석자 여러분들께서도 그 방식에 대한 이해가 있으시기를 바랍니다."

그가 이렇게 발표를 하자 일각에서는 진중광에 대해 너무 불리하다는 항의 표시로 웅성거렸지만 대다수는 그 방식에 대해 이해한다는 뜻으로 박수갈채를 보내었다. 결국 그날 최종 비무는 그렇게 진중광 대 다른 4명의 일대일 대결로 결론을 내게 되었다.

제일 먼저 진중광에 도전한 자는 말갈부 출신의 테무차였다. 두 사람은 말을 타고 연무장 정 가운데로 나와 태왕을 향해 마상에서 절을 하였다. 그리고 비무를 시작했다. 비무는 자신의 모든 무기를 다 사용할 수 있었다. 즉 검, 창, 활, 도끼, 채찍, 권법, 족법 등 모든 무기를 다 사용할 수 있었다. 이것은 실전 바로 그 자체였다.

태왕에게 인사를 마친 두 사람은 심사관들에 의해서 약 100장 (300m)정도 떨어진 거리에 가서 섰다. 그러자 비무 개시를 알리는 고적 소리가 요란하게 났고 두 사람은 생사를 건 비무를 개시했다. 진중광은 손에 장검을 들고 있었고 테무차는 긴 장창을 들고 있었다. 서로를 향해 두 사람은 전속력으로 내달렸다. 두 사람이 근접하자 테무차가 긴 창을 이용해 말 다리를 후려쳤다. 하지만 진중광은 더 빨랐다. 그는 칼을 어깨에 잽싸게 메고는 말에서 갑자기 하늘로 치솟더니 테무차의 말로 뛰어내렸다. 태왕을 비롯한 모든 참석자들이 경악을 하고 있었다.

공중에서 한 바퀴 제비를 돈 진중광은 말 잔등에 한 손을 댄 채 사뿐히 내렸다. 그리고는 막 뒤돌아서서 말 위에 선 테무차를 택견으로 세차게 공격하였다. 결국 테무차는 말에서 떨어졌다. 그는 말 위에서 살짝 땅으로 뛰어내린 진중광을 향해 장창을 휘두르며 강하게 공격해왔다.

하지만 진중광은 그의 장창위로 올라오더니 공중으로 붕 날아 그의 머리통을 수도로 살짝 쳤다. 테무차는 그 자리에서 *억!* 하고 쓰러져서 기절하였다. 그것으로 두 사람의 승부는 끝이었다. 마치 어른과 아이들 싸움 같아서 참석자들은 진중광의 묘기에 혀를 내두르면서 찬탄하고 있었다.

다음 도전자는 마상 궁술을 잘 구사하는 중부 출신의 고필가였다. 그는 태왕을 배출한 명문 부족 출신답게 매우 늘씬하고 준수하며 귀티가 나는 20대 초의 젊은이였다. 진중광과 고필가가 다시 태왕 앞에 서서 인사를 하였다. 태왕은 자기 부족의 친척 젊은이가 나와서 그런지 열광적으로 박수갈채를 보내었다.

100장 정도 떨어진 거리에서 두 사람이 비무를 시작하자 관중들은 숨을 죽이며 두 사람의 마상 궁술을 바라보았다. 이미 진중광의 귀신같은 마상술을 본 관중들 중 상당수는 약자인 고필가가 잘 싸워주기를 내심으로 응원하고 있었다.

두 사람은 전속력으로 말을 몰며 상대를 향해 달려 왔다. 고필가는 아까 테무차의 무조건적 공격이 실패한 것을 보았기 때문에 상대의 빈틈을 노리고 말을 몰았다. 그러나 진중광이 먼저 그의 말을 향해 화살을 날리자 그만 혼비백산하여 전속력으로 화살을 피했다.

그러나 피하기만 하면 결국 당장 질 것이 빤 하자 그는 진중광으로부터 약 250장 정도를 도망쳤다. 그러더니 화살 다섯 대를 그 먼 거리에서 잽싸게 진중광을 향하여 날렸다. 그러나 화살이 진중광의 몸에 가까이 오자 그는 두 손으로 화살 다섯 대를 다 낚아채는 것이 아닌가? 모든 참석자들은 가면 갈수록 가관인 진중광의 묘기에 탄성을 내지르며 갈채를 보냈다.

그러자 약이 오른 고필가는 활을 버리고 쇠도끼를 손에 들었다. 그리고는 같이 활을 버린 진중광을 향하여 쇠도끼를 휘두르며 말을 전속력으로 달렸다. 그리고는 진중광이 막 허점을 보였다고 생각한 왼쪽 어깨 부분을 쇠도끼로 내리찍었다. 그러나 도끼가 진중광의 몸에 닿는다고 생각한 순간 자신의 몸이 공중으로 붕 들린 것을 느꼈다. 손에 도끼를 들고 있는 그는 자신의 몸을 빙빙 돌리고 있는 진중광의 손을 쇠도끼로 힘껏 내려쳤다. 그러자 어느새 쇠도끼는 진중광의 손에 가 있었다.

그러자 참석자들은 허둥대고 있는 고필가를 보며 배꼽을 잡고 웃어 제쳤다. 태왕은 자기 부족의 젊은이가 망신을 당하고 있는 것은 안 되었지만 너무도 현란한 진중권의 무술 솜씨에 그만 반하고 말았다. 승부는 빤하게 끝났다.

다음 도전자는 동부여부 출신의 강대찬이었다. 그는 이미 마상술에 있어서 진중광의 실력을 익히 보았으므로 도저히 마상에서는 그를 이길 자신이 없었다. 그래서 그는 장창으로 승부를 내기로 했다.

두 사람이 태왕에게 인사를 한 후 비무를 시작하자 강대찬은 자신의 필생의 실력을 발휘하여 장창의 기술을 선보이기 시작했다. 그가 휘두르는 장창의 현란한 묘기는 대단하여 처음에는 모두들 그에게 박수갈채를 보내었다.

그의 장창법은 당나라의 영향을 받은 것으로서 동작이 화려하며 한 수 한 수가 필살의 의지를 담고 있었다. 즉 대단한 부드러움 속에서 강함을 감추고 있는 전형적인 외유내강형인 수비위주의 창법이었다.

하지만 진중광의 창법은 동작이 짧고 직선적이며 공격위주로서 불필요한 동작이 없었다. 두 사람의 창이 부딪치자 관중들은 이번에는 드디어 일방적인 경기가 아니라 대등한 경기가 펼쳐지는가 하고 기대들을 하기 시작했다.

그러나 약 10합이 지나자 진중광의 창은 엄청난 힘을 발휘하며 강대찬의 창을 밀려나게 하고 있었다. 갑자기 진중광이 창을 거꾸로 들더니 삼태극을 그리듯이 창을 돌렸는데 윙윙거리는 창에서 나오는 무시무시한 소리와 기운이 진중광의 앞에 마치 안개를 깔아놓은 듯 하였다.

결국 강대찬의 창은 진중광의 창에 맞아 100장 정도 날아갔고 강대찬은 진중광의 창에서 나오는 엄청난 내공의 힘에 내상을 입고 그 자리에 쓰러졌다. 다행히 생명에는 지장이 없었지만 참석자들은 진중광의 무시무시한 장창술에 감탄하였다.

이제 마지막 대결 순서는 태왕이 20년간 은밀하게 키운 고구려 당대 최고의 검객중 하나인 양밀각의 진중광에 대한 도전이었다. 두 사람이 태왕에게 인사를 하자 장내는 떠나갈 듯한 박수소리와 함성 소리로 일대 소동이 일었다. 태왕을 비롯한 문무백관들과 왕당 한 무리들이 양밀각을 응원하는 함성 소리였기 때문이었다.

양밀각은 태왕이 하사한 청성검(靑星劍)이라는 장검을 들고 있었 고 진중광은 일월검을 들고 있었다. 두 사람은 서로를 노려봤다. 진 중광은 양밀각의 길게 찢어진 눈에서 지독한 살기가 느껴졌다. 양밀 각은 20년간 갈고 닦아온 모든 무술 실력이 오늘로서 천하를 제패할 수 있는 절호의 기회였는데 듣도 보도 못한 시러베아들 같은 곰보가 나타나 자신의 출세 기회를 막는다고 생각하니 이가 갈렸다.

그는 필살의 검법을 쓰기로 했다. 그가 태왕의 지원을 받으며 당 대 최고 고수중 하나인 오항에게서 사사받은 검법을 오늘 구사할 예 정이었다. 그는 명경지수의 경지로 서서 조용히 진중광의 공격을 기 다렸다. 진중광은 즉시 그가 엄청난 고수인 것을 알았다.

진중광은 칼에 자신의 내공을 실었다. 그리고 하늘로 약 5장 정도 몸을 솟구쳤다. 그리고는 칼을 두 손으로 잡은 채 몸을 거꾸로 곤두세우고 양밀각을 향해 몸을 벼락같이 날렸다. 그러자 양밀각은 몸을 360도 회전하며 자기 검으로 땅을 후려쳤다. 땅에서 흙과 먼지가 파이며 마치 안개처럼 뿌옇게 자신의 몸을 가렸다. 진중광은 검에다 뜨거운 기를 실어 뿌연 검무(劍霧)를 걷어냈다.

순간 수천 개의 비늘 같은 은빛 암기가 진중광의 눈을 향해 날아왔다. 진중광은 전신에 방탄지기(防彈之氣)를 발동하면서 검으로 삼태극을 그렸다. 그리고는 10장 정도 하늘로 솟구쳤다. 다행히 암기들이 그에 몸에 닿기 전에 튕겨나갔다. 진중광은 양밀각이 처음부터 자신을 죽일 생각임을 알고 혼을 내주어야 하겠다고 생각했다.

이번에는 양밀각이 진중광을 압도하고 있는 것으로 모든 참석자들에게는 보였다. 태왕은 손에 땀을 쥐며 흥분해서 양밀각의 한 수 한 수를 보고 있었고 백관들과 왕당 군사들은 양밀각이 유리해지자 환호성을 질러대었다.

양밀각은 이번에는 검을 360도 회전시키면서 마치 소용돌이치듯 상대를 공격해 들어가는 검법인 나선궤적검(螺旋軌跡劍)을 구사했다. 이 궤적 안에 들어오면 어떤 고수도 견디기 힘든, 오항이 전수해준 최고의 검법이었다. 칼바람이 회오리를 치며 온 주변에 바람을 불러 일으키고 흙과 먼지와 모든 것들이 칼이 그리는 궤적 앞에서 산산조각이 나고 있었다.

진중권은 휘몰아치는 칼바람이 자신을 압도해오는 것을 느끼고 품에서 부득이 비수를 다섯 자루를 꺼내 그 칼의 궤적속의 다섯 방향으로 힘껏 날렸다. 다섯 개의 비수가 양밀각의 몸을 꿰뚫을 위험에 처하자 양밀각은 부득이 청성검을 휘둘러 비수를 막아야 했다. *까앙!* 하는 장검과 비수가 부딪히는 소리가 온 연무장에 기분 나쁘게 울려 퍼졌다. 태왕을 비롯한 모든 참석자들은 그 기분 나쁜 소리에 소름이 쫙 끼쳤다.

승부는 원점으로 돌아갔다. 두 사람은 하늘을 나르며, 땅을 칼로 파헤치며, 비수와 암기를 던지며 온갖 수를 구사했지만 도무지 50여 합이 지나도 승부가 나지 않았다. 진중광은 난생 처음 조국 고구려에서 이런 엄청난 고수를 만나게 될 줄은 꿈에도 몰랐다. 그것도 태왕이 양성해온 최강의 검객이라니. 그는 이제부터는 까딱 잘못하면 우승은 고사하고 생명이 위험하다는 것을 알았다.

순간 양밀각은 검 하나를 더 집더니 양 손에 장검을 가지고 승부를 내려고 하였다. 갑자기 그는 두 장검을 번갈아가며 좌우로 흔들었다. 그러더니 360도 회전하면서 하늘로 회오리바람처럼 올라가더니 품에서 무슨 주머니 같은 것을 진중광에게 집어던졌다. 그것은 천축에서 나는 맹독을 칠한 크기가 쌀알 만한 쇠구슬이었다. 그 구슬이 *펑!* 터지면서 진중광을 향해 날아가자 그는 두 검을 전후좌우로 휘두르며 자신의 엄청난 내공을 실어 보내었다. 살짝 닿기만 해도 바로 즉사하는 무서운 독이었다.

진중광은 독랄한 양밀각에게 더 이상 인정을 봐줄 수가 없었다. 그는 검을 두 손으로 잡고 눈을 감은 채 중얼중얼 주문을 외었다. 그리고는 한 손으로 검을 잡은 채 하늘로 치솟았다. 그리고 검과 기를 합치하여 양밀각을 향해 검을 날렸다가 다시 자신의 손으로 회수하기를 서너 차례 했다. 어검술의 완벽한 구사였다. 한 편으로는 장풍을 날려 자신을 향해 벌떼처럼 날아오는 독구슬들을 양밀각 방향으로 날려 보내고 있었다. 양밀각은 진중광의 검이 제 멋대로 자신을 공격하며 왔다 갔다 하는 것을 막기도 힘이 드는데 이번에는 자신이 발사한 독구슬이 적의 내공에 의해 자신으로 되돌아오자 생명이 경각에 달린 것을 알아챘다.

그는 도저히 독구슬을 막을 수 없게 되자 하늘로 10장은 치솟았는데 그래도 진중광의 장풍에 의해 독구슬은 계속 자신을 쫓아다니고 있었다. 그는 너무나 진퇴양난에 처하자 순간 자신이 고구려 제일 무사가 된다는 꿈이 얼마나 허망한지를 깨닫고 죽음을 맞이하기로 했다. 순간 그는 땅에 착지한 후 조용히 가부좌를 틀고 앉았다. 그러자 진중광의 공격이 비로소 멈추었다. 진중광이 큰 목소리로 물었다.

"더할 텐가?"

"내가 깨끗이 졌다."

양밀각이 이렇게 대답하자 진중광은 그의 손을 붙잡아 일으켰다. 순간 자리에서 일어나며 양밀각은 신발 옆에 감춰둔 맹독을 칠한 비수로 진중광의 심장을 찔렀다. 순간 태왕을 비롯한 전 참석자들이 자리에서 벌떡 일어났다. 하지만 비수가 심장에 닿는 순간 양밀각은 자신이 실패했음을 알았다. 진중광이 철갑옷을 입고 있었기 때문이었다. 찔리는 순간 진중광은 주먹으로 양밀각의 명치를 전력으로 가격하였고 양밀각은 그 자리에서 피를 토하며 쓰러졌다. 마침내 우승자가 가려졌다.

태왕을 비롯한 전 참석자들은 모두 자리에서 벌떡 일어나 이 희대의 무술 고수에게 열렬하게 박수갈채를 보냈다. 그리고 그는 태왕으로부터 어사화(무궁화)와 왕당군 대형의 관복과 보검 등을 받기 위해 태왕의 앞으로 나아갔다.

"짐이 평생 살도록 너같은 무공의 고수는 고 선우려상 외에는 보지 못했노라. 너는 대고구려제국 무술 대회의 우승자임과 동시에 천부신검을 소유할 자격이 있는 후보자임을 선언하노라. 이후 나라와 백성을 위해 그리고 짐을 위해 네 그 막강한 무공을 사용하기를 바라노라."

태왕은 진중광에게 어사화, 관복, 보검 및 관직을 제수하는 칙지를 하사하였다. 그러자 진중광이 태왕의 면전에서 갑자기 얼굴의 인피를 벗었다. 그러자 원래의 준수한 연개소문의 얼굴이 나타났다.

"아니, 너는 죽은 연개소문이 아니냐? 귀 귀신이다. 여봐라. 이 귀신을 당장 쫓아내라."

태왕은 기절할 듯이 놀라 온 몸을 사시나무 떨듯이 떨기 시작했다. 그때였다. 하늘이 새까맣게 변하고 있었다. 즉 천왕까마귀를 필두로 하여 수백 마리의 엄청나게 큰 검은 까마귀 떼가 하늘에 나타나서 연무장을 향해 내려오고 있었다. 더욱 놀라운 것은 죽은 청려선인과 30명의 원로선인들 그리고 연태조와 일우가 그 검은 까마귀 떼 뒤에서 큰 학의 등을 타고 천천히 연무장으로 내려오고 있었다. 태왕을 비롯한 백관들은 이 광경을 보고 너무도 놀랍고 신기하고 무서워서 안절부절 하였다. 그러나 참석한 백성들은 모두 자리에서 일어나 하늘의 이 장관을 바라보며 원로 선인들에게 열광적인 박수갈채를 보내고 있었다.

선인 일행들이 모두 태왕의 앞에 서자 곧 백성들 속에 숨어있던 15,000명의 전국 조의선인 대표들이 자리에서 벌떡 일어나 달려가더니 원로 선인들의 뒤에서 그들을 쭉 둘러쌓았다. 그러자 청려선인이 연개소문의 등을 두드려주며 우승을 축하하고 나서는 태왕과 백관들에게 우렁차게 말했다.

"내 그대들의 죄를 용서하노라. 하지만 이후 백성들을 위한 선정을 하지 않을 시는 우리에게 지은 죄까지 포함해서 반드시 죄 값을 치르게 할 테니 명심하라. 그리고 향후 천부신검은 적정한 인증 절차를 거쳐 참 소유자에게 돌아갈 것이니 헛된 꿈을 꾸지 않기를 바라노라. 우리는 오늘 이후 다시 제자리로 돌아갈 테니 태왕은 더 이상 헛된 짓을 하지 말기를 바라노라. 이제 모두들 돌아가자."

청려선인이 이렇게 말하며 학의 등에 올라타자 모든 원로선인들과 연태조, 연개소문, 일우 등도 큰 학을 타고 하늘로 올라갔고 조의선인 대표들은 그들을 호위하며 대연무장을 빠져나갔다. 태왕과 백관들은 죽은 줄 알았던 원로 선인들과 연태조, 연개소문, 일우 등이 청청하게 살아있자 이것이 꿈인지 생시인지 헷갈려서 알딸딸한 상태로 한참이나 멍하니 하늘만 바라보고 있었다.

이 날 무술대회에서 연개소문의 어마어마한 무공과 원로 선인 일행 등이 검은 까마귀 떼를 몬 채 큰 학을 타고 하늘에서 내려왔다 올라간 이야기는 자꾸 자꾸 살이 붙어 모든 고구려 백성들에게 퍼져나가고 있었다. 또한 그들에게는 고구려제국의 앞날에 대한 크나큰 희망이 점점 자라갔다.

제12장   천리장성을 축조하기 시작하다

시간은 흘러 때는 고구려 제27대 임금 영류태왕 재위 8년(당고조무덕 8년, 서기 626년) 여름이었다. 6년 전 늦은 가을에 있었던 고구려 무술 대회 이후 태왕은 원로선인들과 연개소문의 막강한 무공에 완전히 기가 질려 더 이상 천부신검을 자신의 손에 넣을 욕심을 버렸다.

그리고는 그는 그간 현실 정치에 몰두하여 강온 양파를 적절히 요리하면서 고구려를 그럭저럭 통치해나갔다. 뭐 잘한 업적도 없고 그렇다고 특별히 못한 것도 없이 그저 현실에 안주하며 무사태평한 듯이 그렇게 시간을 보내고 있었다.

태왕의 밑에서 안주하며 백관들 중 친당파들은 마치 자신들의 공으로 태평성대를 이룩한 듯 백성들에게 자신들의 치적을 요란하게 선전을 해대고 있었다. 그리고 뒷구멍으로는 온갖 추잡스런 부정부패와 음란한 행실 등을 일삼고 가렴주구를 저질러 백성들에게 하늘을 찌를 듯한 원성을 사고 있었다.

이미 사영건은 군부의 수장으로서 태왕과 뜻이 맞지 않아 내면으로는 불만이 산더미처럼 쌓여가고 있었지만 어쩔 수 없이 태왕의 밑에서 군부의 불만을 다독거리고 있었다.

연개소문은 6년 전 왕당의 대형이 된 이래 대사자로 승진하여 대모달(대장)인 이철곤을 보좌하며 태왕을 호위하는 일을 하고 있었다. 이미 왕당 뿐만 아니라 군부 및 일반 백성들 사이에는 그의 인기가 걷잡을 수 없이 커져있었다. 그는 이미 전설이 되었고 그가 나타나는 곳에는 수많은 사람들이 구름처럼 몰려들었다.

천성적으로 자상하고 사랑이 풍성한 성품으로 인해 그는 수하들과 일반 백성들에게 항상 겸손하며 친절하였다. 그는 그들의 아픈 곳을 항상 긁어주고 어려운 점은 반드시 해결해주었다. 또한 그들과 항상 동류의식을 가지고 그들을 따뜻하게 대해 누구도 그가 장래 동부대인의 자리를 이을 귀족 후계자라고 생각하지 않았다. 그리고 그저 그를 자신들과 똑같은 평민 중 하나라고 생각하고 있었다.

그에게는 천부신검을 차지하기 위해 천하주유를 시작하라는 태왕의 명도 없었다. 또 노쇠한 부친 연태조를 대신하여 동부의 일을 거의 맡고 있는 관계로 천하 주유는 거의 포기한 상태에서 혹시라도 도전자가 나타나면 도성 안에서 인증자들 3인이 입회한 가운데 비무를 하겠노라고 선언한 상태였다.

일우는 청려선방에 입문한 지 8년 동안 청려선방이 생긴 이래 가장 빠른 속도로 최고수의 수준이 되어갔다. 그의 학문 또한 역사, 천문지리, 병법, 제자백가 등에 능통하여 이미 나이가 30대가 넘는 고수인 조의선인들을 능가하고 있었다. 그해 봄에 일우는 정식으로 청려선방에서 조의선인이 되었다.

청려선인과 하무선인 및 태백선인 등을 비롯한 원로선인들은 여전히 깊은 선도(仙道)의 세계에 침잠하여 도를 닦으며 제자들을 잘 양성하고 있었다. 그들은 가끔 천하의 명산대천 등에서 조우하며 세상 돌아가는 것을 논하고 장래 고구려의 일어날 상황을 점검하고 있었다.

그해 8월 당나라에는 천책대상장 진왕 이세민(등극 후 당태종)이 친형인 황태자 이건성과 동생 제왕 이원길을 살해하였다. 이를 현무의 변이라 한다. 그는 얼마 안 있다 자신의 아버지인 당 고조 이연을 압박하여 제위를 찬탈한 후 태종으로 등극하였다.

개 버릇 남 못준다고 당 태종은 제위에 오르자마자 곧 침략근성을 드러내어 주변 국가들을 천하통일이라는 미명하에 강제로 합병하기 시작했다. 그러자 국경을 마주하고 있는 고구려에는 당나라의 침략이 현실적 우려로 나타났다.

한편 고구려 남쪽의 백제는 정책적으로 당나라와 가까워지려고 노력하였고, 신라는 고구려가 수나라의 경우처럼 분명히 머지않아 당나라에 침략 받을 것이 뻔하므로 이 기회에 영토를 확장하려는 야욕을 품게 되었다. 그래서 세 나라들이 모두 경쟁적으로 당나라와 화친하기를 원하였다.

이 과정에서 백제와 신라가 당나라에게 고구려가 당나라로 조공하러 가는 길을 막는다고 이간질하였고, 당나라는 고구려에게 백제, 신라와 화친 관계를 맺을 것을 강력하게 종용하였다. 영류태왕은 이런 당태종의 요구를 받아들여 백제, 신라와도 화친하였다.

2년 후인 당태종 정관3년(서기628년) 당나라는 마지막 남은 군벌세력 및 동돌궐을 제거하고 통일 작업을 끝내었다.

여기는 고구려 장안성(평양) 왕궁인 안학궁 정전. 고구려 5부의 전 귀족들이 모인 자리에서 제가회의가 열리고 있었다. 현재 통일을 완성한 당나라에 대하여 어떻게 대응하느냐에 관한 논의를 하고 있는 중이었다. 먼저 태왕이 오늘의 회의를 열게 된 배경과 자신의 입장을 간략하게 설명했다.

"그간 짐이 등극한 이래 우리 고구려가 일체의 전쟁이 없이 이만큼이라도 평화를 누리며 산 것은 대륙의 당나라가 내부 통일을 완성하지 못한 데도 이유가 있소. 하지만 이제 당나라가 완전히 통일이 되었으니 필경 우리나라에 영향을 미칠 것이 틀림없소. 그러니 대체 장래 이 일을 어떻게 해야 할 지 여러분들의 고견을 듣고자 하는 바이오."

태왕은 근심이 서린 얼굴이었다. 그러자 대대로를 계속 4기째 연임하고 있는 진효명이 자신의 의견을 개진했다.

"폐하, 지금까지의 기조인 친당정책을 계속 강화하시고 백제와 신라 등 남쪽 국경을 마주 대하고 있는 나라들과도 친선 외교를 강화하시는 것이 옳은 줄 아옵니다."

"그것이 무슨 망령된 말씀이오이까? 이제 통일된 당나라가 필히 우리를 침략할 것이고 특히 신라는 우리의 영토를 잠식하려는 야욕을 분명히 드러낼 것이외다. 그러니 우리는 이제 그에 대한 대비를 철저히 해야 할 것이오."

연태조가 강경하게 말하자 태왕을 비롯한 온건파들은 눈살을 찌푸렸고 강경파들은 고개를 끄떡거렸다.

"태왕 폐하, 지금 연 대인의 말 대로 하면 당나라에서 우리를 의

심하고 먼저 선공을 가할 것이 분명하옵니다. 게다가 신라는 우리를 침략할 힘이 없으니 크게 걱정할 필요가 없는 줄 아옵니다. 연 대인의 말은 지나친 기우이오니 물리치옵소서."

진효명은 자신의 의견을 더욱 힘 있게 주장하였다. 그러자 사영건이 태왕을 외면한 채 천천히 말을 시작했다.

"폐하, 나라를 지키는 데는 유비무환이라는 말보다 소중한 말이 없사옵니다. 자고로 대륙이 강한 나라에 의해 통일된 후 우리나라를 침략하지 않은 적이 없사옵니다. 따라서 진 대대로가 말하는 화친책을 일방으로는 구사하면서 타방으로는 그들의 침략을 대비하여야 할 것이옵니다. 통촉하시옵소서."

지극히 논리 정연한 사영건의 말에 모두들 잠시 숙연하여졌다. 그러나 잠시 뒤 서부대인 해유필이 자신의 의견을 개진하기 시작했다.

"폐하, 지금 세 대인의 말씀들은 지극히 옳은 것 같사오나 한 면은 맞는 말이지만 다른 면은 전혀 사리에 맞지 않사옵니다. 무슨 말씀이냐 하오면 현재 우리 고구려의 국고가 텅텅 비어 나라를 방어하기 위한 대비책을 세우기 위하여서는 막대한 자금이 필요한 데 무슨 수로 그 자금을 마련할 지 심히 염려가 되옵니다. 통촉하시옵소서."

그가 이렇게 말하자 모두들 근심어린 표정으로 변했다. 하지만 강경파들은 해유필이 발고추가를 맡은 이래 국고를 착복했는지 계속 자신의 서부를 살찌우고 있는 것을 알고 있었기에 매우 화가 났다.

"폐하, 지금 자금 문제를 논의하심은 가하지 않사옵니다. 이미 고구려 국고의 자금이 서부대인의 손에서 서부로만 흘러간다는 풍문이 자자하오니 조사하시어 국고로 회수하셔야 할 것이옵니다."

연태조의 도발적인 말에 해유필은 몸을 부들부들 떨면서 분노에 찬 목소리로 말했다.

"연 대인은 도대체 무슨 근거로 그런 망발을 범하는 것이오이까? 내가 국고를 착복하는 것을 눈으로 직접 보시었소? 내참 살다보니 별일을 다 겪는구려."

"해 대인, 지금 적반하장으로 화를 내시오이까? 대체 무슨 자금으로 서부의 군사력이 그리도 막강하게 확장되었소이까? 폐하, 당장이라도 서부대인을 감찰하시어 진상을 밝히시옵소서."

연태조가 강경하게 나오자 태왕과 해유필은 찔끔했다. 태왕은 중부대인 고정환에게 눈짓을 했다. 화제를 다른 데로 돌리라는 신호였다. 고정환은 태왕의 사촌이었는데 태왕의 비위를 매우 잘 맞추었다. 어쩌나 그가 태왕과 죽이 잘 맞는지 그의 별명이 '입안의 혀'였다. 그가 약간 간사한 목소리로 말했다.

"폐하, 지금 여기서 자금 문제로 다투기 보다는 당나라의 침략을 대비하여 장성 같은 것을 쌓아야 할 것이옵니다."

"장성이라고 하시었소?"

연태조가 놀란 듯이 고정환에게 물었다. 그러자 고정환은 연태조의 화경만한 부리부리한 눈을 얼른 피하면서 얼버무렸다.

"뭐 꼭 장성이라기보다 그저 대비책이 필요하다는 말씀이지요."

고정환이 한 걸음 물러섰다. 아무 생각 없이 그저 강온 양파의 싸움을 말리려고 내놓은 미봉책이었던 것이다.

"폐하, 지금 고 대인이 말한 장성 축조가 당의 침략을 대비하는 최선책이 될 수 있사옵니다. 즉 수도를 방어하기 위해서는 먼저 아리수(=지금의 요하) 밖에서 적을 방어하여야 하옵니다. 따라서 장성 축조가 현재로서는 가장 좋은 방안이라 사료되옵니다. 통촉하시옵소서."

연태조가 이렇게 찬성하고 나오자 동부, 북부, 중부 등의 강경파 귀족들 모두가 장성 축조를 지지하고 나섰다. 그러나 남부, 서부, 중부 등의 온건파들은 그 제안에 몹시 떨떠름하였다. 그러나 문제는 태왕의 의중이었다.

태왕은 순간 어느 쪽이 유리한 지 득실을 계산하였다. 그는 이 기회에 장성 축조를 주장하는 강경파의 핵심 인물인 연태조와 그 아들 연개소문에게 장성 축조의 책임을 맡기어 변방으로 내쫓아야 하겠다고 생각했다. 그러나 그는 조금 더 뜸을 드린 뒤에 자신의 복안을 내놓을 생각이었다.

"연 대인의 생각으로는 장성을 축조한다면 어디서부터 어디까지가 좋겠소?"

태왕이 자신의 속내를 숨기고 가장 어진 임금처럼 이렇게 연태조에게 묻자 연태조는 순간 태왕의 속내를 알아챘다. 자신에게 장성 축조의 모든 책임을 지게 하려는 수작이라는 것을 그는 금방 눈치챘다. 하지만 조국 고구려가 풍전등화에 처해 있어서 부득이 자신이라도 모든 책임을 져야 하겠다고 결심을 하였다. 그는 태왕의 눈을 똑바로 쳐다보면서 단호하게 말했다.

"폐하, 만일 장성을 축조한다면 북쪽으로는 부여성(지금의 농안農安)에서 시작하여 남쪽 끝은 발해만에 있는 비사성(지금의 대련大

連)에 이르는 천리가 되어야 할 것이옵니다. 요동 지방에 강력한 장성을 축조하여 당나라가 우리의 도성인 장안성으로 들어오는 길을 우선 차단하여야 할 것입니다. 현재 곳곳에 산재한 토성들을 하나로 이어 강력한 토축성으로 만들어 당나라의 침략을 방어하는 전진 기지로 쓰면 될 것이옵니다."

연태조가 이렇게 말하자 태왕은 아주 잘 되었다 싶었다. 그는 매우 부드럽게 말을 했다.

"연 대인의 말이 지극히 타당한 듯 하오. 여러 대가들의 의견은 어떠하신지 말씀하기 바라오."

"폐하, 장성 축조는 절대 불가하옵니다. 엄청난 인력과 자금 소비로 인하여 백성들의 극심한 원성을 듣게 될 것이옵니다. 게다가 우리가 장성을 축조하는 것을 알면 당나라에서 더욱 우리를 의심하고 선공할 빌미를 주는 것이옵니다. 자고로 나라에서 일으키는 토목공사가 심하면 필시 국운이 쇠퇴해진 것은 역사가 증명하는 것이옵니다. 저 진시황은 동호를 막겠다고 만리장성을 힘들여 쌓았지만 결국은 2대만에 나라가 망하고 말았사옵니다. 나라가 흥하고 망하는 것은 민심을 거스르지 않는 것인데 장성축조가 시작되면 민심이 이반하여 걷잡을 수 없이 될 것이옵니다. 통촉하시옵소서."

대대로인 진효명이 이렇게 가장 충성스러운 신하인양 장성축조를 반대하고 나오자 서부대인 해유필과 중부대인 고정환이 함께 맞장구를 치고 나왔다. 그들은 장성 축조가 고구려의 힘을 약화시키는 결정적인 계기가 될 것이라고 주장했다. 하지만 그들의 속셈은 그저 자신들의 재산과 인력을 나라의 큰 토목공사에 낭비하지 않겠다는 지극히 이기적인 계산의 발로였다.

태왕은 여기서 물러나서는 결코 연태조와 그의 아들 연개소문 및 동부 세력을 견제할 결정적인 기회를 잃어버린다고 생각했다. 그는 단호하게 말을 했다.

"짐이 생각하건대 장성 축조는 실보다 득이 더 많을 듯 하오. 첫째로는 일반 백성들 사이에서 팽배해 있는 나라에 대한 불신감을 해소할 수 있을 것이오. 당나라의 침략을 막기 위해 나라에서 장성 축조를 한다고 하는데 백성들을 단합시키기 위해 그보다 더 좋은 계기가 어디 있겠소이까? 둘째로는 이번 장성 축조를 계기로 당나라와는 무조건 친화할 것이 아니라 우리도 너희들을 견제할 수 있다는 것을 보여줌으로써 당나라가 설령 침략 야욕이 있다 하여도 상당 기간 동안 준비를 할 수 밖에 없게 만들 것이오. 셋째로는 이 기회에 큰 토목 공사를 일으키어 전국의 토목 업자들과 상인들에게 큰 경제적 실리를 줄 수 있으니 실물 경제가 크게 일어날 것이오. 따라서 짐의 생각으로는 장성 축조를 감행하는 것이 옳다고 보오."

태왕은 자신의 본심을 숨기고 나라를 매우 근심하는 현명한 군주처럼 이렇게 말했다. 그러자 강경파들은 그가 많이 지혜로워졌다고 생각하며 그의 의견을 환영했다.

결국 강경파들과 태왕의 연합이 성공하여 천리장성을 축조하기로 그날 제가회의는 최종 결정을 내렸다. 그리고 연태조가 천리장성 축조 책임자인 장성축조 감독으로, 그 아들 연개소문이 부감독으로 임명되었다. 공사에 필요한 모든 인력과 경비는 연태조의 재량으로 하되 각 부에서 인력으로 각각 2만 명씩 도합 10만 명을 차출하고,

필요한 경비는 나라에서 반을 그 나머지 반은 각 부에서 5분지 1씩 각출하기로 하였다. 다만, 필요하다고 판단될 때는 감독이 마음대로 인력과 경비를 더 징발할 수 있기로 하였다. 그리하여 우선 2년간을 그 모든 준비를 완료하기로 하고 그 이후에 본격적으로 장성 축조를 시작하기로 의결하였다.

그해 가을 당나라에서 갑자기 사신 장손사(長孫師)라는 자가 당 태종의 칙서를 가지고 150여명의 일행을 이끌고 고구려 도성인 장안성에 나타났다. 그는 거만한 태도로 당태종의 칙서를 태왕에게 내밀었는데 그 내용은 영류태왕의 충량스럽고 지혜로운 처신을 칭찬하며 계속해서 자신에게 충성을 바치면 고구려를 타국 보다 더욱 우대하여 자신의 치세 하에 평화롭게 살게 해주겠다는 내용이었다.

영류태왕은 사신을 그야말로 온갖 정성을 다해 모시다 못해 아예 하느님처럼 받들었다. 그리고 나라 최고의 미녀들로 하여금 그의 수청을 들게 했고, 숱한 금은보화와 진귀한 선물들을 엄청나게 그에게 주면서 그의 비위를 맞추려고 하였다.

장손사는 자신이 마치 황제라도 된 양 온갖 거드름을 피우며 제멋대로 행동했다. 심지어 그는 장안성에 세운 려수대첩을 기념하는 경관(京觀)이라는 높이 200장 크기의 기념탑을 관광하는 자리에서 그것을 철거하라고 영류태왕에게 명령하였다. 그 경관 밑에는 수나라 장병 전몰자 수십만 명의 시체가 묻혀 있었는데 그는 그것들마저 다 파서 소각시키라고 명령하였다.

그러자 연태조와 사영건을 비롯한 려수대전 전공자들이 태왕에게 강력히 항의하며 사신 장손사의 목을 베고 당나라와의 외교 관계를 근본적으로 재검토하라고 요구했다. 하지만 영류태왕은 만 하루도 지나지 않아 두 말 없이 장손사의 명령을 따랐다.

그리하여 경관은 수만 명의 철거인원들에 의해 즉각 헐어지게 되었고, 그 밑에 파묻힌 수십만 구의 수나라 장병들의 시체는 모두가 깨끗이 소각되었다. 자랑스러운 려수대전의 찬란한 역사 기념물이 도성에서 일개 적국 사신의 한 마디에 완전히 파괴된 것이다.

게다가 영류태왕 11년(628)에는 당황제의 명령 한 마디에 고구려 제국 전체의 산들 및 하천과 지형지세 및 산성 등의 위치와 전국 도로망 등의 상세한 정보가 실려 있는 고구려 영토의 지도인 봉역도(封域圖)를 당에 보냈다. 태왕이 마치 당나라로 하여금 우리를 쳐들어와 주십시오 하듯이 고구려의 일급비밀이 담긴 지도를 당나라로 보냈던 것이다.

이에 뜻있는 전국의 우국지사들과 조의선인들은 완전히 영류태왕으로부터 등을 돌렸으며 다시는 그와는 세상을 함께 할 뜻을 다 잃어버렸다.

다음해 영류태왕 재위 12년이 되던 해(서기 629년)에는 신라 진평왕이 김유신으로 하여금 고구려를 침공하게 하여 동쪽 경계 지역인 낭비성(娘臂城)[36]을 탈취하였다.

진평왕은 고구려가 통일된 당나라의 침략을 대비하느라고 한반도 쪽 변경에 병력을 집중시킬 수 없을 것이라고 판단하고 졸지에 침략을 감행하여 작은 성공을 거둔 것이었다. 고구려는 몇 번에 걸쳐

---

36) 지금의 청주 지역.

반격을 가했지만, 조의선인들의 지원이 없었고 또 민심이 영류태왕으로부터 등을 돌리는 바람에 작은 나라 신라마저 쉽게 이길 수 없었다. 게다가 이 기회를 타서 당나라가 침입할까 두려워 도무지 적극적인 공격을 펼 수 없이 아까운 군사력과 물자만 낭비하고 말았다.

고구려 조야는 점점 약화되어만 가는 고구려의 국가적 현실에 비분강개한 분위기만 쌓여가고 있었다. 한편 연태조와 연개소문은 2년간 천리장성을 축조하기 위한 모든 준비를 마치었다. 그들은 각 부에서 2만 명씩 인력을 차출하였고 필요한 경비를 왕실 측에서 반 그리고 각 부에서 5분의 1씩을 거두었다.

그런데 놀라운 일은 그들이 천리장성을 쌓으러 떠난다는 소문이 전국에 퍼지자 조의선인들 약 5천명이 연태조와 연개소문을 돕기 위하여 자원하여 그들과 함께 떠나기로 한 것이다.

그해 영류태왕 14년(서기 631년) 고구려 도성인 장안성 왕궁 밖 대연무장에서는 장성축조를 위하여 부여성으로 떠나는 연태조와 연개소문이 열병식을 거행하고 있었다. 이미 많이 늙어서 79세가 되어오는 노쇠한 연태조는 이것이 나라를 위한 자신의 마지막 봉사가 될 것이고 어쩌면 다시는 도성을 살아서 밟지 못할 지도 모른다는 우려가 들었다. 그러나 고구려의 미래를 위해서는 그래도 떠나야 한다고 모질게 마음먹고 그는 말에 올라탔다.

이미 나이가 29세가 되어 중후한 인품이 더욱 빛이 나는 연개소문은 노쇠한 아버지의 뒤를 이어 장성축조의 모든 업무를 관장하고 있었다. 그는 동부 집안의 모든 일을 아우인 연정토에게 일임하고 임지로 가기 위해 지금 열병장에 선 것이다.

영류태왕은 대연무장 정 가운데 태왕석에 태왕후와 함께 앉았다. 그 좌우에는 대대로 진효명을 비롯한 만조백관과 삼군대장군 사영건을 필두로 군부 측 인사들이 앉아서 먼 길을 떠나는 연태조 일행을 거만하게 지켜보고 있었다.

이미 나이가 115세 된 청려선인과 하무선인 및 태백선인을 비롯한 원로선인들 그리고 벌써 나이가 스무 살이 되어 의젓하고 빛나는 기상을 간직한 선우일우와 그의 스승들인 용명 및 정고 등 30명이 또한 그 열병식에 참석하고 있었다.

태왕에 대한 경례를 시작으로 열병식이 엄숙하게 진행되었다. 떠나는 장병들은 모두 얼굴이 환하고 밝았으며 연태조를 제외한 모든 사람들이 마치 즐거운 소풍을 가듯 그렇게 경쾌한 기분을 풍기고 있었다. 이윽고 연태조를 태운 말과 연개소문을 태운 말이 태왕 앞을 지나가면서 경례를 하였다. 그러자 태왕은 자리에서 일어나 마지막 임지가 될 지도 모르는 국가 원로에 대해 최대한의 예를 표했다. 만조백관들과 모든 군부 측 인사들도 그들에 대해 열렬하게 박수갈채를 보냄으로써 그들의 전도를 축하하고 있었다.

열병식이 끝나고 태왕과 모든 백관들이 자리를 떴을 때 청려선인 및 원로 선인 일행과 용명, 정고를 비롯한 30대 제자들 및 일우가 연태조와 연개소문을 만나러 가까이 다가왔다.

"아니 이게 누구야? 일우가 이렇게도 의젓하게 자랐다니 참으로 세월이 빠르구나. 그래 요즘 어떻게 지내고 있어?"

두 사람은 이미 크게 성장하여 영락없는 선우려상의 모습을 간직하고 있는 일우를 보고 몹시 대견해 하였다.

"어르신과 형님의 염려덕분에 잘 지내고 있습니다. 이제 저도 형님처럼 나라를 위한 길을 가려고 합니다."

일우가 씩씩하게 대답하자 두 사람은 일우를 번갈아 껴안으며 반드시 고구려 전국 무술대회를 제패한 후 천부신검을 하루 빨리 차지하라고 격려하였다. 일우는 두 사람의 깊은 사랑과 격려에 코끝이 찡하였다.

청려선인이 우선 연태조의 늙은 손을 붙잡았다. 고구려의 살아 있는 역사, 그것이 바로 연태조였다. 전국 강경파들의 수장으로서 아직 고구려 천하에 우뚝 군림하고 있는 그가 도성을 비운다는 것은 일견 매우 위험한 일이었다. 하지만 나라를 위한 충정에 노구를 이끌고 임지로 떠나는 노제자를 바라보며 청려선인은 가슴이 쓰려왔다. 마지막 길을 가는 제자이자 동지에게 무어라 한 마디를 해주어야 하겠다고 생각하고 그는 천천히 입을 열었다.

"연 공, 그저 자중자애 하시게. 아무리 어려운 일이 닥쳐도 우리가 옛날에 함께 올라가서 그 그늘에 앉아 오랜 시간을 보낸 저 백두산 천지 옆에 서 있는 한 그루 낙락장송처럼 그렇게 굳건하게 사시게. 나도 이제는 일우가 천부신검을 차지하는 것을 보고 저 세상으로 가야할 텐데……"

그는 그저 연태조의 손을 붙잡고 강건하게 살아서 다시 만나자는 말 밖에 더 이상 할 말이 없었다. 연태조는 늙은 스승의 눈에서 눈물이 한 방울 맺힌 것을 보았다.

스승님도 많이 늙으셨구나. 이제 가면 언제 존안을 다시 뵈올꼬?

연태조도 가슴이 저려왔다. 그는 연무장 땅 바닥에 엎드려 스승에게 큰 절을 하였다. 서로의 미래를 잘 아는 두 사람이었다. 청려선인은 연태조의 손을 붙잡고 그를 일으켜 세웠다. 그리고는 연개소문을 향하여 부드럽게 말하였다.

"갓쉰동아! 아버지를 잘 모시거라. 부모가 돌아가시면 불효를 후회해도 소용이 없느니라. 알겠느냐?"

"예, 큰 스승님, 심려놓으십시오. 아버지를 정성껏 모시겠습니다."

그러자 모든 원로선인들이 연태조 및 연개소문과 아쉬운 작별 인사를 했다. 그리고는 연태조의 아들, 딸들과 친척들 그리고 동부의 모든 귀족들이 두 사람에게 작별 인사를 했다.

이윽고 두 사람은 모든 이들에게 석별의 정을 아쉬워하며 말위에 올라 10만 5천명의 대군을 이끌고 임지인 부여성(=지금의 흑룡강 성의 농안)을 향해 머나먼 길을 떠났다.

떠나는 사람들이나 남아 있는 사람들이나 서로를 한없이 아쉽게 만드는 그런 작별의 광경이었다. 일우는 막상 연개소문을 머나먼 땅으로 떠나보냈다고 생각하자 왜 그리 서글퍼지는지 이유를 알 수 없었다. 그는 청려선인 및 스승인 용명 일행과 함께 말을 타고 백두산 청려선방으로 돌아가는 길 동안 내내 아무 말 없이 연개소문과의 추억을 그리고 있었다. 청려선인과 스승들은 일우의 속마음을 읽고 그에게 아무 말도 하지 않고 있었다.

제13장   선우일우가 고구려 제일 무사가 되다

연태조와 연개소문이 부여성으로 떠난 후 태왕과 온건파들은 앓던 이가 빠진 것처럼 시원해했다. 하지만 강경파들은 구심점을 잃고 서서히 세력이 약화되어 갔다. 막상 두려운 인물이 떠나자 태왕은 다시 천부신검을 차지하고 싶은 욕망이 불같이 일었다.

그는 왕당 대모달 이철곤을 불러 요즘 양밀각의 근황이 어떤 지를 물었다. 그는 태왕에게 양밀각이 당나라 소림사까지 가서 무공을 깊이 연마하여 이미 소림사에서도 당할 자가 없는 최고수로 성장하였다고 말하였다. 양밀각이 구사하는 검법은 일휘철파검(一揮綴破劍)이라는 것인데 상대의 무기와 몸을 아예 잘근잘근 파괴하여 흔적조차 날려 보낸다는 것이다.

원래 검법의 달인인 그는 전국 무술대회에서 연개소문에게 개망신을 당한 후 한 달간을 식음을 전폐하다시피 하고 자리에 누워 있었다. 그 뒤 그는 연개소문을 능가하지 않고서는 결코 살아서 돌아오지 않겠다고 모질게 마음먹고 고구려를 떠났다.

그는 우선 백제로 숨어들어 가서 무절 검법의 달인 해강수에게 정수를 이어받았다. 이후 그의 도움으로 왜로 건너간 그는 왜의 최고 검객이라는 미야자와 히치로라는 당대 최고의 검객에게 왜국검법의 진수인 일도류(一刀流)를 배웠다.

이후 그는 당나라 숭산 소림사로 건너가서 최고의 고수인 당오 스님에게 엄청난 뇌물을 바친 후 그로부터 소림사의 비전무공인 달마역근세수경(達磨易筋洗髓經)과 달마상여심검(達磨相如心劍)을 배웠다.

이후 그는 다시 천축으로 들어가서 히말라야 산속 깊은 곳에 사는 바라문선인들을 만나 심기일치의 비전 호흡법을 배웠다. 그리하여 그는 자신의 내공을 극성의 수준으로 끌어올려 3년 만에 대주천을 넘은 단계에 들어갔다.

그러나 그의 온 마음과 몸에 숨어 있는 마성(魔性)이 발동하기 시작했다. 그는 당대 최고의 고수가 되고자 하는 끝없는 야망을 이루기 위하여 드디어 천축의 바라문대신장접신마공(婆羅文大神將接神魔功)까지도 자기 것으로 만들었다.

이 무공은 바라문교의 수천 년 비전 마공인데 마계의 대신장과 접신하여 그 어마어마한 내공을 주입받아 천하무적의 힘을 발휘하게 되는, 너무나 끔찍하여 그 누구도 감히 배우려고 하지 않은 가장 사악한 무공 중의 하나였다. 결국 그는 자기가 배운 모든 검법과 내공 및 마공을 종합하여 스스로 일가를 이루었는데 그것이 일휘철파검인 것이다.

하지만 그 독랄함은 역사상 유래가 없는 수준으로서 그와 대결을 한다는 것은 결국 시체가 흔적도 없이 사라지는 비참한 죽음을 맞는 일이었다. 이후 그는 천하의 최고수들과 승부를 해왔는데 이미

37전 37승을 거두었고 상대 모두를 처참한 죽음으로 몰아넣었다. 그러므로 만일 그가 다시 고구려 전국 무술 대회에 참가한다면 고구려에서는 그를 당할 자가 없을 무서운 최고수가 되어 있었다.

이철곤의 이런 보고를 들으며 건무는 너무도 흡족하여 옥좌에서 발을 쭉 내뻗었다. 그리고 칠일 이내로 제가회의를 개최하여 전국 무술대회를 개최하는 것을 추인받도록 하라고 지시했다.

영류태왕 14년(서기 631년) 시월상달 보름날 대고구려제국 전국 무술대회가 오랜만에 열렸다. 그간 연개소문이라는 절대 강자의 존재로 인해 여나마나했던 고구려 전국 무술대회였다. 하지만 연개소문이 변방의 임지로 떠나고 난 지금 절대강자가 없었다. 따라서 전국의 조의선인들과 일반 무사들이 우승을 차지할 수 있는 절호의 기회로 여기고 너도 나도 참가를 신청하여서 이번 대회에는 가장 많은 무려 15,800여명이 참가하였다.

무술 대회의 개최 방식은 지난 번 대회와 똑같았으므로 자세한 설명은 생략하기로 한다. 다만 최종 결승전에 나갈 수 있는 자들 10명의 이름을 밝히는 것으로 이 무술대회에 대한 상세한 이야기를 하고자 한다.

그 10명은 다음과 같았다.

우선 제1조의 양밀각(동예부)을 필두로 하여 제2조 조상경(부여선방), 제3조 선우일우(청려선방), 제4조 창모유(태백선방), 제5조 고필가(중부), 제6조 치차랄(거란부), 제7조 테무차(말갈부), 제8조 대한구(북부), 제9조 마서창(남부), 제10조 강상인(금강선방) 등이 각 조에서 최종 선발된 무사들이었다.

이번 대회에서 특이한 것은 조의선인들이 대거 참여하여 4명이나 결승전에 나가게 된 것이며, 또한 지난 번 대회 입상자들 4명이 다시 우승을 노리고 참여하여 다시 결승전에 나가게 되었다는 것이며, 5부중 중, 북, 남부에서 입상자를 내었다는 것이다.

이번 대회는 결승전에 나온 10명을 오늘날의 토너먼트 방식으로 싸워 최종 승자 2명이 결투하여 우승자를 가리는 방식이었다. 결국 갑 조의 다섯 명 중에서는 네 명을 물리친 양밀각이 최종 승자가 되었고, 을 조에서는 네 명을 물리친 선우일우가 최종 승자가 되었다.

연개소문이 없어서 쉽게 우승을 생각하였던 참가자들은 양밀각과 선우일우의 엄청난 무공에 벌린 입을 다물지 못하고 있었다. 또한 양밀각을 후원하는 태왕은 선우일우가 그처럼 엄청난 무공을 지니고 무술 대회에 등장할 줄을 예상치 못했다가 뒤통수를 한 대 얻어맞은 기분이었다. 그러나 태왕을 비롯한 백관들 중 온건파와 왕당 군사들은 양밀각의 무시무시한 검술의 경지를 눈앞에서 보고 경악하며 그의 우승을 확신하였다.

강경파들은 선우일우가 아버지인 선우려상의 뒤를 이어 다시 천부신검을 차지할 수 있기를 기대하면서 마지막 승부를 지켜보고 있었다. 두 사람이 태왕 앞에 서서 인사를 하자 양측을 각각 응원하는 박수 소리가 요란스럽게 대연무장에 울려 퍼졌다.

머리를 박박 깎고 하얀 두루마기를 입은 양밀각은 속으로 회심의 미소를 짓고 있었다. 자신의 결승 상대가 이제 갓 20을 넘은 새파란 애송이인 것을 알고서 그는 자신만만하게 생각했다. 드디어 자신이 고구려의 제1인자가 되어 천부신검을 차지한 후 태왕의 측근이 되어 천하에 군림하며 살 것을 생각하자 그는 그간 이역만리를 떠돌며 검술과 내공을 갈고 닦은 것이 크게 유효했다고 생각했다. 그는 빨리 비무를 끝내고 모든 영예를 독차지한 후 당분간 좀 편히 쉬면서 세상살이의 즐거움을 좀 맛보아야 하겠다고 생각했다.

한편 일우는 자신이 드디어 고구려 전국 무술대회의 결승에 올라 한 번만 더 승리하면 아버지의 유지를 잇게 될 것이 너무도 기뻤다. 전해들은 아버지의 학살 이야기는 나이가 들면 들수록 그의 뼛속 깊이까지 새겨졌다. 또한 그는 천부신검을 차지한 후 고구려를 지킬 생각을 하면서 가슴이 뿌듯했다.

이윽고 두 사람은 서로를 마주 보고 읍한 후 천천히 칼을 빼어들었다. 그들이 칼을 빼어들자 태왕을 비롯한 조정 측의 모든 참석자들과 청려선인을 비롯한 일우의 스승들 및 원로선인들과 각 선방의 조의선인들이 요란스럽게 박수갈채와 환호성을 보내고 있었다.

양밀각은 단 방에 끝낼 생각으로 바로 일휘철파검 제1초식을 구사하기 시작했다. 그가 칼을 하늘로 높이 쳐들고 회오리바람처럼 하늘로 5장 정도를 솟구쳤다. 그는 하늘 위에서 뱅글 뱅글 돌면서 일우를 향해 엄청난 속도로 날아왔다. 갑자기 그의 칼이 나선을 그리며 일우의 심장을 파고들었다. 너무도 짧은 순간이라 일우는 도저히 피할 겨를이 없었다.

순간 일우는 자신의 심장을 향해 쳐들어온 그의 검을 왼손 수도로 후려쳤다. 양밀각은 깜짝 놀랐다. 자신의 전 내공을 실어 시전한 검을 일우가 손으로 후려치자 그 엄청난 파괴력에 그는 너무 놀라 움찔하며 뒤로 물러섰다. 양밀각의 검은 즉각 두 동강이 났다. 일우의 손은 이미 철사장(鐵沙掌)의 수준을 넘어서 금강장(金剛掌)에 도달해 있었던 것이다.

양밀각은 첫 수가 실패하자 비로소 일우가 녹녹한 상대가 아님을 알아챘다. 그는 등에 찼던 새로운 검을 뽑아들고 온 내공을 집중하였다. 그리고 일휘철파검 제 2초식과 3초식을 연달아 구사하기 시작하였다.

그것은 검을 든 사람이 맹렬한 속도로 상대를 향해 날아가면서 주변에 엄청난 바람과 먼지를 일으키어 검이 어디서 날아오는지 모르게 만드는 것이 2초식이었다. 3초식은 검이 상대의 몸 근처에 왔을 때 닿는 부분들을 완전히 잘근잘근 부수어 그 상대를 완전히 파괴하기 시작하는 것이었다. 4초식은 검에다 자신의 모든 기를 보내어 그 검을 자기 뜻대로 조종하면서 원하는 상대의 공격 부위에 치명타를 가하는 것이었다. 5초식은 상대의 온 몸을 완전히 잘게 부수어 더 이상 그 존재가 유형으로 존재하지 못하게 만드는 것이었다.

양밀각이 제2초식을 구사하기 시작하자 검 주변에 온통 바람이 휘몰아치며 먼지가 하늘을 뿌옇게 가리었다. 그리고 그가 휘두르는 칼은 지금 어디로 가고 있는지 전혀 감을 잡을 수가 없었다. 일우는 양밀각의 검법이 생전 듣도 보도 못한 독랄한 검법임을 알고 몸서리쳤다.

그는 내공을 최대한 자신의 검으로 끌어올렸다. 그리고 검기를 사방으로 휘날려 먼지를 제거하려고 하였다. 그의 검기는 거의 활화산 수준이었는데 그 뜨겁게 달궈진 기운이 붉은 빛을 띠우고 있었다. 하지만 양밀각은 몸을 이리 저리 날리면서 일우를 공격하고 있었는데 이미 제 3초식을 구사하는 단계까지 와있었다.

일우는 도저히 양밀각의 날아다니면서 공격하는 검의 방향을 잡지 못했다. 정신이 매우 산만해지기 시작했다. 까딱 잘못하여 그의 칼이 몸을 스치기만 해도 그 부분이 절단이 나는 순간이었다.

일우는 하늘로 10장 정도를 날아올랐다. 그리고 온 내공을 다 실은 충일한 검기를 양밀각의 몸 위로 부채를 부치듯 날려 보냈다. 두 사람의 검술은 거의 어검술을 넘어섰는데 둘 다 당대 최고의 검객들로 불려도 손색이 없을 정도였다. 하지만 양밀각의 검은 독랄한 마성을 잔혹하게 드러내고 있었고, 일우의 검은 순일하고 맑은 인간 본성을 드러내고 있었다.

두 사람의 대결은 이미 100합을 넘어섰지만 도저히 결말이 나지를 않았다. 구경하는 관중들이나 두 사람과 깊은 관계가 있는 사람들이나 너무 조마조마하여 손에 땀을 쥐며 그들의 비무를 관람하고 있었다. 이미 비무는 한 시진을 넘어 가고 있었다. 모두가 두 사람 중 한 사람이라도 다치기를 원하지 않고 있었다.

그러나 승리는 단 한 사람만이 차지할 수 있는 법. 두 사람은 마지막 필살의 수를 준비하고 있었다. 양밀각은 자신의 일휘철파검 제 5식까지를 구사하였는데도 일우에게 안 먹혀들자 다른 검술을 구사할 마음을 먹었다. 그는 일우가 전혀 상대를 해보지 않았을 일도류의 검법을 구사하기로 마음먹었다. 이 검법은 상대를 단 한 방에 쓰러뜨려야 하는데 상대의 약점을 발견할 때까지 절대 그 자리에서 움직여서는 안 된다. 그리고 약점이 발견되는 그 찰나 단 한 번의 공격으로 상대를 쓰러뜨려야 한다. 그것이 일도류의 본질이었다.

양밀각은 검을 두 손으로 잡고 칼날을 아래로 향한 채 태산보다 더 장중하게 조용히 일우의 동작을 주시했다. 일우는 즉각 그것이 일도류의 검법임을 알아챘다. 그는 하늘로 몸을 날렸다. 그리고 유성호접의 검법으로 그의 목을 향해 검을 찔렀다. 순간 양밀각이 일우의 머리 부분에 약점이 있음을 발견하고 머리를 검으로 후려치는 찰나 일휘철파검으로 검법을 순식간에 전환했다. 그러나 일우의 몸은 이미 50장도 더 넘는 곳에 이미 날아가 있었다.

양밀각은 일도류도 실패하자 이번에는 소림사에서 배운 달마상여심검을 쓸 생각이었다. 이 검법은 보이는 것이 마음이니 검은 바로 보이는 상을 넘어선 상대의 마음을 공격하라는 달마대사의 가르침에 기초하고 있었다. 이 검법은 보이는 대상이 바로 마음이므로 자신의 검을 상대의 상과 나의 마음이 일치될 때 공격하는 것이다.

양밀각이 갑자기 검을 하늘로 향한 채 눈을 부릅뜨고 일우를 노려보았다. 일우의 상속에서 마음이 읽혀지는 부분을 집중적으로 파악하려고 마음을 조용하게 한 채 한 참 그를 노려보았다. 그는 순간 일우의 상속에서 마음을 읽었다. 바로 그를 향해 어검술을 쓰려고 하는 것을 알았다.

양밀각은 순간 검을 공중으로 집어 던지더니 극성의 내공을 실어 검이 일우를 향하여 공격하게 했다. 자신이 먼저 어검술을 구사한 것이었다. 일우는 자신을 향하여 날아오는 양밀각의 검을 자신의 검으로 역공격하였다.

곧 두 검끼리 공중에서 싸우게 되었고 두 사람 다 자신의 극성의 내공을 그 검에다 실어 보내고 있었다. 두 사람은 자신이 그간 연마한 온갖 내공을 검들에다 집중하여 상대를 공격하고 있었는데 시간이 흐르면 흐를수록 양밀각의 내공이 일우에 비해 딸려가고 있었다. 그러나 여기서 내공을 검에다 보내는 것을 중단하면 바로 상대의 검이 자신을 찔러 올 테니 중단을 할 수도 없었다.

양밀각은 부득이 천축의 바라문들한테 배운 마공을 써야 했다. 즉 마계의 신장(神將)들을 불러들여 자신의 몸에 그들의 마공을 주입받아야 했다. 그는 주문을 외우며 신장들을 불렀다. 잠시 뒤 마계의 신장들 둘이 양밀각에게 나타나 그의 명문혈로 60갑자[37] 이상의 내공을 주입하기 시작했다.

그러나 그 순간 양밀각의 머리와 눈썹 그리고 얼굴 등은 백발노인처럼 변해갔다. 순간 양밀각은 전공력을 검에다 실어 검을 자신의 손 안에 회수하면서 일우의 검은 역으로 일우를 공격하게 했다.

태왕을 비롯한 참석자들은 양밀각이 백발노인으로 변한 것을 보고 모두 졸도할 듯이 놀랐다. 청려선인 일행은 양밀각이 마계의 신장들을 불러들여 금방 전세가 역전되게 한 것을 영안으로 다 보고 있었다.

일우가 양밀각의 극성의 내공에 의한 어검술 공격으로 당장 검에 맞아죽을 위험에 처하자 청려선인은 일우를 막 찌르려고 하는 양밀각의 검을 극성의 내공을 발산하여 다른 방향으로 빗나가게 했다. 그리고 멀리 있는 신장들을 향해 엄청난 신력(神力)을 발산하자 신장들은 그때서야 멀리 신선들을 발견하고 기절할 듯이 놀라 마계로 사

---

37) 갑자는 60갑자 중 첫째이므로 60년을 말한다. 따라서 60갑자는 3,600년을 말한다.

라졌다.

신장들이 졸지에 사라지자 양밀각은 더 이상 견디지 못하고 그 자리에 썩은 수수깡 모양 픽 쓰러졌다. 마공을 추구한 사악한 무술인의 비참한 최후였다. 일우는 그를 일으키려고 했지만 이미 내공이 다 소진하여 주화입마된 양밀각은 더 이상 일어나지를 못했다.

태왕과 온건파들은 너무도 놀라운 사건에 충격을 받아 입을 열지 못했다. 어떻게 사람이 저렇게 순간에 백발노인이 될 수 있으며 또 주화입마되어 허망하게 쓰러질 수 있나 생각하니 참 알 수 없는 수수께끼였다.

여하튼 오늘의 무술대회 최종 우승자는 선우일우가 되었다. 영류 태왕은 마음속으로는 도무지 믿고 싶지도 않고 또 믿기도 싫은 일이 오늘 일어난 것에 또한 큰 충격을 받았다. 그는 자신이 학살한 선우 려상의 아들 선우일우가 다시 대고구려 제국 무술대회에서 우승하고 천부신검을 차지하기 위하여 천하비무를 떠난다는 것을 공포할 수밖에 없는 자신의 운명이 한스러웠다. 또 그가 천부신검을 차지하면 자신의 최측근 무사가 되어 자신을 보호한다고 생각하니 끔찍했다.

드디어 일우는 태왕으로부터 당당한 고구려 왕당 대형의 직위를 제수 받았고 이후 왕실측, 군부측, 청려선방측 3인의 인증자와 함께 천하 비무를 하기 위하여 주유의 길을 떠나게 되었다.

그날 밤 청려선방은 큰 축제가 벌어졌다. 그들은 머나먼 수만리의 길을 떠나는 일우를 수일 내에 환송하기 위하여 모두들 일우에게 몰려들었다.

일우는 먼저 환웅 사당에 가서 삼신과 환웅을 비롯한 조상신들에게 삼고구배하면서 자신의 무술대회 우승 사실을 고했다. 그리고 그간 자신을 13년간 길러주신 청려선인과 용명, 정고 등 9인의 직계 스승과 30대 방계 스승 및 친누이처럼 자신을 길러준 아리에게 큰 절로 감사의 인사를 했다. 이제 수일 만 이곳에 더 묵으면 자신은 정 든 이곳을 떠나 넓은 천하를 향하여 나가야 한다.

이제 앞으로 얼마나 많은 고수들을 만나야할지 그는 몰랐다. 그 리고 세상에 얼마나 많은 무서운 일들이 숨어 있는지 그는 알 수 없 었다.

다만, 이제 자신은 대고구려를 대표하는 무사로서 아버지가 걸었 던 길, 즉 천부신검을 소유하고 고구려의 정통성을 지키며 고구려의 모든 무인들의 지도자가 되는 길을 가야 한다. 그 길이 얼마나 험한 지 모른다. 그러나 그는 그 길을 가야하는 것이 자신의 운명이라고 여겼다.

하지만 그는 마음속에 한 사람을 품고 그를 사모하며 그의 길을 도우며 고구려를 지켜가야 한다는 자신의 운명을 이미 깨닫고 있었 다.

제14장　천하 비무를 떠나다

때는 고구려 27대 임금 영류태왕 14년(서기 631년) 음력 10월 말. 장소는 고구려 도성인 장안성(평양) 안학궁 정전.

영류태왕과 태왕후가 정전의 북쪽 끝 정 가운데 있는 용상에 앉아 있었다. 영류태왕 앞에는 선우일우가 무릎을 꿇고 앉아 있었으며 그 뒤에는 세 사람이 역시 무릎을 꿇고 앉아 있었다. 만조백관들은 그들 뒤에 모두 도열해 있었다. 지금 천하 비무를 떠나는 선우일우 일행에 대해 고구려 태왕으로서 마지막 인증 허가 절차를 진행하는 중이었다. 영류태왕인 건무가 천천히 입을 열었다.

"짐은 오늘 선우일우에 대해 천부신검을 소유할 수 있는 적격자로서 추천한 삼군대장군 사영건의 청을 허가하노라. 또한 왕실 측 인증자로서 중부대사자 고천파를, 그리고 군부 측 인증자로서 왕당 말객 유가휘를, 또한 선우일우를 배출한 청려선방 측 인증자로서 두건규 등 세 사람을 허가하노라. 이후 선우일우는 짐이 발행한 도첩(=지금의 여권)을 간직하고 백제, 신라, 왜, 당, 토번, 돌궐, 천축 등의 모든 나라를 주유하며 3인의 인증자가 합의해서 지정한 당대 최고수들과 정정당당하게 비무를 하라. 항상 고구려 제일 무사로서의 긍지를 지킬 것이며 어떠한 경우에도 나라와 왕실에 욕되는 행실을 하지 않기를 바라노라. 또한 인증자 세 사람은 아무리 어려운 경우에 처했어도 당당하게 비무를 주관하고 가장 공명정대한 결과를 수용하라. 매 비무의 결과는 즉각 짐에게 보고할 것이며 이 비무를 통하여 자랑스러운 대고구려의 기상이 온 천하에 떨치게 하라. 필요한 모든 비용은 나라에서 지급할 것이로되 백성의 혈세이니만치 근검절약하라. 비무의 기한은 10년이니 이 기간 동안은 중도에 포기하거나 비무에서 패배하지 않는 이상 국내로 돌아오지 말라. 짐은 그대들이 오늘 이후 고구려 역사에 기록될 더욱 찬연한 업적을 남기고 대고구려 무사의 기상을 온 천하에 떨칠 것을 기대하니 분발 정진하라."

엄숙하고도 정연한 태왕의 말에 네 사람은 모두 이구동성으로 복창했다.

"성은이 망극하옵니다. 이번 천하 비무를 통해 대고구려의 기상을 천하에 떨치겠나이다."

네 사람은 모두 자리에서 일어나 태왕에게 삼고구배를 했다. 그런 후 뒤돌아서서 만조백관들에게 큰 절을 한 번 하였고 백관들은 그들에게 모두 허리를 숙여 읍했다.

천하 비무! 천부신검! 대고구려의 기상!

이 얼마나 오랜만에 듣는 말들인가? 태왕과 만조백관들은 강온파를 불문하고 가슴이 뜨거워지는 것을 느꼈다. 이제 저들은 고구려의 웅지를 펴기 위하여 드넓은 천하로 비무를 떠난다. 누구도 그 장래는 예측할 수 없다. 다만 그들이 펼쳐대는 그 흥미진진한 비무 이야기는 모든 고구려 백성들 특히 한참 자라나는 젊은이들에게 웅지를 뜨겁게 품게 할 것이 틀림없다.

하지만 그들을 보내는 태왕 건무는 마음속에 온갖 갈등을 다 겪고 있었다. 사실 그는 이런 날이 오리라고는 도저히 상상도 하지 못했던 것이다.

자기 아버지를 쳐 죽인 나를 과연 그 아들이 천부신검을 다시 차지한 후 가만히 있을 것인가? 그가 졸지에 자객으로 변해 나를 죽이려고 대드는 것은 아닌가? 제발 그가 비무 중에 죽어버렸으면 얼마나 좋을까? 아니다. 그는 결코 쉽게 죽을 자가 아니다. 그 얼마나 지독한 시련을 뚫고 그가 고구려 무술 대회에서 우승했겠는가? 차라리 그를 쥐도 새도 모르게 죽여 버리는 것이 내 장래를 위해 바람직할 것이다. 그 또한 제 아비를 닮아 대당 강경파의 지도자가 될 것은 뻔한 일. 아마도 연개소문이와 형제 같은 사이로 지낸다니 둘이는 아마도 나에게 가장 큰 적이 될 것이다. 그렇다. 그를 무슨 수를 써서라도 척살하자. 그것이 그의 운명이고 또한 나의 운명이다.

한편 자신의 불구대천지 원수인 건무에게 천하 비무의 인증 허가 절차를 받으며 일우는 속으로 온갖 상념에 잠겨 있었다. 죽은 아버지의 비참한 학살을 생각하면 당장이라도 그를 쳐 죽이고 싶었다. 그러나 그는 지금 자신의 생사여탈권을 쥐고 있는 군주이고 대고구려를 대표하는 자이다. 그를 죽인다는 것은 개인적으로는 원수를 갚는 길이지만 그것은 또한 공적으로는 아무런 명분이 없다.

일우는 용명, 정고를 비롯한 9명의 스승들과 큰 스승인 청려선인으로부터 귀가 따갑도록 개인적인 원한을 품어서는 안 된다는 소리를 들어왔다. 죽은 아버지가 흘린 피의 대가는 반드시 하늘이 갚으실 터이니 너는 오직 대고구려의 정통성을 지키는 천하제일의 무사가 되라는 것이 그들의 가르침이었다.

일우는 고구려 전국 무술 대회에서 우승할 때까지 건무에 대한 개인적인 갈등을 무조건 억누르고 천하를 생각하기로 마음먹었다. 그리하여 그에 대한 증오가 뱀 대가리처럼 발딱 발딱 솟구칠 때마다 스승들의 가르침을 머리에 떠올리며 참고 또 참아왔다. 그러나 오늘 대고구려를 대표하는 태왕으로서 자신의 천하 비무를 대범하게 허가하는 건무를 바라보며 그는 아직은 복수보다는 어쩔 수 없이 복종을 해야 한다고 생각하고 개인적인 감정을 억누르고 있었다.

그날 궁궐에서 나온 세 사람은 우선 북부대인 사영건이 그의 사저에서 주최하는 환송연에 참석했다. 사영건은 일우와 인증단 세 사람을 바라보며 매우 흐뭇한 표정이었다. 그는 자신의 오랜 친구이기도 했던 선우려상의 모습을 일우에게서 보며 한편으로는 가슴이 쓰리고 또 한편으로는 매우 흐뭇한 심정이었다.

"이제 도성을 떠나면 어디로 제일 먼저 갈 예정인가?"

사영건이 일우에게 이렇게 묻자 일우는 인증단 대표인 중부대사자 고천파를 바라보았다. 고천파는 나이가 약 31세 쯤 되었고 키는 중키에 몸매는 약간 비만하여 전혀 무공은 갖추지 않은 평범한 학자처럼 보였다. 현 태왕 건무와는 삼종지간(8촌)으로서 서로 자주 왕래할 만큼 가까운 사이는 아니었다. 그는 결결한 목소리로 사영건에게 대답했다.

"아무래도 우리와 가장 가까운 나라는 백제이니 그리로 먼저 가서 당대 백제의 최고 무사라는 계백과 겨루어야 하겠지요. 하지만 백제왕을 만나서 그들이 자랑하는 검법의 대가들을 추천받은 후 그들과 비무를 하는 것도 한 방법이 될 것입니다. 또 백제의 전국 무술대회에서 우승한 자와 비무를 시키는 것도 그 방법이 될 것입니다. 하지만 아직 인증단이 합의한 것은 없고 단순히 먼저 백제로 간다는 것만 합의되었습니다."

"으음, 계백이라. 그의 무공은 어느 정도라 합디까?"

사영건이 다시 고천파에게 물었다. 그러나 고천파는 아무런 정보도 없는 듯 묵묵부답이었고 군부 측 인증인인 왕당 말객 유가휘가 대신 대답했다.

유가휘는 나이가 29세 쯤 되었고 6척이 조금 넘는 키에 몸매는 후리후리했다. 얼굴은 이목구비가 뚜렷하며 매우 서글서글한 인상이었다. 무공은 5만 왕당(王幢) 군사들 중에서 가장 높았으며 특히 수박과 택견 및 검술에 능했다.

"당대에 그를 당할 수 있는 무사는 천하에 아마 없을 것이라고 하더군요. 저희 왕당 측에서 파악한 정보로는 계백은 모든 무공에 능통한데 가장 잘 쓰는 것은 봉황언월도라 합니다. 장래 백제를 지킬 수 있는 인물은 그라고 합니다."

유가휘가 이렇게 말하자 사영건은 일우의 첫 상대가 만만치 않아서 첫 비무 부터 어려운 시련이 될 것 같은 느낌이 들었다. 그러자 그는 마음 한 구석에서 일우에 대한 일말의 동정심이 들었다.

"그래, 선우 대형38)은 서전을 어떻게 싸울 것인가? 그리고 낭보

---

38) 일우의 공식 직급이 왕당 대형이고, 그의 성이 선우이니 이렇게 부른 것이다.

를 들려줄 확신은 있는가?"

"계백 장군은 백제를 대표하는 무사이니 제가 정중하게 비무를 신청하고 최선을 다해 당당하게 싸우겠습니다. 서전부터 낭보를 전하지 못한다면 바로 귀국해야 하니 어찌 먼 길을 떠난 보람이 있겠습니까? 심려마십시오."

일우가 나지막하지만 확신에 찬 음성으로 말하자 사영건은 매우 흐뭇했다. 그는 자신이 소장한 칼 중에서 가장 고귀한 칼인 정무검(精武劍)을 일우에게 선사했다. 그리고 선친의 뒤를 이어 반드시 천부신검의 주인공이 되라고 격려했다.

그날 세 사람을 환송하러 사영건의 집에 온 사람은 무려 500여 명을 헤아렸다. 그들은 용명, 정고를 비롯한 청려선방 30대 제자들과 전국 조의선인방의 청년 대표들 150여명 그리고 연정토를 비롯한 동부 귀족들 20여명 및 주로 강경파 문무백관들이었다.

그날 미시(오후 3시)경 도성에서의 모든 환송 일정을 마친 네 사람은 각자 말 등에 올라탄 후 백제의 변경을 향하여 천천히 나아갔다. 그들이 말을 타고 달린 지 약 3시진이 지나자 어둠이 지배하는 밤이 다가왔다. 그들은 내미홀(內未忽)39)부근에서 부득이 일박을 해야 했다.

네 사람은 내미홀에서 가장 큰 내미홀 여각을 찾아갔다. 여각은 객실이 스무 개나 넘을 정도로 컸는데 웬 일인지 손님들의 거의 없어 텅텅 비다시피 하였다. 네 사람이 말을 하인에게 맡기고 방으로

---

39) 지금의 황해도 해주.

들어가는데 건너 편 방에 앉아 있던 웬 험상궂은 자들 네다섯 명이 그들을 위 아래로 훑어보았다.

일우 일행은 못 본 척하고 하인이 안내하는 방으로 들어갔다. 방은 10명이 들어갈 만큼 널찍했는데 온돌 시설이 형편없어 방이 매우 추웠다. 짜증이 난 고천파가 큰 소리로 주인을 불렀다. 그러자 곧 얼굴에 마마자국이 있는 40대 중반의 여각 주인이 나타났다.

"손님들, 부르셨습니까?"

"이봐, 주인장! 방이 이리 추워서 어찌 잠이 오겠나. 방을 바꾸어 주든지 아니면 빨리 구들장을 후끈후끈하도록 불을 좀 때우게."

"아이고 손님들 정말 죄송합니다요. 하지만 지금 나라살림이 말도 아니라 저희들도 정말이지 죽을 맛입니다요. 잘해드리고 싶어도 잘해 드릴 땔감이 없습니다요."

주인은 징징대듯이 말했다. 네 사람은 기가 막혔다. 유가휘가 인상을 쓰며 그에게 사납게 말했다.

"땔감이 없다니 무슨 말이요. 이 고구려 산속에 나무들이 지천으로 자라고 있는데 그 무슨 해괴한 소리요? 괜히 핑계대지 말고 빨리 불을 때시오."

"손님들 죄송하지만 다른 여각으로 가보시지요. 지금 고구려에는 젊은이들은 모두 군역으로, 또 천리장성 노역으로 끌려가고 마을을 지킬 젊은이들이 하나도 남아있지 않습니다요. 그러니 누가 산속으로 가서 땔감을 해다 팔겠습니까요. 오해들 하지 마시고 추워도 좀 참고 계시던지 아니면 다른 데로 가보시지요."

네 사람은 어이가 없었다. 고구려의 상황이 이 정도란 말인가?

새 태왕이 들어선 뒤 나라 살림이 날이 갈수록 윤택해진다는 조정의 선전도 다 거짓말이란 말인가? 네 사람은 할 수 없이 그날 밤을 그 여각에서 추위를 참으며 견뎌야 했다.

그런데 추위에 떨던 그들이 깊이 잠이 들기 시작한 축시 경(밤2시경) 검은 복면에 장검을 든 괴한들 20명이 그 여각 앞마당으로 몰려왔다. 그리고는 일우 일행이 자고 있는 방을 향하여 불화살을 삽시간에 수십 발을 쏘았다.

그때 일우 일행은 잠이 막 들려고 하다가 활시위 소리에 잠을 깨어 벽 쪽에 모두 몸을 바싹 붙이고 있었다. 방에는 온통 불이 붙어 활활 타기 시작했다. 네 사람은 칼을 빼어들고 동시에 불타고 있는 방문을 걷어차고 나가기로 했다.

그들은 하나 둘 하면서 바로 방문을 걷어차고 여각 마당으로 뛰쳐나갔다. 화살이 그들을 향해 빗발치듯이 날아왔다. 그들은 장검을 휘둘러 화살들을 막아내면서 20명의 검은 복면인들과 마주쳤다. 곧 그들은 서로 엉켜 싸우기 시작했다. 그러나 분노한 4인이 휘둘러대는 칼은 너무도 무서웠다.

한 식경도 채 되지 않아 그 검은 복면인들 20명은 모두 네 사람에게 심한 부상들을 입고 모두 사로잡히고 말았다. 일우 일행은 그들을 포승줄로 묶은 후 여각 마당에 무릎을 꿇렸다. 그리고 여각에 번져가는 불을 먼저 끄기 시작했다. 다행히 일우 일행이 들어있던 방만 전소되고 난 후 불은 진압되었다.

"너희들은 강도들이냐? 산적들이냐? 대체 이 분이 누구인지 알고 이런 끔찍한 짓을 저지른 것이냐?"

고천파가 검은 복면인들의 복면을 하나씩 벗기면서 이렇게 물었다. 여각 주인을 비롯하여 하인들과 아까 건너 방에 있던 인상이 험악하던 자들 그리고 낯선 자들이었다.

"아이고, 죽을죄를 저질렀습니다요. 목숨만 살려주시면 하라는 대로 다 하겠습니다요. 제발 살려주십시오."

여각 주인이 머리를 땅에 조아리며 울부짖듯 말했다.

"무슨 일로 우리를 죽이려고 했느냐? 똑바로 말을 하지 않으면 이 자리에서 바로 처단하겠다."

그동안 거의 아무 말이 없었던 청려선방 측 인증자인 두건규가 몹시 화가 나서 말했다.

"저희들은 그저 나리들이 돈이 많아보여서 모두 죽이고 돈을 빼앗으려고 했습니다요. 잘못했으니 그저 목숨만 살려주시면 그 크신 은혜를 결코 잊지 않겠습니다요."

여각주인이 이렇게 통사정을 하자 일우는 그들이 너무 가여웠다. 얼마나 먹고 살기가 힘들었으면 살인 강도질을 하려고 하였을까 생각하니 참 그들이 안 되었다. 그는 인증자 대표인 고천파를 향해 나지막한 음성으로 말했다.

"고 대사자님! 이들이 참 딱합니다. 먹고 살기 위해 저지른 일인 듯 하니 그냥 살려줍시다. 이들을 처벌해보았자 무슨 소용이 있겠습니까?"

"참으로 선우대형은 인자하시네. 하지만 우리가 가고 난 뒤에 또 다른 손님들에게 강도짓을 할 게 아닌가?"

고천파가 빈정거리는 목소리로 이렇게 말했다. 그러자 잡혀 있는 자들이 모두 그들에게 큰 절을 하며 '살려주시면 그 은혜 잊지 않겠다'고 복창을 하였다. 그때였다. 두건규가 그들에게 매섭게 질책하듯이 물었다.

"너희들 모두 왕궁 소속 왕당 군사들이지?"

"네에? 아닙니다요. 절대 아닙니다요. 저희들은 그저 이곳에서 여각이나 해먹으며 사는 사람들이고 이 사람들은 모두 저희 마을 사람들인데 도무지 살 수가 없어 이렇게 손님들을 괴롭혔습니다요. 제발 목숨만 살려주십시오."

여각 주인이 두건규의 말에 펄쩍 뛰며 강하게 부인했다. 두건규는 그들을 노려보더니 유가휘 쪽으로 고개를 돌리며 그에게 나지막하게 물었다.

"오, 참, 유 말객께서는 왕당 소속이니 잘 아시겠구료. 왕당 군사들의 칼에는 고구려 왕실을 상징하는 무궁화 무늬가 칼자루에 그려져 있다는데 이 자들의 칼을 보면 유 말객께서는 금방 아시겠구려. 그렇지 않소?"

"에이, 그렇다 해도 이 자들이 정말 왕당 소속이라면 그런 칼을 가지고 왔겠소?"

유가휘가 이렇게 말하며 그 자들에게서 이미 **빼앗은** 칼들을 호롱불에 비추어보았다. 그러나 그들의 칼들에는 아무런 무늬가 없는 평범한 칼들이었다. 하지만 그도 이 자들이 분명히 왕당 군사들로서 일우를 노리고 미리 이 여각에서 잠복하고 있었다는 의심을 떨쳐버릴 수가 없었다.

결국 일우 일행은 그 자들을 모두 포승줄로 묶어 여각 후미진

곳에 있는 창고에 가두었다. 그리고 주인의 방에서 해가 밝아올 때까지 늘어지게 한 잠을 잤다.

잠에서 제일 먼저 깨어난 유가휘가 강도들을 가둔 창고에가 보았더니 모두가 깨끗이 사라지고 한 사람도 그곳에 남아 있는 자가 없었다.

그들이 그날 조반을 근처 주막에서 먹기 위해 모두 모였을 때 유가휘는 어제 밤 강도 일행이 모두 간밤에 달아났다고 말하였다. 그러나 모두는 별로 놀라는 기색도 없이 그러냐고 하면서 별로 관심을 보이지 않았다.

그들은 조반을 매우 풍족하게 잘 먹은 후 백제의 도성인 사비성(=부여)으로 가기 위해 바닷가로 나갔다. 이미 아리수(=한강)유역은 신라가 장악하고 있어서 그들이 고구려와 적대 관계인 신라의 변경을 육로로 넘어 백제로 가기에는 불가능했기 때문이었다.

바닷가에는 마침 백제로 떠나는 무역선이 있었다. 그 배는 큰 범선인데 사람들을 100여명 이상을 실을 수 있었고 짐은 수천 관(貫)[40]을 실을 수 있을 정도였다. 포구에는 떠나는 사람들, 보내는 사람들 수백 명이 모여서 시장터처럼 몹시도 소란스러웠다. 배 앞에는 배에 올라타는 사람들의 신분을 검사하는 수군들 네 명이 두 줄로 서서 모든 선객들의 신원과 물품들을 일일이 검사하고 있었다. 네 사람은 그 수군들에게 태왕의 도첩을 보여주고 그 배에 올라탈 수 있었다.

배에는 고구려에서 백제로 물건을 팔러 떠나는 상인들과 백제로

---

40) 한 관은 약 3.75kg에 해당한다.

기술을 배우기 위하여 유학을 가있는 학생들, 고구려로 무공과 학문들을 배우기 위하여 왔다가 백제로 귀국하는 사람들, 그리고 양쪽 나라의 사절들 등으로 배안이 거의 꽉 차있었다. 네 사람이 말과 함께 배에 오르자 모든 사람들이 그들을 보고 신기한 듯이 쑥덕거리기 시작했다.

그들 네 사람이 배에 올라타자 포구에 묶어놓았던 배의 닻줄을 풀고 배는 출항준비에 들어갔다. 배가 천천히 움직이기 시작하자 황해바다의 검푸른 파도가 넘실거리고 있었다. 백제로 갈 사람들이 모두 배에 올라타자 포구에 묶어놓았던 배의 닻줄을 풀고 배는 출항준비에 들어갔기 시작했다. 선객들은 점점 멀어지는 육지를 바라보며 가족들 및 친지들에게 손을 흔들고 있었다. 또 상당수는 멀리 바다의 갈매기들을 바라보기도 하고 혼자서 상념에 잠겨 침묵을 지키는 자도 있었다.

배가 포구를 완전히 떠나 바다 한 가운데로 들어서자 선객들은 방금 떠나온 육지가 마치 수만리나 떨어져 있는 듯한 기분을 느꼈다. 그리고 대단히 무료해지기 시작했다. 그때 그들 중에 호기심이 매우 많은 듯한 10대 후반의 한 젊은이가 일우 일행들에게 물었다.

"이 분이 이번 고구려 전국 무술 대회에서 우승한 선우일우씨 맞죠? 나도 그 대회에 가 보았는데 정말 대단하시더군요. 그렇게 무공을 잘 하려면 어떻게 배워야 하나요?"

일우는 그를 바라보며 빙긋이 웃었다. 자신이 이미 고구려 전국에 유명한 사람이 되어 있다는 것이 쑥스럽기도 했고 한편은 신기하기도 했다.

"그저 연습을 열심히 하는 길 밖에는 다른 방법이 없어요."

그가 웃으며 이렇게 말하자 그 젊은이는 일우에게 다가와서 손을 좀 만져볼 수 없겠냐고 사정조로 말하였다. 그러자 일우는 그에게 그러라고 고개를 끄덕거렸다. 그 젊은이는 일우에게 다가오더니 신기한 듯 일우의 오른 손을 이리 저리 만져보았다.

"별로 우리와 다를 데도 없는 이 손을 가지고 어떻게 그 무시무시한 칼을 한 방에 잘라버릴 수가 있었지요? 도무지 이해가 안 가는데요."

그의 이 말에 네 사람은 모두 웃음을 터뜨렸다. 그러자 일우의 주위로 모든 선객들이 모여들었다. 그들은 그리 키도 크지 않고 몸매도 우람하지도 않으며, 얼굴은 마치 태학(太學)⁴¹⁾에서 공부하는 샌님같이 곱상한 일우가 그 무시무시한 무사들을 모두 물리치고 무술대회에서 우승한 사람이라는 말에 매우 신기해하였다. 그들은 일우에게 이것저것 캐묻더니 한 수 보여줄 수 없겠냐고 통사정을 하였다.

일우는 어떻게 하면 좋겠냐고 묻듯이 고천파를 바라보았다. 고천파는 껄껄 웃더니 한 마디를 내질렀다.

"콱 그냥 기절들 하게 한 수 보여주시게."

그러자 선객들은 모두 박수를 치며 일우에게 한 수를 보여 달라고 통사정을 하였다.

"그럼 한 수만 딱 보여드릴 테니 자꾸 부탁하시면 안 됩니다. 아시겠죠?"

---

41) 고구려의 최고급 교육기관인데 그 아래가 경당이다.

일우는 웃으면서 이렇게 말했다. 그리고 그는 무어 마땅한 게 없나 하고 주위를 둘러보았다. 마침 배에 있는 짐들을 눌러놓는 큰 차돌멩이를 발견했다. 그는 그것을 한 손으로 들고 눈을 감은 채 무슨 주문을 외우듯 중얼거렸다. 모든 사람들의 이목이 일우에게 뜨겁게 집중되고 있었다.

일우는 갑자기 오른 손 검지 하나로 그 차돌멩이를 가볍게 쳤다. 그러자 그 차돌멩이가 바로 반쪽으로 갈라지는 것이 아닌가? 선객들은 너무도 신기한지 한참이나 말을 못하고 멍하니 있다가 아까 그 10대 젊은이가 박수를 치기 시작하니까 바로 그를 따라서 요란스럽게 박수를 치기 시작했다.

그러자 그들은 이번에는 더 좋은 묘기를 보여 달라고 더욱 큰소리로 통사정을 해대기 시작했다. 그러자 일우는 할 수 없이 두건규에게 부탁을 했다. 이제 자신에게만 집중되는 이목을 분산해야 하기 때문이었다.

"여기 계시는 분이 제 사형이신데 저 보다 훨씬 무공이 높은 분이니까 진짜 이 분에게 한 수 보여 달라고 하십시오. 저는 이 분에 비하면 아직 멀었습니다."

일우가 이렇게 말하자 모든 사람들의 시선이 두건규에게로 향하였다. 그는 일우가 자신을 높여주는 말에 은근히 기분이 좋았다. 자신보다 많이 어린 일우지만 그가 은근히 자신을 무시하지 않나 걱정하고 있던 터였다.

"괜히 사제가 나를 추어주느라고 한 마디 한 소리이고 사제가 부탁을 해서 그저 한 수를 보여드릴 테니 제발 더 이상 부탁을 하지

마십시오. 왜냐면 무공은 묘기가 아니고 생명을 다루는 것이기 때문입니다."

그가 이렇게 말하자 모두들 고개를 끄덕거렸다. 그는 무엇을 보여줄까 하고 잠시 생각하다가 하늘 위를 유유히 날고 있는 갈매기들을 보았다.

옳지, 저 갈매기들을 잡는 묘기를 보여주자.

"여러분, 저기 하늘에 날아다니는 갈매기들이 보이시죠. 그 중에 몇 마리나 잡아드릴까요?"

두건규가 이렇게 말하자 어떤 중년의 남자가 소리를 버럭 질렀다.

"여보 무사나리, 아니 그 하늘에 날아다니는 갈매기들을 무슨 수로 잡는단 말이오. 고추모 성제께서 살아오셔도 그건 아예 불가능한 일이오. 괜히 장난하지 마시오."

두건규는 웃으며 하늘을 향해 팔을 벌리고 주문을 외우기 시작했다. 기투취물법(氣投取物法)을 쓰려고 하는 것이다. 이것은 자신의 기를 물체에 발사하여 그 물체가 자신의 의도대로 이끌려오는 일종의 심물일체공(心物一體功)이다. 그가 주문을 외우자 하늘의 갈매기들 열댓 마리가 우수수 낙엽 떨어지듯이 배위에 떨어졌다.

그러자 선객들은 이번에는 더욱 놀라 할 말을 잊고 멍하니 있었다. 세상에 이런 고수가 있다니 하고 생각하며 그들은 두건규에게 몰려들어 그런 비법을 배울 수 있겠냐고 묻기에 여념이 없었다. 일우는 미소를 머금으며 두건규를 흐뭇하게 바라보았다.

제15장   백제에서 일우 일행이 연금되다

그들이 이런 저런 이야기를 하며 3시진 정도를 보내었을 때 배는 어느덧 백제의 도성인 사비성에 가까운 사비나루에 도착했다. 그당시 백제는 전왕(前王)인 성왕 때 이미 나라 이름을 남부여(南夫餘)라고 고쳤던 바 있으나 현 무왕 때 다시 백제로 바꾼 바 있었다. 성왕은 수도를 웅진성(=지금의 공주)으로부터 사비(=지금의 부여)로 천도한 바 있었다.

현재 왕은 서동요의 전설로 유명한 무왕이었는데 그는 매우 영명한 군주로 알려져 있었다. 하지만 그는 이미 고구려와는 척진 적도 있었다. 그 이유는 그가 예전에 수나라에게 고구려를 쳐달라고 호소하는 바람에 고구려가 그 사실을 알고 그들을 한 번 침공하여 혼을 내 준 적이 있었기 때문이다.

배가 사비나루에 도착했을 때 네 사람이 말들을 데리고 배에서 내리자마자 백제의 군사들에게 검문을 당하였다. 나이가 제일 많은 군사 하나가 그들에게 엄숙한 얼굴로 물었다.

"형씨들은 어디서 오셔서 어디로 가는 길이우?"

그러자 일우가 그에게 영류태왕의 도첩을 보여주며 겸손하게 말했다.

"우리들은 고구려에서 온 무사들로서 귀국의 제일 무사들과 천하제일을 겨루는 비무를 왔습니다."

"비무를 왔다고라? 허, 고구려 사람들은 참 담도 큰 가베. 우리 백제에는 천하제일의 고수인 계백이라는 이가 있어 그 누구도 그를 이길 수 없을 것이구만 잉. 허참, 무슨 배짱으로 비무를 한다고 그 먼 길을 오셨댜. 그리고 댁들은 왕궁으로 가서 우리 임금님을 먼저 뵙고 인사하여야 쓰것쑤. 지금 왕궁에서 우리 임금님이 댁들을 기다리고 계신당께."

그가 이렇게 말하면서 주변 군사들에게 눈짓을 하자 갑자기 *삑!* 하는 호각 소리가 나더니 인근에 있던 백제 군사들 수십 명이 몰려나와 그들을 에워쌌다. 그들은 순간 갑자기 당한 일에 어찌할 바를 몰라 망설이고 있는데 그 중에 책임자인 듯한 자가 그들 앞에 나섰다.

"우리는 댁들을 보호해서 왕궁까지 모셔오라는 우리 폐하의 명령을 받았지라우. 괜스리 여기서 한바탕 붙을 것이 아니라 아무 부담 갖지 마시고 우리와 함께 싸게 왕궁으로 갑시다. 여봐라, 길들을 안내하여 이 분들을 왕궁까지 잘 모셔부려라, 알것냐?"

그러자 약 50명의 군사들이 네 사람을 포위하고 사열 종대로 행군을 시작하였다. 맨 앞에 선 군사들이 대저(大箸)와 호각을 요란하게 불며 행진했다. 뒤에 있는 군사들은 대백제(大百濟) 위사부의 깃발과 '歡迎高句麗第一武士訪問'(환영 고구려 제일 무사 방문)이라는 방을 높이 든 채 *물렀거라!* 를 외치며 당당하게 왕궁을 향하여 행진했다.

네 사람은 마상에 높이 앉아 황당한 심정으로 그들에게 인도되어 길을 가고 있었다. 길거리에서는 수많은 사람들이 몰려나와 네 사람을 바라보며 신기한 듯 쑥덕대고 있었다. 네 사람은 고구려 도성인 장안성 만큼이나 큰 사비성의 길을 걸으며 좌우에 화려한 집들을 바라보았다. 모든 집이 전부 백와(白瓦)와 백토로 만든 집들이었는데 그 우아함과 세련됨이 자신들의 나라인 고구려의 질박하고 웅장한 집들보다 훨씬 보기에 좋았다.

　이윽고 그들이 왕궁에 도착하자 정전 앞마당 까지 이르는 길에 수많은 군사들이 장창과 장검 및 활을 들고 도열해 있었다. 그들은 분위기가 매우 살벌하여 아무래도 기분이 좋지 않았다. 분명히 무슨 불길한 일이 일어날 듯한 예감이 들었다.

　그들이 정전 앞마당에 서자 약 1,000여명의 중무장한 군사들이 순식간에 그들을 첩첩이 에워쌌다. 그러자 잠시 뒤에 "대왕 폐하 납시오" 하는 외침 소리와 함께 백제왕 부여장(무왕)이 정전 정 가운데에 옥좌 위에 높이 앉고 좌우에 문무백관이 도열했다. 그는 나이가 무척 많아 보였는데 아직도 정정하였다. 그가 웅장한 목소리로 그들에게 외치듯이 물었다.

　"너희들은 무슨 연유로 우리 백제 땅을 밟았느냐?"

　그러자 인증단 대표인 고천파가 뻣뻣한 자세로 읍도 하지 않고 큰 목소리로 대답하였다.

　"우리들은 우리 고구려 태왕의 도첩을 가지고 귀국의 제일 무사들과 천하제일 자리를 놓고 비무를 하기 위하여 왔소이다."

　그러자 무왕이 그의 뻣뻣한 태도에 몹시 화가 난 듯 외쳤다.

"네가 감히 짐 앞에서 삼고구배도 하지 아니하고 그리도 **뻣뻣한** 자세로 시건방을 떨 수 있단 말이냐? 여봐라, 저 자의 무릎을 몽둥이로 매우 쳐서 무릎을 꿇리도록 하라."

"핫핫, 어찌 상국의 사절로 온 자가 소국의 제후에게 무릎을 꿇을 수 있겠소 나를 마음대로 치셔도 좋소만 이 사실을 내가 반드시 우리 태왕에게 고하리라. 그러니 마음대로 하시오."

고천파는 무엇을 믿고 그러는지 더욱 강경한 자세로 나아가고 있었다. 세 사람은 그의 말이 떨어질 때마다 불안해져 점점 좌불안석이 되어 갔다. 아니나 다를까 무왕은 몹시도 격노한 듯 비무고 뭐고 그들을 당장 응징할 결심을 한 것 같았다.

"여봐라, 저 시건방진 자들을 당장 하옥시키고 오늘부터 칠일간 물 한 모금 주지 말고 굶기도록 하라. 저희들이 아쉬우면 그 잘난 태왕이 와서 구해주겠지. 만일 내 영을 어기고 저 자들에게 먹을 것을 주거나 동정하여 도움을 주는 자가 있으면 내 반드시 그 죄를 삼족에게까지 물으리라. 우선 그 자들의 모든 무기와 식량과 말들을 몰수하라. 그리고 옷들도 당장 벗기고 우리 백제의 사형수들이나 입는 죄수복으로 갈아입힌 후 중죄수들의 감옥 독방에 한 명씩 가두도록 하라."

일우와 두건규는 무언가 이야기가 잘못 전개되어 가고 있음을 느끼기 시작했다. 도무지 고천파나 무왕의 행동이 이해가 가지를 않았다. 영류태왕의 등극 이후 그가 주변 모든 나라들과 친선 외교를 강화하고 있는 상황에서 동족인 백제가 무엇 때문에 이렇게 자신들을 박대하고 있는 지 이해를 할 수 없었다. 이것은 고구려 측에서 보면 바로 친선 사절에 대한 박해이고 고구려와 척을 지는 일로서 전쟁을 선포하는 행위와 마찬가지가 아닌가?

이때 웬 젊은 장수하나가 반열에서 나와 무왕 앞에 무릎을 꿇고 큰 소리로 아뢰었다.

"폐하, 신 한솔[42] 계백이 삼가 아뢰옵니다. 지금 고구려는 현 태왕이 등극한 이래 모든 주변 나라들과 친선 외교를 강화하고 있사옵니다. 저들은 지난 번 고구려 전국 무술대회에서 우승한 고구려 제일 무사의 일행들로서 우리나라의 최고 무사들과 비무를 하면서 친선을 쌓고자 이렇게 우리나라에 들어왔다 하옵니다. 지금 저들을 발가벗기어 망신을 시키기는 쉬우나 장차 고구려를 적으로 돌리면 신라가 배후에서 우리를 칠 것이며 또한 바다 건너 당나라가 호시탐탐 우리를 노리고 있는 이때 우리는 사면초가가 될 것이 불을 보듯 뻔한 일이옵니다. 저들의 무례함과 협량함을 탓하지 마시고 대제국 백제의 대왕 폐하로서 너그러움을 보이시어 그 덕을 천하에 떨치심이 가한 줄로 아옵니다."

계백의 이런 말을 조용히 경청하던 무왕은 갑자기 자리에서 일어나 계백에게 다가왔다. 그러더니 그의 손을 잡아 일으키며 그의 귀에 입을 대고 조용하게 말했다.

"경이 저들을 이기는 것으로 짐이 죄를 용서하겠소만 저들이 짐

---

42) 백제의 관등은 제1품은 대신 급의 좌평(佐平)으로부터 제2품부터 제6품까지는 '솔'관으로, 제2품 달솔(達率), 제3품은 은솔(恩率), 제4품은 덕솔(德率), 제5품은 한솔(扞率), 제6품은 나솔(奈率)이다. 의자왕 20년 쯤 계백은 달솔의 직위에 있었다. 따라서 무공이 남다른 그는 약관인 20대 초에 이런 벼슬에 있었을 것으로 추측된다.

을 욕보인 죄는 지금 용서할 수 없으니 경은 그만 일어나시오."

"폐하, 고구려를 적으로 돌리시면 아니 되옵니다. 그들은 우리와 한 핏줄을 나눈 동족이옵니다. 다시는 동족상잔의 전쟁이 있어서는 아니 되옵니다. 저들은 친선사절들이오니 부디 해서하시옵소서."

계백이 땅바닥에 머리를 조아리며 거듭 간청하자 무왕은 옥좌에 가서 철썩 앉더니 다시 명령을 발하였다.

"저들의 옷을 벗기거나 중죄수들의 옥에 가두지는 말라. 다만, 모든 무기와 말들은 압수하고 일반 죄수들의 옥에 가두되 식사는 하루 세 끼씩 제공하라."

이렇게 말하고 무왕은 옥좌에서 일어나 정전을 떠나버렸다. 만조백관들도 그를 따라 자리를 뜨면서 네 사람을 향해 손가락질들을 하면서 비난을 퍼부었다. 맨 나중에 계백이 그들에게 다가와 위로를 하였지만 네 사람은 그에게 진심으로 감사의 마음을 가질 수 없었다. 결국 네 사람은 백제에 와서 감옥에 갇히는 죄수의 꼴이 되고 말았다.

백제의 감옥은 생각보다 무척 편안하였다. 독방마다 크기가 2평은 되었고 천장 높이는 2장(6미터) 정도였다. 감옥 바닥은 마루가 깔려 있었고 두터운 솜이불들이 자리에 펼쳐져 있었다. 문은 3자 정도의 두께인 크고 무거운 쇠문이었는데 오른 쪽 맨 밑에 한 변이 1자 정도의 사각형 배식구가 있었다. 밖으로 향한 벽 한 쪽에는 사방 1자 정도의 배기구가 있었다.

네 사람은 백제 군사들에게 자신들의 모든 무기와 말들을 다 빼앗기고 감옥에 수감되자 모두 어이가 없어 한참이나 망연자실하였다.

도대체 이 먼 나라까지 와서 이렇게 투옥되었으니 앞으로의 천하 비무가 과연 가능한 일인지 조차 의심스러워졌다. 특히 왕당 말객인 유가휘는 몹시도 화가 나서 씩씩대며 얼굴이 벌겋게 되어있었다. 하지만 웬일인지 고천파는 태연자약한 얼굴로 그들이 하라는 대로 순순히 응하였다.

네 사람은 그날 밤 늦게까지 독방에서 자신들의 신세를 한탄하면서 자리에 누워 이리저리 몸을 굴리고 있다가 자시가 넘어서야 잠이 들었다. 고천파는 코를 드르렁거리며 한참 잠에 빠져들고 있었는데 갑자기 그의 옥문이 열렸다. 그러더니 누군가가 그를 흔들어 깨웠다. 순간 그는 무의식중에 손을 뻗어 옆자리에 있을 칼을 잡으려고 했다. 하지만 그는 자신이 착각한 것을 알고 곧 자리에서 몸을 일으켰다.

"뉘시오?"

고천파는 무거워진 눈을 치켜뜨며 낯선 자에게 물었다. 그러자 그는 손으로 입을 가리며 *쉿!!* 하고 말했다. 조용히 하라는 신호였다. 자신을 따라오라는 낯선 자의 신호에 고천파는 그를 따라 옥문을 나섰다. 두 사람은 매우 조용한 발걸음으로 옥을 나와 살금살금 어딘가로 걷기 시작했다.

그들이 옥을 나오자 옥 밖에는 이미 말이 두 필 준비되어 있었다. 두 사람은 곧 말을 타고 어딘가로 향했다. 약 반 시진을 달려 그들이 도착한 곳은 백제 왕궁이었다. 두 사람은 지금 무왕을 만나러 가는 길이었다. 잠시 뒤 두 사람이 무왕의 내실에 도착하자 무왕은 고천파를 극진히 환영했다. 안내자는 무왕에게 임무를 마쳤다는 인사를 하고 자리에서 사라졌다.

거기에는 이미 상다리가 휘어질 정도로 푸짐한 술자리가 마련되어 있었다. 고천파는 이미 이런 일을 예상하고 있었다는 듯 별로 놀라지도 않고 있었다.

"오, 고 대사자, 어서 오시오. 아까는 짐이 많이 실례를 했소이다."

만면에 미소를 가득 머금은 무왕이 이렇게 고천파에게 인사를 하자 고천파는 그에게 삼고구배를 하면서 예를 다하였다. 아까 낮의 정전 앞마당 뜰에서 보인 것과는 백팔십도 다른 태도였다.

"폐하, 아까 낮의 공식적인 석상에서 소인의 무례한 언동을 용서하시옵소서. 공식적으로는 고구려 제일 무사의 천하비무 인증단 대표라 부득이 한 언행이오니 괘념치 마옵소서."

고천파가 이렇게 삽살개같이 살살거리고 나오자 무왕은 껄껄 웃더니 그에게 술을 한 잔 넘칠 듯이 따라주었다. 그리고는 심각한 표정으로 말을 시작했다.

"짐이 대사자의 입장을 충분히 이해하오. 그런데 왜 태왕께서 그고구려 제일 무사라는 선우일우를 제거하라는 밀명을 내렸는지 모르겠소이다. 고대사자께서 무어 그에 대해 아는 정보가 있소이까?"

그러자 고천파는 술을 쪽 들이키더니 무왕에게 잔을 돌렸다. 그리고는 천천히 말을 시작했다.

"참 복잡한 이야기이옵니다. 한 마디로 부자 2대에 걸친 원한이라고나 할까요. 아시다시피 지금 고구려 태왕에게는 천부신검의 보호가 없사옵니다. 그것은 바로 현 태왕 폐하와 선우일우의 아버지 선우려상간에 얽힌 숙원(宿怨)으로 말미암은 것이지요. 그리하여 현 태왕께서는 그를 부득이 제거하셨지요. 그런데 다시 그 아들인 선우일우가 등장하여 천부신검을 차지하기 위한 천하 비무를 시작하였으니 태왕께서는 심기가 불편하신 것은 당연한 것이옵니다. 만일 선우일우가 천하 비무에서 모두 이겨 천부신검을 다시 차지하는 사태가 일어난다면 현 태왕께서는 얼마나 입장이 난처하시겠사옵니까?"

고천파는 무왕에게 다시 술을 한 잔 달라고 청하여 술잔을 단숨에 쭉 들이켰다. 그러자 무왕이 고천파에게 다시 물었다.

"그럼 대사자는 선우일우가 천하 비무에서 모두 이길 승산은 있다고 생각하시오?"

"아마 고구려 역사 구백년 사상 가장 무공과 인품이 뛰어난 인물이라고 해도 과언이 아니옵니다."

고천파가 이렇게 확신에 찬 대답을 하자 무왕은 그의 그 지독한 호승심이 발동하여 다시 고천파에게 물었다.

"그다지도 뛰어난 인물이란 말이오?"

"예, 정말이지 제거하기에는 너무나 아까운 인물이옵니다. 그간 짧은 시간이지만 함께 지내보니 얼마나 인간성이 착한지 모르옵니다. 차라리 누군가 강적과 비무를 하다 죽는다면 덜 불쌍하겠지만 과연 그의 호적수가 천하에 있을까요?"

고천파는 다시 자신이 술잔에 술을 따라 쭉 들이켰다. 태왕의 명령을 받은 사람으로서 일우를 죽이기가 너무 아까운 심정이 분명했다. 무왕은 혼자서 역시 술잔에 술을 따라 쭉 들이키더니 다시 고천파에게 말했다.

"그러니 이 일을 어찌하면 좋겠소? 그를 안 죽이면 현 태왕의 밀명을 저버리는 것이니 우리 양국 간의 모처럼의 우호적인 관계가 끝날 것이요. 그렇다고 그런 천하의 기재를 내 손으로 죽인다면 그도 역시 우리 동족이 분명한데 그 죄를 어찌 조령들 앞에서 씻을 수 있겠소? 대사자의 좋은 생각을 좀 말해보시오."

그러자 한참이나 말없이 자신의 술잔을 뚫어지게 바라보던 고천파가 무왕을 정면으로 바라보며 물었다.

"폐하, 계백의 무공은 어느 정도이옵니까?"

"계백? 그의 무공은 천하제일이라고 알려져 있소. 그런데 그건 왜 물어보시오?"

무왕이 정색하며 이렇게 말했다.

"만일 두 사람이 싸운다면 용호상박이 되겠지요? 만일 이 싸움에서 일우가 계백을 이긴다면 폐하께서는 그를 살려 주실 수 있는지요?"

고천파가 무왕을 바라보며 이렇게 묻자 무왕은 골치 아픈 표정을 지었다. 두 사람은 뜨거운 감자인 선우일우의 제거 문제를 놓고 한참 동안 토론을 했지만 도무지 해결책이 없었다. 그러자 토론 끝에 갑자기 무왕이 고천파를 바라보고 *씨익* 미소를 지었다. 고천파는 기분이 묘했다.

이 천하의 꾀퉁이가 무슨 생각을 한 것이람.

그는 이렇게 생각했다. 사실 무왕의 기가 막힌 꾀는 천하에 잘 알려져 있었다. 그가 신라 진평왕의 셋째 딸 선화공주를 아내로 삼은 일화라든지, 그가 구주왜왕 시절 아버지 법대왕이 죽자 이미 차기 백제왕에 내정되어 있던 아좌태자의 적장자인 어린 의자를 대신하여 백제 본국의 왕좌를 차지한 이야기라든지, 또한 그가 백제의 문물을 크게 중흥시켜 국력을 강화한 이야기라든지, 그의 지혜가 남다름을 보여주는 일화는 사람들의 입에 매우 많이 오르내리고 있었다. 그런 그가 고천파를 향하여 미소를 지으면서 말했다.

"지금 태왕께서는 군부를 완전히 통제하고 계시다고 들었는데 그 말이 사실이오?"

"예, 삼군대장군 사영건 북부대인은 태왕과 호형호제할 만큼 가까운 사이이고 군부를 완전히 장악한 지가 오래됩니다."

고천파가 이렇게 말하자 무왕은 다소 음흉한 미소를 지으며 그에게 또 물었다.

"하지만 전국에 조의선인들이 30만 명이나 있다고 하는데 그들은 태왕과 별로 사이가 안 좋다고 하는 말을 들었소, 그건 사실이오?"

"허어, 이거 폐하께서 우리나라의 사정을 너무 속속들이 알고 계시어 두렵사옵니다. 이러다 제가 폐하의 간자(=간첩) 소리를 들을까 걱정이 되옵니다."

고천파가 짐짓 너스레를 떨자 무왕은 *능구렁이같은 놈* 이라고 생각하며 겉으로는 다소 겸연쩍은 표정을 지었다.

"헛헛, 그저 주워들은 이야기요. 오해 마시오. 내 말은 만일 선우 일우가 백제에 갇혀있다는 것을 알면 전국 조의선인들이 가만있지 않을 텐데 그 경우 누가 그들을 통제할 수 있겠소?"

"그야 물론 백두산 청려선방의 청려선인이겠죠. 그 노인은 모두들에게 고구려 최고의 신선으로 알려져 있으니까요. 가만, 가만, 그럼 폐하의 복안은 선우일우의 감금소식을 슬쩍 청려선인에게 전해주고 그러면 전국 조의선인들이 들고 일어나 백제를 치러 가자고 도성인 장안성에 집결할 터. 그때 태왕께서는 도저히 그들의 압력을 견딜 수 없어 선우일우를 석방하라고 폐하께 말할 것이다. 그러면 폐하는 선우일우와 계백을 비무를 시킨 후 그가 이기면 백제를 떠나게 한다 그 복안이십니다 그려. 그러면 고구려 태왕께도 명분이 서고 천하의 기재도 자신의 손으로 죽이지 않으니 일거양득이다 이런 생각이신가 보옵니다. 참으로 폐하의 지혜는 당할 수가 없사옵니다."

고천파가 이렇게 무왕의 복심을 읽고 말하자 무왕은 그때서야 *이 미련한 자가 이제야 머리가 돌아가는구나* 하고 생각을 하였다. 두 사람은 이후 일정을 합의하고 새벽닭이 울 때까지 즐겁게 대작을 하며 시간을 보내었다.

이윽고 대화 끝에 고천파는 다시 자신의 감옥 독방으로 갔고 무왕은 은밀히 사람을 백두산 청려선방에 보내 청려선인에게 일우의 투옥 사실을 알렸다.

청려선인은 앞 뒤 상황을 미루어 짐작한 후 모든 것이 건무의 농간임을 파악하였다. 그러자 그는 전국 조의선방에 제자들을 긴급히 보내 수일 만에 약 5만 명의 조의선인들을 고구려의 도성인 장안성 안학궁 밖에 집결시켰다. 그리고 그들로 하여금 약 7일간을 궁궐 주위를 포위한 후 매일 '백제에서 투옥된 고구려 제일무사 선우일우 일행을 석방토록 하라'는 구호를 목이 쉬도록 외치게 했다.

한편 궁궐 안에서는 때 아닌 전국 조의선인들의 과격한 시위로 인하여 초긴장 상태에 들어갔다. 그러자 왕당 군사들 5만 명이 왕궁을 둘러싸고 있는 조의선인들이 왕궁에 난입하지 못하도록 중무장한 상태로 서로 대치하였다. 만일 여차하면 모든 조의선인들이 왕궁으로 난입할 상황으로 영류태왕은 집권 이래 최대의 위기를 맞이하고 있었다.

결국 조의선인들의 무서운 결의에 찬 연좌시위에 내란의 위기를 느낀 영류태왕은 긴급 파발을 백제의 무왕에게 보냈다. 무왕은 입가에 미소를 흘리며 선우일우 일행을 석방할 준비를 했다. 즉 그는 먼저 일우와 계백의 비무를 많은 백성들을 참가시킨 가운데 대연무장에서 열기로 했다. 그리고 여기서 일우가 승리하면 그를 신라로 무조건 추방하여 그의 신병 처리를 신라왕인 선덕여왕에게 떠넘길 생각을 하게 되었다.

제16장 백제에서 일어난 일우의 피습 사건

그날 오후 일우 일행 모두가 갑자기 감옥 독방에서 풀려났다. 그리고 백제 왕궁 객관으로 안내되었고 압수되었던 말과 모든 무기들을 돌려받게 되었다. 그리고 3일 후 백제 왕궁 밖 대연무장에서 백제의 10만 이상의 백성과 무왕 및 만조백관들 그리고 백제의 민간 청년 훈련 조직인 무절(武節)[43] 대표들 등이 참석한 가운데 일우와 계백의 비무 대회를 열기로 했다는 소식을 전달받았다. 그동안 백제의 외교 사절들이 쓰는 왕실 전용 객관에 머물면서 잘 먹고 마시고 씻으며 무술 연습을 한 후 본격적인 비무에 임하라는 통보를 또한 받았다.

네 사람은 갑자기 바뀐 백제왕의 태도에 몹시 놀라면서 고천파에게 그 이유를 알고 있느냐고 물었더니 그는 빙글빙글 웃으면서 *고구려 태왕이 무서우니까 석방했겠지* 라고 말할 뿐이었다. 일우와 두건규 및 유가휘 등은 고천파의 정치력이 대단하다는 것을 느끼고 그를 다시 보게 되었다.

사흘 뒤 사시(오전 9시경) 왕궁 밖 대연무장에서 드디어 백제 최

---

43) 고구려의 청년훈련 조직이 '조의선인'이다. 신라는 '화랑'이었고 백제는 '무절'이라 불리웠다.

고 무사인 계백과 일우의 비무 대회가 열렸다. 이날 대연무장은 10만 명이 넘는 엄청난 인파가 몰려들어 고구려와 백제의 국가적 자존심이 걸린 무술 대회를 지켜보느라고 아우성들이었다.

백제 대연무장도 지금의 한반도 남부와 지금 중국의 동남 해안 지방 그리고 일본 열도에까지 광대한 영토를 경영하고 있는 해상대제국 백제의 위상에 걸 맞는 엄청난 크기였다. 또한 그 시설의 화려함과 연무장 구조의 정교함은 고구려 대연무장의 투박하고 웅장하기만 한 구조와는 많이 달랐다.

이윽고 비무 상대인 계백이 말을 타고 등장하자 백제 관중들의 열화 같은 갈채 소리가 터져 나왔다. 모두가 환호성을 지르며 열광적으로 그를 환영했다. 그런 후 일우가 말을 타고 등장하자 역시 큰 갈채와 야유가 터져 나왔다.

계백은 오추마처럼 시커먼 말을 타고 나왔는데 말이 어찌나 거친 지 연무장에 들어서면서부터 앞발을 공중에 올리며 괴성를 지르고 있었다. 계백은 무게가 80근도 넘는 6자(약 1.8미터) 길이의 봉황언월도를 들고 나왔는데 머리에는 쇠투구를 쓰고 몸에는 철갑옷을 입고 있었다. 그리고 등에는 장검을 두 자루 메고 있었다.

그러나 일우는 그저 검은 색의 고구려 조의선인복을 입고 있었을 뿐 투구도 갑옷도 착용하고 있지 않았다. 그는 긴 장검 두 자루만 어깨에 메고 그의 애마인 흰 백마를 타고 있었다.

고천파와 두건규 그리고 유가휘 등은 무왕이 지정한 백제측 심판관들 3명과 함께 대연무장내의 중앙에 있는 심판석에 앉아서 이 비무를 함께 주관하고 있었다.

두 사람이 무왕과 관중들을 향하여 인사를 한 후 각자 100장 정도 떨어진 거리로 가서 섰다. 그런 후 두 사람은 서로 마주보고 마상에서 읍한 후 서로를 노려봤다. 계백은 일우가 고구려 전국 무술 대회에서 우승한 사람이라서가 아니라 그를 대하자마자 난생 처음 대하는 고수임을 직감하고 마음속으로 긴장하고 있었다. 일우 또한 계백의 무공이 남들보다 초절적으로 높은 인물임을 직감하고 마음속으로 무척 긴장하고 있었다.

비무 개시를 알리는 요란한 북소리와 함께 두 사람이 상대를 향하여 전속력으로 말을 타고 달려왔다. 그리고 가까이 다가왔을 때 계백의 봉황언월도가 일우의 머리 위를 휙 지나갔다. 무기가 장검인 일우가 아무래도 마상에서는 불리한 듯 했다. 그러나 일우는 그의 언월도를 잘 피했다. 그러자 관중석에서 탄식 소리가 터져 나왔다.

이번에는 일우가 계백을 향하여 장검을 휘두르며 다가갔다. 그의 장검이 계백 근처에 갔을 때 계백은 봉황언월도를 세차게 휘둘러 일우의 가슴 부근을 찌르려고 했다. 하지만 일우는 잽싸게 피하면서 칼로 계백의 투구 부근까지를 후려쳤다. 두 사람은 이후 서로 칼을 주고받으며 전력을 다해 싸웠다.

시간이 흘러 약 30합을 겨뤘는데도 도무지 승부가 나지를 않았다. 두 사람은 상대에 대해 점점 존경심이 들기 시작했다. 계백은 이다지도 훌륭한 검객이 고구려에 있음을 부러워했고, 일우는 일우대로 계백 같은 대단한 장군이 백제에 있음을 다행으로 생각했다.

일우는 계백을 향하여 엄청난 속도로 말을 몰면서 갑자기 말의 왼편 배에 몸을 완전히 밀착시켰다. 그리고 자신의 전 내공을 실어

검을 계백에게 날린 후 몸을 하늘로 휙 솟구쳤다. 순간 모든 관중들이 일우의 이 엄청난 묘기를 보고 숨을 죽이며 지켜보고 있었다. 일우는 하늘에서 내려오면서 계백이 봉황언월도로 후려친 칼을 다시 자신의 손으로 붙잡았다. 그리고 계백을 향하여 마치 화살처럼 그렇게 날아갔다.

그러자 계백은 위기를 느끼고 마상에서 하늘로 몸을 3장 정도 솟구쳤다. 그는 갑자기 봉황언월도를 내던지고 등에 찬 장검을 빼어 손에 들고 자신을 향하여 화살처럼 날아오는 일우를 향해 큰 원광 같은 검기를 발산했다. 일우 또한 회오리 같은 검기를 발산하였는데 두 사람의 검기는 이내 서로 충돌하면서 두 사람 모두에게 충격을 주어 서로 3장 정도씩 물러나 땅에 착지하게 했다.

계백은 등에서 다시 장검을 하나 더 꺼내 들었다. 그는 두 장검을 엄청 빠른 속도로 휘둘러 자신의 모습마저 안 보이게 하면서 일우에게 접근했다. 일우는 그러나 검을 일직선으로 곧게 한 후 계백의 검기를 피하면서 계백의 몸까지 날카롭게 공격했다. 두 사람이 칼이 부딪치면서 나는 *까아~앙* 하는 기분나쁜 소리가 온 관중의 귀를 괴롭게 했다. 두 사람은 한참 동안 서로의 검기 속에서 공격과 방어를 계속 하더니 도무지 승부가 나지 않자 상대로부터 약 10장씩 떨어졌다.

두 사람은 이번에는 둘 다 몸을 공중으로 날린 후 하늘에서 서로를 향하여 대 여섯 장을 날아 검을 부딪쳤다. 두 사람은 땅에 착지하지도 않은 상태에서 서로 검을 부딪치며 싸우고 있었다.

이때 갑자기 대연무장 주변에 있는 700년쯤 된 아름드리 백송나무위로부터 거대한 연 하나가 하늘을 날아올랐다. 순간 그곳으로부터

휘익! 하는 소리와 함께 은빛이 번쩍하며 웬 물체가 일우의 등에 콱 박혔다. 일우는 *윽!* 하는 신음소리와 함께 땅에 풀썩 떨어졌다. 이때 함께 땅에 착지한 계백이 일우의 목에 칼을 겨누었다.

그러자 관중석에서 계백이 이긴 것으로 생각한 무왕과 모든 사람들이 승리감에 젖어 환호성을 지르고 자리를 박차고 나와 모두 연무장으로 뛰어들었다.

과연 계백이다. 고구려 제일 무사를 물리치다니 과연 계백이 천하제일 무사이다.

이렇게 생각한 백제왕과 백성들이었다.

그러나 계백은 일우가 자객에게 암습당한 것을 즉각 파악하였다. 쓰러진 일우의 등에서 피가 흥건히 흘러내리기 시작했다. 비록 일우가 큰 스승 청려선인이 준 금사(金絲)갑옷을 입고 있었지만 그를 암습한 화살은 강궁중의 강궁인 석궁이었다. 그때 고천파를 비롯한 두건규와 유가휘는 무언가 이상한 감을 느끼고 즉각 쓰러져 있는 일우에게로 다가갔다.

계백이 침울하게 말했다.

"이 시합은 무효외다. 선우무사를 암습한 세력이 지금 연무장 근처에서 상황을 지켜보고 있을 것이오. 나는 이 시합이 원천적으로 무효라고 우리 대왕 폐하에게 말할 것이니 귀하들은 빨리 우리 측 심사관들에게 말하시오. 그리고 선우무사를 암습한 자객을 빨리 잡은 후 그의 몸이 성하거든 다시 비무를 합시다."

이렇게 말한 후 계백은 성큼 성큼 무왕이 앉아 있는 자리쪽으로 나아갔다. 그러자 승리감에 젖어 있는 백제 백성들이 계백의 주위로 몰려들었다.

"폐하, 지금 이 비무는 원천적으로 무효이옵니다. 두 사람이 절대절명의 비무 상황에서 누군가 선우무사를 향해 초강궁인 석궁으로 그를 암습해서 그가 등에 화살을 맞았고 그는 하늘에서 땅으로 부득이 떨어졌사옵니다. 소신이 그것을 모르고 선우무사의 목에 칼을 들이대었사옵니다. 하오니 이 비무는 당장 무효라고 선언하시옵고 선우무사를 암습한 자객을 빨리 체포하라고 명을 내리시옵소서. 이는 백제의 큰 망신스러운 일이옵니다."

그러자 무왕이하 모든 관중들이 큰 소동이 일기 시작했다. 무왕은 몹시 화가 나서 큰 소리로 외쳤다.

"짐은 이 비무가 원천적으로 무효로 선언하는 바이다. 당장 위사부 군사들은 대연무장을 포위하라. 반드시 선우무사에게 석궁을 발사한 자를 체포하여 백제의 국위를 망신시킨 죄를 묻도록 하라. 그리고 빨리 어의를 보내 선우일우 무사를 치유케 하라."

무왕은 *에잇!!* 하고 불쾌한 감정을 드러내면서 즉시 환궁했고 위사부 군사들은 대연무장 주변을 완전히 포위 봉쇄했다. 그리고 어의들 세 명이 즉각 선우일우에게 달려가 그의 상태를 확인했다. 그는 금사갑옷을 입었기에 내장의 큰 상처는 입지 않았지만 이미 화살에 묻은 맹독으로 인하여 생명이 위험한 지경에 처하게 되었다.

어의들은 시종들과 함께 일우를 들것에 싣고 왕실 내의원으로 달려갔다. 고천파, 두건규, 유가휘와 계백도 그들과 함께 내의원까지 달려갔으나 일반인들은 병실에 들어올 수 없다는 말에 그저 밖에서 초조히 기다려야 했다.

일우의 몸은 끓는 열로 인해 불덩이같이 뜨거워졌다. 어의들은 일우의 겉옷을 벗기고 일단 응급조치를 취했다. 하지만 그들이 수십 년간 배운 의학 지식으로서도 그가 도무지 무슨 독에 중독되었는지 알 수가 없었다. 일우의 몸은 점점 중태로 빠져들어 의식을 잃어가고 있었다. 지금 어의들로서 할 수 있는 유일한 일은 그가 편히 죽을 수 있도록 통증을 줄여주는 길 밖에는 아무런 대책이 없었다.

한편 병실 밖에서 결과를 초조히 기다리고 있던 네 사람은 어의들이 병실 밖으로 나오자 그들을 붙잡고 일우의 상태를 물어보았다. 하지만 그들은 그저 고개를 가로 저을 뿐이었다. 그들의 대답은 일우가 무슨 독에 중독되었는지를 전혀 알 수가 없어 치료가 불가능하다는 말이었다.

그러자 계백이 고천파 일행에게 일우를 데리고 자신의 누이동생이 경영하는 사비의원으로 가자고 말했다. 자신의 누이동생 계수향은 어려서부터 의학을 공부해왔는데 특히 만독(萬毒)에 관심이 많아서 이 세상에 존재하는 모든 독에 통달해 있다는 것이다. 세 사람은 지금 상황에서 일우를 살릴 수 있는 일이라면 무슨 일이든지 해야 했으므로 무조건 계백의 말을 따르기로 했다.

제17장　일우가 계수향에게 치료를 받다

　네 사람은 일우의 무기와 짐을 모두 다 챙긴 뒤에 일우의 말에
다 일우를 실었다. 그리고 두건규가 일우의 말을 몰아 사비성 서문
밖에서 계수향이 운영하는 사비의원으로 급히 갔다. 일우는 마상에서
의식을 잃고 죽은 시체처럼 누워 있었다.

　약 한식경이 지나 그들이 사비의원에 도착했을 때 마침 계수향
은 환자들을 돌보고 있었다. 계백 일행이 갑자기 사경을 헤매는 환자
를 데리고 나타나자 계수향은 몹시 놀랐다.

　"아니 오라버니, 무슨 환자인데 이렇게 갑자기 데려오셨어요?"

　"오늘 나와 비무하던 고구려 제일 무사 선우일우라는 사람인데
우리 둘이서 절대절명의 비무 도중 하늘에서 날아온 독화살에 맞아
저 지경이 되었네. 지금 왕실 어의들도 그가 무슨 독에 중독되었는지
몰라 치료를 못하고 곧 죽게 될 것 같다고 하네. 만독에 정통한 자네
가 좀 봐주어야 하겠어."

　계백이 이렇게 다급하게 말하자 수향은 진료 중이던 환자를 다
른 의원에게 맡기고 자신이 일우를 진료하기 시작했다. 두건규가 일
우를 메쳐들고 응급실로 가서 침상에 눕히자 그녀는 그의 오른쪽 팔

의 진맥을 보기 시작했다. 맥박이 불안정하고 모든 내장의 운행이 거의 막혀 있어 곧 죽을 지경에 있는 것 같으나 웬일인지 하초(下焦)는 불같이 뜨거웠다. 수향은 두건규에게 일우에 대해 물었다.

"이 분이 내공이 어느 정도 수준에 오르셨나요?"

"사제의 내공은 이미 대주천을 넘어 기를 마음대로 운행하는 수준입니다. 사제를 살릴 수는 있습니까?"

두건규는 초조한 듯이 물었다. 그의 입술은 바짝 마르고 눈은 충혈되어 얼마나 일우의 상태를 걱정하고 있는지 알 수 있을 것 같았다. 고천파와 유가회 그리고 계백 등도 모두 입술이 바짝 바짝 타는 듯 하였다. 계백이 다시 수향에게 물었다.

"어떠한가? 살릴 수 있겠나? 대체 무슨 독에 중독되었길래 최강의 무사가 저 지경이 된 건가?"

"아무래도 토번(티벳)의 설산(히말라야)에서만 나는 무서운 독초인 사라하초(絲羅霞草)에 중독된 것 같아요. 이 독초는 너무나 효능이 악랄하여 한 번 중독되면 한 식경 안에 내장이 모두 갈기갈기 찢어진 후 실처럼 부서지고 그 다음에는 안개처럼 사라진다 하여 이런 이름이 붙었지요. 그런데 이 무사님의 경우는 벌써 죽었어야 정상인데 아직도 버티고 계시는 게 정말 이상하네요. 아마 무슨 특별한 내공을 쌓았거나 만독을 이길 수 있는 특별한 물질을 이미 복용해 오신 것 같아요. 사라하초를 제거하려면 한 식경 안에 다갈나(多葛螺)라는 특별한 약재를 먹어야 해요. 이 다갈나는 심해에만 사는 해파리처럼 생긴 아주 투명한 생물인데 몸에서는 어마어마한 빛을 내뿜지요. 다행히 지난 번 어느 해녀가 서귀포 앞 바다에 잠수해서 약재로 쓰이는 해물을 채취하다가 다섯 마리 정도를 거의 기적적으로 잡은 게 있는데 아마 삼신하느님이 이런 경우에 쓰시라고 미리 준비시켜 주신 모양이군요. 다만 이 약재를 복용해도 약 6개월간은 전혀 무공을 할 수 없고 체내에서 매일 독을 빼내는 힘든 일을 해야 해요. 어쨌거나 오라버니와 비무 도중 이런 불상사가 일어났다니 제가 힘써 치료해드릴게요. 모두들 나가 계세요."

수향이 이렇게 말하자 네 명은 상당히 마음이 놓였다. 다행히 일우의 내공과 만독을 이길 수 있는 힘이 있어 생명이 끊어지지 않는 것도 다행인데 수향이 약재를 가지고 있다니 얼마나 다행스러운 일인지 몰랐다. 네 사람은 응급실 밖으로 나갔다.

수향은 일우의 시뻘겋게 변한 얼굴에서 그의 살려고 하는 내적인 강한 투쟁을 읽었다. 얼마나 강한 사람이기에 이런 극독에도 저렇게 살 수 있을까 생각하니 그가 참으로 신비스러워 보였다. 그녀는 그의 눈과 입과 코와 귀를 살피며 중독된 상태를 면밀하게 조사했다. 그의 코에서 나오는 콧김이 너무도 뜨거웠다. 아마 지금 그의 내부에서 극독물과 그의 달걀만한 내단(內丹)이 지금 서로 생사를 건 투쟁을 하고 있는 것 같았다.

수향은 일우의 매우 준수하고 인자한 얼굴에서 도무지 최강의 고수들만 지닐 수 있는 날카로움이 없는 것이 이상했다. 그녀는 일우의 윗도리를 벗기어 그의 무공으로 다져진 빗살무늬 모양의 아름다운 복근육과 양 팔의 이두박근 및 삼두박근 등을 보며 남성의 몸이 이렇게도 멋진 것에 몹시 놀랐다.

그녀는 그의 명치혈의 중단전과 그의 하단전 부분을 만지며 지금 극독물이 어디까지 내려갔는지를 진료했다. 그의 하단전은 마치 자그마한 조롱박을 올려놓은 것처럼 엄청나게 튀어나와 있었다. 그녀가 그곳에 오른 손을 대고 중독된 상황을 점검했으나 다행히 아직 하단전까지 극독이 침투하지는 않은 것 같았다.

수향은 자신의 비밀 약재함에서 세상에서 아마 가장 값이 비싼 약재일 듯한 다갈라를 꺼냈다. 그녀는 다갈라를 백자그릇에 넣고 자신이 새벽에 길어온 정화수를 부었다. 그러자 다갈라에서 번갯불 같은 빛이 일어나며 정화수를 8색으로 화려하게 변화시켰다. 지금처럼 8색으로 물이 빛날 때가 바로 약재를 먹일 순간이었다. 이 순간이 지나면 다갈라는 효능을 상실하여 평범한 약재가 되고 만다.

그녀는 일우의 등을 부축하여 몸을 일으킨 후 앉힌 자세에서 약을 먹이려 했다. 그러나 도무지 그의 몸은 마치 거대한 바위처럼 꿈쩍을 안했다. 수향은 몇 번 그를 일으키려고 시도했으나 도무지 어쩔 수가 없었다. 수향은 백자그릇을 바라보았다. 다행히 아직도 약재는 찬란한 빛을 발하고 있었다.

수향은 생각다 못해 밖에다 소리를 질렀다.

"누가 좀 와서 도와주세요!"

그러자 계백을 비롯한 네 사람이 동시에 문을 박차고 들어왔다.

"저 분을 좀 일으켜 앉히세요."

두건규가 그의 허리를 양팔로 안고 일우의 상반신을 일으켜 앉혔다. 그런 후 수향은 나무 숟갈로 약을 떠서 그의 입에다 넣으려고 했다. 그러나 두건규가 아무리 그의 양손으로 힘을 주고 그의 입을 열려고 하여도 도무지 그의 닫힌 입이 열리지를 않았다. 수향은 백자

그릇을 바라보았다. 다갈라의 빛이 깜빡깜빡 하고 있었다. 곧 다갈라의 효능이 끝난다는 신호였다.

"다시 저 분을 눕히세요."

수향은 다급하게 두건규에게 말했다. 그러자 두건규가 그의 상반신을 두 팔로 안고 침상에 눕혔다. 그러자 수향이 백자그릇을 들고 일우의 침상으로 올라갔다. 그녀는 그 약을 우선 자신의 입속에다 흘려 넣었다. 그런 후 일우의 몸에 자신을 눕히고 그의 입속에다 자신의 입을 대고 그 약물을 천천히 흘려 넣기 시작했다. 그러기를 약 10여회 반복하자 백자그릇의 약물은 모두 수향의 입을 통해 일우의 입속으로 흘러들어갔다.

일우의 침상에서 내려온 수향은 난생 처음 남자의 입에다 자신의 입을 댄 것이 갑자기 생각나 얼굴이 온통 새빨개졌다. 그녀는 응급실 문을 열고 밖으로 후다닥 뛰어나갔다. 그러자 계백을 비롯한 네 사람은 서로 얼굴을 마주보며 빙긋이 웃었다.

그때였다. 갑자기 일우의 몸이 요란스럽게 들썩들썩하더니 전신을 부들부들 떨면서 마치 금방 숨이 넘어갈 듯 하였다. 계백은 밖에다 대고 수향을 큰 소리로 불렀다.

"계 의원! 빨리 들어오시게. 지금 몹시 위험한 지경이네."

그러자 수향이 아직도 발그스레한 얼굴을 한 채 응급실로 들어왔다. 그녀는 일우에게 다가가서 그의 양 코 구멍에다 자신의 오른손 검지를 대어보았다. 일우는 아직도 자리에서 온통 들썩들썩하며 몸을 흔들어대고 있었다. 수향은 빙긋이 미소를 지었다. 아까의 그 엄청난 열기가 사라지고 그의 콧김이 정상으로 변했기 때문이었다.

"이 분이 마지막 생사 투쟁을 하고 계시네요. 하지만 극독물이 지금 다갈나의 힘에 의해 효능이 정지되고 있어요. 아마 잠시 뒤 이 분은 한 잠을 늘어지게 자고 난 후 깨어나실 겁니다. 그 뒤에는 약 반 년은 절대 무공을 쓰시면 안 돼요. 그리고 매일 저에게 와서 내장의 독을 제거하는 수고를 하셔야 해요. 저는 이만 다른 환자를 보아야 하니까 뒤의 일은 오라버니가 알아서 하세요. 그럼, 이만."

수향은 아직도 몹시 부끄러운지 상기된 표정이 되어 이렇게 말한 후 응급실을 나갔다. 그러자 정말 잠시 뒤 일우는 더 이상 몸을 흔들어대지 않고 조용히 잠에 빠져 들어갔다. 네 사람은 깊이 잠든 그의 한없이 평화스럽고 인자한 얼굴을 바라보며 각자 온갖 상념을 하고 있었다.

우선 계백은 다시는 공개적으로 그와 비무를 하여서는 안 되겠다는 생각을 했다. 그는 아무래도 일우 일행을 자신만 아는 비밀 장소에서 수향을 데려다 치료하여야 하겠다고 생각했다. 그는 일우가 남의 나라에 와서까지 암살 위협에 처하게 된 배경과 상황을 알아보아야 하겠다고 마음먹었다. 그는 일우가 무사히 자신과 비밀리에라도 비무를 마치고서 백제를 안전히 떠날 때까지 그를 최선을 다해서 보호해야 하겠다고 결심하였다.

한편, 고천파는 일우를 이렇게 만든 범인은 분명히 자신의 삼종형인 영류태왕이 분명하다고 생각했다. 인증단 대표로서 자신을 임명하는 날 밤 고천파는 일우에게 무슨 수를 써서라도 그를 죽게 만들라는 밀명을 건무에게 받고난 후 자신의 임무에 충실하려고 했다. 하지만 시간이 흐를수록 그는 일우를 죽이고 싶은 마음이 점점 사라지고 있었다. 그는 우선 일우의 그 티 없이 맑은 마음과 사람을 널리 사랑하는 그 따뜻함에 매우 반하고 있었다.

유가휘는 자신이 군부 측 인증자로서 임명을 받던 날 밤 왕당 대모달인 이철곤에게 무슨 수를 써서라도 일우를 암살하라는 밀명을 받았다. 그러나 그가 군부의 최고 실력자인 북부대인이자 삼군대장군인 사영건의 집에 초대받았을 때 그로부터 무슨 일을 당하더라도 일우를 보호하여 일우가 무사히 천하 비무를 끝내고 돌아와서 천부신검을 차지하게 만들라는 밀명을 또한 받았다.

그는 그간 일우를 제거하려는 왕실 측과 그를 보호하려는 군부 사이에서 상당한 갈등을 겪었는데 아직도 어떻게 자신의 역할을 하여야 할 지 갈팡질팡하고 있었다. 그러나 왕당 제일의 무사로서 일우의 너무도 고강한 무공을 생각하면 사실 그가 사라져서 자신이 마음대로 고구려 무사들을 지휘할 수 있는 자리에 올랐으면 하는 욕망 또한 쉽사리 저버릴 수 없었다.

두건규는 그간 일우에게 인간적으로는 몹시 끌리고 있었다. 나이는 자신보다 10년 정도 어리지만 너무도 의젓하고 성품이 착한 것이 마음에 들었다. 그는 장래 청려선방의 수령이 될 희망을 가지고 청려선방에서 촉망받는 차세대 선두 주자로서 은근히 일우를 견제해왔던 자신이 좀 부끄럽기 까지 하였다. 그는 청려선인으로부터 자신의 임무가 일우를 끝까지 보호하여 천하 비무를 마치게 하는 것이며 그 이후 일우가 천부신검을 손에 들을 때까지 자신이 사형으로서의 역할을 충실하게 하여야 한다는 당부를 기억하고 있었다. 그런데 일우가 이번에 당한 일을 보니 그의 장래가 과연 어떻게 될 지 도무지 확신할 수가 없었다.

그날 일우가 아직 잠자리에 빠져 있을 때 계백은 두건규 등 세 사람과 자신의 누이동생 계수향에게 자신의 생각 즉 일우를 자신의 비밀 장소에 보호하면서 치료를 할 생각을 말했다. 그렇게 하지 않으면 언제 그가 다시 자객의 예기치 않은 습격으로 인해 암살당할지 모른다는 위험성을 말해주었다. 다섯 사람은 모두 계백의 말에 동의했다.

약 5시진이 지나 어둠이 세상을 덮기 시작해오고 있을 때 일우가 잠에서 깨어났다. 그가 눈을 떠서 자리에서 일어나려고 하였을 때 그는 대단히 낯선 장소에 자신이 누워 있음을 알았다. 한약 냄새가 은은하게 후각을 자극하고 있었다.

"여기가 어딥니까?"

일우는 눈을 뜨며 맨 먼저 눈에 들어온 두건규를 향하여 물었다. 그는 자리에서 일어나려고 시도했지만 몸이 도무지 천근만근이라 말을 듣지 않았다. 그는 곧 고천파, 유가휘 그리고 계백을 알아보았다.

"사제, 드디어 깨어났군. 우리 모두가 얼마나 걱정을 했는지 모른다네. 여기 계신 계백님이 자네를 이곳에 데려와 매씨에게 치료를 부탁하여 기적적으로 극독에 중독된 것을 살려냈네. 자네가 살아난 건 하늘의 도우심이야. 그 여의원님에게 깊이 감사하게. 하지만 자네는 지금부터 반 년 간은 전혀 무공을 쓰면 안 된다 하네. 아직 자네 체내의 사기(邪氣)가 완전히 빠지지 않아서 앞으로 6개월간을 매일 그 여의원님에게 독을 제거하는 치료를 받아야 한다네. 내 말 명심하게. 앞으로 반 년 간 절대 무공을 쓰면 안 된다네."

일우는 매우 절망적인 기분이었다. 그는 자신이 비무 도중 독화살을 맞은 것도 억울한데 앞으로 6개월간은 전혀 무공을 쓸 수 없이 치료에 전념하여야 한다는 두건규의 말에 너무도 기가 막혔다. 그는 침울한 표정을 지으며 자리에서 일어나려고 하였지만 팔다리가 도무지 말을 듣지 않았다.

그러자 계백이 일우에게 부드러운 어조로 말을 하였다.

"선우 대형! 이만큼 살아난 게 기적이외다. 긴 인생에서 앞으로 6개월은 매우 짧은 기간이오. 이 기간 동안 푹 쉬시며 미래를 대비하도록 하시오. 내가 백제에 있는 동안 최선을 다해 치료하고 보호해드리도록 하겠소. 아무래도 자객이 계속 노릴 것 같으니 곧 은신처로 우리 모두 함께 가서 그곳에서 보내도록 합시다. 내 동생이 의학에 좀 재주가 있으니 선우대형을 곧 완치시키실 것이오. 그러니 힘을 내시오."

이때 응급실 문을 열고 계수향이 고운 자태를 드러냈다. 도무지 의원이라고 보기에는 너무도 자태가 아름답고 몸매가 가냘펐다. 얼굴에는 미소가 항상 떠나지 않는 웃는 상이었는데 이목구비가 선이 분명하며 아름다웠다. 특히 시원한 앞이마는 그녀가 매우 총명한 사람임을 드러내주고 있었다. 나이는 이제 23살이라 일우보다 세 살이 연상이었다.

일우는 그녀를 보는 순간 숨이 멎는 듯 하며 무언가 머리를 후려치는 것 같았다. 그는 얼굴이 갑자기 빨개지며 안절부절한 모습으로 변하였다. 그는 자리에서 일어나 그녀에게 감사하다는 큰 절을 하고 싶은데 도무지 몸이 제대로 움직여지지 않자 당황한 표정을 지었다. 입으로 무어라고 감사의 말을 하고 싶어도 그저 말을 더듬거릴 수밖에 없었다.

"저 저............."

일우가 이렇게 더듬거리는 동안 수향 또한 일우를 제대로 바라보지 못하고 눈길을 다른 데로 돌리고 있었다. 그녀는 그에게 무어라고 말해야 하겠는데 말이 제대로 떨어지지 않았다. 이윽고 그녀는 젖먹던 힘까지 다 내서 그에게 말을 했다.

"좀 어떠세요?"

그러나 그녀의 목소리는 모기소리만 했다. 계백을 비롯한 네 사람은 두 사람의 해후가 매우 어색한 것을 느꼈는데 순간 두 사람이 서로에게 매우 끌리고 있음을 알아챘다. 네 사람은 일우와 수향의 편안한 첫 만남을 위하여 모두 응급실 밖으로 나갔다.

일우는 두 손을 잡고 읍하며 용기를 내어 수향에게 말을 걸었다.

"제 생명을 구해주셔서 무어라 감사의 말씀을 올려야 할 지 모르겠습니다. 저는 선우일우라 합니다. 앞으로 큰 신세를 지게 되어 매우 송구합니다."

"오라버니와 비무 도중 자객의 습격을 받으셨다니 되레 제가 죄송할 뿐입니다. 죽어가는 사람을 구하는 것은 의원의 도리이니 부담 가지시지 마세요. 저는 계수향이라고 합니다. 앞으로 더욱 어려운 치료가 남아 있는데 힘드시더라도 제 지시 사항을 잘 따라주셔야 합니다. 그리고 어떤 경우가 있어도 내공을 연마하시거나 외공을 사용하시면 안 됩니다. 즉 무공은 절대 사용하시면 안 됩니다. 제 말 이해하시겠지요?"

수향이 일우의 눈을 빤히 바라보며 이렇게 다짐을 받듯이 묻자 일우는 얼른 그녀의 눈길을 피하며 억울하다는 표정을 지었다. 이제 이만큼 나았으면 자신의 내공으로 독을 제거할 수 있지 않겠나 하는 생각이었다. 그러자 그의 얼굴 표정을 보고 그의 마음을 읽은 수향이 일우를 바라보며 더욱 강경하게 말했다.

"지금 매우 억울하신가 보네요. 자신의 초절적인 내공으로 독을 제거하실 수 있다고 생각하시나 보군요. 그런데 지금 무사님의 몸에 있는 독은 내공을 쓰면 쓸수록 더욱 독성이 악화되니 어떻게 하지요?"

"저 대체 제가 무슨 독에 중독되었나요? 그리고 어떻게 치료하셨는지 알면 안 될까요?"

일우는 마치 누이나 엄마 앞에서 죄를 지은 어린 아이 같은 표정을 지은 채 수향에게 물었다. 그러자 수향은 그가 설산에서만 나는 사라하초에 중독되었다는 것과 다갈라라는 신비한 심해의 약재를 써서 간신히 치료를 했다는 사실을 일우에게 말해주었다. 물론 자신의 입으로 그 약재를 넣은 후 그의 입에다 흘려 넣었다는 말은 쏙 빼고 말해주었다. 그리고 지금 체내의 독성이 완전히 빠지려면 전경락으로부터 제독작업을 약 6개월간 지성으로 하여야 하고 그 기간은 절대 무공을 해서는 안 된다는 것을 다시 한 번 힘주어 강조했다.

그러자 일우는 어쩔 수 없이 수향의 말을 따르기로 했고 수향은 그때서야 매우 흡족해하면서 일우를 다시 누우라고 말한 후 그의 오른 팔에 진맥을 보았다. 그녀의 그 섬섬옥수가 그의 오른 팔에 닿자 일우는 몸이 갑자기 찌르르해지는 것 같았다. 수향 또한 그의 팔에 자신의 손이 닿자 왜 그렇게 가슴이 쿵쿵 뛰는지 도무지 몰랐다. 두 사람 다 평생 처음 느끼는 감정이었다.

잠시 후 진맥을 마친 수향이 응급실 밖으로 나갔다. 그러자 밖에서 네 사람은 서로 의미심장한 미소를 머금으면서 수향에게 일우가 어떻더냐고 물었다. 그러자 수향은 이 사람들이 도대체 무엇을 묻는지 감을 잡을 수가 없었다. 그녀는 혹시라도 그들이 자신의 일우에 대한 감정을 눈치 챈 것이 아닌 가 염려가 되었다. 그러자 계백이 그녀에게 물었다.

"계 의원! 언제 쯤 은신처로 함께 떠날 수 있으신가? 아무래도 준비하려면 좀 시간이 필요하겠지?"

"글쎄요. 제가 없으면 의원이 좀 힘들겠지만 제 대신 사경희 의원이 의원을 운영하라고 맡기고 떠나야 할까 봐요. 준비는 약재들과 침구류 등 의료품들과 제 개인 소지품등을 챙겨야 하니 아무래도 한 시진 쯤 걸리겠네요. 그동안 오라버니는 손님들과 함께 이곳에서 저녁을 먼저 드세요. 제가 떠날 준비가 다 된 뒤에 알려 드릴게요. 그리고 저 분은 네 분과 함께 식사를 하시면 안 돼요. 음식물과 체내 독과는 상관관계가 있으니 제가 보는 앞에서 제가 챙겨주는 음식만 먹여야 해요. 제 말 이해하시겠지요?"

그러자 고천파가 빙글빙글 웃으면서 혼잣말 소리로 말했다.

"아따, 되는 놈은 자빠져도 어여쁜 색시를 건진다더니 나는 어디서 자빠뜨리는 놈도 없나 허어."

"아니 고 대사자님은 임자가 안학궁 밖에서 돌아오시기만을 목이 빠지게 기다릴 텐데 웬 색시 타령이시오?"

유가휘가 이렇게 고천파에게 타박을 주었다. 그러자 고천파는 천연덕스럽게 말하였다.

"그나저나 6개월간 이 몸은 어찌 독수공방을 하며, 밭에서 고랑내만 나는 남정네들이랑 어찌 지낼꼬?"

그러자 세 사람은 모두 폭소를 터뜨렸다. 수향은 그들의 말이 무엇을 뜻하는지를 알고 얼굴이 빨개져서 얼른 자신의 진료실로 가버렸다.

제18장　백제에서의 은신 생활과 일우의 첫사랑

두 시진 쯤 지난 후 칠흑같이 어두운 밤이 되자 그들은 계백이 이끄는 알 수 없는 곳으로 이동을 시작했다. 일우는 자신의 말에 앉히고 두건규가 말을 몰았으며 두건규의 말에는 계수향이 타고 계백이 맨 앞에서 길을 인도하였다. 고천파, 유가휘가 그 뒤에서 그들을 쫓았다. 그곳은 사비성을 지나고 사비나루를 건너 약 2시진 가량 남쪽으로 말을 달려야 했다. 그들이 어느 깊은 산 속에 들어서자 산성 같은 것이 나타났고 그 성문 앞에서 웬 장정들 대 여섯 명이 그들의 길을 막았다.

"멈춰라, 여기는 아무나 들어갈 수 없는 곳이다. 암호를 말하라."

"무절노호 봉황승천 부여재흥(武節怒號 鳳凰昇天 夫餘再興)"

계백이 이렇게 대답하자 그들은 신표를 보이라고 요구했다. 계백이 품에서 옥패를 꺼내 그들에게 보여주자 그들은 희미한 달빛 아래 그것을 비춰보더니 그에게 경례를 했다. 그리고는 겸손하게 일행들에게 말했다.

"지금부터는 눈과 귀를 가리고 들어가셔야 합니다. 불편하시더라도 저희의 규칙이오니 용서하십시오. 여봐라, 이 분들의 눈과 귀를 가리고 모시어라."

그러자 장정들이 그들에게 다가와 검은 두건으로 그들의 얼굴을 뒤집어씌운 후 도무지 앞도 보이지 않고 아무 소리도 들리지 않게 했다. 그리고 그들이 지날 수 있도록 산성문을 열어주었다.

산성문을 지나 1,000장 정도 산등성 밑을 지나가자 웬 큰 누각들이 수 십 채나 나타났다. 안내자는 계백의 요구대로 일행을 인도하여 산꼭대기에 있는 누각을 향하여 천천히 말을 몰았다. 밤이 깊었는데도 아직 산속에서는 풀벌레 소리와 산새 소리들이 요란스럽게 울려 퍼지고 있었다. 그들이 산 위에 있는 누각에 도착하자 안내자가 모든 사람들의 눈과 귀를 막고 있는 검은 두건을 풀어도 된다고 하였다.

일우를 비롯한 모든 사람들은 눈과 귀를 가리운 천을 풀어 제치고 누각을 바라보았다. 청기와와 백토로 이루어진 그 누각은 방이 열 개나 되는 큰 집이었다. 집은 기억자 형으로 만들어졌는데 정 가운데 안방을 두고 그 좌우에 대청마루를 두고 좌우로 방이 다섯 개씩 펼쳐져 있었다. 그 앞에는 큰 마당이 있었고 마당 한 가운데에 큰 우물과 그 옆에 엄청난 계수나무가 있었다.

그곳에 도착하자 수향은 얼른 말에서 내려 집 내부를 둘러 본 후 안방에다 일우를 눕히라고 말했다. 그리고 마치 자신이 이 집의 안주인인 것처럼 각자들이 머물 방을 지정해주었다. 그녀는 안방을 자신이 쓰고 왼쪽 방에 일우를 그리고 오른쪽 방을 계백이 쓰도록 했다.

그리고 일우 왼쪽 옆방에는 두건규를, 그리고 오른 쪽 옆방에는 고천파가, 그리고 그의 옆방에는 유가휘가 머물도록 했다. 순식간에 방의 배치를 마치고 나서 그녀는 유가휘에게 빨리 안방과 일우의 방 아궁이에 불을 때라고 지시했다. 그리고 나서는 각자 방들을 위해 각자가 아궁이에 불을 때라고 지시했다.

그런 후 두건규는 말에서 내려 일우를 등에 업은 채 안방 건너편 방으로 들어가서 그를 방에 앉히고 나서는 호롱불을 켰다. 그리고 이불장에서 이불을 꺼내 그 위에 그를 눕혔다.

"자, 사제, 이제 자리에 눕게. 아무 걱정 말고 마음 편히 쉬시게. 나는 옆방에서 자네를 보호하겠네."

"사형, 정말 감사합니다. 심려를 끼쳐 드려 죄송합니다."

일우는 고개를 숙이며 그에게 사례했다. 그러자 두건규는 손사래를 저으며 그런 말 말라고 했다. 그는 일우에게 제발 몸이나 추슬러서 하루 빨리 회복하라고 신신당부한 후 방을 나갔다. 각자들은 자신들의 방으로 들어가서 짐을 푼 후 우물가에 가서 각자 발들을 씻기 시작했다. 11월 초의 차가운 물기가 발을 찢는 것 같았지만 그들은 반년 간 머물 새로운 안식처를 찾자 긴장들이 많이 풀어졌다.

그들은 각자 방 아궁이에 불을 땐 후 피곤이 몰려오자 모처럼 드르렁 코를 골며 잠자리에 골아 떨어졌다. 일우는 수향이 달여 온 약을 그녀가 보는 앞에서 모두 마신 후 겸연쩍게 씩 웃었고, 수향은 그의 그 천진난만한 미소에 온통 마음을 빼앗겨버렸다. 수향이 약 탕기를 들고 방을 나간 후 두 사람은 잠자리에 들었다. 그들은 마주 보는 방에서 서로를 생각하며 서서히 잠에 곯아떨어지기 시작했다.

다음날부터 수향은 지극한 정성으로 일우를 치료하기 시작했다.

그에 대한 치료는 우선 그의 경락 하나 하나를 살피면서 그로부터 그의 체내의 독을 제거하는 일이었다. 우선은 수향이 그의 진맥을 보고 난 후 12 경락 중에서 임독맥부터 치료를 시작하였다.

임독맥은 사람의 모든 경락의 중심으로 이곳에 기가 제대로 운행되지 않으면 온갖 질병에 시달리는 법이다. 그의 임독맥은 아직 매우 불안정하였다. 그녀는 우선 그의 임맥에다 독을 제거하는 침을 시침한 후 약 2시진 정도를 조용히 그의 곁에서 기다렸다. 처음에 일우는 그녀가 자신의 곁에 앉아서 조용히 자신을 지켜보는 것이 몹시 쑥스러워 고개를 돌리고 있었다. 그러나 얼마동안 시간이 흐르자 잠시 뒤 그녀를 바라보았다. 그녀는 그런 그에게 마치 누이나 엄마 같은 사랑이 가득한 미소를 지어보였다.

일우는 그녀의 그 미소 속에서 자신에 대한 말할 수 없는 사랑을 느끼기 시작했다. 이윽고 두 사람은 서서히 대화를 시작했다. 2시진이 지나면 그녀는 다시 그의 중요 혈 자리에다 뜸을 붙이고 또 한 시진 정도를 함께 보내었다. 그 후 식사 전에 약탕기의 약을 손수 달이어 자신이 직접 그것을 가져다가 자신이 보는 앞에서 일우에게 먹게 했다. 그런 후에는 자신이 직접 식단을 꾸며서 그가 먹을 음식을 손수 장만한 후 자신의 음식도 함께 겸상하여 가지고 들어와서 자신이 보는 앞에서 그것들을 먹게 했다. 일우가 만일 자신이 먹으라는 음식을 안 먹거나 남기면 그녀는 그를 매우 닦달하기에 그는 도무지 그녀의 말을 거절할 수 없었다.

누가 보면 두 사람은 하루 종일 함께 붙어 있는 것 같았다. 계백은 누이가 일우를 돌보는 모습에서 누이가 찾던 짝을 찾은 것으로 믿기 시작했다. 어려서부터 너무도 총명하여 백제에서는 그녀를 모르는 사람들이 없을 만큼 신동이라고 소문이 났던 그녀였다. 내신좌평으로부터 시작하여 달솔에 이르기까지 수많은 명문호족 집안에서 그녀를 탐내며 며느리로 삼고 싶어 했지만 어떻게 된 일인지 그녀는 전혀 결혼할 생각을 보이지 않았었다.

오로지 제자백가서에 심취하고 무공에도 남다른 흥미를 보이던 그녀가 15세가 되었을 때 야산에 갔다가 옻이 올라 한 달 간을 고생하였다. 그 후 그녀는 만독에 관심을 갖기 시작하여 본격적으로 당시 백제 최고의 의원인 사택웅치를 약 3년간 사사한 뒤 더 배울 게 없게 되었다.

이후 그녀는 혼자서 의학을 깊게 공부하여 인체와 무공과 악률(음악)등이 완전히 하나인 것을 깨달은 후 만독을 더욱 공부하여 정통하게 되었던 것이다. 그녀의 손에서 아직 치료되지 못한 병이 없을 정도로 그녀는 명의로 소문이 자자한 터였다.

그러다가 그녀는 당시 결혼 적령기인 16세를 훌쩍 넘어 벌써 23세가 되었다. 계백이 지금 25살이고 이미 벌써 결혼하여 가정을 둔 그가 볼 때 여동생의 미혼은 계백 본인은 물론 혼자되어 계백과 같이 살고 있는 노모에게도 큰 근심거리였다. 도대체 아무 남자에게도 전혀 관심을 보이지 않던 그녀가 일우를 보고 첫눈에 반한 것이 계백에게는 너무도 신기했다. 하지만 그녀에게 그런 혼사 이야기를 꺼낼 상황이 아니니 그저 두 사람의 이상한 인연으로 인한 사랑 놀음을 지켜 볼 수밖에 없었다.

한편 고천파는 만 하루가 되기도 전에 이곳에서의 은신 생활이

지긋지긋해지기 시작했다. 나갈 수도 들어갈 수도 없는 그야말로 구곡산장(九曲山莊)인 이곳에서 그가 할 수 있는 일이라고는 구들장 신세를 지는 일 밖에 없었다. 그는 건무가 지금 쯤 자신이 그에게 아무런 연락이 없는 점에 대해 노발대발하며 가족들을 들들 볶고 있을 것에 생각이 미쳤다. 그는 이틀 째 되는 날 계백에게 고구려 도성을 좀 다녀와야 하겠다고 말했다.

하지만 계백은 미소를 지으며 도저히 이곳을 나갈 길이 없다고 말하였다. 자신도 길을 모르고 오직 안내자들이 6개월 지나서야 이곳에 와서 자신들을 데려갈 것이라고 말하면서 심심하시면 자신과 바둑이나 장기로 소일하자고 제안하였다. 고천파는 할 수 없다는 듯 계백의 말에 따르는 척 하였다. 두 사람은 심심풀이로 장기를 두기 시작했는데 두 사람 다 장기의 최고수 수준들이라 한 번 장기를 두면 한 두 시진이 금방 지나갔다.

그러나 닷새째 되는 날 고천파는 새벽 일찍이 몰래 집을 나와 산성문 쪽을 찾아 나섰다. 그러나 그가 집을 나서서 약 100장도 채 지나지 않았는데 구불구불한 산길이 이어지더니 다시 길은 네 갈래 길로 갈라져 있었다. 그는 한 참 망설이다가 그 중 한 길을 택해 걸어갔다. 그러나 그 길은 조금 더 가니까 바로 낭떠러지 쪽으로 가고 있었다. 그는 다른 길을 찾아 보았는데 그 길을 조금 가다보니 웬 계곡이 나타났다. 계곡은 이미 겨울이 시작되어 물이 말라있었는데 전혀 길이 보이지 않았다.

그는 네 길 전부를 가보았으나 전혀 산성 쪽으로 나갈 수가 없었다. 결국 그는 깊은 산속의 중턱에서 자신이 천길 절벽을 향하여

가고 있음을 깨닫고 어쩔 수 없이 은신처를 찾아 다시 헤매기 시작했다. 그가 산 중에서 이렇게 한 나절을 헤매던 중 그는 나무하던 장정에게 발견되었다. 그는 그 장정에게 자신이 백제 한솔 계백에게 초빙되어 구곡산장에 머무르는 사람인데 길을 잃어버렸다고 말했다. 그러자 그 장정은 그에게 암호를 대라고 종주먹을 대었다.

"무질노고 봉왕승천............"

그는 수 일전 계백이 산성문에서 나지막하게 읊조렸던 암호를 기억하려고 무진 애를 썼으나 도무지 더 이상 기억이 나지 않았다. 그러자 그 장정은 고천파를 강한 의심의 눈초리로 바라보더니 나뭇단 속에서 잽싸게 장검을 꺼내어 그에게 겨누면서 큰 소리로 말했다.

"꼼짝 마라. 너는 신라에서 온 첩자임이 틀림없다. 순순히 내 손에 오라를 받아라. 아니면 이 자리에서 너를 처단하겠다."

그가 이렇게 강경하게 나오자 고천파는 도무지 이 사태를 어찌해야 할까 고민했다. 그는 그 장정에게 엄포를 놓아야 하겠다고 결심했다.

"이보시오, 젊은이, 나는 신라 첩자가 아니라 고구려 중부 대사자이며 현 태왕의 삼종제외다. 나를 빨리 구곡산장까지 데려다 주시오. 나를 박대하면 내 이 사실을 반드시 당신네 나라 대왕에게 말해당신을 혼내주도록 하겠소."

그러자 그 장정은 얼굴에 비웃음을 가득 짓더니 이렇게 말했다.

"그러시오? 그대가 고구려 태왕의 삼종제이면 난 백제대왕의 종제요. 잔 말 말고 오라를 받으시오."

그가 이렇게 말하며 칼을 고천파의 목을 향해 찔러오자 고천파는 부득이 자신의 장검을 어깨에서 빼어 그의 칼을 막았다. 그도 고구려에서는 최고수 중의 하나인지라 두 사람의 승부는 꽤나 시간이 걸렸다. 두 사람이 결국은 생사를 건 싸움에 돌입하였을 때 멀리서 누군가 그들을 향해 소리쳤다. 계백이었다.

"멈추어라! 그 분이 누구신 줄 알고 행패냐?"

"넌 또 뭐냐? 너도 고구려 태왕의 종제냐?"

그 장정은 계백이 누군인지를 모르는 신참인 모양이었다. 아마도 오늘 나무를 해오는 당번이었는데 산속에서 헤매는 고천파를 발견하고서 그가 신라 첩자라고 생각하여 공을 세워 보려고 애쓰는 것 같았다.

계백이 그에게 큰 소리로 말했다.

"내가 암호를 말하면 되겠는가?"

"그렇다. 우선 암호를 말한 후 우리 조직의 신표를 보여라."

그가 비웃는 조로 말했다. 그러자 계백이 그에게 말했다.

"무절노호 봉황승천 부여재홍"

"음, 암호는 아는군. 신표를 보여라."

그는 다소 실망한 듯이 계백에게 작은 소리로 말했다. 그러자 계백이 품에서 신표인 옥패를 꺼내 그에게 보여주자 그는 계백을 우러러보며 말했다.

"아이고, 몰라 뵈어서 죄송합니다. 이 분이 신라 첩자인 줄로 알고 그만........."

"그렇게 철저한 자세로 외부의 간자를 막아야 할 것이오 이 분은 내가 산장으로 모시고 갈 테니 형장은 그만 갈 길을 가보시오"

계백이 그에게 좋게 말하자 그는 얼굴이 밝아지면서 나뭇단을 메고 자신의 길로 갔다. 고천파는 계면쩍은 표정으로 계백을 바라보면서 말했다.

"무료해서 산책을 나왔다가 그만 길을 잃어버렸지요. 산속이 무척이나 복잡한 지형이올시다."

"하하, 대사자님께서 고생을 좀 하셨을 겁니다. 앞으로는 저와 같이 다니셔야 길을 안 잃어버릴 것입니다. 그만 돌아가십시다. 오늘 제 동생이 맛있는 요리를 준비한다고 합니다. 가서 함께 즐기십시다."

계백이 이렇게 고천파에게 부드럽게 말하자 고천파는 안색이 환해지면서 빨리 가서 맛있는 요리를 좀 먹자고 하며 발 길을 재촉하였다.

고천파는 산길을 걸으며 주변의 깎아지른 듯한 천애를 바라보면서 참 요새중의 요새라는 생각이 들었다. 그는 마음속으로 몇 차례 망설이다 계백에게 물었다.

"여기는 백제 조정에서 관할하는 수련장입니까? 아니면 사적인 수련장입니까?"

"여기는 비밀 결사대를 훈련하는 곳이지만 조정에서 관할하는 것은 아니고 고구려 조의선인 같은 상무조직인 무절단에서 관할합니다. 하지만 그 중에서도 이곳은 거의 외부 침투가 불가능하여 철벽의 요새라 할 만하지요. 고구려에도 이런 곳이 여러 군데 있을 줄 압니다만."

계백이 차분하게 설명하자 고천파는 백제의 새로운 면을 보는 것 같았다. 하기는 백제에 이런 막강한 비밀 결사대가 없이 어떻게 광활한 중원 대륙과 왜 열도에 거대한 식민지를 두고 경영할 수 있겠는가 하는 생각이 그는 들었다.

"저희 고구려 조의선인 조직은 이미 거의 공식화되어 비밀 결사대를 운영하기는 좀 뭣합니다만 유사시에는 그들이 나라를 위해서 선봉에 서니까 그래도 나라가 이만큼 버텨 온 것이지요."

고천파가 이렇게 설명하자 계백은 고개를 끄떡였다. 계백은 고천파에게 일우의 습격 사건에 대한 자신의 의문점을 물었다. 하지만 고천파는 어떻게 답변을 할 지 몰라 그저 빙긋이 웃으며 다음 기회에 한 번 이야기를 나누자고 하고는 말을 멈추었다.

이런 저런 이야기를 하면서 두 사람은 구곡 산장까지 왔다. 이미 모두가 대청마루에 앉아서 큰 상을 펼쳐놓고 두 사람을 기다리고 있었다. 수향이 그들을 매우 반기면서 말하였다.

"어서들 오세요. 오늘은 특별 요리가 준비되었는데 대사자님이 안 오시면 어쩌나 많이 걱정했답니다."

"대사자님 혼자서 멀리 고구려로 내빼시려고 하다가 길을 잃어 버리셨지요? 혼자서 가시면 발병이 납니다."

유가휘가 고천파에게 바른 말을 하자 그는 픽 웃더니 가운데 자리에 가서 털썩 주저앉으며 말했다.

"이 사람아, 이 맛있는 요리를 놔두고 가기는 어딜 가? 자, 이제 우리 계의원님 요리를 즐겨봅시다. 어서 좀 내 앞에도 먹을 것을 주시오. 어쩌나 배가 고픈지 졸도하겠시다. 그러나 저러나 우리 선우무사님은 무얼 드시나? 함께 먹으면 안 된다고 계 의원께서 엄명하셨으니."

"그 분 걱정은 마시고 대사자님이나 많이 드셔요. 이 분은 따로 먹을 게 많답니다."

수향이 이렇게 말하면서 고천파 앞에 산삼과 지네를 닭 한 마리 속에 넣고 통째로 백숙으로 푹 고은 것을 내놓았다. 노란 기름이 자르르 흐르는 것이 보기에도 정말 구미를 당겼다. 이미 일우를 제외한 모든 사람들의 앞에는 같은 음식들이 놓여져 있었다. 일우는 대청마루 끝에 몸을 기대고 앉아서 수향과 함께 겸상을 하고 있었다.

"그나저나 선우무사가 완치되어 천하비무를 떠나면 우리 계의원님께서는 연인 없이 어떻게 산데? 그렇다고 남정네 네 명과 함께 천하 주유를 할 수도 없고 참 걱정일세."

고천파가 닭다리를 입에 넣고 질겅질겅 고기를 씹어 먹으며 또 싱거운 소리를 시작하자 수향은 그를 흘겨보면서 말했다.

"함께 가자고 해도 가지 않을 테니까 걱정 마세요. 여러분들은 자신의 몸을 마음대로 하실 수 있지만 저를 찾는 백제 환자들이 많아 같이 갈래야 갈 수가 없어요."

"그나저나 처녀가 그 나이되도록 아직 시집을 못 간 걸 보니 눈이 엄청 높은 가 봅니다."

유가휘가 이렇게 수향을 향해 시비조로 말하자 계백이 끼어들었다.

"자자, 수향이는 임자를 만나면 제 갈 길 갈 것이고 우리는 선우 대형을 암습한 자들에 대해서 말해봅시다. 대체 누가 이 백제 땅까지 와서 그런 짓을 한 겁니까?"

그러자 이번에는 두건규가 닭 허벅지를 쭉 찢어서 입안에 넣으며 빈정대듯이 말했다.

"이야기 하자면 사연이 길지요. 하지만 여기서 그 대답을 모르는 사람은 딱 두 사람 즉 백제 사람들인 두 분만 모르지요. 저희는 답을 다 알고 있어도 말을 할 수가 없답니다."

"아니 그게 무슨 소리입니까? 저희 두 사람만 모른다니 대체 무슨 말씀입니까?"

"한솔님! 제가 나중에 날 잡아서 사연을 구구절절 말씀드릴 테니 오늘은 그저 먹고 마시고 즐깁시다. 무료한 이 산장에서 정치적인 이야기보다 그저 자신의 연애담이나 한 마디씩 합시다."

고천파가 이렇게 말하자 계백과 수향은 고구려 사람들인 그들에게 말 못할 사연이 있는 것을 눈치 챘다. 그러자 계백은 고천파에게 알았으니까 그럼 각자의 잊지 못할 연애담이나 한 마디씩 하자고 말했다. 그러자 고천파부터 자신의 지나온 인생에서 가장 잊지 못할 연애담을 한 마디씩 털어놓기 시작했다.

고천파는 자신이 어려서 10 대 후반 때 영양태왕의 탄신 잔치 때 궁궐에 갔다가 태왕후를 모시는 너무도 아름다운 어린 궁녀인 영려를 만났다. 그는 왕족의 신분으로서 잘 생긴 얼굴과 몸매(이 부분에서는 듣던 이들이 모두 폭소를 터뜨림) 그리고 최고의 귀한 선물과 끈덕진 구애로 그녀의 마음을 빼앗았다.

결국 철부지 십대들인 두 사람은 사랑에 빠져 그가 궁궐에 갈 때 마다 어른들 몰래 밀회를 즐겼다. 그러던 어느 날 그날은 태왕과 태왕후가 왕실 행사 차 산행을 가고 마침 영려는 심한 고뿔이 들어 자리를 보전하고 있었다. 그도 역시 그날 아파 죽는다고 온갖 핑계를 대고 왕실 행사에 참가하지 않았다. 두 사람은 그날 난생 처음 남녀의 일을 알게 되었는데 그 뒤로도 온갖 기회를 만들어 태왕후 궁에 툭하면 문안 인사를 갔다.

그러나 꼬리가 길면 잡힌다고 결국 두 사람의 수상한 행각을 눈치 챈 태왕후가 평범한 신분인 그녀를 궁에서 내쫓아멀리 고향 땅인 북옥저 땅으로 보내었다. 그리고는 다시 고천파를 만나면 둘 다 왕실 법에 따라 능지처참을 하겠다고 그녀에게 을러대었다.

그러나 두 사람은 그 뒤에도 북옥저에서 만나 연애를 하였는데 결국 왕실에서 두 사람의 밀회를 눈치 챘다. 그래서 자신을 강제로 지금의 처인 진공희와 혼인을 시키었다. 자신은 영려를 아직도 잊지 못하고 있지만 그녀는 자신의 혼인 뒤에 북옥저에 가도 만나지 못하고, 살았는지 죽었는지 알지 못한 채 결국 생이별을 하고 말았다는 것이다.

일행은 그의 가슴 아픈 연애담을 들으며 그가 생각보다 참 순정파라는 생각이 들었다. 다음 차례는 나이 순서에 따라 두건규였다.

두건규는 자신이 원래 태학에 입학해서 문관으로 출세하려고 했다. 그는 자신이 살던 요동성 여창현 욕살의 딸과 함께 한 스승 밑에서 학문을 했던 동문지간이었다. 두 사람이 한 스승 밑에서 고구려 경전과 역사 그리고 제자백가서를 배우던 중 두 사람은 서로에게 깊이 호감을 갖게 되어 나이 16세에 서로 사랑을 고백하였다. 두 사람은 18세가 되면 혼인을 하여 부부가 될 계획이었는데 여창현 욕살이 갑자기 자신을 불렀다.

그는 말하기를 이번 고구려 전국 무술 대회에 나갈 요동성 예선전을 열 것인데 자신은 그 대회에서 우승하는 자에게 자기 딸을 시집보낼 것이라고 엄숙히 통보하였다. 즉 무공을 전혀 못하는 너는 내 사위가 될 수 없다는 일방적인 통첩이었다. 결국 그 무술 대회에서 우승한 천무감이라는 자에게 자기 애인을 빼앗기고 말았다. 그 후 그는 절치부심하고 청려선방에 입문하여 지금까지 노총각으로 지내면서 최강의 무사가 되는 것을 필생의 목표로 삼고 살아오고 있다는 것이다.

그의 연애담 역시 실패담이었다. 그러자 다음에는 나이순서가 유가휘였다. 그는 자신의 인생에서 참 연애는 해보지 못할 팔자인지 만나는 여자마다 다 죽거나 시집을 가거나 멀리 사라져서 도무지 여자에 대하여 더 이상 마음을 줄 수 없었다. 그러나 가장 가슴 아픈 것은 군대에서 사람을 죽일 때 특히 역적으로 몰린 집안을 몰살시킬 때 그 집안의 금지옥엽 딸들이 자결하는 것을 목도하는 것이었다.

자신이 왕당에 들어온 지 10년이 조금 지난 어느 날 그때 고구려에서 역적으로 몰려 이천충 욕살 일가가 모두 참수당한 사건 때였다. 그날 자신은 왕당 대모달의 명령을 받고 그 집에 모든 남자들을 체포하러 일행 50여명과 함께 갔다. 자신이 제일 먼저 그 집안에 당도하였으나 아무도 없는 것 같았다. 그와 일행은 15개나 되는 방마다 뒤지기 시작했는데 자신이 수색하던 방 밑의 구들장이 이상하여 그것을 열고 내려갔더니 거기에는 정말이지 이 세상 사람이라고는 할 수 없을 묘령의 10대 후반이 여인이 있었다.

그는 그녀에게 한 눈에 반하였다. 그런데 그녀는 칼을 들고 막

자결하려던 참이었다. 그는 그녀의 칼을 달려들어 얼른 **빼앗았다**. 그리고 그녀의 입과 눈과 코를 두꺼운 헝겊으로 가린 채 절대 방 밖을 나오지 말라고 말하였다. 그리고는 다시 구들장 위로 나와 아무에게도 그녀의 존재를 말하지 않았다.

그날 업무가 끝난 후 몰래 그녀의 집으로 찾아가 그녀에게 먹을 것과 입을 것을 우선 마련해주었다. 그리고 왕당 본부에 가서 즉시 부모가 돌아가실 것 같다는 전갈을 받았다는 핑계를 대고 한 달간 휴가를 얻었다. 그리고 그녀를 마차에 태우고 자신의 고향인 흑수말 갈부에 있는 자신의 집으로 데리고 갔다. 두 사람은 그곳에서 사랑을 싹 틔우기 시작했는데 얼마 안 있다 그녀에게 창병이 온 몸에 번졌다. 결국 그녀는 자신의 집으로 온지 27일 만에 그 지독한 병으로 사망했다. 이후 그는 여자와는 아예 연분이 없는 것으로 알고 군무에만 충실하고 있다.

그의 연애담도 역시 실패담이었다. 다음 차례는 계백의 차례였다. 그는 무절에 입문하던 16세 때 동료인 연도치의 여동생을 소개받아 사랑을 시작했다. 연도치는 자신과 모든 면에서 간담상조할 만큼 뜻이 맞았다. 연도치의 여동생인 연어진은 인물이 몹시 뛰어난데 성격이 몹시 불같아서 그녀를 다룰 만한 남성은 이 세상에 아마 존재할 것 같지 않았다. 그녀는 남자들과 똑같이 어려서부터 무공을 배워 그 수준이 오빠인 연도치보다 못하지 않았다. 그녀는 자신보다 무공이나 학문 그리고 인품이 뛰어난 사람이 아니면 절대 사귀지 않겠다고 공언해온 터였다.

그때 연도치가 휴가를 맞아 계백과 함께 발라(發羅-벌어진 고을)44)에 있는 고향집으로 가서 계백을 그녀에게 소개했다. 그녀는 계백을 보는 순간 홍하고 코웃음을 치며 칼을 갑자기 **빼어** 그를 찌르는 것이 아닌가? 계백이 당황하여 그녀의 칼을 피하며 자리에서 일어났다. 그러자 그녀는 계속 현란한 칼솜씨로 그를 공격했는데 그 공격은 매수가 다 살수였다. 계백은 부득이 칼을 **뽑아** 비무를 시작했는데 두 사람은 그날 오후 늦게 시작한 칼싸움이 보름달이 휘청 뜬 밤중까지 계속되었다.

그러자 연어진은 갑자기 마방으로 달려가 말을 타고 들판으로 내달렸다. 계백도 자신의 말을 타고 그녀를 뒤쫓았는데 그녀는 그에게 무지막지하게 화살을 마구 날리었다. 그녀의 궁술 또한 최고의 무사 수준이었는데 아마 눈길 한 번 잘 못 돌리면 바로 화살에 맞을 판이었다.

부득이 계백도 그녀에게 활을 쏘았는데 그녀는 그의 화살을 용케도 잘 피했다. 두 사람은 전속력으로 말을 달려 드넓은 발라평야를 달리며 비무를 계속했다. 결국 그날 새벽이 되어서야 지친 그녀가 비무 중지를 요청하여 두 사람은 다시 그녀의 집으로 다정히 돌아왔다. 그날은 두 사람이 다 피곤하여 몸을 씻자마자 잠에 곯아떨어졌다.

다음날 한결 밝은 모습의 연어진은 계백에게 병법과 역사 그리고 제자백가서등을 깊이 있게 논하며 그의 실력을 가늠하였다. 하루 종일 고담준론을 하던 두 사람은 서로 상대에게 이끌리기 시작했다. 특히 그녀는 계백이 그녀에게 적어 준 싯귀에 너무 반하였는데 그

---

44) 지금의 나주.

내용은 대장부가 나가서는 나라와 겨레를 위한 구국의 일념이지만 안에서는 오직 한 아낙네의 남정네이자 아이들의 자상한 아버지일 뿐 운운 하는 내용이었다.

그날부터 두 사람은 거의 매일 붙어살다 시피하면서 무공을 논하고 역사를 논하고 천하 정세를 논하고 인물을 논하였다. 그녀의 오빠 연도치는 절친한 친구를 마치 누이동생에게 빼앗긴 것 같아 서운해 하면서도 두 사람의 무르익는 관계에 무척이나 기뻐하였다. 그해 휴가 때는 그저 그녀와 깊은 포옹을 한 후 헤어진 것이 고작이었다.

두 해를 더 지난 18세 되던 때 두 사람은 양가에 결혼을 선언하였고 양가 모두 상대를 흔쾌히 받아들였다. 계백은 첫 사랑의 연인이 바로 지금의 아내인 연어진이라고 말하며 말을 맺었다. 그만이 첫 사랑을 성공한 경우였다.

그의 말이 끝나자 고천파가 이번에는 짓궂게도 나이 순서에 따라 수향의 차례이니 그녀의 연애담을 말하라고 재촉하였다. 수향은 어찌할 바를 몰라 얼굴만 붉히고 있는데 두건규가 눈치를 채고 그녀에게 능청스럽게 말하였다.

"자, 이제 계의원님 차례입니다. 모두가 학수고대하고 있으니 어서 말씀을 하시죠."

"전, 연애 같은 것 해본 적이 없어요."

수향이 얼굴을 붉히며 모기소리 만하게 말하자 일우를 제외하고 모두들 배꼽을 잡고 웃었다.

"그럼 지금 진행하는 연애는 없나요?"

유가휘가 능글맞게 그녀에게 물었다.

"……………"

그녀는 얼굴이 빨개져가지고 안절부절 못하고 있었다. 그러자 이번에는 유가휘가 또 일우에게 딴죽을 걸었다.

"그럼 이번에는 선우 대형이 대신 대답하여야 하겠네. 선우 대형은 연애해 본 적이 있소, 없소?"

"없습니다."

일우가 씩씩하게 말하자 모두들 의외라고 생각했다. 샌님같은 일우가 당당하게 말하자 참 이상한 일이었다.

"그럼 지금 진행하는 연애는 있소?"

고천파가 다시 짓궂은 표정을 지으며 일우에게 물었다.

"네, 있습니다."

모두들 시원시원한 일우의 말에 다소 의외라는 듯 서로 얼굴을 마주보았다.

"그게 누군지 밝힐 수 있습니까?"

두건규가 호기심어린 표정으로 일우에게 물었다.

"네, 저는 여기 계신 수향씨를 진심으로 연모하고 있습니다."

일우가 이렇게 당당하게 나오자 모두들 되레 당황했다. 수향은 얼굴이 빨개져가지고 일우를 흘겨보더니 그에게 독이 오른 듯 내질렀다.

"흥, 물에 빠진 사람을 건져 놓으니까 잃어버린 보따리 내놓으라는 격이군요. 뻔뻔스럽기는…………"

그녀는 자리에서 발딱 일어나더니 집 밖으로 뛰쳐나갔다. 일우는 당황하여 얼굴이 빨개져가지고는 어찌할 바를 모르고 있었다. 그러자 고천파가 그에게 타박을 주었다.

"어이고, 이래서 연애 초짜들은 항상 여자에게 쥐어 지내게 마련이라니까 쯧쯧........."

"제가 뭘 잘못했나요?"

일우는 도무지 갈피를 잡을 수가 없어 고천파에게 매달리듯 물었다.

"아이쿠, 이거 선우 대형이 이렇게 연애에는 숙맥이니 앞으로 천하비무를 다니다 보면 강호의 온갖 미녀들과 기녀들 그리고 요녀들을 어떻게 다루노. 큰 일이로다 쯧쯧.........."

고천파가 한심하다는 듯이 혼자 말로 개탄하자 일우는 황당한 심정이 되어 눈을 제대로 뜨지 못하고 밥상 밑만 쳐다보고 있었다. 그러자 계백이 그런 일우를 달래주어야 하겠다고 생각해서 그를 격려하는 말을 하였다.

"선우 대형은 무공을 연마하느라 전혀 세상을 모르고 산 것 같은데 내 동생도 의술과 무공을 연마하느라 마찬가지요. 지금 괜히 여러 사람 앞에서 사랑고백을 받고 부끄러워서 그런 것 같은데 신경 쓰지 말고 대차게 밀고 나가시오. 여자란 원래 속으로는 좋아도 겉으로는 튕기는 법이외다."

"허허, 계 한솔께서 선우 대형이 무척이나 마음에 드는 모양이외다. 고구려 제일 무사와 백제 제일 가인의 결합이라? 참으로 그림이 좋소이다. 고구려와 백제의 경사외다."

고천파는 무엇이 좋은 지 싱글벙글 거리며 두 사람이 이미 결혼을 하기로 예정된 듯 축복을 미리 하고 있었다. 잠시 뒤 얼굴에 화기

제18장 백제에서의 은신생활과 일우의 첫 사랑 291

를 띤 수향이 다시 나타나서 일우의 앞에 앉아 그를 쳐다보지도 않고 닭다리를 요란스럽게 뜯어먹기 시작했다. 일우는 그런 그녀가 무서워서 감히 쳐다보지도 못하고 자기 밥상에 놓인 천연식품으로서 무해무독한 산나물들과 해산물들 그리고 7곡으로 만든 현미밥을 조용히 먹고 있었다.

식사 뒤에 그들은 장기판을 벌려놓고 진짜 전쟁보다 더한 머리를 쓰는 전쟁을 시작하였다. 장기판을 두 군데 설치하고 두 조로 나누어 계백과 수향, 일우가 한 조가 되어 백제를 대표하고, 고천파, 유가휘, 두건규가 한 조가 되어 고구려를 대표하여 다섯 판을 싸워 세 판을 이기는 쪽이 승리하기로 하였다.

그들의 두뇌 싸움은 실로 고구려와 백제를 대표하는 전쟁과 다름이 없었다. 양쪽이 최강의 무공 고수에다 전략과 병법 및 심리전에도 달인들 이다 보니 그들의 한 수 한 수가 그야말로 손에 땀을 쥐게 하는 명승부였다. 특히나 수향의 머리가 어찌나 뛰어난지 고구려조는 한 수 한 수를 세 사람이 머리를 싸매며 승부에 임하고 있었다.

첫 판은 약 한 시진 만에 백제조가 승리하였다. 둘째 판은 약 두 시진 만에 고구려조가 승리하였다. 셋째 판은 너무도 치열한 싸움이 벌어져서 서로 물고 물리는 공방전이 펼쳐지고 있었다. 그러나 결국은 일우의 기가 막힌 한 수로 인하여 외통수로 몰린 고구려조가 손을 들고 말았다. 넷째 판은 세 사나이가 온갖 전략을 다 짜내고 서로 다툼질을 해가면서까지 승리에 혈안이 된 고구려조가 승리하였다. 그들은 승리 끝에 만세를 부르며 도저히 더 이상 지탱할 힘이 없으니 이제 무승부로 끝내자고 제안하였다.

그러자 몸이 지치기 시작한 일우 또한 고구려조에 동조하였는데 수향이 일우는 그냥 누워서 구경이나 하라고 몰아붙이고는 마지막 결승전을 재촉하였다. 세 명의 고구려 조 사내들은 여자가 독하기도 지랄 맞게 독하다고 속으로 구시렁거리며 할 수 없이 다시 장기판을 시작하였다.

그런데 승부가 한참 고구려조에 불리하게 돌아가고 있는데 대문 밖에서 웬 사람들이 계백을 불렀다. 여섯 사람은 하던 장기판을 잠시 멈추고 밖을 주시했다. 계백은 급히 자리에서 일어나 대문 밖으로 나갔다. 그곳에는 무절단 요원들 다섯 사람이 서있었다.

"계 한솔님, 잘 계셨지라? 대왕 폐하로부터 긴급하게 입궁하라는 어명이 당도했구만요. 당장 상경하셔야 쓰것습니다."

"무슨 일인지 알 수 있을까요?"

계백이 긴장하며 그들에게 물었다.

"글쎄, 무슨 일인지는 모르겠고 일행들 모두를 데리고 오라는 어명이구만요."

"일행들까지 모두?"

"아픈 환자는 놔두고 오라십니다요."

계백은 아무래도 일우를 암습한 범인이 잡힌 것 같다는 느낌을 받았다.

"그럼, 내가 준비하고 나올 터이니 잠시 기다리시오."

계백은 이렇게 말하고 집안으로 들어갔다. 모든 사람들의 시선이 그에게 집중되었다. 성질 급한 고천파가 먼저 그에게 아는 척 하였다.

"우리 모두를 입궁시키라는 대왕 폐하의 어명이지요?"

"그렇습니다."

"그럼, 선우사제를 암습한 자객을 잡았나 보군요."

두건규가 이렇게 말하자 계백은 고개를 가로 저었다.

"글쎄, 지금으로서는 그것까지는 잘 모르겠소이다. 어떡하지요? 선우 대형과 계 의원만 이곳에 남고 우리는 모두 지금 당장 입궁하여야 할 것 같습니다만."

"아따, 잘 되어부렀네. 우리는 궁에 가서 미희들과 질탕하게 마시며 회포를 풀어 부릴 수 있으니 좋고 두 사람은 이곳에 단 둘이 남아서 알콩달콩 사랑놀음에 빠져부릴 수 있으니 이 아니 좋은 일이 아니당가요?"

고천파가 백제 사투리를 써가며 희희낙락한 표정을 짓자 두건규는 근심걱정이 태산 같은 표정을 지었다. 그러자 유가휘가 눈치를 채고 고천파에게 쏘아부쳤다.

"아따, 고 대사자님은 인증단 대표가 되어 가지고 선우 대형을 보호할 생각은 안 하시고 그런 넋 나간 소리만 한답니까?"

"아따, 그럼 우리가 백제에 와서 백제왕이 오라면 오고 가라면 가야지 무슨 용빼는 재주가 있남? 게다가 주인공은 지금 사랑밖에는 아무 것도 할 수 없는데 나보고 어떡하란 소린가베 지금?"

고천파는 화가 난 듯한 표정을 지으며 유가휘에게 쏘아부쳤지만 그의 마음은 이미 백제 왕궁에 가서 미희들과 진탕 퍼마시는 상상에 너무도 즐거웠다. 게다가 그는 마음속으로 그곳에 가면 고구려 간자들을 통해 영류태왕에게 일우의 동정을 보고하고 자신은 백제왕에게 인질로 잡혀 있음을 보고하면 되니까 이 얼마나 좋은 일이냐고 생각하며 만면에 미소를 금치 못하고 있었다. 그러자 두건규가 마침내 입을 열었다.

"만일 우리가 없을 때 자객이 이곳을 덮치면 아무런 무공도 할 수 없는 선우 사제를 누가 보호합니까?"

그러자 수향이 선뜻 그의 말을 받고 나섰다.

"그런 문제는 걱정하지 마세요. 저도 이 분을 보호할 만한 무공을 지니고 있으니까요. 그리고 이 집은 특수기관들이 설치되어 있어서 자객이 침입했을 때 대문서부터 안방까지 온갖 무시무시한 무기들과 암기들이 일시에 그들을 도륙할 수 있으니 아무 걱정 말고 왕궁에 가셔서 잘 들 지내시다 다시 오세요."

그녀가 이렇게 말하자 두건규는 많이 안심이 되는 표정을 지었다. 그러나 고천파와 유가휘는 천하일색의 가인과 단 둘이 이곳에서 사랑 놀음을 하게 될 일우가 너무도 부러워 죽겠다는 듯한 표정을 지으며 수향을 묘한 눈초리로 바라보았다.

결국 일우와 수향만 그곳에 남기로 하고 계백과 고천파, 유가휘, 두건규는 소지품들을 다시 챙긴 후 왔던 그 방식 그대로 다시 두꺼운 검은 두건으로 얼굴을 가린 채 말에 올라탔다. 그들은 수향과 일우에게 잘 들 지내고 있으라고 일시적인 작별 인사를 한 후 안내하는 무절단 요원들을 따라 산성 밖으로 달려 나갔다.

제19장 흉수(凶手)의 음모

그날 밤부터 두 사람은 널찍한 집에 그야말로 단 둘이 남게 되자 서로 묘한 기분이 들기 시작했다. 이미 해시(밤9시-11시)가 지나 밤이 깊어가고 있었는데 보름달이 휘영청 떠올라 산장의 분위기는 매우 낭만적이었다. 산장 주변에서 이름 모를 새들과 풀벌레들이 아직도 지저귀고 있었다.

두 사람은 일우의 방에서 그날의 마지막 제독 치료를 하고 있었는데 수향이 그의 간경락에다 뜸을 뜨면서 그에게 물었다.

"아까 여러 사람 앞에서 말한 거 사실이예요?"

수향이 일우를 먼저 공격하듯이 말을 시작했다. 일우는 누운 채 이불을 끌어 자신의 얼굴을 가린 채 차마 그녀의 얼굴을 바라보지도 못하고 있었다.

"네, 사실입니다."

일우는 작지만 단호하게 말했다.

"어떻게 그런 고백을 여러 사람 앞에서 그렇게 뻔뻔스럽게 할 수 있지요?"

수향은 뜸을 하나씩 떼면서 그에게 항의하듯 물었다.

"제가 무엇을 많이 잘못 했나 본데 무엇을 잘못했는지 도무지 모르겠습니다. 수향 씨가 좀 가르쳐주세요."

일우는 도대체 이 여자가 왜 자꾸 그 고백 타령을 하는 지 이해가 되지를 않았다.

"일우 씨, 정말 바보 아녜요? 그렇게도 여자 마음을 모르시나요?"

그녀는 화가 난 듯 뜸자리에서 아프게 뜸을 떼어내며 그에게 물었다. 그러자 일우가 비명을 지르며 항의조로 말했다.

"*아약*, 무슨 의원이 그렇게 무자비합니까?"

"순 엄살쟁이 같으니, 그렇게도 멍청한 남자는 혼이 좀 나야 해요."

그녀는 더욱 아프게 일우의 뜸자리에서 뜸을 힘껏 떼어내었다. 그때서야 일우는 수향의 마음을 알 수 있을 것 같았다.

"*아약*, 정말 잘못했어요. 내가 진짜 멍청했어요. 단 둘이 있을 때 사랑을 고백하여야 하는 건데 정말 나는 바보같았음을 고백할게요. 제발 이제 좀 살살 다뤄주세요. 아파서 죽을 것 같아요."

일우가 이렇게 말하자 수향은 기분이 풀려서 그를 살살 다루기 시작했다. 이윽고 수향은 그의 간 경락에서 제독 작업을 마치고 나서 그를 자리에서 일어나 앉혔다. 그리고는 그를 지극히 사랑스러운 눈초리로 바라보았다. 일우는 그런 그녀를 바라보자 갑자기 정신이 혼미해질 정도로 황홀했다.

그녀는 일우에게 조용히 말했다.

"일우 씨, 진정으로 나를 사랑하나요?"

"네, 수향 씨를 진정으로 사랑합니다."

"나와 장래 혼인하실 생각이 있나요?"

"네, 당신을 장래 내 유일한 아내로 맞이하겠습니다."

"만일 나라와 아내 중 하나를 택하라면 어느 쪽을 택하실 것인가요?"

"……………"

일우는 지금 그녀가 왜 그 질문을 하는 지 머릿속으로 복잡한 계산을 하고 있었다. 하지만 아무리 그녀를 사랑한다 하여도 고구려를 버릴 수는 없다는 것이 그의 진심이었다. 그는 잠시 대답을 망설였는데 수향은 그의 두 눈을 뚫어지게 바라보고 있었다. 일우는 그녀에게 설령 차인다 해도 남자답게 고구려를 택하겠다고 말할 결심을 하였다. 그는 천천히 말을 시작했다.

"만일 고구려와 수향씨 중 하나를 택하여야 할 상황이라면 전 고구려를 택할 것입니다."

그가 대사를 읊듯 수향의 눈길을 외면하며 이렇게 말하자 수향은 한참이나 그의 두 눈을 뚫어지게 바라보더니 호호호! 하고 큰 소리로 웃어 제치는 것이 아닌가?

"어쩜, 일우씨와 우리 오빠는 그리도 닮았나요? 두 사람은 판에 박힌 듯 생각이 똑 같아요. 그래요, 그 점이 마음에 들어 올케는 오빠에게 시집을 왔지요. 대장부가 여자 때문에 나라 일을 망친다면 천하의 소인배가 될 뿐이지요. 그래요, 일우씨는 대장부예요. 그러니 고구려를 위해 나를 벨 일이 있으면 베고 떠나세요."

일우는 그녀의 주절거리는 입을 바라보며 그녀가 다음에 어떤 행동을 취할 까 걱정이 되었다. 자신의 대답이 그녀를 만족시킨 것 같지는 않았기 때문이다. 그녀는 휙 자리에서 일어나 자기 방으로 가 버렸다. 일우는 자신이 차라리 거짓말을 해서 그녀를 우선 만족시킬 걸 그랬나 후회가 되었지만 그렇다고 여자 때문에 고구려를 지켜야 한다는 자신의 사명을 버릴 수는 없었다.

그날 밤 일우는 잠자리에 누워 지난 세월을 회고하였는데 자신의 20 평생이 참으로 험난했다는 생각이 들었다. 태어나자마자 엄마도 죽고 누이도 형제도 하나 없이 아버지 손에서 겨우 7살 까지 컸는데 아버지는 현 태왕에게 무자비하게 학살당하였다. 살기 위해 청려선방에 들어가 오직 아리 선녀만을 누이처럼 생각하고 용명, 정고 등 스승들을 아버지처럼, 청려선인을 할아버지처럼 생각하고 살아왔었다. 그는 사람으로서 견딜 수 없을 정도의 극한 상황까지 도달하는 초인적인 훈련을 거쳐 고구려 최고의 무사까지 되었지만 아직도 천부신검을 차지하기 위해서는 목숨을 건 비무를 최소한 수십 회 이상은 해야 한다. 그런데 첫 비무 상대인 계백과 비무 도중 자객에게 암습을 받아 절대절명의 위기에 처했다가 계수향이라는 절대가인을 만나 사랑에 빠졌다. 그러나 과연 자신이 수향을 아내로 맞이하여 그녀를 행복하게 해 줄 수 있을 까 생각하니 도무지 자신이 없어졌다.

그렇다! 나의 갈 길은 칼의 길이다. 언젠가 고구려가 다시 당뙤들의 침략을 받는다면 자신은 천부신검을 앞장세우고 전국 30만 조의선인들과 100만 정규군들의 맨 앞에서 그들에게 천부신검의 절대 보호가 있음을 믿게 하여 용감하게 싸우게 함으로써 고구려를 구해야 한다. 그것이 나의 사명이다. 그간 내가 주책맞게 수향에게 공개

적으로 사랑을 고백이나 하고 또 그녀에게 사실상 청혼을 하는 등 정말이지 후안무치한 짓을 저질렀다. 장래 나에게는 피비린내가 진동할 것이다. 하늘의 선녀같은 수향을 아내로 삼아 그녀를 평생 피비린내 속에서 살게 할 수는 없다. 그렇다! 이제부터는 그녀에게 냉정하게 대하자. 그저 생명의 은인으로, 그저 의원과 환자의 신분으로 그렇게 살자.

일우는 갑자기 자신에게 큰 자괴심이 들며 수향과의 사랑을 부정하기로 결심하였다. 그러다가 그는 서서히 잠에 빠져들어갔다.

한편 수향은 일우의 그릇에 몹시 감탄하고 있었다. 자신이 평생을 걸 배우자로서 손색이 없다는 생각이 들었다. 그러나 그의 지나온 날이 얼마나 험난하였고 또 앞날이 얼마나 험난할 지 생각하니 그녀는 그가 갑자기 불쌍해졌다.

그래, 그가 천하제일의 무사가 되기 위해서 겪어야 할 일은 너무나 험난한 길이 될 것이다. 설령 평생 그만을 바라보며 그리며 살아도 내 마음속에 이리도 사랑하는 마음을 가지게 되었으니 얼마나 행복한 일인가? 그를 위해 엄마가 되고 누이가 되고 아내가 되고 때로는 애인도 되고 때로는 그의 군사이자 의원이 되자. 그가 목숨을 건 고구려를 위해 나도 그를 따르자.

이렇게 생각한 수향은 안방에서 나와 일우의 방으로 들어갔다. 그녀는 잠든 일우의 입술에다 자신의 입술을 포개었다. 그러자 순간 잠든 일우의 얼굴에서 한 방울 눈물이 그녀의 뺨에 떨어졌다. 수향은 놀라서 그를 바라보았으나 그는 몸을 돌려 그녀를 외면하였다. 수향은 가슴이 찢어지는 듯 아팠다. 자신이 괜스레 사내대장부의 가장 아픈 약점인 조국애를 찔러댄 것으로 인해 그가 몹시 상심했음을 눈치 챘다. 그녀는 내일부터 일우가 자신에게 냉정하게 대할 것임을 눈치 채고 더욱 사랑으로 그를 보살펴야 하겠다고 마음을 먹고 자신의 방 으로 미끄러지듯이 들어갔다.

그날 밤 인시경(새벽3시-5시경) 두 사람이 각자 방에서 깊이 잠 에 들었을 때 자객들 세 명이 그 집에 침투했다. 그들은 백제의 무절 단에 침투해있는 고구려 왕당의 첩보조직인 갈까마귀의 일원들이었 다. 그들은 그간 기회를 호시탐탐 엿보다가 계백 일행이 백제왕궁에 들어간 것을 기화로 오늘 밤 선우일우를 참살하기 위해 세 사람이 지금 구곡산장의 기와지붕 위를 사뿐히 걸어서 앞마당에 내렸다.

그들은 일우가 있는 방으로 가기 위해 대청마루로 올라섰다. 그 들은 모두가 검은 복면을 쓰고 있었고 손에는 긴 장검을 빼들고 있 었다. 그들이 막 일우의 방을 열려고 하자 갑자기 요란한 징소리가 나기 시작했다. 그들은 움찔했다. 분명히 이 집에는 한 여자와 병들 어 죽어가는 한 남자만 있을 텐데 갑자기 징이 울리자 그들은 모골 이 송연했다.

그들이 다시 일우의 방문을 열려고 하자 갑자기 대청 천장에서 무슨 큰 약 봉지 같은 것이 그들의 앞에 떨어지더니 하얀 가루 같은 것이 그들의 몸에 날리기 시작했다. 순간 그들은 목이 막혀 *켁켁!* 대 더니 그 자리에서 질식하여 앞마당에서 뒹굴며 쓰러졌다.

그러자 수향과 일우가 대청으로 나와 죽어가는 그들을 바라보았 다. 수향은 이미 손에 장검을 빼어들고 있었고 그녀의 등에는 강궁과 수십 발이 든 전통(箭筒)이 매어 있었다. 갑자기 무사의 모습을 한 그녀를 보자 일우는 너무 놀랐다. 인자한 의원에서 여무사로 변신한 그녀가 너무도 살벌했기 때문이었다.

일우가 무심결에 마당으로 내려가서 그 자들을 보려고 하자 수향이 외쳤다.

"가까이 다가가지 마세요. 그 자들을 중독시킨 독이 일우 씨를 해칠 수 있으니 절대 그들로부터 멀어지세요."

그러자 일우는 주춤하며 다시 대청마루로 올라섰다. 수향은 안마당에서 지붕을 향해 갑자기 화살을 열댓 발을 쏘았다. 그러더니 다시 우물가의 계수나무를 향하여 또 화살을 열댓 발 연속으로 쏘아댔다. 그때 갑자기 대 여섯 명이 안마당으로 쓰러졌다.

순간 달빛을 배경으로 검은 복면 다섯 명이 그녀를 향해 날아왔다. 그녀는 그들을 향해 무슨 공 같은 것을 하나 던졌는데 그것이 그들 가까이 갔을 때 갑자기 산통이 터지듯이 은빛의 비늘 같은 암기 수천발이 자객들을 향하여 날아갔다. 결국 그들은 땅에 착지하기도 전에 모두 온 몸에 독이 퍼져 시꺼멓게 변하여 죽어버렸다.

그때 갑자기 지붕위에서 온 몸을 검은 두건과 장삼으로 휘감은 자가 큰 소리로 외쳤다.

"그년이 독랄하기가 지옥 야차보다 더하구만. 네, 이년, 내 칼을 받아라."

그 자는 그녀를 향하여 크기가 반자 정도 밖에 안 되는 비수를 대 여섯 개를 한꺼번에 던졌다. 일우는 수향이 위험에 처한 것 같아 당장이라도 칼을 들고 싸움에 나서고 싶었다. 그러자 수향이 *호호!* 웃더니 그 자의 비수들을 모두 칼로 후려치고는 지붕을 향하여 몸을 날렸다. 일우는 그녀의 그 경공술에 그저 찬탄할 뿐이었다.

검은 복면인과 수향의 지붕위에서의 싸움은 그야말로 무시무시하여 도무지 일우는 숨을 돌릴 수가 없었다. 일우는 검은 복면인의 무공이 너무도 고강하여 수향이 위험할 것 같다는 생각에 안절부절 못하고 있었다. 수향의 검법은 무절검법에 왜의 일도류를 합친 것 같았지만 자세히 살펴보니 독자적인 검법을 구사하고 있었다.

그러나 일우는 시간이 흐를수록 그녀의 검이 아무래도 기가 딸리고 있는 것처럼 느껴졌다. 그런데 일우는 그 검은 복면인의 검법이 청려선방의 것과 너무도 흡사하여 놀라고 있었다.

수향은 갑자기 품에서 다시 긴 장통 같은 것을 꺼내 입으로 검은 복면인에게 발사했다. 그러자 갑자기 수만 마리나 될 듯한 작은 파리 떼 같은 벌레들이 그를 향해 덤벼들었다. 검은 복면인은 칼을 휘둘러 그것을 물리쳤다. 하지만 시간이 흐를 수록 벌레들은 그의 온 몸에 달려들어 그의 피를 빨아대고 있었다.

사실상 수향은 더 이상 검은 복면인과 싸울 필요가 없어졌고 그녀는 그자를 비웃으며 지붕에서 안마당으로 살짝 착지했다. 검은 복면인은 비명을 지르며 지붕에서 몸을 날려 산장 뒤의 산 쪽 어디론가 사라져 버렸다.

수향은 시체들 8구를 모두 안마당에다 모아놓고는 무슨 약물 같은 것들을 뿌렸는데 잠시 뒤 시체가 물이 끓듯이 타면서 거품처럼 사라져갔다. 일우는 너무도 수향의 태연함에 놀라고 있었다. 그는 여태까지 보아 온 수향의 부드러운 모습만을 생각했던 자신이 얼마나 미련했는지 깨달았다. 그녀는 그야말로 어디에 있더라도 자신의 몸

하나는 보전할 만한 무사이자 만독의 명수이며 또한 암기의 달인이라는 사실을 비로소 깨달았다. 그는 그런 그녀가 한편으로는 무섭고 두려워졌다. 무조건 사랑하기에는 너무도 복잡한 난세의 여걸임에 틀림이 없었다.

잠시 뒤 시체가 다 녹아서 흔적도 없이 사라지자 수향은 일우에게 방으로 들어가자고 말했다. 그리고는 아무래도 일우도 자신의 안방에서 함께 자야 하겠다고 말했다. 일우는 어쩔 수 없이 그녀의 말에 동의하고 침구류를 그녀의 방으로 옮겼다. 두 사람이 이불을 같이 하고 잠자리에 들었다. 두 사람은 쿵쾅거리는 심장소리를 느끼며 도무지 잠을 잘 수 없었다.

그러자 수향이 일우의 오른 손을 자신의 왼 손으로 만지며 부드럽게 말을 붙였다.

"일우씨, 너무 놀랐지요? 그리고 제 진짜 모습에 너무 실망했지요?"

"……………"

일우는 지금 몹시도 놀란 마음과 긴장된 심정으로 인해 심장이 터질 것 같아 도무지 입이 떨어지지 않았다.

"몹시 놀라셨군요. 이게 난세에 태어난 여자들의 진짜 모습이랍니다. 자신 하나도 지키지 못하면서 앞으로 이 험난한 시국을 어떻게 살 수 있겠어요. 일우씨가 제게 많이 실망하셨어도 할 수 없어요. 제가 이런 사람인 것을 오빠가 아니까 저만 놔두고 입궁하신 거죠. 그런데 지붕위의 그 검은 복면인이 좀 수상해요. 아무래도 몸의 구조가 많이 낯이 익어요. 우리 가까이에 있는 사람 같다는 생각이 들어요.

일우씨는 뭐 이상한 것을 눈치 채지 못하셨나요?"

그러자 일우가 비로소 가슴을 진정시키고 천천히 입을 열었다.

"그래요. 나도 그 검은 복면인이 아무래도 청려선방의 검법을 구사하는 것이 이상했어요. 지금 수향씨는 두건규 사형을 의심하는 것입니까?"

"맞아요. 내가 의원으로서 또 무공을 오래 연마한 사람으로서 그 자의 근골구조와 음성이 두건규라는 일우씨 사형과 영락없이 닮았어요. 그 자가 구사한 검법이 청려선방의 것이 사실이라면 그 자가 오늘 밤 암습한 자객의 수령이 틀림없어요. 그런데 어떻게 입궁한 그 자가 이 야밤에 여기까지 다시 몰래 와서 일우씨를 암습했죠? 그리고 겉으로 보기에 그 자가 가장 일우씨를 걱정하는 것 같은데 그렇다면 그 자가 고구려 태왕의 간자이가요? 아니면 개인적인 야망 때문인가요? 여기까지 온 것을 보면 틀림없이 그 자는 우리 무절단 조직에 긴밀한 끈이 있다는 것이 틀림없어요. 지금부터 일우씨는 절대 인증단 세 사람을 믿어서는 안 될 것 같아요. 그 자의 정체도 수상하지만 고천파나 유가휘가 태왕의 수족이 틀림없으니 과연 어떻게 일우씨가 천하비무를 끝내고 천부신검을 차지하게 될 지 큰 문제이군요."

수향은 정말 일우의 앞날이 크게 걱정이 되었다. 누구 하나 진심으로 믿을 사람이 없었기 때문이었다. 일우는 수향의 말을 부정할래야 부정할 수가 없었다. 두건규가 아니면 누가 청려선방의 비전 무학인 용호승일검(龍虎乘日劍)을 그렇게 잘 쓸 수 있단 말인가? 만일 수향의 독벌레가 아니었으면 결코 그녀와 일우는 오늘밤 살아남기 힘들 뻔 했다.

그는 지금 가슴속에서 울분과 통탄과 불신의 감정이 얽혀져 아프지만 않다면 밤새내 통음을 하고 싶은 심정뿐이었다. 일우는 참다 참다 결국 자신도 모르게 우우 하며 울음을 터뜨리고 말았다.

"일우 씨, 울지 마세요. 몸에 안 좋아요. 그리고 걱정 마세요. 내가 끝까지 일우 씨를 따라 다니며 지켜 줄게요. 일우씨의 조국이 고구려이고 일우 씨가 고구려를 위해 한 목숨 바친 사람이라면 이제 나의 조국도 고구려이고 그 고구려를 위해 일우 씨와 한 평생을 함께 갈게요. 그러니 두건규가 완전히 범인으로 밝혀질 때까지는 그냥 가만히 평상시처럼 지내세요. 그리고 앞으로 절대 남들 앞에서 자신의 감정을 드러내 보이지 마세요. 지금 세상은 난세 중의 난세랍니다. 우리 백제의 운명도 고구려의 운명도 어찌 될지 모르는 풍전등화 같은 시대에 살고 있는데 우리가 누구를 믿을 수 있겠어요. 그러니 우리 두 사람이 비록 정식으로 혼례를 치르지 않았어도 마음으로는 이미 지아비, 지어미이니 부디 서로를 굳건히 믿으면서 살아요."

수향은 흐느끼는 일우를 자신의 작은 품에 안고 그를 엄마처럼 달래고 있었다. 일우는 그녀의 품에서 자신이 태어자마자 얼마 안 있다 죽은 엄마의 젖 냄새가 나는 것 같았다. 그는 그녀의 품에서 마음의 평정을 찾아가기 시작했고 얼마 안 있다 피곤에 지치고 상심한 마음으로 서서히 잠에 빠져들기 시작했다.

그가 잠에 완전히 곯아떨어지자 그녀는 자리에서 일어나 다시 전투준비에 돌입했다. 전통에 맹독을 칠한 화살 30여개를 담고 또한 날카로운 비수 20여개를 허리춤에 찼다. 그리고 강궁과 장검을 등에 찬 후 안방을 나섰다. 그리고 대청마루에 양반다리를 하고 앉아 전후 좌우로 사방 500장 정도 안에서 들리는 개미소리도 들을 만큼 청력을 집중하여 상황을 주시하고 있었다.

그녀는 분명이 두건규가 오늘 밤 무슨 수를 써서라도 일우를 제거하기 위하여 마지막 발악을 할 것이 틀림없다고 생각했다. 물론 그가 혼자 힘으로 해독약을 구할 수는 없을 테니 결국 자신에게 다시 나타날 것이라고 그녀는 예감했다. 그녀가 눈을 감고 청력을 집중하여 상황을 예의 주시한 지 채 한식경이 지나지 않아서 산장의 사방 500장 정도 되는 곳으로부터 약 50여명의 무리들이 말을 타고 몰려오고 있음을 그녀는 감지했다.

순간 그녀는 그들이 화공을 쓸 수 있겠다는 생각이 들었다. 그녀는 아무래도 일우를 지하실에 보내어서 안전하게 있게 한 후 무절단전 단원들을 호출하여 자객들을 일망타진하여야 하겠다는 생각이 들었다. 그녀는 안방 문 위쪽 끝 대청 부근에 있는 기관 손잡이를 잡고 그것을 힘껏 눌렀다. 그러자 일우가 자고 있던 방구들이 열리며 일우를 지하실로 안전하게 착지시켰다. 순간 일우가 소리쳤다.

"무슨 일입니까?"

"지금 자객들이 몰려와요. 아마 그들은 화공을 쓸 가능성이 농후하니 일우 씨는 지하실에서 가만히 계세요. 절대 무슨 일이 있어도 위로 올라오지 마세요."

"수향 씨는 어찌 하려고요?"

"제 걱정은 마세요. 곧 무절단 조직 수백 명이 산장에 몰려들어 자객들을 잡을 게요."

"몸조심하세요."

일우는 마치 일곱 살 때 아버지가 건무에게 척살당하던 때가 생각나서 한편으로 끔찍하였다. 지금으로서 아무런 무공도 쓸 수 없는 자신을 수향이라는 연인이 보호한다니 참으로 어이가 없고 가슴이 아팠다.

수향은 품에서 고동같이 생긴 적(笛)을 꺼내었다. 그리고 그것을 힘차게 불기 시작했다. 뚜뚜! 하는 적 소리가 고요한 밤하늘에 울려 퍼져 나갔다. 그리고는 다시 오늘날의 조명탄같이 생긴 산화전(散火箭)을 하늘로 아홉 대를 연속으로 발사하였다. 산화전들이 하늘위에서 요란스럽게 터지면서 불꽃이 활활 피어올랐다.

마침 산성 망대위에서 보초를 서고 있던 보초들이 적소리를 듣고 또 산화전이 하늘에서 터지는 것을 보았다. 그들은 지금 적들이 구곡산장을 향하여 몰려오고 있음을 알았다. 그들은 산성 위에 설치한 큰 징을 요란스럽게 쳐대기 시작했다. 그리고 몇 명의 보초들은 잠을 자고 있는 무절단원들을 깨우기 위하여 누각으로 달려갔다.

그러나 그들이 누각에 도착하기도 전에 그들은 어디선가 날아오는 화살에 맞아 즉각 절명하였다. 잠시 뒤 50여명의 철기대가 질풍처럼 달려 구곡 산장을 향하여 달려갔다. 그들은 이미 무절단 내의 간자를 통하여 구곡 산장으로 이르는 험난한 지형을 요리조리 피하여 구곡 산장을 향하여 접근하고 있었다.

한편 수향은 그들이 이미 300장(900미터) 까지 접근했을 때까지 무절단원들이 구조를 하러 오지 않자 자신도 철수하지 않을 수 없다는 판단이 들었다. 그녀는 온 집안 구석구석에 극독물이 설치된 봉지들을 수십 개 설치하고 집 전체가 화공을 받을 시 바로 와해되도록 만든 기관을 작동시킨 후 지하실로 내려갔다. 일우는 그녀까지 지하실로 내려오자 깜짝 놀라 그녀를 바라보았다.

"저들은 지금 기마대로서 50명 쯤 되는데 아마 무절단 산성 입구의 보초들을 모두 몰살시킨 후 지금 거의 100여장(300미터)앞까지 왔을 거예요. 우리는 지금 지하실의 비밀 통로를 따라 천인절벽으로 향하는 외길을 타고 탈출해야 해요. 약 1,000장(3킬로미터)만 통과하면 살 수가 있어요. 그곳에 제2의 은신처가 천연 동굴 안에 마련되어 있으니 빨리 갑시다. 힘드시면 제가 부축해드릴 테니 아프시더라도 꼭 참으세요. 이것이 우리가 견뎌야할 첫 번째 시련인가 봅니다."

"수향 씨에게 너무 미안합니다. 저 땜에 이런 고생을 겪게 해서 너무나 죄송합니다."

"그런 말씀 마세요. 이제 일우씨 조국 고구려를 위해 내가 해야 할 일이니 신경쓰지 마시고 우리 어떻게 해서라도 살아야 해요. 빨리 갑시다."

두 사람이 막 지하실의 비밀 문을 빠져나가 천인절벽으로 향한 외길로 나가고 있을 때 검은 복면인들 50여명이 집을 에워쌌다. 그들 중 대장인 듯한 자가 큰 소리로 외치고 있었다.

"계수향은 빨리 나와서 항복하고 선우일우인지 개벽따귀 놈을 내놓아라. 열을 셀 동안 안 나오면 이 집을 모두 불살라 버리겠다."

그러나 집 안에서 아무런 반응이 없자 대장인 듯한 자가 부하에게 열까지 크게 세라고 시켰다.

"하나, 둘, 셋, 넷, 다섯, 여섯, 일곱, 여덟, 아홉, 열."

그러나 집 안에서 아무런 반응이 없자 대장인 듯한 자가 부하들에게 집을 샅샅이 뒤져보라고 시켰다. 그들 중 다섯 명이 칼을 빼어든 채 대청마루를 올라섰다. 순간 대청마루가 무너지면서 하얀 가루들이 그들의 몸 위에 흩뿌려지기 시작했다. 그들은 *아악!* 비명을 지르면서 그 자리에서 질식하여 절명했다.

"독랄한 계집, 내 이 년을 잡아서 요절을 내지 않으면 오늘 내가 사람 놈이 아니다. 여봐라, 이제 너희들 열 명이 안방과 건너 방에 들어가서 어디 지하실 같은 데 이것들이 숨지 않았는지 살펴보아라. 특히 무슨 봉지나 가루 같은 것을 건드리지 말고 조심하여라. 그년이 몹시도 독랄하여 무슨 짓을 저지를지 모른다."

그러자 부하들 열 명이 두 패로 나뉘어 안방과 건너 방으로 조심조심 걸어갔다. 그들이 방 안으로 들어섰을 때 갑자기 천장이 무너지며 무슨 흰 봉지 같은 것들이 터지며 이상한 벌레들이 그들을 물기 시작했다. 그들은 대단치 않게 생각하고 칼을 휘둘러 그것들을 막았으나 벌레들은 그들의 살 속으로 파고들었다. 그들은 너무도 끔찍하여 방문을 박차고 뛰어 나오면서 소리쳤다. 동시에 그들은 안마당에 쓰러져 부들부들 떨기 시작했다.

"아무도 없습니다."

"각 방마다 뒤져라. 조심해라. 이 년이 무슨 사악한 짓을 벌려놓았을 지 모르니."

대장인 듯한 자가 부하들에게 다시 호통을 치자 그들은 두려움에 떨면서 방과 부엌을 하나씩 하나씩 조심하면서 뒤졌다. 그러나 그들 또한 방문을 열고 그 안을 들여다 볼 때 마다 듣도 보도 못한 독극물과 독벌레들 및 독향으로 인해 거의 25명이 순식간에 목숨을 잃거나 의식을 잃었다. 그러자 대장은 부득이 집에 불을 지르라고 명령했다.

잠시 뒤 구곡산장은 불바다로 변하였고 집은 순간 일시에 와해되어 폐허가 되어 버렸다. 그들이 막 집 주변을 돌아서 일우 일행을 추적하려고 할 때 수백 명의 무절단원들이 완전 무장을 하고 산등성을 따라 올라오고 있었다.

그러나 검은 복면인들은 그들을 향해서는 전혀 공격을 하지 않고 그들이 자신들의 앞에 설 때까지 말위에 앉아 가만히 있었다. 그러자 무절단원들은 잠시 뒤 구곡산장 앞까지 몰려왔다. 그들은 검은 복면인들 25명을 겹겹으로 에워쌌다. 그러자 무절단 대장인 듯한 30대 초의 장정이 검은 복면인들에게 외쳤다.

"너희들은 누구이기에 이 야밤에 구곡산장에 계신 분들을 공격하였느냐? 그리고 그 분들은 지금 어디 계시느냐? 당장 밝히지 않으면 너희들을 모두 당장 도륙하겠다."

"우리들은 백제 위사부 소속 척살대요."

검은 복면인들의 대장인 듯한 자가 뻔뻔스럽게 말하였다.

"무엇이? 그러나 이곳은 그 누구의 관할도 받지 않는 무절단 요새임을 알고 있을 텐데 감히 누구의 명령으로 이곳에 계신 분들을 공격하였느냐?"

무절단 대장이 화가 나서 외쳤다.

"척하면 알 일을 새삼 무슨 그런 질문을 하시오. 우리는 대왕 폐하의 명령만 받소이다."

검은 복면인들의 대장인 듯한 자가 더욱 능글거리면서 대답을 하자 무절단 대장은 몹시 화가 뻗쳤다. 무절단 사상 이런 해괴한 일은 없었기 때문이었다. 그는 노기가 충천하여 외쳐대었다.

"대왕 폐하가 그런 말도 안 되는 어명을 내리실 리가 없다. 여봐라, 이 자들을 당장 척살하라. 그리고 두 분을 빨리 찾아 보호하도록 하라."

"잠깐, 여기 대왕 폐하의 신표가 있소이다."

그는 이렇게 말하며 자그마한 단검을 그 대장에게 건네주었다. 그 단검 칼자루에는 분명히 무왕의 이름인 장(璋)자가 새겨져 있었고 봉황의 문양이 칼자루에 새겨져 있었다. 이것은 예전에 무왕이 하사한 자신이 가지고 있는 신표와 같은 것이었다.

과연 영명한 대왕 폐하께서 이런 말도 안 되는 어명을 내리셨단 말인가? 국빈 대접을 하여야 할 고구려 제일 무사와 계백 한솔의 누이를 척살하라고 명령을 하셨단 말인가? 이것은 무슨 음모가 개재되어 있다. 우선 이 자들을 붙잡아 가둔 후 진상을 캐자. 그리고 이곳의 수백 년 된 전통을 무너뜨린 죄를 반듯이 묻자. 그리고 귀빈 두 사람을 반드시 찾아내어 사죄하고 무절단의 신의와 공정함을 보이자.

이렇게 생각한 무절단 대장은 부하들에게 큰 소리로 명령했다.

"듣거라! 어명을 빙자하여 무절단의 오랜 전통을 무너뜨린 이 자들을 당장 체포하여 지하 감옥에 각각 가두고 만일 반항하면 모두 척살하라. 이것이 무절단의 계율이다. 알겠느냐?"

"네, 알겠습니다!"

무절단원들은 검은 복면인들을 당장 공격할 태세로 바꾸었다. 25

대 450의 싸움, 이것은 실로 불가능한 싸움이었다. 하지만 검은 복면인은 무슨 생각에서인지 자기 부하들에게 외쳤다.

"대왕폐하의 어명을 거역한 이 자들을 당장 쳐라."

그러자 25명은 품속에서 무언가 격구공 같은 것을 꺼내 450명 앞에다 갑자기 던졌다. 혼일산(魂逸霰)이었다. *쾅!* 하는 소리가 나면서 하얀 분말 같은 것들이 무절단원들에게 날아갔다. 순간 그들은 너무나도 고약한 냄새와 정신을 혼미하게 만드는 연기 때문에 거의 질식할 지경이 되어 콜록거리며 정신을 못 차리고 고통스러워 비명을 지르기 시작했다.

그러자 검은 복면인들은 그들을 비웃으며 그들의 곁을 지나 유유히 산성문을 향해 말을 달려 달아나기 시작했다. 무절단원들은 약 반 시진 동안 고통을 당한 후 정신을 차리고 그들을 추격했으나 이미 그들은 산성을 빠져 나가 어디론가 사라지고 난 뒤였다.

혼일산으로 인해 정신이 혼미해진 무절단원들은 날이 밝는 대로 수향과 일우를 수색하기로 하고 숙소로 돌아가 다시 잠을 청하였다.

한편 지하실을 빠져 나와 천길 절벽으로 난 외길을 따라 일우와 수향은 약 300장 정도를 간신히 갔다. 그러나 일우가 그곳에서부터 정신을 잃어 수향은 그 아슬아슬한 외길에서 그를 응급치료한 후 들쳐 엎고 달빛을 이용하여 천천히 길을 나아갔다.

그러나 500장 정도를 지나자 그녀는 도저히 더 이상 한 발자국도 걸어갈 수가 없었다. 밑에는 500장은 될 듯한 천길 낭떠러지가 그 무시무시한 입을 벌리고 두 사람이 떨어지기만을 기다리고 있는 것 같았다.

그녀는 그를 잠깐 외길에다 내려놓고 자신도 그 길에 대자로 누워 잠시 휴식을 취하였다. 그때 일우가 눈물을 흘리며 그녀에게 말했다.

　　"수향 씨, 너무도 힘드시죠? 이제 전 가망이 없는 것 같으니 절 버려두시고 혼자 돌아가세요. 저는 여기서 그만 세상을 하직할 까 봅니다. 저 땜에 수많은 사람들이 계속 피해를 보고 있는 것이 가슴이 너무 아픕니다. 그러니 이제 그만 저를 포기하시고 혼자 돌아가세요."

　　수향은 강건한 일우가 이렇게 나약해진 것을 보고 몹시도 가슴이 아팠다. 지금은 천하의 영웅이 아니라 그저 자신의 품안에 안긴 한 명의 아이 같다는 생각이 들었다. 하지만 이 사람을 살려야 한다. 반드시 이 사람은 살아야 한다. 수향은 이렇게 생각하고 미소를 만면에 머금으며 일우를 달랬다.

　　"일우 씨, 얼마나 힘들면 그런 소리를 다 하세요. 하지만 사람은 누구나 약해지려고 할 때 자신을 가다듬어야 해요. 일우 씨 아버님이 왜 돌아가셨는지 그리고 왜 오늘날 일우 씨가 이렇게 되었는지 잘 생각해보세요. 만일 일우 씨가 여기서 허망하게 죽는다면 누가 가장 좋아할까요? 그리고 누가 가장 슬퍼할까요? 천하의 영웅이 하나 탄생하기 위해서 얼마나 많은 사람들이 희생해야 했는지 생각해보세요. 그리고 무엇보다도 일우 씨를 사랑하는 이 수향이를 위해서라도 꼭 오늘 밤 사셔야 해요. 우리 이렇게 찬 길에서 조금만 더 쉬다가 길을 가기로 해요. 이제 한 500장 정도 남았으니까 그 500장만 버티면 우리는 천연동굴에 있는 은신처로 가서 편안하게 도피 생활을 할 수 있어요. 그러니 내 사랑을 믿고 힘을 내세요. 우리 죽어도 같이 죽고 살아도 같이 살아요."

일우는 수향의 이 말에 목이 메었다. 그는 평생 태어나서 처음으로 실컷 울었다. 그러자 수향이 다가와서 그를 자신의 품에 살포시 안아주었다. 밑에는 천길 절벽인 외길에서 두 사람은 외 길 위 절벽에 등을 대고 포옹하고 있는 것이었다. 잠시 뒤 기력을 회복한 일우가 수향에게 길을 떠나자고 말했다. 하늘에는 이미 보름달이 서서히 서산으로 기울고 있는 것으로 보아 인시가 이미 지난 듯 했다.

두 사람은 조심조심 외길을 한 시진 정도 걸어 제2의 은신처인 천연동굴에 도착했다. 그 동굴은 산 중턱 절벽위에서 산속으로 나 있는 것이었다. 그 입구 밖에는 1,000년은 더 되었을 법한 노송이 드리워져 안을 드려다 볼 수 없었다. 그 안은 20여명을 능히 수용할 만한 널찍한 공간이 나 있었는데 이 천연동굴의 존재를 아는 사람은 수향과 계백 둘 뿐 이었다.

두 사람은 가끔 머리를 식히려 이 동굴에 와서 명상을 하거나 수도를 하거나 하곤 했는데 그 안에는 간단한 침구류와 마른 식량 그리고 의료도구들과 서책들이 있어 은신처로는 그야말로 안성맞춤이었다.

그날 새벽 두 사람은 그곳에 도착하자마자 손을 꼭 잡고 잠에 빠져 들어갔다. 그들이 잠에서 깨어났을 때는 이미 사시(낮11시-오후1시)가 지난 시간이었다. 수향은 일우를 눕히고 진맥을 보았는데 마음의 극심한 고통으로 인해 심폐 기능이 많이 약해져 있었다. 그녀는 그의 심경락과 폐경락에서 독를 제거하기 위한 시침을 한 후 간단한 조반 겸 점심을 준비했다.

두 사람은 함께 사선을 넘어온 뜨거운 동지이자 연인으로서 오랜만에 뜨거운 사랑의 마음을 느꼈다. 하지만 일우의 건강 상태로 인해 서로 사랑을 나눌 수 있는 입장은 아니기에 두 사람은 그저 가벼운 입맞춤과 포옹으로 사랑을 확인할 수 밖에 없었다. 일우는 이곳에서 그녀와 단 둘이 있게 되자 그녀가 완전히 자신의 것임을 느꼈고 수향 또한 이제는 죽어도 그와 떨어지지 않을 결심을 하게 되었다. (계속)

판 권
소 유

한상륜 고구려 무협 역사소설
천부신검 1-조의선인의 길

2022년 2월 11일 인쇄
2022년 2월 14일 발행

지은이 | 한상륜
발행처 | ㈜ 함께 통일로 가는 길
주소 | 서울 은평구 통일로 71길 2-1, 4층 44호(대조빌딩)
Tel | 02-2226-0548, 010-3349-2895
신고번호 | 제2021-000091호
정가 13,000원
ISBN 979-11-977500-1-4 03810